我的兄弟叫顺溜

朱苏进 著

江苏凤凰文艺出版社
JIANGSU PHOENIX LITERATURE AND
ART PUBLISHING, LTD

图书在版编目（CIP）数据

我的兄弟叫顺溜 / 朱苏进著. — 南京：江苏凤凰文艺出版社，2019.1（2022.3重印）
ISBN 978-7-5594-3027-4

Ⅰ．①我… Ⅱ．①朱… Ⅲ．①长篇小说－中国－当代 Ⅳ．①I247.5

中国版本图书馆CIP数据核字(2018)第232090号

书　　　名	我的兄弟叫顺溜
著　　　者	朱苏进
责 任 编 辑	孙建兵
出 版 发 行	江苏凤凰文艺出版社
出版社地址	南京市中央路165号，邮编：210009
出版社网址	http://www.jswenyi.com
印　　　刷	江苏凤凰新华印务集团有限公司
开　　　本	880毫米×1230毫米 1/32
印　　　张	13.625
字　　　数	360千字
版　　　次	2019年1月第1版　2022年3月第2次印刷
标 准 书 号	ISBN 978-7-5594-3027-4
定　　　价	45.00元

（江苏凤凰文艺版图书凡印刷、装订错误可随时向承印厂调换）

目 录

楔子	001
第一章　顺溜	011
第二章　该来的总会来	030
第三章　激战	050
第四章　夺枪	068
第五章　"分赃"	087
第六章　锻炼	102
第七章　任务	120
第八章　漏洞百出	137
第九章　敌手	156
第十章　逃	173
第十一章　联合作战	191
第十二章　酣战	207
第十三章　圈套	225
第十四章　坚持	243
第十五章　营救	254
第十六章　生死之间	281
第十七章　排长	291
第十八章　神枪手排	309

第十九章　噩耗……………………………………………325

第二十章　营救……………………………………………345

第二十一章　对决，牺牲…………………………………363

第二十二章　机会…………………………………………386

第二十三章　投降…………………………………………399

第二十四章　复仇…………………………………………418

楔　子

春末夏初，冷暖交替的空气让苏北丘陵地区照例弥漫起冲天的雾气。大雾拥挤在丘陵和平原的每个角落，将整个空间笼罩在一片白色之中。

山坡上密密的丛林在雾气的点缀下，失去了往日的棱角，变得模糊而唯美，可细看之下，在无数根黑黝黝的树枝之中，有一根竟然不是树枝而是一支可怕的枪管！

时间仿佛在那支枪管周围失去了作用，无论是微风还是流动的雾气都无法撼动它分毫，枪口好似一只眼睛一般，死死地瞄着山坡下方。由于瞄得太久太久，雾气已经在枪身上凝结了一串水滴，并且顺着枪管缓缓滑动。水汽越聚越多，竟然最后汇聚成一颗水珠悬挂于枪口处，并且越凝越大，闪闪发光，却始终不肯掉落。

在这支枪的后面，一双冷冷的眼睛一眨不眨地盯着前方的道路，放在扳机上的手指绷得如弹簧一般。

枪手的名字叫顺溜，一名新入伍的新四军战士。

在顺溜两边，卧着另外两人，他们是顺溜所在部队的排长与班长，作为部队的指挥员，此刻两人所要做的却是替眼前这个新入伍的小战士做观察手。

不过,虽然两人身上同样被枝叶伪装所覆盖,但这两人却不像顺溜那样凝定。两人时不时会不由自主地探起身子东张西望地观察敌情,表情也显得甚为焦虑。

终于,班长似乎按捺不住焦急的心情,隔着顺溜的身体低声呼唤道:"排长,我们埋伏大半天了,一点儿动静也没有。吴大疤拉不会不出动了吧?"

听到班长的询问,排长低声回答道:"情报说,吴大疤拉今天带伪军前往大黄庄扫荡,估计肯定来,而这块儿就是他的必经之地!打伏击嘛,必须有耐心,对不顺溜?"

仿佛没有听到排长的询问,顺溜仍旧一言不发地举枪而卧,眼睛死死地盯着前方。

见顺溜没有回答,班长不由得叹息道:"这该死的雾把什么都盖住了,几十步外不分敌我。吴大疤拉贼着呢,这种天气他怎么敢出城?"

听到班长的抱怨,排长看了看弥漫在四周的大雾,也不由地应和道:"那小子确实胆小如鼠,滑溜如蛇,好几次从我们枪下溜掉了。不过,打伏击就这特点,你也许十伏九空,但只要打到一次那就是个大东西。不但把以往的亏空补回来,还有赚的!对不顺溜?"

可顺溜仿佛凝固成一块岩石一般,仍然伏枪沉默,冷冷的眼睛死盯着前方。

见此情景,排长仍旧不放心地嘱咐道:"顺溜哇,你一定要有耐心。今天你要是能把吴大疤拉毙喽,肯定能让日本鬼子闻风丧胆,说不定军区都会通电嘉奖你!"

楔　子

面对诱惑，顺溜仍然保持着沉默，就仿佛排长班长俩说的全是废话一样，此刻对于他来说，唯一吸引他的就是前方那条丝毫不见人迹的土路。

见对方一直不搭话，排长诧异地转头看了一眼，然后询问道："顺溜你怎么不吱声，睡着啦？"

顺溜又沉默片刻，终于冷不丁道出一句："雾快散了。"

闷葫芦一般的家伙终于开腔，让排长立刻惊道："你说什么？"

顺溜低沉重复道："雾快散了！"

听到顺溜的话，班长抬头看了看重重压在头顶的漫天大雾，讥笑道："不可能！你懂什么？我就是本地人，从小在这块儿长大，我能不知道么？告诉你，这雾不到中午根本散不去！你就死等着吧……"

他话音刚落，头顶上的天空忽然猛地打下一束阳光，正好落到他们三人身上，丛林骤然变得明亮起来。班长惊讶地四下张望，立刻发现笼罩在丛林中的浓雾正在渐渐飘散，远处的丘陵地貌逐渐显露出真容。见此情景，班长大窘，结巴地说道："咦……咦……还真散了，真他妈开始散了！"

眼见天气如自己所预言般逐渐晴朗，顺溜却表现得平静如常，脸上更是没有流露出任何得意的神色。

在他身边，排长眼看着雾气消散，大喜地向班长命令道："注意观察！"听到命令，班长赶紧缩回探出的身子，瞪眼紧盯着前方。

被阳光逐渐蒸腾掉的浓雾，在带来明亮的同时，也带来了紧张和不安，眼看着山下被枪口所指的土道，排长不安地向顺溜询问道："顺溜，知道吴大疤拉的模样吧？"

顺溜握枪的手纹丝不动，仅仅用嗓音进出了个"嗯"字，算作回答。

虽然听到回答,排长却显然不放心,立刻嗔怪道:"嗯是什么意思?!你听着,我再把目标特征给你交代一遍。吴大疤拉,是淮阴城里的伪军司令。狗日的长得肥肥胖胖,脖子上有一道伤疤。他但凡出动,都喜欢穿一身黄呢军装,骑一匹东洋马,头戴日本钢盔。只要这狗日的出现,特征就十分明显!你记住啦?"

见排长不断在耳边唠叨,顺溜平静的表情中终于显露出一丝厌烦,在犹豫了片刻后他低声说道:"排长啊……"

"怎么?有事?"

"我说,你俩能不能不唠叨了?"顺溜带着不耐烦的口气近乎恳求地说道。

听到顺溜的要求,排长和班长先是一愣,随后齐齐露出震惊的表情。两人隔着顺溜的身体互望一眼后,班长立刻训斥道:"你个新兵蛋子什么态度?!我和排长是你领导,我俩帮你盯敌情呢!"

可顺溜却毫不领情:"你俩歇着,我一个人盯着就行。"

班长正欲发作。排长使眼色示意他闭嘴。被排长制止,班长只能恨恨地瞪顺溜一眼,无奈再次卧回到自己的位置,全神贯注地注视着前方……

山头上,随着太阳升起,炽热的阳光毫不留情地驱逐着雾气,除洼地间仍然可见若隐若现的薄雾之外,其他地方则一片清宁,但这种寂静却并没有带给人安详的感觉,相反,却仿佛隐藏着深不可测的杀机,让人不寒而栗!

"来了!他们来了!"一直沉默不语的顺溜,忽然低声叫道,低沉的声音中透着一丝激动。

听闻顺溜的叫喊,身边的两人立刻探起身子万分紧张地朝山

楔　子

坡下面张望。但是，除了阵阵薄雾，他俩却什么也没看见。

看着眼前一如平常的景象，排长疑惑地低声问道："吴大疤拉在哪儿？真的来了吗？在哪儿？我怎么什么都看不见。"

顺溜平静地注视着前方，低声道："他们来了，就在山下那片雾里。"

排长、班长紧张地再度张望、倾听着。但是，除了缭绕在山沟里的那片该死的雾外，他俩仍然什么也没看见，什么也没听见。

"别动弹！敌人真的来了，越来越近了！"顺溜一边说着，一边再次将身子伏低，如同一只窥探着猎物的豹子一般。

"嗒嗒！"清脆的马蹄声敲碎了飘荡的残雾，急促地从远处传来。山坡下的土道上，一匹精壮的东洋马上，一个头戴钢盔，腰揣两支驳壳枪的壮汉此刻正随着马匹的奔跃，有节奏地起伏着。在他身后，四五名卫兵模样的同伴正奋力催动着自己胯下的马匹，努力追赶着他，原本宁静的山谷，顿时被一片如同鼓点般的马蹄声所充斥。

如果此刻道上有人，一定会为自己所见的情景而感到惊讶，因为来人的打扮显然过于"奇特"，尤其在这日、伪、国、共犬牙交错的地盘上，如此不伦不类的打扮，绝对会引起各方面的注意甚至是"关照"，可壮汉却对此并不为意，仍然张扬地催促着马匹，快速向前飞奔着。

身后，卫兵们显然感受到了一丝威胁，其中一人奋力催动身下坐骑追赶上来，低声对壮汉说道："司令员啊，有句话……我可是憋一路了。"

"是吗？继续憋着。"被称为司令员的壮汉不留情面地掐断了对方的话头。

听到司令员的回答,对方立刻抱怨道:"那,我说给自己听行不行?"

"那我拦不住。"

听到司令员默许,对方连忙接口道:"分区成立那天,你说过,我们六分区是抗日最前沿,滋泡尿都能滋到鬼子炕头上!分区部队跟日、伪、顽犬牙交错,斗争形势十分复杂。你要求部队,睡觉必须睁只眼,拉屎也要弹上膛……"

"啰唆!拣要紧的说。"司令员插嘴催促道。

"是,我想说的是,既然司令员您要求我们提高警惕,小心从事,可是刚才您竟然大张旗鼓地从汤山镇上穿镇而过,这太危险了!"

"哼!知道军区为什么要我当六分区司令吗?"

"这还用说,陈大雷名震江淮,是军区头号战斗英雄——您勇敢呗!"

司令员陈大雷得意地说道:"勇敢算什么,勇敢是当兵的基本功,最多只能给你打个底子,底子上面的素质——多啦!军区派我创建六分区,是因为我比一、二、三、四、五分区的司令们更有思想。此外,我还比日、伪、顽三拨龟孙绑在一块儿更狡猾。"

陈大雷的自我肯定和表白,顿时引起周围卫兵们的一阵哄笑。劝阻的那人却苦笑道:"嘿嘿,听司令员吹牛,就跟听戏似的!"

听到对方嘲讽,陈大雷立刻转头教训道:"嗳——这话提醒我了,吹牛是我另一大优点,我特别重视宣传嘛!比如,如果是其他分区司令在这视察部队,他们肯定步步小心,隐蔽行动。可这样也就忽视了更重要的方面,咱们六分区刚刚成立,将军上场,首当立威!威风和胆气,要比你有多少部队更要紧!所以,我偏要大张旗鼓地从汤山镇上穿镇而过,两天之内,方圆百里的百姓们就都知道了,'嘿,新四军江北六分区成立啦,司令叫陈大雷啊,有志气的小伙赶紧找他参军吧!'到时候,我六分区的威名,跑得肯定比风还快。"

"哦,那,可是淮阴城里的鬼子不也知道了?"卫兵不甘心地反问道。

"那才好呢!第一,我就是要松井知道我六分区。第二,陈大雷无论走到哪儿鬼子都会知道!为啥?因为陈大雷一到,鬼子的末日也就到了。第三,在军区首长眼里,陈大雷这小子,搁哪都别扭!嗳——就好像把锥子搁裤兜里去了,锥子嘛,非出头不可,而且一出头就见血!所以,不如把这小子搁在最危险的地方。这叫物尽其才,人尽其用。"陈大雷得瑟地回答道。

他的话再次引起周围同伴们的一阵欢笑,只有先前劝阻的那个人,仍旧一脸苦笑的摇头:"开窍,真开窍!"

整齐划一的马蹄声,由远而近,很快的,山头上,一直努力寻找着敌人踪迹的排长等人就被这马蹄声所吸引,纷纷将目光转移过去。

坡下薄雾中,影影绰绰出现几个身影。其中一个骑洋马戴钢盔的家伙更加显眼,随着马匹有节奏的奔跑,那顶钢盔也在阳光下一闪一闪的晃动着。

见此情景,排长拉了拉身边的顺溜,激动万分地说道:"看那顶钢盔!吴大疤拉来了,那人就是吴大疤拉!顺溜,准备射击!"

排长的提醒已然徒劳,顺溜早在目标出现时就已经将对方牢牢地套入到步枪的瞄准具,与此同时,扳机也已经在他的手指下渐渐扣紧,只待排长的射击命令……

看着目标逐渐进入射界，排长张开嘴，正欲咬牙切齿地道出"打"字，身边的班长却突然低声惊呼："不对，那人好像是分区陈司令啊！"

听闻班长呼喊，排长大惊，连忙将举着的手放下，同时再次细望，可就在犹豫间，山坡下的目标已经消失在薄雾里了。眼见错过战机，排长怒道："胡说！明明是吴大疤拉！就这么一犹豫，目标又溜了。"

听到排长的埋怨，班长心虚地说道："我、我、我……刚才那人身子一闪，我觉得眼熟，好像是陈大雷司令员啊。"

排长嗔怪道："二班长，这可是天大的事！营长派我俩来，就是因为我见过吴大疤拉而你见过陈司令员。刚才那个目标，究竟是哪一个？是吴大疤拉还是陈司令员？你敢肯定么？你必须把目标性质给我肯定下来！"

听到排长话语中所带的怒气，班长胆怯地回答道："我、我、我也没看太真。"

就在两人争论时，身边的顺溜忽然再次说道："目标又出现了！"

听到顺溜提醒，两人立刻知趣地停止了争论，伏低身子向山下望去，果然，那群人又在薄雾中隐现了，随着距离拉近，骑洋马的更加显眼——但却始终只能看到一个侧影。

排长仔细观察片刻，低声肯定道："看清了不，骑洋马，戴钢盔，挎的还是德国造的毛瑟枪，这副打扮不是吴大疤拉又是谁？"

班长有意附和，可无奈对方距离太远，始终无法确认，"对！确实是吴大疤拉……咦，不不，好像真是陈司令员！……咦，不对，应该是吴大疤拉吧，可看着身形……"

见班长左右摇摆拿不定主意，排长厉声斥责道："到底是吴大疤拉还是陈司令员？这可是一个天上一个地下，你小子得拿脑袋担保，不能出啥差错！"

压力骤增，顿时让班长打起退堂鼓，连忙摇头道："排长……你决定吧，你说是谁就是谁！你是排长啊，咱们坚决服从你！"

听到班长的回答，排长一愣，脸色也随之一变，整个人也顿时彷徨无措。

两人中间，原本心态平静的顺溜也被排长和班长的争论搞得紧张起来，虽然手中的枪管顺着目标慢慢移动，可扣在扳机上的手指时而绷紧时而放松。眼看着目标即将再次消失在射界里，顺溜焦急地催促道："目标要进林子了。排长，快下命令！"

顺溜的催促让排长陷入两难境地，此刻他满头大汗，口舌颤动，却发不出一个字。

看着前方的目标即将进入丛林，顺溜再次急催道："再不打，目标就消失了！"

排长求援般看看班长，声音发抖地说道："三班长你看呐？打是不打？这一枪可万万错不得啊……"

无奈，班长心意已决，一脸严肃地回答道："我服从排长命令——坚决服从！"

班长的回答，起不到丝毫帮助作用，眼看着山脚下即将消失的目标，排长几次张口，却仍然发不出一个字。

山坡下，那顶钢盔已经移入林中。就在它完全消失前的最后一瞬，顺溜终于无视命令，扣下了扳机。

"砰——"

枪声沉闷悠长,从林中还沉浸在晨睡之中的鸟兽顿时被这突兀的枪声所震惊,整个丛林霎时间变得热闹起来……

第一章　顺　溜

坐在营部简陋的指挥室内，看着四周被烟熏得焦黄的墙壁，陈大雷竟恍惚有种初入军营的感觉。

时间过得真快，转眼已经进入到1944年年末了，掐指算来，不知不觉中，陈大雷参军已经十几年的时间了，而抗战也已经进行了整整七年。七年间，敌人越来越趋于疯狂的举动，每一次围剿，都被他们当成垂死挣扎的救命稻草。

太平洋战场上，对日宣战的美军已经从战略防御逐步转为战略进攻，这对于日本来说，无异于是个晴天霹雳般的噩耗。

可是，疲于挣扎的日本军国主义，为了稳定中国这个所谓的大后方，支援日军继续在太平洋地区以及东南亚地区进行的侵略战争，势必会有所动作，一场新的围剿与反围剿斗争，已经迫在眉睫。

揉了揉额头上隐隐作痛的伤口，陈大雷一屁股坐在身边的椅子上，桌上那幅巨大的根据地地图，也随之映入他的眼帘。

双线作战的日军，一方面要应付中国境内日趋激烈的反抗斗争，另一方面还要阻挡美军在太平洋岛屿上节节胜利的攻势，兵力上已经捉襟见肘，延安转来的情报显示，面对美国向本土的步步进逼，日本军国政府正不断抽调被大量牵制在中国的主力部队进驻太平洋诸岛。

敌人的残暴预示着他们绝不会这么轻易地放弃已经占领的土地，为了防备兵力减少后所产生的动荡，同时也为了维持统治区内的所谓"和平"，对于占领区内的新四军以及游击队的围剿，成了日军目前首要的任务。

眼前的地图上，一道道红线和密密麻麻的圆点紧密地交织围拢在盐城阜宁一线，每条红线都代表着一条公路或者铁路，而每个圆点则代表着一座坚固的碉堡。

为了彻底执行冈村宁次所建议的铁壁合围战术以及"三光"政策，华中地区的日军不断地强拉壮丁，在占领区内大肆修建公路、铁路以及数量繁多的碉堡，企图以公路、铁路为锁链，以碉堡为锁头，将整个根据地网格化，逐步鲸吞蚕食，妄图困死锁死根据地内的新四军。

冈村的这条计策不可谓不毒辣，面对坚固的碉堡和铁甲车往复巡逻的铁路和公路，新四军每次突出重围都需要付出惨重的代价。

原本广泛活跃在苏中、苏北地区的主力部队，已经被碉堡锁链牢牢地限定在濒海的盐城阜宁一线。面临着被日伪数万军队针对抗日民主根据地展开的大"扫荡"歼灭的危险。破开敌人围困解放区的枷锁，开辟新的根据地已经成为新四军目前首先要面对的问题。战争已经到了生死存亡的关键时刻，共产党领导的游击队伍不但要以自己微薄的军力开辟出生存空间，更要死死拖住敌人，迫使其抽调部队南下的计划流产。

第一章 顺 溜

任重而道远啊，陈大雷知道，敌人也不是什么省油的灯，不是文工团舞台上，那抬起手就倒的木头桩子，实际情况恰恰相反，敌人数量众多，装备精良，军事素养极高，消灭敌人显然决非一蹴而就的简单事，而是一件极其需要耐心与信心的"手艺活"。

一个鲜明的红圈被重复地画在地图上好多次，清晰的痕迹让它看起来是那么的明显，而在红圈所圈定的中心，就是陈大雷目前所在的位置——江苏淮阴地区。

淮阴，这里自古就是兵家必争之地，无论是之前的徐州会战，还是现在即将面临的反围剿作战，这里都是敌我双方争夺的焦点。

在这片数千平方公里的土地上，敌、伪、顽兵力势力交错，战线纵横。经历了多年战争苦难，深受日寇摧残的占领区老百姓对于解放抱有强烈的渴盼。

陈大雷从军区总部得到的任务，就是在这片地区内发展起武装力量，打开一片天地，将苏北根据地与毗邻的鄂、豫、皖根据地相连，把敌人牢牢地粘在苏中地区，为被围困在阜宁盐城一线的主力部队争取更大的活动空间。

不过，敌人可不是白痴，他们不会坐看自己发展壮大，尤其最近新派遣来的那个日军战区指挥官石原，更是个出了名的围剿专家。

这个家伙深得冈村真传，针对新四军的游击策略采取的铁壁合围政策凶狠毒辣，不但如此，对方还对占领区内的伪军、国民党顽固派加以威逼利诱，妄图断绝新四军的一切联系。

那些国民党将领也不是什么好鸟，一想到这点，陈大雷就感到胸中有股怒火不可抑制地向外澎湃而出，他用力往桌子上一捶，愤怒地站起身来。激动的脉搏冲击着伤口一跳一跳地疼。

"天上有个扫帚星,地上有个韩德勤,日本鬼子他不打,专门打我们新四军。"

这句顺口溜是根据地老百姓"赐予"第三战区副司令长官韩德勤的,这个号称"摩擦专家"的韩长官,唯一能做、会做的就是与新四军搞摩擦。

或许是美国对日宣战的消息大大加强了国民党的信心,同时也让这帮顽固派打起自私的小算盘。这段时间,新四军与国军之间的摩擦大有愈演愈烈之势。自己现在要在他们的眼皮底下开辟出一片天地,恐怕在遭遇鬼子阻挠之前,就会先让国民党暴跳起来。

想到这一切,陈大雷原本疼痛的脑袋变得越发混乱起来,原本以为自己的三板斧能顺利砍出一片天空,哪想到,上任伊始,自己这个六分区司令的脑袋,就让自己的小兵给开了瓢。

想到这里,陈大雷就感到万分恼火:"把他们给我带进来。"轻轻揉了揉头上的伤口,他大声对门外命令道。

从背后传来的一阵大力,让顺溜一个趔趄,差点摔倒,他愤怒地转头望去,却一眼看见和自己一样被绑得跟粽子似的班长和排长,原本已经到了嘴边的脏话,被硬生生咽了回去。

推他的是一个叫文书的家伙,文书是什么官顺溜不知道,他只知道,全营里都没当这个官的,这说明文书一定比营长大。

自从几人被押解进村,四周就没少了人围观,墙角、门畔,林间三三两两地站出许多战士和老乡,惊恐万状地看着被押解而来的自家战友。

"看什么看?阉鸡呐还是劁猪呐?探头探脑地想挨上一刀是不?都退了,什么素质……"见此情景,文书傲然斥责他们道。

听到他的呵斥,人群中立刻响起一阵阵议论声,众人或带着

第一章　顺　溜

不忿，或是疑惑等等眼神看着眼前这几人在推推搡搡中向营部弥勒庙走去。

看着营部将近，顺溜心里也越发变得沉闷起来，此次被定了个袭击司令的罪名，小命恐怕不保，可是看到身后被自己牵连的班长和排长，顺溜心里却油然而生一阵不忍，自从参军以来，班长和排长一直对他照顾有加，此刻却因为自己的冒失，连累他们两人一块受罚。想到这，顺溜心中萌生出一股倔强。

用力摆脱身后战士的控制，顺溜忽然站定身子道："不关排长他们的事，是我开的枪！你绑他们干吗？"

听到顺溜的话，文书惊讶地看了他一眼，随后斥责道："他是排长。他不下命令，你敢开枪吗？所以，他是首犯。你是从犯！"

顺溜一时激愤，立刻争辩道："不对，当时排长还没下命令，我就开枪了。"

"哦?!那你完了，你没救了。军法如山，首犯从犯都是你！"听到顺溜的回答，文书一脸惋惜地摇了摇头。

"都是我就都是我！怎么了？砍头枪毙随你妈的便！快把班长、排长他们放了！"听到文书的话，顺溜一直悬着的心反倒放了下来，索性大喊大叫道。

看到顺溜愈加张狂的样子，文书顿时愤怒起来，以比他更高的嗓门呵斥道："住口！你以为你干的是什么光荣事吗？你还慷慨激昂了你！走，定什么罪还得司令说了算。"

"谁在外面大喊大叫呢？"几人刚走到庙门口，一声充满威严的喊声就从庙内传来。

"报告司令员，罪犯押到了。"听到询问，文书立刻大声回答道。

庙内，陈大雷挥起马鞭狠狠一抽桌面，怒喝道："带进来，老子生生抽死他！"

听到命令，卫兵立刻押解着顺溜等三人快步走进庙内。

或许是大殿内肃穆的气氛影响了顺溜，他之前所表现出的张狂多少有所收敛，不过却仍然昂然地看着眼前那个不断用皮鞭敲打着供桌的司令陈大雷。

眼前的陈大雷，样子多少显得有点狼狈，在躲避顺溜三人的袭击时，身上沾的土屑和草末还挂在衣服上，原本招牌样的钢盔此刻却扣在桌子后面的泥菩萨头上，在正对着众人的那一面，一个枪眼赫然显露在众人眼前。

站在桌前的陈大雷，额头上一缕血迹还明显挂在脑门上，看到那触目惊心的鲜红色，顺溜心中立刻生出一丝悔意。

爹教过他多少次了，枪就是人，人就是枪，可是就在最后开枪的那一瞬间，顺溜还是慌了，这枪是贴着钢盔打出去的，如果子弹哪怕再歪一点儿，那么此刻的司令也不会站在他面前了。

同样惊异的并不仅仅只有顺溜，对面的陈大雷看到顺溜那副昂首悲愤的样子，多少也感到有点惊奇。

"谁开的枪？"打量了三人好一会儿后，陈大雷沉声问道。

"我！"顺溜仰起头，昂然道。

见顺溜回答得如此痛快，陈大雷饶有兴致地围着他转了一圈后询问道："伙计，你为什么杀我？我陈大雷跟你有仇吗？我是汉奸吗？！"

身后，听到陈大雷询问的排长赶紧替顺溜辩护："报告司令员，顺溜不是有意开枪的，是、是……是不慎走火了。"

不料陈大雷听了这话更加生气，怪声怪调地说道："好嘛，我陈大雷的脑瓜子竟然是被部下走火打上的，这他妈的更丢人！

第一章　顺　溜

老话说得好哇，走火的子弹最要命。平时他什么也打不着，走火一打一个准！"

见众人不答话，陈大雷忽然转头看向如小媳妇般站在角落的三营长，怒斥道："听见没？说来说去还是你这窝囊营长失职，你的兵战场素质差，稍有意外就惊慌失措——走火！三营长，你怎么训练他们的？你还配掌兵不？我非扒拉了你不可！"

连累到班长和排长已经让顺溜心里甚感过意不去，眼见又要连累营长，顺溜神色大惊，忍不住开口："报告司令员，我不是走火。我埋伏在那儿就是专门打你的……哦不，专门打敌人的。"

见眼前这个倔头倔脑的小兵竟然惊慌起来，陈大雷满意地翘了翘嘴角，随后板起面孔质问道："你打敌人怎么打我头上了？"

"我们以为你是吴大疤拉，就是汉奸吴司令啊。情报说他今天来扫荡。他是司令你也是司令，他骑东洋马你也骑东洋马……"顺溜或许也感觉到自己的比喻有点不恰当，说到最后，他的声音已经细如蚊蚋。

闻听此言，陈大雷顿时大怒："他狗屁司令！你竟敢拿我比他？他是狗日的汉奸疤拉，我是新四军陈大雷！抗战以来，老子毙掉的鬼子有好几百了。松井联队把我的画像都挂在淮阴城城墙上，悬赏一万大洋。拿我比吴大疤拉，我看真该枪毙了你。"

看到陈大雷怒气冲冲的样子，顺溜不由得缩了缩身子，低声辩解："现在我知道你不是他了。可当时雾没散透，你头戴钢盔，骑在东洋马上，那模样和吴大疤拉太像了。"

见顺溜越描越黑，陈大雷恼羞成怒道："胡说！就算有雾，就算都骑马，我陈大雷跟吴大疤拉也有天壤之别！别的不说，那杂种有我这身板么？有我这英雄气么？你小子瞎了狗眼，拿凤凰当乌鸦看,拿人参当萝卜煮!枪毙你看来是轻的,我真该抽死你!"

顺溜赶紧辩解说:"报告司令,所以我一枪打掉了你的钢盔,这下才看清了。才发现你不是吴大疤拉,是咱们分区的陈司令!当时排长和班长都吓坏了,愧死了,恨不能钻到耗子洞里去。"

"嘿,你这话到底是为我长脸啊,还是为你自己争光啊,这么说我还要谢谢你这走火的一枪!谢谢你打在我天灵盖上的一枪,谢谢你给我个大喜临头啊!看看——开红了!"

顺溜面色一窘低声解释道:"我那一枪,本想是揭掉钢盔,看看你到底是谁,没想到子弹偏了一寸。"

"看你傻乎乎的样子,没想到嘴还挺能说,好好的走火让你说成故意的,你是看我没死成就放心扯谎了?那我问问你,开枪时咱们俩之间大约距离多远?"听到顺溜的回答,陈大雷冷笑道。

"当时隔着一片林子,至少有七十丈。"听到陈大雷的询问,顺溜回忆了一下,回答道。

"嗯,七十丈大约是两百多米,看弹孔,你用的是三八大盖,两百多米的距离用三八大盖能打掉我钢盔?我看你是吹牛不打草稿。"陈大雷冷哼道。

听到陈大雷的话顺溜仿佛受到侮辱了一般诅咒发誓道:"我能!我就能,当时我瞄的就是你的钢盔。"

陈大雷怀疑地看了顺溜一眼道:"天底下,我还没遇见有人能在两百米距离上一枪命中我的钢盔的。"

"我就能,我这不是打着了吗?"顺溜显然忘了自己被押来的原因,索性看着头盔上的弹孔大喊道。

陈大雷终于沉默了,审视了顺溜好久。接着将手伸向口袋。见此情景,众人以为司令要掏枪教训眼前这个不知好歹的倔巴头,

第一章 顺 溜

慌忙围拢上来，不过却见陈大雷只是慢慢掏出香烟和火柴。

"嗞！"划着一根火柴，点燃了嘴上的香烟，陈大雷贪婪地吸了一口，随后摇了摇手中的火柴盒，众人的眼睛顿时睁得老大。

"怎么，看上这洋火上的日本女人了？这是老子前天刚缴获的。罢了，你喜欢就送给你吧。"见众人愕然地看向自己，陈大雷蔑视地看了一眼火柴盒上的女人招贴画，忽然甩手将火柴扔向身边的三营长。

三营长像被火烫伤，接也不是还也不是，火柴盒在手中颠了三四颠，才战战栗栗地用双手捧着送到陈大雷面前："既然是日本女人，那我可不敢要，还是司令员留着慢慢用吧！"

陈大雷哼笑一下，深深地吸了口烟。突然高声命令："给他松绑！你，带上这支三八大盖，五发子弹，村外待命！"

听到陈大雷的命令，身旁的文书脑子一闪，忽然询问道："司令，你要干什么？"

"干什么？试枪！我非要看看这小子是不是在吹牛。"陈大雷一边迈步向外走，一边说道。

文书心头一震，顿时明白了陈大雷的意图，慌忙阻止道："司令，这小子一定在吹牛，谁也不能在二百米外打中你的钢盔的。"

"谁吹牛了？我不是打着了吗！不信试试看，我还能打到！"谁想到，压了葫芦起来瓢，那边，刚刚摆脱了绳子束缚的顺溜听到文书的话，立刻梗着脖子驳斥。

"好，你能，老子革命二十多年了，胳膊大腿腰杆胸脯都他妈的中过敌人子弹，先后挖出过九颗，摞一块儿半斤多！老子全身上下就剩脑瓜子是爹妈给的一颗原装货。现在可好，连脑瓜子也被狗日的开红了，还他妈是自个儿部下打的，你今天要是不给我个交代，我让你吃不了兜着走。"听到顺溜的反驳，陈大雷大为光火，开口咒骂道。

"俺要是打中了咋办？"顺溜此刻早已忘记了眼前这个跟他一样倔的人的身份，开口质问道。

"你要是打中了，你们班长、排长、连长和你的处分一律取消，不但取消，我还要奖励他们培养了一个好兵，可要是打不中……嘿嘿。"陈大雷用老狼打量小鸡的眼神在顺溜身上上下巡视了一番后，冷笑着打住话头。

"要是打不中，俺把脑壳赔给你。"眼见能抵消排长和班长的罪过，顺溜不堪相激，立刻痛快地回答道。

"好，有种！是带把的说的话，现在我命令你，立刻带枪到村外那棵老榆树下待命，我陈大雷倒要看看，你小子到底有几斤几两？"仿佛即将迎接一场硬仗一般，陈大雷放下鞭子，随手解开了风纪扣，同时对身后的卫兵摆了摆手。众人会意，将顺溜的枪塞回到他手里，同时拉着他向外走去。

"司令，你这是要干什么？"见顺溜离开，一直站在身边的三营长立刻叫苦道。

"干什么？检验一下你部下的能力。毛主席号召我们发动麻雀战、袭扰战，把田间地头都当作战场，可你小子好嘛，把老子的脑袋当战场，如果你手下的兵和你一个熊样，恐怕不用松井那老小子悬赏，我自己就该夹着脑袋去报到了。"陈大雷一边麻利地解开军装，放下挎在腰上的驳壳枪，一边训斥着三营长。

"司令，这事不怪我们营长，都，都是我们没……"旁边，仍然被捆着的班长和排长听见陈大雷的话，立刻辩解道。

"行了，都别说了，这事你们没责任，不过现在我还不能放

第一章　顺　溜

你们，主要原因是希望你们俩一起陪我演场好戏，我倒要看看那个嘎小子，能说如此大话，到底有几两能耐。"陈大雷摆手制止了两人的话，率先迈步向外走去。

村外旷场上，顺溜此刻已经卧地待命，手中步枪稳稳地架在土堆上。步枪上的大盖此刻已经被打开，在四周众多乡亲战友的注视下，顺溜利索地一发发向弹仓内压着子弹。

身后，陈大雷在众人的簇拥下，快步走到跟前，向顺溜询问道："看见那棵老榆树了吧？"

"看见了。"

"从榆树到这，大概一百五十米，也就是五十多丈，比打老子的时候少二十丈，不过你小子别以为占了便宜，现在我命令你，必须在三枪之内，打中我手里的洋火，能办到吗？"大概目测了一下，陈大雷命令道。

"能！"

听到顺溜的保证，陈大雷满意地点了点头，随后掉头直奔榆树而去。

快步来到老榆树下，陈大雷举起手中那只火柴盒，朝远处的顺溜大喝道："注意听口令，瞄准日本女人——射击！"

看到司令亲自当目标试验枪法，还未等顺溜瞄准，一直站在身边的三营长就按捺不住了，冲到两人中间，摆手制止道："等等，司令员，这么干太危险了！如果你想检验那小子的枪法，把洋火搁树杈上不就行了，何必自己拿手举着目标呐？万一他慌了神，枪走了火，那可就出了天大的事故啊……"

听到三营长的话，陈大雷冷笑了一声道："嘿，你的兵走火都能打中我的钢盔，你还担心个什么？"

三营长一时语噎，只能央求道："绝对不成啊，司令员，这么干太冒险了，毫无意义嘛……"

见三营长苦着脸站在面前，陈大雷怒斥道："甭废话，让开！"

听到陈大雷的命令，三营长左右为难，让也不是不让也不是，只能回头向文书求助道："你傻站那干嘛呢，还不快来劝劝司令员！"

见此情景，文书摇晃着脑袋迈步走上前道："咱们司令员干什么都不同凡响，比如手举目标物亲自检验部下枪法，这事要搁其他分区司令身上，绝对没这个境界！

"但是，影响射击精度的因素多了。哪怕那个兵是天下头号神枪手，还有风速啊、呼吸呀、心跳、紧张什么的。无数环节中只要一个环节出了一丝丝差错，我们司令员就完了！我们司令员一完，六分区就完了！我们六分区一完，新四军就塌了小半边天，整个抗战形势都会逆转，甚至影响全世界的反法西斯阵线！"

原本不过是一次心血来潮的测试，竟然被文书抬高到了政治高度，这让陈大雷一脸愕然，半讥讽半赞扬道："你那嘴，能犁地啊！我倒要听听，你小子能说出什么天花来。"

文书没理会陈大雷的讽刺，仍旧继续摇头晃脑地说道："这只是往外部分析，我还没往内部分析呐！请司令员想想，这事要是传到军区大司令、大政委的耳朵里，两首长能饶你么？不会狠狠批你行事轻率吗？！听我一句话吧，司令员，还是把洋火搁树杈上。这样一来，司令员您的机智、勇敢、平易近人、以身作则什么都有了，上上下下皆大欢喜！"

听完文书这看似头头是道的歪理，陈大雷笑着摇了摇脑袋说道："文书，我告诉你，我不是行事轻率。你想啊，那个兵朝我

第一章 顺 溜

打的那一枪,是在战场打的,而且是在不辨敌我的情况下开的枪。那种情况下,射手肯定万分紧张。你现在让他打树杈上一只火柴盒子,这就不一样了。因为他打的是个死目标,心平气和,从容自如。这虽然也能检验出枪法,但这种枪法搁到战场上灵不灵就难说了!战场上瞬息万变,逼得人手忙脚乱,没有坚强意志根本不行。跟你说白喽,我想找一个真正的神枪手,不是假货!所以,我才要拿着洋火,让他射击!"

见文书都不能说服陈大雷改变主意,身边的三营长急得几乎下泪:"司令员啊,万一出了差错,毙了我都不能赎罪呵!"

陈大雷笑着摆手道:"大惊小怪干什么?老子出生入死二十年,身边飞过的子弹比雨点都多。何况这洋火离我脑瓜子还有大半米呐。我不怕,你俩怕什么?退开!"

见司令的心意已决,三营长无奈,只好提心吊胆地站到一旁。看到众人闪开,陈大雷高举起火柴盒,再次朝远处的顺溜大声命令道:"小子,瞄准日本女人——射击!"

远处的顺溜此刻如同铜雕铁铸般持枪而卧,听到命令后,立刻将准星对准远处陈大雷手中的火柴盒,可是,压扳机的食指却扣紧了又松开,松开了又扣紧,始终没有胆量扣下去。

压力,一种前所未有的压力此刻让他感到扣动扳机是那么艰难的事情,额头上,豆大的汗水不断从皮肤中渗出,顺着眼窝滴滴滚下,刺得双眼热辣辣地发疼,身上的肌肤也在太阳的烤灼下变得刺痒难耐。

平静的心情瞬间被打乱,这对于顺溜来说简直是破天荒的事,看着准星中傲然站立着的陈大雷,以及他手中那只渺小的火柴盒,顺溜原本稳稳的枪口竟然开始轻微地颤抖起来。

眼见着远处的顺溜迟迟不开枪，榆树下，陈大雷不耐烦了，朝顺溜大喝道："怎么了，开枪射击啊。我手都举酸了！"

陈大雷的催促，并没有让顺溜稳定下来，相反，听到喊声，他的枪管却越抖越厉害，准星中，目标不断地随着心跳而上下晃动着，虽然顺溜竭力瞄准陈大雷手中的洋火，可无论怎么努力就是稳定不下来。

时间在一分一秒流逝着，同时也渐渐消磨着陈大雷的耐心，当手中的洋火因为胳膊又酸又胀的缘故逐渐颤抖起来的时候，他终于愤怒了。

"妈的窝囊废！"口中气愤地咒骂了一句，陈大雷放下胳膊，直朝顺溜奔去。

"起立！"迎着枪口走到顺溜面前，陈大雷怒喝道。听到命令，顺溜擦了擦满头大汗，迟疑地站起身来。

"为什么不开枪？"凝视着顺溜低垂的双眼，陈大雷厉声质问。

"我不敢……我怕。"顺溜用细小到几乎听不见的声音回答道。

闻听此言，陈大雷脸色一变，大骂道："我就知道你小子吹牛，你枪法准是假的，那一枪也是蒙的！你整个就是个窝囊废、软骨头、狗尾巴草、臭葫芦瓜、猪鼻子插葱装大象！"

原本就因为怯懦而对自己感到气愤的顺溜被这一大串怒骂彻底骂急了，气得大叫道："我不是窝囊废！我枪法就是准，天生就准！"

"那你为什么不朝我开枪？"

"你是司令员啊！"

"司令员怎么了？两小时前你不是开了我一枪吗？"

"那是打伏击，我把你当成吴大疤拉了。那时我不紧张，枪

第一章 顺 溜

从我心窝里长出来的。我就是枪,枪就是我,我俩人枪一体。现在不,你是司令员啊,我不敢打你……"顺溜激动地辩驳道。

"哟,瞧不出,这小子突然深刻起来了!要真是这样,那好办。听着,我命令你——还把我当成吴大疤拉来打!三枪之内,命中我手里这盒洋火!打中了,你是英雄,我给你请功,打不中,你是狗熊,脱了军装回家种地去。"陈大雷冷冷地看了气得涨红了面孔的顺溜一眼,再次命令道。

陈大雷的话彻底激怒了顺溜,在用充满怒气的眼神瞥了对方一眼后,顺溜重重地摇了摇头。

"怎么,不敢啦?承认你是懦夫,是狗熊,是窝囊废啦?"见顺溜摇头,陈大雷开口讽刺道。

"我用不着三枪,一枪就够!"顺溜斜瞪着眼睛看着陈大雷,倔强地说道。

"好,是爷们儿说的话,打得中,我跟你姓。"陈大雷连连点头,随后转身再次向大榆树下跑去。

"唉,倔驴倔驴!一个小倔驴,一个老倔驴!"不远处,目睹了这一幕的文书,不由得摇了摇头,叹气道。

没有理会身边传来的嘈杂的议论声,陈大雷再次走到树下,平静地举起那只小小的火柴盒子,等待枪声,等待那颗危险的子弹。

远处,顺溜再次匍匐倒地,稳定地瞄准着,将已经有点模糊的目标牢牢地套进步枪的瞄准具中,扣扳机的食指慢慢压下……

"这枪啊,是从你心窝窝里长出来的!你的耳朵你的眼睛,你的呼吸你的性命,统统长在这枪身上呢。你就是枪,枪就是你。你俩是一个身子一条命呵!"爹的话忽然在顺溜耳边响起,原本因争吵而躁动的心情立刻平静下来，四周嗡嗡的议论声逐渐变得遥远而模糊，前方百多米外那常人看起来已经模糊不清的目标，则在顺溜的眼前变得清晰起来，恍惚中，顺溜甚至可以清晰地看到火柴盒上那搔首弄姿的日本女人。

手指处，从扳机上传来的压力逐渐变得沉重，轻微的摩擦声仿佛在向顺溜传递着一个信息，枪里的子弹已经被赋予了生命，变得躁动起来。

"啪！"扳机被扣下，撞针撞击底火时发出的轻微响动清脆悦耳，可是很快的，撞击声就被一声沉闷的爆炸声所取代。匍匐在地的顺溜全身随着枪声一颤，一颗子弹同时带着一缕青烟从枪口飞出，射向前方树下的陈大雷。

原本嘈杂的人群在枪声响起的同时，顿时寂静下来，所有人在枪响后，迫不及待地向陈大雷的方向看去。

"砰！"听到枪声的同时，陈大雷的身体顿时一颤，手指处立刻传来一阵灼痛，本能地松开手，一团烟火如同炉中的火炭一样骤然在手心处炸裂，火星四溅，煞是好看。

脚下，整个火柴盒子像火把般熊熊燃烧起来，与此同时，四周响起雷鸣般的掌声和欢呼声！

抬头看了看远处站起身来的顺溜，又低头看了看自己手指上被子弹灼出的一道红印，陈大雷嘴角不禁微微翘起："这小子行啊。我总算找到了一个真正的神枪手！"

如雷鸣般的掌声轰然在四周响起，在众人的簇拥下，陈大雷再次走到顺溜身边，友善地拍了拍他的肩膀说道："伙计，叫什么名啊？"

"顺溜，我叫顺溜。"听到陈大雷询问，顺溜梗着脖子答道。

第一章　顺　溜

"怎么没个姓？是怕我陈大雷跟了你的姓，辱没了你吗？"陈大雷稀罕地摩挲了顺溜两把，再次询问道。

"我，我爹姓陈。"顺溜被摸得有点不自然，结巴着说道。

"那你不也姓陈吗，也好，咱俩是本家啊，都姓陈，也省得我陈大雷改成李大雷，张大雷了。不过顺溜同志，你这名不大好听，听着就是个小名嘛。你有大名没有？"

还没等顺溜回答，身边的三营长便抢着答道："他没呐！哎呀，顺溜就缺个大名呐。司令员干脆给他起一个！"

"真的吗？"陈大雷转头询问道，见顺溜点头，他接着说，"这样吧。我姓陈你也姓陈，我叫陈大雷，你干脆就叫个陈小雷吧！"

"陈陈……陈什么小雷，听着像是你儿嘛。"得了名字的顺溜，却不甚高兴。

"儿又怎么了，亏了你不？我陈大雷因为打仗，结婚晚了好几年，要不，我儿都比你高些了。你还别不乐意，好些人想给老子当儿子他还当不上呐！"陈大雷耳尖，听到顺溜的叨咕，立刻扯着嗓门说道。

虽然身边三营长等人不断使着眼色，无奈顺溜再次犯起倔脾气，仰着头说道："我是我爹的儿，不是司令员的。"

听到顺溜的回答，陈大雷嘿笑一声道："嘿，这小子够倔的啊！不为五斗米折腰，好，这个性儿我喜欢，既然这样，我提拔你一下，你叫陈二雷如何？你爹就当我爹，咱俩就是兄弟了。革命战友嘛，个个是兄弟。怎么样？"

"陈二雷……二雷好，我就叫陈二雷。"默默地念叨了一遍自己新得的名字，顺溜顿时变得笑逐颜开，连连点头道。

"好好好，咱们六分区有两颗雷啊。天上一颗大雷，地上一颗二雷。晴空一声霹雳响，轰轰烈烈干一场！咱六分区的好日子到了！"身边，三营长连忙插嘴夸奖道。

"三营长你又狡猾了你！行了，收兵。对了，叫维持会长来，把这块怀表给他，告诉他，今天于私，我陈大雷认了个弟弟，于公，为咱们六分区找到了一名神枪手，这于公于私都要庆祝一下，把这怀表卖了，晚上加菜，肚包鸡，我请客。"陈大雷对三营长摆了摆手，吩咐道。

听到陈大雷的话，旷场上原本紧张的气氛立刻被欢笑所冲淡，对于这新来的司令，众人心里也不由得生出一丝好感。大家笑着看了看身边的司令员，又簇拥着顺溜走回到司令部。

晚餐中，陈大雷有意将顺溜拉到自己身边，对于这个仿佛从天上掉下来的神枪手，他有种莫名的亲昵和喜爱。

"……第一次开枪，大概是五六岁吧，我记得，那枪比我高一截子，端在手里都拿不稳。从那时爹就教育我说：'娃儿啊，这枪是从你心窝里长出来的。握枪瞄准的时候，天塌下来你也感觉不到，地陷下去也不关你事。你的呼吸、你的眼睛、你的心肝、你的性命，统统长在这枪身上呢！这时你就是枪，枪就是你。你俩是一个身子一条命！'"坐在陈大雷身边，嘎嘣嘎嘣大嚼着鸡骨头，顺溜含糊地说道。

"你爹是猎户？难怪你的枪法这么准！那你爹现在在哪儿呢？"看着顺溜狼吞虎咽的样子，陈大雷叹息着将自己碗中仅有的一个鸡翅膀夹到他碗里，再次询问道。

"自从给我姐说了婆家之后，我爹就走了，他说，他一辈子当猎户，临了要把自己还给大山。"顺溜说这话时平静得一如谈论一件普通事一般，可是带给陈大雷的却是无比的震撼。

"我姐是我唯一的亲人了,自从我娘去世后,她代替我娘一把屎一把尿的把我拉扯大,我跟我姐最亲了。"顺溜憨笑着抓起鸡翅膀,一边幸福地大嚼着,一边含糊地说道。

第二章　该来的总会来

之前如闹剧一般的相识，并没有疏远众人之间的感情，相反，大家却在这次纷争中，消除了隔膜，相互熟悉起来，所有人都在这熟悉的过程中，不由自主地对这个猎户出身的神枪手发生了兴趣。

此刻，在营部马棚内，顺溜正一边擦着自己的步枪，一边有一搭没一搭地和身边侍弄着战马的文书聊着天。

看着顺溜爱惜地用枪油将步枪的每个零件擦得锃亮，文书在旁边教诲道："你小子差点把我们司令员打死。哼，司令员不怪罪你们，我不能不说几句！你犯下这么大的事，就没受点教育？没得点体会？"

听到文书的询问，顺溜神情一滞，讷讷地说道："是啊……我欠了司令员一条命。往后，我一定报答他！"

"光报答就行啦？咱们这是部队，又不是山头，不讲什么江湖义气。"文书瞥了他一眼，纠正道。

"那，那咋办？难不成还让司令员给我也来一枪？"顺溜愣愣地反问道。

第二章　该来的总会来

"要我说,你只要好好杀鬼子,司令员自然就高兴,也不需要你报答了。"顺溜的回答,让文书颇有啼笑皆非的感觉,连忙纠正道。

"放心,鬼子我一定会杀的,但是司令员我也要报答,这一码归一码。"顺溜执拗地说道。

"那我呢?你怎么报答我啊?"看着顺溜认真的样子,文书开他玩笑。

"你怎么了?"顺溜回首愕然反问。

"是谁辛苦地把你绑起来,又把你带到司令面前的?"文书一本正经地说道。

"这,这算啥啊?难不成,你把我绑起来还算功劳了?"顺溜被弄得一头雾水,奇怪地询问道。

"嗳,这话还真没说错,我之所以绑你,其实是救了你!"文书立刻点头说道。

"啊?你绑我就是救我?"顺溜越发不理解。

"笨!这么明显的道理都不懂。我谁啊?文书,号称翰林!我跟司令员朝夕相处了这么长时间,太了解他了。我干嘛要绑你们?难道不绑你们还敢跑了么?不!因为我知道,司令员一看见你们几个被绑得跟粽子似的,立刻会心软。结果是不是原谅了你们?所以,这里头也有我一片情意啊。你小子欠司令员一条命,欠我什么?"憋着心里的笑,文书表情严肃地解释道。

可无奈的是,虽然文书话说得婉转,可顺溜却完全不懂,呆定了片刻后竟然问道:"同志哥,你、你说傻话呢吧?"

文书气绝,正准备开口教训,两人身后忽然传来一阵急促的脚步声。两人转头看去,却是排长风风火火地走了过来。

"轻点你,带起灰了!"排长的大脚带起的阵阵灰尘弄得原本擦得锃亮的零件灰尘暴土,气得顺溜立刻大叫道。

听到顺溜的斥责,排长停住脚步嗔怪道:"行啊你。顺溜改二雷了,新兵蛋子成了司令员弟兄,连我当排长的都不认了!"

听到排长的嘲讽,顺溜不好意思地低头一笑,慌忙站起来敬礼道:"嘿嘿,排长,你找我有事吗?"

"哪是我找你有事,是咱们司令,你大哥找你。"排长友善地拍了拍顺溜的肩膀。

"司令,找我?为啥?"顺溜一愣,脱口问道。

"你小子,你亲自去问为啥吧!"排长笑着说道。听到排长的话,顺溜也觉得自己过于唐突,索性低头麻利地装好武器,再次将枪背上肩膀,快步跟着排长向营部跑去。

陈大雷不在营部,而是早早地迎在路口,见顺溜过来,立刻热情地拉着他走进大庙偏殿。

"二雷啊,你有一手好枪法啊。说实话,我革命二十多年了,头回见过枪头子这么准的兵。"走进偏殿,拉了个蒲团坐下,陈大雷立刻赞扬道。

被没头没脑地夸奖了几句,弄得顺溜有点不自然,只能点头道:"是!"

"前几天,一分区司令员老刘,得意洋洋地向军区报功。说他部下有个神枪手,在伏击时一枪击毙了日军一个旅团长。军区司令员大为欢喜,通报嘉奖,而且奖励给一分区两挺歪把子,三千发子弹!妈的,不瞒你说,这事让我好羡慕啊。他一分区最早建立,原本就兵强马壮,是军区长子呐。而我六分区才刚刚满月,底子薄,我可是太需要壮大实力了。"陈大雷似乎没感觉到顺溜的窘迫,

第二章 该来的总会来

仍旧自顾自地说道。

"是。"虽然不明白司令为什么要和自己说这些,但顺溜仍然乖巧地点了点头。

"怎样才能壮大我六分区呢?只能在战斗中发展,关键在于多立战功,多创造战果。二雷啊,我觉得一个神枪手创造的战果,有时能顶一个排甚至一个连!他能以最小的代价给鬼子最大的杀伤。现在咱们士兵手里使的都是汉阳造、老套筒,有的甚至是大刀长矛,你说,要是大家的手里都换上清一色的三八大盖该多好?"陈大雷双眼放光地说道。

"那,那小鬼子能答应吗?"顺溜不明所以地问道。

"咱们是从人家手里抢枪,由不得他答应不答应,所以,我要你承担更大责任,发挥更大作用。我准备在分区成立一个排,不,一个连,整个连的士兵全部由神枪手组成!我要给他们每个人都配上最好的武器,让他们在战斗中放过伪军,专打小鬼子,不光打小鬼子,还要打指挥官,专打佩东洋战刀的!嗯,我告诉你,在华东日军部队中,尉官佩黑把战刀,校官佩黄把战刀,将官佩银把战刀。听说,属于日本皇家血脉的军官,佩玉把的战刀!不过,佩这种战刀的鬼子,我还没见过,你要是能打一个多好啊!"陈大雷仿佛看到了一幅充满希望的画卷,眼神中不禁流露出幸福的神色。

"报告司令员,真正的神枪手是天生的,不会有那么多,司令员你没法成立一个连啊!"还没等陈大雷憧憬完,顺溜就兜头一盆冷水浇了下去。

被打断了好梦的陈大雷神色顿时变得不悦,沉下脸问道:"天生的这话是谁说的?"

"我爹。"顺溜回答道。

"咱爹？那我也得批评两句，他这话不对嘛，不符合马克思嘛！任何本领都可以锻炼出来。同样，任何枪法也都可以锻炼出来。比如我，当年一个野娃儿，如今不是也锻炼成司令员了么？嗳——这就符合马克思了！"陈大雷大手一挥，面露得意之色道。

"砰！"

就在顺溜准备出言反驳陈大雷的时候，村外忽然传来一声枪响，顿时打断了两人之间的对话。

"有情况！"两人对视了一眼，同时拔腿向外跑去。

枪声仿佛号令一般，让所有战士都不由得跑出营房，聚集在一起向枪声传来的土道方向望去，原本祥和的气氛顿时变得紧张起来。

在通往村子的土道上，一匹东洋战马翻腾着蹄子，口吐白沫，打着响鼻在土道上蹦跳着，坐在马上的伪军司令吴大疤拉不满意地抽了胯下的马一下，随后整理了下头上的钢盔，得意地向身后招了招手。

副官看到，立刻马不停蹄地跑上来，点头哈腰地向吴大疤拉询问道："司令，有何指示？"

"枪放了吗？"回头警惕地看了看尚未追上来的日军协调官，吴大疤拉小声询问道。

"遵您的吩咐，已经找了个机灵的，跑到前面两村口，放了几枪，估计，新四军如果听到枪声，早该跑了。"副官媚笑着说道。

"嗯，很好，李副官。叫弟兄们精神点，大军扫荡，草木无存，得有杀气，得有皇协军的气势！要不然，不但坂田看了要蔑视我们，就是叫新四军游击队看见，也会他妈的……不用我多说了！"

听到副官的回答，吴大疤拉放下心来，随后挺了挺胸膛，装出一副即将英勇就义的样子，昂首大喊道。

李副官会意，转身向身后一群萎靡不振的伪军大喊道："立正，大军扫荡，草木无存，我们得有杀气，有皇协军的气势。听令，枪上肩，开步走！一二、一二一……"

听到命令，伪军们纷纷整理好身上的装备，举起步枪昂然迈步向前走去。

看到自己的命令被很好地贯彻，副官再次奔回吴大疤拉身旁。正走着，副官突然回头望见一队日军整齐地排立在身后不远处。一个日军军官骑在高头大马上，不耐烦地在那里等候着，见此情景，副官立刻低声提醒道："司令，皇军已经到位了。"

瞥了一眼军容整齐的日军，吴大疤拉冷声道："早看见了。"随后催马脱离队头，向日军的队伍跑去。

临到近前，原本挂在吴大疤拉脸上的冰冷已经迅速被一团微笑所取代，来到日军队伍前，他早就一骨碌滚下马鞍，小跑着来到日军指挥官面前，点头哈腰地说道："报告坂田太君，本司令率皇协军第一大队，奉命协助太君出发扫荡。"

被称为坂田的日军少佐用丝毫不加掩饰的蔑视眼神看了对方一眼后，命令道："昨天接获情报，有新四军小股部队在黄庄一带出没。请吴司令率皇协军，朝黄庄方向侦察前进。我率日军，在皇协军后方五里处隐蔽跟进。如果发现敌情，绝对不可纵敌，不可怯战，务必彻底聚歼！"

"哈依！"吴大疤拉恭敬地如鸡啄米一般连连点头，随后再次跑回到伪军队伍前，大喝道："跑步前进！"

副官牵着马走在队伍的最前头，窥着离皇军部队渐远，他立刻抱怨道:"皇军足足落下五六里地啊?这要是打起来,他们拍马也赶不过来支援我们啊。"

"呸!支援?你当他们真有什么好心?坂田的意思,是拿我们当诱饵,给他们诱敌。"吴大疤拉愤怒地低声说道。

"那怎么办?司令,我可听说了,这坊间老百姓可都传开了,说什么陈大雷前些日子刚从汤山镇经过,他的卫士们沿途向百姓放话,说六分区成立啦,司令员叫个陈大雷啊,有志气的小伙赶紧参军吧!"副官面露惊恐地说道。

吴大疤拉浑身一震,惊呼道:"谁?"

"陈大雷!"副官用打颤的声音小声重复。

"出城时我就感觉不吉祥,两只乌鸦朝我呱呱叫。果然,碰着丧门星了!"吴大疤拉懊恼地摇了摇头道。

"司令啊,我看陈大雷也未必有什么了不起,我们带着这几百号人,他难道还敢自己寻死冲过来不成?"副官巧言安慰道。

"你知道个屁!"吴大疤拉恼怒地骂了副官一句,随后语重心长地教育道,"你跟陈大雷交过几回手?!江淮一带,陈大雷威名赫赫。枪法准,杀机盛,胆量大,心眼多!就在这三年里,松井联队的皇军,五十多人死在他枪下,受伤的足有上百人。联队所有官兵,从松井大佐到下头的士官,个个对他恨之入骨。我告诉你,陈大雷是江淮所有皇军的头号死敌!别说我们小小的皇协军,就是皇军,松井,都拿陈大雷没办法。"

副官摆出一副受教的模样,安慰道:"还好。听说陈大雷只是从镇上过,现在他早就跑到不知什么地方去了,我们肯定碰不着他。"

吴大疤拉叹息道:"每回,当我们以为陈大雷跑远了的时候,

第二章 该来的总会来

他往往就藏在眼皮底下！每当我们以为陈大雷就在眼皮底下的时候，他又远在天边啊！"

副官担心地左右看了看，忐忑地问道："司令……那您以为，现在的陈大雷，是藏在我们眼皮底下呢？还是远在天边呢？"

吴大疤拉苦笑一声说道："算是问到点子上了！现在么，我估计陈大雷就在我们眼皮底下。不——说邪乎点，不是他在我们眼皮底下，而是我们在他的眼皮底下！此时此刻，他八成用望远镜盯着我们呢！"

副官闻言大惊，不禁转头四下张望起来。

"不必慌。也别东张西望的。首先，你根本看不见他。再者，东张西望反而容易招来子弹。陈大雷要想打我们伏击，刚才我们说不定早就踩上地雷了。既然没接火，就说明他不敢轻举妄动！"吴大疤拉安抚道。

无奈，副官已然担心起来，颤声说道："司令，那，那退军吧？"

"退军？坂田在后头跟着，皇军枪口顶着咱们后脑勺。擅自退军，那王八羔子饶得了我们吗？饶不了！"吴大疤拉长叹道。

"那我们怎么办？"副官六神无主地问道。

吴大疤拉沉思片刻，冷笑道："不能退，只能想法绕过陈大雷，继续前进。如果接火了，我们趴下，让皇军跟他打去。照他们新四军游击队的想法，咱们是软柿子，他们肯定会放过我们，打皇军的。"

副官大喜，连忙追问道："妙哇！但是司令啊，咱们连陈大雷身在何处都不确定，怎么绕哇？"

吴大疤拉朝山坡处张望了一眼，得意地说道："到山上瞧一瞧。凭我这双眼，大致能瞧个八九不离十。"

"掩护!"听到吴大疤拉的话,副官面露喜色,向身后的众伪军下完命令,随后殷勤地服侍着吴大疤拉向山坡上爬去。

"看见远处那两座庄子没?东面大的那个叫大黄庄,西面小的那个叫小黄庄。刚才我叫你放几枪,是有目的的,新四军如果是小股部队,听见我枪响,一定撒丫子走人了,可如果是大股部队,知道我们要来,准备和我们干一仗的话,他们铁定会藏在大黄庄。所以,陈大雷如果没走,那他肯定隐蔽在大黄庄里。因为,大黄庄人烟茂盛,足有上千户人家,庄内还隐藏着游击队挖的地道。那些地道,皇军几次扫荡也没能清除干净。大黄庄里就是藏上几百人,根本看不出来。西面的小黄庄,孤处一隅,周围地形也为兵家所忌,是一处易攻难守的死地。陈大雷何等聪明,他断然不会隐藏在那儿!"

听完吴大疤拉的分析,副官立刻赞扬道:"高明!司令火眼金睛,一眼就瞧出陈大雷的马脚来了。"

吴大疤拉矜持地说道:"动乱年代,明哲保身才是正理,传令,队伍绕开大黄庄,取道小黄庄,隐蔽穿行而过。"

听到命令,排在土道上的伪军拖着稀稀拉拉的脚步向道路另一头的小黄庄走去。

同一时间,另一处山冈上,两坨枯黄的蒿草轻微地颤动了几下,两个头带土黄色军帽的脑袋小心地从蒿草下探出头来向土道上缓慢前进的伪军看了一眼,当看到伪军的目标竟是小黄庄时。两人惊诧地对望了一眼,不顾危险地抛开伪装物,从山脊处向小黄庄飞奔而去。

"吴大疤拉率队朝小黄庄这边来了。兵力大约三百,距我们不到十里地了。还有,司令员你判断对了,伪军后面有大片日军

第二章 该来的总会来

跟进,兵力最少一个中队,配有五六挺机枪,三门钢炮。"侦察员还没进门,喊声就已经先一步传进众人的耳朵里了,听到报告,院子里正在焦急地等待着消息的众人纷纷站起身来,将目光转向已经被汗水打湿了衣襟的侦察员身上。

"怎么这么快?你看清楚了,敌人是向着小黄庄过来的?听情报说,他们不是扫荡大黄庄吗?"沉吟了片刻,陈大雷再次询问道。

"错不了,吴大疤拉那狗腿子还特意站到山冈上瞅了好半天呢。"侦察员喝了一口身边战友递过来的水,肯定道。

"伪军和日军之间,有多大空当?"

"相隔五六里吧。"

"怎么办?"战况紧急,三营长立刻转头向陈大雷询问道。

"小黄庄地形不利,不便于机动,外头一马平川的,现在撤退,肯定会被敌人一口咬住,根本就是送死!日伪军兵力超过我们两倍,装备精良。我们不能硬干,看来,要想想办法了。"陈大雷缓慢地坐下来,低声说道。

听到陈大雷的话,三营长越发焦急起来,连忙向门外大喊:"一排集合,装备优先补给,护送司令员转移!"

"干什么?不要慌,这个时候走也是送死,狭路相逢勇者胜。立刻集合部队,"陈大雷摆手制止了传令兵,命令道,"不,先集合班长,让所有的班长来这里见我。"

"可是司令,你知道,我这个营长不过是空架子,说穿了,比人家连长都不如,全营只有一个连三个排,一百三十五号人,虽然人手一枪,但是半数枪械老旧,子弹更是不足。这仗怎么打?还是让我送您离开这吧。"三营长试图说服陈大雷改变主意。

听到三营长的话,陈大雷微微一笑,安慰道:"我记得大司令曾经和我说过:班长,军队的灵魂。你记着,每当敌众我寡,需要生死一搏时,这时候不在兵多少,关键看班长。你有多少班长?"

三营长不假思索地说道:"八个班长。"

陈大雷追问道:"几个负过伤?"

三营长道:"都负过伤!"

陈大雷满意地点了点头,随后说道:"这样,你把八个班长全叫来,我亲自给他们布置战斗任务!"

听到陈大雷的命令,三营长虽然甚不甘心,却只能听从命令向外走去。很快的,在他的带领下,几名身材敦实,面孔黝黑的班长挨个走进厅堂内。

看见他们走进来,陈大雷立刻热情地招呼大家坐下,随后神态轻松地说道:"今儿,我六分区刚好满月。要是养娃儿家,那就得喝满月酒!没想到,老天爷也知道了这事,巴巴的让鬼子赶来凑热闹,好啊,既来之,则安之。咱们也不能辜负了人家送礼的一番心意不是?小鬼子来走亲戚了,做长辈的不能让他们空手回去。谁是长辈?新四军就是!你们几个班长,就是小鬼子的长辈!你们说是不是?"

听到陈大雷的话,八个班长一扫之前的拘谨和木讷,纷纷呵呵笑了起来,齐声回答道:"是!"

陈大雷欣慰地拍了拍几个人的肩膀赞扬道:"好!有这信心,那咱们今天就好打了。今天这仗,前头的伪军是草包,主要目标是跟在后头的日军。我们要充分利用日军、伪军之间几里路的空当,这不但是我们的战机,也是我们唯一可以取胜的机会!听着!

第二章　该来的总会来

你们要把伪军放过去,让日军走到跟前来再开火。这伙日军可是从淮阴城里颠来的,来的不易,我瞧八成是松井联队。嘿嘿,松井联队是我陈大雷最喜欢的死对头,跟我多次交过手,所以嘛,他们也算得是饱经沙场了。这支日军里,胡子拉碴的老家伙不少,都是士官。这帮家伙可不怕你枪林弹雨啪啪啪啪,他们怕什么呢?就怕上了战场半天却看不见对手,也听不见一声枪响。而枪一响,身边倒一个,再一响,身边又倒一个,而他呢,还是啥都看不见!老家伙呵,最怕这个。最怕被人瞄上而自己却看不见敌人!嘿嘿,这种枪口后头,暗藏着一双眯缝的眼,藏着一颗冷冷的心,也就是说藏着一个班长!这种班长啊,打起仗来就像我陈大雷,血战恶战最过瘾了,二拇指轻轻一扣,小鬼子就回见天皇了,这还不过瘾么?"

"过瘾!"几人同时大声应和道。

"别急啊,真正过瘾的还在后面呢,刚才说的是战斗第一阶段。接下来的第二阶段可是关键。开打二三十分钟后,鬼子肯定会疯狂冲锋,他们呀呀呀怪叫,越近越叫得响。同时,所有的歪把子机枪、手榴弹、钢炮、山炮一齐涌上来。这时候,你们身边的兵肯定发蒙了,他们连人带枪都被飞起来的土石盖住了,丧失目标。这时你当班长的怎么办?听着,你得一脚把他踹后面去,把他的枪夺过来自个儿打!因为他已经没战斗力了,打也是瞎打。做班长的在这时候,首先不能让沙土蒙了眼,再就是要让枪弹打出最高射速,你有多少子弹全打出去,手榴弹也甩出去!瞧好吧,越是吓人的时候也越是好打,目标又大又近,你甚至能打个葫芦串子,一枪贯穿两个小鬼子呢!"陈大雷的描述,仿佛让几人身临其境一般,津津有味地围在他身边聆听着,从他们那逐渐发烫的身体和热乎乎的掌心处可以清晰地感受到，他们已经彻底被调动起来了。

"好了，话我也不多说了，来点饯行酒，不过酒暂时没有，来呀，一人一根烟。"见目的达到，陈大雷随手从口袋里拿出一盒老刀牌香烟，一边挨个散发下去，一边命令道。

看着白花花的烟卷被塞进手里，班长们个个激动地搓了搓手，随后迫不及待地放在口中点燃，贪婪地深吸了一口。

"既然烟抽了，那大家也要给我拿出点真本事来，小鬼子既然来了，不让他们留下点什么，就实在说不过去了。好了，大家整理一下装备，出发！"陈大雷高声命令道。

听到命令，八位班长快步从庙内奔出，朝各自的战斗位置奔去。目送着他们生龙活虎地离开，一直在旁边看着的三营长立刻用佩服的口气称赞道："司令员，刚才我可佩服死了。"

陈大雷奇怪地反问道："什么？"

"大战在即，生死关头，而你刚才一番话就把班长们说得乐呵呵的，跟着了火似的！"三营长不禁翘起大拇指。

陈大雷微笑着说道："打仗嘛，本来就是乐事，就该乐！打仗比喝酒吃肉、比跟老婆睡觉都乐！难道不是吗?！"

听到他的解释，三营长也顿时笑了起来，可笑过之后，却低声询问："不过，刚才司令员布置战斗时，只讲了两个阶段，第三阶段干嘛不说？"

陈大雷反问："什么第三阶段？"

三营长连忙提醒："咦？战斗胜利要乘胜追击，战斗失利要转移撤退啊！以往，你可是特别注重第三阶段的。"

陈大雷沉默片刻，低声说："三营长，跟你说句实话，今天这情况和以往不同。依我的经验,今天恐怕没有第三阶段了。枪声一响,就是决战!之后,不是敌死就是我活。可能……我们会与日军同归于尽。"

三营长震惊,脸色陡然一变。许久之后沙哑地说了一句:"司令员,枪响之后,我怕顾不上你了。"

陈大雷笑着拍了拍对方的肩膀:"忙你的吧,最好是顾不上我。"说罢,大步走向院外。

"我有八发子弹,两颗手榴弹。这两颗手榴弹跟我一年多了,舍不得用!"

"我十二发子弹,一颗手榴弹。"

"我九发子弹,没手榴弹。"

"我十三发子弹,三颗手榴弹。其中有颗哑火,扔出去没响我又把它拾回来了……"

院外,战士们七嘴八舌地交谈着,同时比较着手中弹药的多少,而在角落里,顺溜却独自坐在磨盘上,一遍遍擦拭着手中那支三八大盖。

"咔拉!"拉动枪栓,枪膛内一颗金黄色的子弹在机簧的作用下嗖地弹出来,掉落到顺溜的手心,随后,再一拉,又一颗子弹蹦了出来……但是当他第五次拉枪栓时,却响起空膛声。落到他怀里的子弹,仅仅只有四颗。

看着手中极其单薄的弹药,顺溜轻轻叹了口气,拿起枪布仔细地擦拭起这仅有的四发子弹!

每一次战斗都能让顺溜不由自主地兴奋起来,那是一种如同儿时随父亲上山打猎时所特有的混合着紧张、激动、恐惧等等情绪在内的复杂的感觉,可是手中的子弹,却让他兴奋的神经如同被泼了桶冷水一般，瞬间变的冰冷，看着手中簇新的三八大盖，顺溜心中怀念的却是以前家中所使用的那杆火枪，虽然粗陋不堪，但是至少子弹管够。

"只有四发子弹，是吧？"就在顺溜小心地将子弹再次压回到枪膛时，身后忽然响起陈大雷的声音。

"是！"听到陈大雷的询问，顺溜慌忙站起身来回答。

陈大雷笑着对他摆了摆手："嗯，不少了，记得我刚参加红军时，只有两发子弹，弹头是铁丝拧的，枪还是老套筒子。第一次战斗时，我慌了，害怕枪不响，害怕子弹打完后没得打了。所以，那两发子弹我全打空了。"

顺溜憨笑着摸了摸脑袋，追问道："后来呐？"

陈大雷淡淡地吸了口烟，说道："后来嘛，后来就简单多了，缴获敌人的武器呗。战斗次数越多，我越他妈阔气。你怎么样？对战斗有没有信心？"

"有是有，不过司令员……"顺溜脸上现出犹豫之色，吞吞吐吐地说道。

"有话就说！大男人怎么跟小媳妇似的？"陈大雷不满地嗔怪道。

顺溜有些胆怯地咽了口吐沫，迟疑地说道："司令员，待会儿打起来时，能不能再配给我两支枪，两个人的子弹？"

陈大雷惊讶地上下打量了顺溜一番后，反问道："你的意思是，你一人要打三支枪，要使用三个人的子弹？"

顺溜点头承认："是。"

陈大雷表情顿时变的严肃起来，再次追问："那两人呐？他们怎么办？让他们赤手空拳的和敌人打冲锋？"

第二章 该来的总会来

顺溜慌忙摆手解释:"他俩战斗中啥也别干了,专门给我装子弹就行!司令员,你信我吧。我保证击毙更多敌人,比他俩加起来还要多得多!司令员,我啥也不缺,我就缺子弹!你只要能给我足够的子弹,我保证能打到淮阴城去。"

陈大雷沉默下来,双眼如炬般凝视着顺溜,过了好半天才冷冷一笑道:"真没看出来,你小子傲得很呐!听话听声啊,你这小子傲在骨子里!"

不知司令是在夸奖自己,还是在讽刺自己,顺溜脸色一红,不由得低下头去,正当他以为司令员要开口训斥他的时候,耳边却忽然传来一声大喊。

"一排长!"陈大雷转头向队伍喊道。

"到。"听到喊声,一排长连忙放下手头的事情,大声应和着跑了过来。

"你撤下两个战士,缴下他俩的枪弹,全部集中给二雷。不能少于五十发,如果不够,向别的战士要。待会儿交火的时候,那两人啥也别干,一左一右隐蔽在顺溜两边,让他俩专门给顺溜上子弹。"陈大雷意味深长地看了顺溜一眼,冲排长命令。

听到命令,排长顿时被惊得瞠目结舌,过了好半晌才回答道:"司令员,哪有一个兵射击两个兵给他装弹的?!我当了这么多年兵,没见过一人用三支枪打仗……"

陈大雷再次意味深长地看了顺溜一眼,嗔怪道:"别说你没见过,我也没见过!但今天你我都见识一下吧。"

排长争辩道:"可是我担心,二雷的射击速度跟不上那两人的装弹速度。"

听到排长的担心,顺溜连忙接口道:"排长,那两人装弹有多快，我就能打多快！"

排长反驳道："高速射击时你能保证准头吗？我们子弹珍贵着呢……"

顺溜连忙点头："我保证又快又准、指哪打哪！"

排长见无法说服顺溜，只能长叹了口气说："唉，陈二雷，统治阶级把人划成三六九等，你也把战友划成三六九等！你这人太骄傲了……"

顺溜不服气地梗起脖子："排长干吗老说我骄傲啊？我一点儿不骄傲！我只是实话实说！"

见两人争辩起来，陈大雷连忙插嘴道："好了！骄傲不骄傲，战场见分晓。干活！一排长记得给他三支枪。还有，陈二雷，战斗结束后再跟你算账！"说罢，转身向村外走去。

村外大道上，伪军们如同蚂蚁一般，端着枪缓慢的向前挪动着，看着前方庄口越来越近，众人的行动也变得愈发迟疑起来。

一直走在队伍前头的吴大疤拉此刻早已经下马，乖乖地藏在队伍后面，一步一步向前挪动着。

在他身边，副官警惕地四下张望了几遍，慌忙凑过来说道："司令，万一陈大雷不在大黄庄，恰恰就藏在小黄庄里，那可怎么办？"

吴大疤拉用枪口顶了顶自己的钢盔，嘲笑道："你小子害怕了？"

副官点了点头，随后又艰难地摇了摇头道："司令你可是说过，那家伙诡计多端。我们以为他远在天边的时候，他往往就在眼皮子底下……"

听到副官的话，吴大疤拉生气地用枪口戳了戳对方的胸口说道："我让你安排人在村口放枪，又故意放慢了行军速度，你知

第二章 该来的总会来

道这是为什么吗?"

副官不明所以地摇了摇头:"为什么?"

吴大疤拉生气地骂道:"蠢货!就是让姓陈的远远看见我们,早早逃命!所以,他即使藏在庄里,这时候也该跑了。"

副官恍然大悟点了点头,称赞道:"哦……在下实在佩服得五体投地!哎呀司令,您看,皇军停止前进了,他们把枪口对准了我们。"

吴大疤拉一惊,回首观望,立刻发现,坂田等人不知何时已经登上一片山坡,指挥着众日军迅速架起机枪、钢炮,瞄向伪军方向。

战战兢兢下,吴大疤拉挥了挥手中的王八盒子,招呼着众伪军向前挪去。

"哎?小黄庄为何死气沉沉,看不见人影?"没走两步,身边的副官忽然诧异地提醒道。

"停止前进!"听到提醒,吴大疤拉也察觉到了某种令人不安的气氛,连忙招手命令道。

听到命令,众伪军纷纷停住脚步,不断的左右张望着,显然眼前的平静让所有人都感到紧张。

吴大疤拉狐疑地打量着不远处的村庄,心里盘算着可能出现的状况,身边,副官看透了他的心思,连忙低声建议道:"司令,要不,派人侦察一下?"

吴大疤拉犹豫着点了点头,就在转身准备命人进村时,庄内忽然传来一声狗吠。一个放羊娃赶着几只羊慢悠悠的从村口出现,三摇两晃地向他们走来。

见有来人,吴大疤拉一直悬着的心多少放了下来,连忙向副官命令道:"喊那小子过来。"

副官听到命令,立刻大声吆喝道:"嗨!小子,你过来!"

放羊娃听到召唤,才察觉到自己面前竟然多出这么多伪军,立刻惊慌失措地赶着羊向村内跑去。

他这一跑,顿时令副官胆气十足,忙骂骂咧咧地追了上去。

羊倌跑得甚是慌张,两三步之后,竟然一失足狼狈地跌进沟里,副官见状忙追上前,一把擒着他的破棉袄,把他拎到吴大疤拉跟前。

"老总呵,大爷呵,我是良民啊,你饶了我吧!"被一把掷在吴大疤拉面前的羊倌,索性不起身,头如倒蒜地哭着告饶。

见对方如此不堪,吴大疤拉多少放下点担心,装出一副官老爷的样子,打着官腔问道:"庄里人都到哪儿去了?"

羊倌擦了擦脸上的鼻涕和眼泪,木讷地回答道:"在呀……在庄里啊。"

吴大疤拉追问:"那怎么没人影呢?"

羊倌呆痴地说:"怕呗。才有人听见枪响了,说是太君要进庄。家家吓得关门闭户,谁还敢露面呐……"

吴大疤拉立刻追问:"那你怎么出来了?"

羊倌胆怯地说道:"我、我想把羊赶山里去。要不,你们就……"说着留恋地看了看身后那几只干瘦的山羊。

副官伸手打了羊倌一巴掌,喝问道:"庄里有新四军没有?"

"没。"羊倌被打得莫名其妙,连忙回头答应。

副官再次问道:"那有陌生人没有?"

"陌生人,啥是陌生人?"羊倌不解地问道。

"笨蛋,就是你们不认识的人!"副官作势再打,羊倌吓得连忙缩起身子。

第二章　该来的总会来

"没呵。都认识，乡里乡亲的，好几十年的邻居，哪有什么姓陌生的。"羊倌连连摆手道。

"行了，一个乡野村夫，和他费什么话，赶快让这小子带着进庄。"另一边，吴大疤拉不耐烦地催促道。

听到命令，副官立刻拉起羊倌喝令道："起来。领我们进庄。"

这边，仿佛要被送上屠房的山猪一样，羊倌拼命地挣扎起来，不断地哀求道："大爷们自个儿进去吧，饶了我吧，我家的羊是俺娘留着准备给俺娶媳妇的。"

"哪儿他妈那么多废话，赶快给我起来。"副官不管三七二十一地拉起羊倌，随后一脚踹上去，推推搡搡地押着他向村内走去。

第三章　激　战

村内，一片静寂，老百姓在战士们的协助下，早已经转移到自家早早挖好的地道内。此刻，在村子里，除了已经隐蔽好等待敌人"光临"的战士外，别无他人。

陈大雷缓步游走在各个阵地之间，凝神注视着战士们临敌时的每个动作——从他们进入战斗位置的动作中，陈大雷可以清晰地看出，甚至预测出他们每个人的战斗能力、战斗胜负，甚至是战士的生死命运！每回战斗，都有人永远消失了。活下来的，都是那些最能作战的勇士！

"当，当！"熟悉的砸门声再次从村口处传来，这声音预示着伪军已经进村，听到响动，所有人都警惕的将身子埋入掩体，等待着发动攻击的命令。

前方，羊倌和两三只羊领着如履薄冰的伪军已经进入小黄庄。伪军们端着枪，在空荡的庄中不断地敲门砸户，寻找着可以换钱的物件。

吴大疤拉开始时十分警觉，直到那熟悉的敲砸掠夺之声传来后，他开始放心了，把枪插回枪套，傲然地向副官命令道："叫弟兄们分头搜索，补充一下给养，别耽误事。半小时就走。"

副官点头道："遵命。"

忽然想起了什么，吴大疤拉转头向身边张望，却发现几只羊还在这，那羊倌却不见了。

"嗳？那小子呐？"吴大疤拉转头向副官询问道。

"溜了呗。村里的野小子，见过什么世面！"副官伸手从一名兵丁手中抢过一个包袱，在胡乱翻了两下之后，满不在乎地回答道。

吴大疤拉哼了一声，再次扯着脖子对掠夺的伪军呵斥道："快着点，别耽误。坂田在后头盯着呐！"

坂田确实在后面盯着呢，不过此刻，他已经被这帮伪军的混乱举动气了个倒仰。

"猪，猪！支那部队都是臭猪！"看着望远镜中伪军肆无忌惮地抢劫着财物，却不去寻找新四军的下落，坂田气愤地咒骂道。

吴大疤拉完全没听到坂田的咒骂，此刻他已经恢复了司令的威风，在几个伪军的陪伴下，视察着自己刚刚"攻克"的根据地，并且在心中草拟着如何回去替自己美言几句。

沉浸在幸福中的吴大疤拉显然没发现，在不起眼的屋顶与矮墙处，隐约可见几支枪口静静瞄准着自己。

很快的，几个人走到一处僻静的院落，忽然从院落里传出马的嘶鸣声。吴大疤拉闻声大惊，赶紧示意伪军上去看个究竟。

走到门前，院门虚掩，从门缝中隐约可以看到有个人影在晃动。在踹门前一瞬，狡猾的吴大疤拉忽然有些犹豫，他侧耳贴向门板，倾听里面的动静。就在这时，门板吱吱开了，之前的羊倌刚要走出来，却忽然发现吴大疤拉，吓得掉头就跑。这动作立刻消除了吴大疤拉的疑虑，他一把扯住对方，厉声问道："这是什么地方？"

羊倌战战栗栗地回答道："羊、羊圈啊。"

吴大疤拉伸手打了对方一下，咒骂道："屁！我撕拉了你！这不是羊圈是他妈的马厩吧。马在哪儿？"

羊倌惊恐万状地躲过吴大疤拉的一拳，连忙告饶道："老总啊，您饶了我们吧。咱家就那一匹赶车的马啊！"

"去你妈的！"吴大疤拉可没空和他废话，一把推开对方之后，招呼着手下，大步向庭院内走去。

"啪！啪！"几个伪军刚刚冲进院门，几声急促的枪声就在同时响起，伴随着一阵阵沉闷的"哎哟"声，几名手下如同一截截木头桩子一般，一头摔倒在地，眼见出气多入气少。

反应过来的吴大疤拉，慌忙掉头要往外跑，却被早已经守在门后的士兵一把抓了个正着。

拎着对方的脖领子，三营长枪口抵在他的脑袋上低喝道："别出声，出声就打死你！"

感受着脖子处的冰冷，吴大疤拉顿时失去了力气，躬着腰浑身颤抖道："哎哎……知道，知道。我不出声，我绝不出声！"

三营长冷笑了一声，低喝道："走，进屋！"说着，将吴大疤拉押进内屋。

屋内，陈大雷一动不动地伫立门口，死盯着被推进来的吴大疤拉，那边，战战兢兢的吴大疤拉一眼看见对方，顿时满面赔笑地问道："嘿嘿，这位长官是？"

"新四军，陈大雷。"陈大雷冷笑了一下，回答道。

听到对方的名号，吴大疤拉心里咯噔一下，身体不由自主地直挺起来，咔嚓来了一个标准的敬礼，颤声道："哎呀陈司令啊，

第三章 激 战

兄弟早就想向您请罪了啊！兄弟是苏北护国军第三纵队司令吴雄飞。"

"哦，吴司令啊，久仰大名，老想见您一面，今天好容易得了个空，把您和小鬼子一块儿弄来，正好大家会一会。"陈大雷意味深长地笑了笑，随口说道。

陈大雷这话，吓得吴大疤拉心里顿时一沉，之前吊在嗓子眼的心脏此刻却一下子掉进大腿根，连忙走上前赔笑道："嘿嘿，兄弟知道，贵军管我叫吴大疤拉。陈司令别客气，您还叫我吴大疤拉吧——顺嘴！这司令司令的，叫着小的折寿。"

看着对方表现出来的谦卑的样子，陈大雷不动声色地说道："哦，你倒挺知心嘛！"

被夸奖了一句，吴大疤拉只觉得骨头都轻了半两，连忙表情夸张地表示道："知心，知心！这么多年来，兄弟一直和党国心连心！兄弟人虽在淮阴城里头，但我一直是身在曹营心在汉，兄弟早就和重庆方面联系上了，兄弟是冒着杀头的风险做国军内应啊！嘿嘿，兄弟之所以忍辱衔耻地卧在鬼子身边，给他们当婊子做畜生，为的就是有朝一日能把鬼子斩尽杀绝呀！"

看着对方手舞足蹈地在那里表现，陈大雷冷声说道："哦？这我倒不知道，这么说，吴司令倒不是什么汉奸，而是忠义彪炳的关二爷了？"

吴大疤拉虽然脸皮甚厚，可是如此露白的讥讽，仍然弄得他面孔一红，连忙表白道："这，这小的怎么能跟关二爷比呢，不过陈司令，您肯定记得去年春天的黄塘之战吧？那一仗兄弟虚张声势，奉献给贵军三十多支枪！这事您绝对忘不了吧？还有去年秋天，鬼子叫我部进山征粮，兄弟不是又主动败退了么？不是又给贵军留下二十多车粮食吗?为那事儿,松井联队长差点砍兄弟脑袋!陈司令您瞧,兄弟为了帮助贵军连脑袋都顾不上了!但兄弟想,为了抗日,丢脑袋有何可惜?值啊!"

吴大疤拉的无耻令陈大雷再也忍不住了,他厉声质问道:"废话少说!今天来了多少鬼子?"

"一个中队,一百来号人。六挺机枪,四门钢炮。带队的是坂田少佐。兄弟进庄前,他们已经占领了高坡。兄弟建议,陈司令不可轻动。"吴大疤拉"体贴"地劝阻道。

"我动不动不关你事!依你这些年的罪恶,十个脑袋也不够砍的!现在问你一句你答一句,少在这里跟我嚼舌头废话。"陈大雷眼睛一立,厉声斥责道。

"不够,是不够!嘿嘿……但兄弟时刻准备将功折罪啊。兄弟敬听陈司令吩咐!"吴大疤拉一缩脖子,点头哈腰道。

"说,你跟后面的鬼子怎么联系?"陈大雷厉声询问道。

"旗语。有情况我就打旗语,如果太君,啊不,鬼子有命令,也靠旗语通知我们。"吴大疤拉连忙回答道。

听到对方的回答,陈大雷沉吟了片刻后说道:"好。你听着。第一,我要你向部下发令,让他们立刻离开小黄庄,向北去,爱上哪上哪。第二,我要你用旗语向坂田报告,说小黄庄里平安无事,请日军继续前进。"

"遵命,遵命!"吴大疤拉连连点头答应着。

"日军一旦下山进庄,你也可以走了。吴司令,提醒你一句,发旗语的时候,会有几支枪口对准你。你要是敢动任何心思,我就不打招呼了!"看着对方献媚的样子,陈大雷低声告诫道。

吴大疤拉连连点头道:"那枪应该对准我,完全应该!请陈

第三章 激 战

司令放心,兄弟绝不敢动任何心思,兄弟一定全力配合贵军。"

看着对方一副走狗模样,陈大雷就感到恶心,在勉强和对方商议完之后,他立刻不耐烦地摆手道:"去吧。"

"是,是,兄弟这就去,这就去,打倒日本帝国主义,中国万岁!嘿嘿。"吴大疤拉再次敬礼,恭恭敬敬地转身离去。

"不要动鬼脑筋哦,小心我们的狙击手!"门畔处,之前的羊倌此刻已经除掉了之前的打扮,显露出本来面目,不是别人,却是一直跟随在陈大雷身边的文书,见吴大疤拉出来,他立刻举枪告诫道。

"这位长官,您的扮相实在高明,刚才兄弟瞎了眼,委屈您了,委屈您了。"吴大疤拉早已被吓破了胆,见到之前的放羊娃正执枪站着,他赶紧深深一鞠躬,嘴里不停地道歉。

"少啰唆,动作快点!你小子最好老实点,司令说了,为了怕你捣鬼,让我送你一程。"世间竟有如此猥琐之人,让文书不禁诧异,在不耐烦地摆了摆手后,他索性举枪跟着吴大疤拉向前走去。

"陈司令啊,兄弟出庄的时候,再给贵军留下十支枪吧。你看可好?"临出门时,吴大疤拉仿佛想起了什么似的,再次转身询问道。

听到他的询问,陈大雷一直紧锁着的眉头不禁一下舒展开来,笑着答应道:"好!拣好的留!"

"是,是,一定,一定,支持抗日战争,我吴某人……唉——"吴大疤拉一边倒退着,一边继续着他没完没了的说辞,结果不留神,一下子踩在门口的石块上,跌了个趔趄。

趁着众人大笑的瞬间,从地上爬起的吴大疤拉小心地用眼睛四下打量了一圈，果然发现，在四周的墙上和屋顶处，有几支黑洞洞的枪口瞄着自己。

原本心中存的一点点侥幸，彻底被现实蒸发，见此情景，吴大疤拉不再犹豫，高声从前面叫来信号兵，拉着他来到房顶。

看着院子里躲藏在暗处的陈大雷，吴大疤拉表现般的挺直腰杆，威严地朝远处伪军喝道："李副官，李副官，立刻集中队伍，从北面出庄。马上执行！"

"遵命。"前院里，李副官正忙着从鸡窝里翻找着什么，听到命令，立刻直起身子大声应道。

听到李副官的回答，吴大疤拉转身命令身边的信号兵道："发旗语——报告坂田太君，就说小黄庄太平无事，没有发现新四军。我部将继续搜索前进，请皇军跟进。"

远处的山坡上，一个士官很快用望远镜捕捉到了不断重复的旗语的信号，连忙奔到坂田面前，大声报告道："长官，吴用旗语报告，说小黄庄太平无事！他要继续搜索前进，让我们跟进。"

坂田举起望远镜，看见打旗语的伪军，再看了看寂静的村庄，"嗯"了一声，命令道："下山，进庄。"随后率领部队向庄内走去。

小黄庄内，各个战斗位置早已经准备就绪，战士们小心隐藏在各个角落，将黑洞洞的枪口探出掩体，瞄向村中唯一的道路。

顺溜作为其中的一员，此刻正埋伏在一堵矮墙后，静静瞄准着前方逐渐接近的鬼子。在他左右两旁，卧着两个战士，各怀抱一支三八大盖，面前摊放着一小把闪闪发光的子弹。

前方，鬼子的部队谨慎地向前推进着，走在队伍中间的坂田更没有因为得到放心通过的情报，就放弃警惕。此刻他目光炯炯地盯着小黄庄，一抖缰绳跃向高处土坡，在那里翘首观望着庄内

第三章　激　战

情况，良久，在没有发现任何异常之后，坂田这才下令道："继续前进。"

得到命令的日军队伍在交替掩护之下，缓慢进入了小黄庄，看着静悄悄的四周，所有人都打起精神，谨慎地警戒着四周的一切。

不过，仍然没有丝毫可疑之处，四周死寂得根本不像是村庄，更如同是一片荒野坟丘，除了一阵阵从建筑之间刮来的冷风之外，竟别无他物。

村子的土道中央，一只被伪军扔出的破篮子，此刻在微风中瑟瑟发抖，仿佛在感叹自己少生了两条腿一般。

走在队伍最前面的日军士兵，毫无戒心地走到篮子前，伸腿一脚踢去，可就在篮子刚刚飞起的同时，一阵火光猛地从篮下腾起，伴随着火光一同出现的，则是一声沉闷的爆炸声。

"打！"可能是爆炸声太过猛烈，让鬼子没有听到随后那一声如晴天霹雳般的喊声，伴随着喊声响起，寂静的村内，骤然变得热闹起来。

四面八方枪声如雨点般向敌人倾泻而去，毫无防备的日军被突然射来的密集的子弹撂倒一片，看到前面遭遇到袭击的同伴，其余的鬼子纷纷原地卧倒，抱着枪滚进墙根隐蔽起来。

日军良好的军事素养，在遭此突然袭击后，充分的显现出来，原本整齐的队形丝毫没有溃乱，尚未进入战场的部队纷纷冲向土包、树后、矮墙等所有可以当作掩体的东西附近，迅速地将自己隐蔽起来，随后寻找着枪声的来源，果断的发动还击，掩护已经进入庄内的部队撤离。

之前坐在马上的坂田此刻早已从马上跳下，弯腰大喊着指挥道："不要慌！退出战场，全体退出战场！各自选择战斗位置。

机炮手立刻架设机炮，准备好后再进入战斗！"

命令声中，日军们迅速后退，纷纷在田野间寻找有利地形，机炮手们麻利地架设机枪与钢炮，瞄向庄内的建筑，之前暴烈的战场迅速归于寂静。但是这种寂静不但让人无法放松，相反，却更让人感到紧张和恐惧。

陈大雷在隐蔽处静静观察庄外日军的每一个战术动作——从寂静中开始——一旦开始，就想全力控制战场主动，扎实而老到的进攻方式如老汉种地，壮夫劈柴，一下是一下，从来不虚张声势。说心里话，这帮畜生真他妈练出来了，个个老辣无比！现在他们准备地差不多了，前面的家伙应该已经开始匍匐前进了。

仿佛听到陈大雷心声——只见前面的日军真的开始匍匐前进了。

唔，现在，歪把子机枪要开火了。陈大雷虽没看到敌人，却准确地猜测着——

——庄外日军的几挺歪把子机枪立刻疯狂射击，子弹带着尖利的哨声呼啸着将所有曾经响起过枪声的阵地覆盖了一遍。

接着该是钢炮了，哪儿位置重要它们就炸哪儿——

——空中顿时响起炮弹飞行的日日声，近处的院墙和高地轰然爆炸，尘土和碎石屑将整个战场彻底笼罩其中。猛烈的气流呼啸着从爆炸处涌向阵地的各个角落。

还没开始射击，前进的鬼子就在机炮掩护下快速逼近，这帮老家伙在看清目标前不会轻易开枪的——

——匍匐前进的日军在机炮笼罩下加快速度，迅速逼向前沿阵地。

日军的机枪越发凶狠，越发密集，而炮火也开始逐渐延伸。

第三章 激 战

在前沿阵地上,所有士兵都在静静地隐蔽待命,无人仓皇失措。尤其是顺溜,他紧贴隐蔽物死盯着渐近的日军,枪口裹在一只小布袋里,尽管爆炸将四周弄得土石横飞,但却一星沙尘也进不了他的枪口。

"突击!"鬼子指挥官的喊声在爆炸的影响下有点变形,不过仍然起到了应有的作用。所有日军听到命令后,都突然跳起身,哇哇怪叫着冲进庄来。他们越来越近,越叫越响。一边冲锋,一边不断有人半跪下来迅速射击着。

八十米……六十米……四十米……三十米……透过墙角的缝隙,陈大雷不断测算着敌人的距离,眼看着对方冲进射界,他毫不犹豫地命令道:"开火!"

听闻命令,所有战士几乎在同时开火,密集的子弹再次射向前排的日军,冲在最前方的几名日军,几乎在同时被三四颗子弹重复贯穿,整个身体痉挛着倒在血泊中,冲锋在一瞬间被瓦解。

眼看着冲锋的日军在迅速地寻找着隐蔽地点,顺溜抓住机会,枪管微微一振,枪口那只小布袋突然迸飞开,一颗子弹呼啸而出!与此同时,前方一名鬼子如同被一只重锤重重地打了一下一般,整个人如同虾米一样倒在地上,顿时一动不动。

第一枪只是个开始,随后的射击简直就是令人瞠目结舌的表演,顺溜仿佛成了工厂里分毫不差的机器一般,接过同伴递来的步枪,迅速地瞄准,扣动扳机,推弹上膛,再瞄准,再扣动扳机……五发弹药在很短的时间内就被发射一空,而前方,敌人被突如其来的密集火力所震慑,一时间连头都不敢露了。

身边的矮墙后面,两个战友卧在顺溜身边飞快地朝枪膛里压子弹。顺溜打空一支就立刻补充上一支,可好景不长,随着射击速度的加快，上弹的战友竟已跟不上他的射速。

没有子弹被浪费，顺溜每一枪都打得极准，那枪管简直就是指哪儿打哪儿。从旁望去他似乎无需瞄准便能一枪毙敌，无论是隐藏在角落只露一个头盔，还是匍匐在地上，紧贴地面的敌人，几乎都无法逃脱，在枪声中或负伤或干脆被一枪毙命。

鬼子终于无法忍受这精确如点名般的射击了，一个日军突然跳起，横向跃进，可就在他的身体还在空中滑动时，顺溜的子弹恰好在空中相迎，就像那敌人主动扑向那颗致命的子弹一般。当对方的身体再次落地后，身上已经多出一个透明的血窟窿。

所有这一切已经不能用射击这个词来简单的概括了，如行云流水般的动作，配合着精准的枪法，以及那流畅的射速，让这一切看起来自然而完美，仿佛顺溜根本不是一个战士，而是村子里与生俱来的守护神，当面对外敌时，本能地操纵着村子里的一切进行着反击。

很快的，他据守的土道方向，敌人因巨大的损失而被迫停止向前逼近。坑坑洼洼的土路上，除了几具日军尸体外，竟无一声枪来弹往了。

可惜，顺溜一方的优势显然无法左右全局，其他鬼子在炮火和机枪的掩护下，此刻已经突入到村内的建筑群中，一时间，整个村的街头巷尾都成了子弹飙飞的战场。

角落处，陈大雷沉着射击着冲上来的日军，可或许是驳壳枪那密集的射速吸引了敌人，对方的机枪也朝他这里打得特别密集。被子弹压得抬不起头来的陈大雷，刚准备转移阵地，忽然两个日军齐齐扑到他跟前。陈大雷急欲挥枪射击，可是却已经来不及了，就在他准备拔出后背的大刀放手一搏时，两个鬼子却突然被不知

第三章 激 战

何处飞来的神奇子弹击毙,两具尸体重重砸到他身边。

陈大雷愕然回首,顿时看见顺溜那美妙的射击景象——顺溜几乎不需要隐蔽,甚至不需要瞄准,整个身体稳如泰山般不断地射击着,所有试图反抗的敌人,都遭到他无情的屠戮。

"好小子,真他妈的好哇!这家伙打生下来就了不起。这种人天生就是当兵的料,嘿嘿,落到我手里真是太合适了!"陈大雷一边快速地为驳壳枪压上子弹,一边赞叹道。

不过此刻这赞叹对于顺溜来说,毫无用处,不仅仅是这样,甚至周遭的一切,都对他没有任何影响,此刻的他,仿佛已经全身心沉浸在射击的快感之中,对于其他所有,都毫无察觉。

"娃儿记着,这枪是从你心窝里长出来的。握枪的时候,天塌下来你感觉不到,地陷下去也不关你事,你的呼吸、你的眼睛、你的心肝、你的性命,统统长在这枪身上呢!娃儿啊,这时你就是枪,枪就是你。你俩是一个身子一条命啊!"回荡在脑海之中的,只有爹曾经告诉过他的这一席话,此刻,顺溜正忠实地执行着爹的嘱托,将自己的一切托付在手中的武器上。

日军阵地上,坂田拔出战刀,伫立在钢炮与机枪后面,毫不在意迎面射来的子弹,挥动闪亮的刀锋一次次劈向小黄庄目标物,不断用沙哑的嗓音大吼着:"黑色瓦房,表尺二百,急促射!院墙后面是敌军指挥所急促射……火力覆盖……第五队、第六队,侧翼冲击……"

在坂田的号令声中,歪把子机枪疯狂地朝目标物射击。几门钢炮连续轰轰发射。在密集的火力掩护下,训练有素的日军以三四人为一组,散布成攻击队形,在机枪钢炮掩护下,交替射击,贴着隐蔽物朝庄内冲!虽然不少人中弹倒地,但后面的战斗小组仍然冒死向阵地发动着冲击。

战斗从刚一开始，就瞬间进入到最激烈的程度，敌我双方都拼入全力，试图将对方一口吃掉。激烈的枪炮声如县城正月十五的烟花一般，传到好远，震得整个山坳子里都回声连连。

小黄庄北面，听着已经连成一气儿的激烈交火声，吴大疤拉与众伪军大气不敢出地蹲在冈子后，呆呆地观望着不远处的惊心动魄的战场，不时有飞弹从他们上空掠过，发出尖锐嘶鸣。立刻引来伪军颤声尖叫。

"我的天，打得真厉害，从没见过这么凶险的阵势！"

"唉，这伙新四军个个是硬疙瘩，宁死不降啊。"

"降？这帮家伙打到现在，连一步都不撤！"

听着身边手下们的议论，坐在中间的吴大疤拉的脸色也随之不断地改变。虽然眼前的战斗并未波及他身上，但是，战斗的结果却影响着他的命运。

"你估计皇军能歼灭这伙新四军吗？"这时，身边的副官忽然出口询问道。

吴大疤拉沉吟了片刻，迟疑地摇了摇头："从枪炮声判断，坂田完全控制住了战场，占据压倒性优势。我估摸着新四军绝对熬不过两个钟头。"

听到吴大疤拉的猜测，副官立刻兴奋地挺直了身子接着询问："那我们怎么办？要不要现在……"说着，用手做了个切的手势。

吴大疤拉长叹了口气道："我也正愁这事呢，难办呐！我们出庄的时候用旗语报告过坂田，帮新四军把他们引进庄子，所以，他知道我们的位置。现在，他正在剿敌，而我们要是还装聋作哑，不主动进入战斗，没有配合皇军南北夹击的话，战后便有通敌之嫌。

第三章　激　战

坂田报告上去，松井大佐肯定饶不过我们！"

副官连连点头："是啊。不如，我们趁这个时候从后面冲过去，帮着皇军把新四军给……"

吴大疤拉摇了摇头，制止了副官的提议："可话又说回来。要是我们出击的话，又会逼得陈大雷狗急跳墙，冒死突围。他从哪儿突呢？肯定冲我们来，跟我们拼命！还有，要是跑掉了几个新四军，哪怕只有一个活口逃生了，那我们就后患无穷。日后，苏北所有的新四军都会把我们当死敌。"

"这还真难办，弄不好，新四军还会认为，是吴司令您把陈大雷诱入日军埋伏圈的，到那时候……"副官知趣地闭上了嘴巴。

吴大疤拉被说破心机，意味深长地看了对方一眼，冷冷地说道："李副官，跟我这些年来，你越来越聪明了！"

副官赶紧谦恭地躬起身子，连连摇头道："不敢，不敢！司令呵，卑职是想说，不光新四军陷入绝境，我们也左右为难呢。"

吴大疤拉鄙夷地看了副官一眼，得意地说道："天底下还没啥事能难倒我吴雄飞！要不，我能在乱世混到今天么？而且越混官越大？！"

"司令有主意了？"听到吴大疤拉的话，副官立刻兴奋地追问道。

"当然，这点小问题解决起来不难，看见那片高粱地了吧？叫兄弟们子弹上膛，给我朝高粱秆子狠狠地打！"

"可，司令，新四军在庄南口，高粱地里没新四军啊！"副官连忙提醒道。

吴大疤拉微笑着拍了拍对方的肩膀说道："什么叫有，什么叫没有，我们说有就有，说没有就没有，只要把枪声送到坂田耳朵里，就是没有，我们也能说成有了。"

副官喜得大叫一声，高挑起大拇指赞扬道："高明！司令，真是高明，好一出李代桃僵之计。"说罢，飞奔到伪军前，突然拔枪朝高粱地打了两枪，接着厉声命令道："高粱地里发现新四军，快打！"

众伪军莫名其妙，一个个傻愣愣地看着副官，似没听明白命令一般，见此情景，副官怒斥道："射击，全体射击，别让他们突围了！"说着，再次搂火对着前方的高粱地一阵乱射。

见长官率先垂范，众伪军不敢怠慢，纷纷齐端枪朝高粱地胡乱射击起来，一时间，火光四射，子弹飙飞。无数根未成熟的高粱秆儿在密集的子弹中嘎嘎折断，虽未见敌人影子，但是这一仗却也打得甚是热闹。

相比伪军那仿佛敲边鼓一般的咋呼，日军的炮火、机枪逐渐变得猛烈起来，时不时的，会有战士中弹摔倒。相比鬼子，阵地上战士们的火力却迅速减弱下来。

"咔咔！"枪机空膛的声音打断了顺溜原本流畅的射击，在不甘心地再次扣了下扳机后，顺溜随手将武器扔到一边，再次招手身边的战友递送枪支，可是，这一次，却再没有武器送到他手里。

眼看着前面一个鬼子缩身将自己藏在一方磨盘之后，顺溜焦躁地向身边大喊道："怎么？枪呢？"

"二雷，这是最后一匣弹了！"一直替顺溜上子弹的战友举着枪，似有不舍地递过来提醒道。

"不可能，怎么会耗得这么快？"顺溜不相信地左右看了看，发现自己身边已经积累了一地亮晶晶的弹壳。

"你已经打了六十多发了，除了我们俩那份，连营长特批的

第三章 激　战

弹药都打光了。"身边的战友连忙接口道。

再次低头看了看身边的弹壳和两名已经被硝烟熏黑面孔的战友，顺溜慢慢地举起仅剩下的一支装满子弹的步枪，再次将前方一名做着灵活战术动作的鬼子套入到瞄准具中。

前方，那名鬼子仿佛预感到了什么，躲藏在矮墙后面的身躯，一直没有抬起，原本以为对方发现了自己的顺溜，在等待了良久后，才惊奇地发现，敌人似乎停止了进攻，不但那名鬼子没再现身，其余的敌人也都在炮火的掩护下，交替撤出了战场。

"鬼子撤了！"见此情景，顺溜身边的战友疑惑地喊了一声，在得到其他战位的战友的印证下，立刻露出放心的微笑。

听到战友的话，顺溜之前的那如泰山般坚强的身子，却忽然如同泄了气的皮球一般，颓然倒在掩体后面，抱着枪躺了下来。

之前的战斗，并不是什么举枪就打的轻松活，相反却是需要投入全部身心和注意力的生死相搏，任何一个微小的差错都会导致以付出生命为代价的后果，这显然与顺溜之前在丛林之中打猎是完全不同的一个概念，因为，此刻在他对面的不是那些依靠牙齿和爪子来保护自己的野兽，而是比自己装备还要精良的鬼子。

骤然冷清下来的战场，让所有人都以为，敌人在遭到顽强的抵抗后选择了知难而退，只有陈大雷知道，其实，这不过仅仅是个开始而已。敌人没有退，之前的一切，都不过只是个开场白。当激烈的战斗再次停止，当战场寂静再次降临，就说明日军已经清晰地了解到他们所需要知道的战场情报，此刻则准备发动最后攻击。而且，他们现在已经知道自己这方伤亡不小，也知道新四军最大的窘境——弹药不足。在稍后的进攻中，敌人将会动员所有力量发动攻势，意图一举拿下整个阵地。

"最多半小时，殊死决战就要开始。只是不知道，还来不来得及！"看了看怀里的马蹄表，陈大雷在心中估算着，同时惦念着自己的计划是否可以顺利实现。

"攻击！"该来的总会来，在难挨的寂静过去之后，是一声声断断续续的喊声，听着这熟悉的日本话，陈大雷知道，最难的时刻终于到来了。

小黄庄北面，突然而至的寂静也让吴大疤拉感到万分吃惊。他翘首望着战场方向，狐疑地自言自语道："看来战斗结束了，皇军把新四军消灭了。"

听到他的话，副官在旁边欣喜插嘴道："肯定彻底消灭了！要不然，这伙新四军会拼命突围的，总有一两个零散的家伙逃出来，而我们一个人影也看不见，证明他们是全军覆没了！"

吴大疤拉点了点头："唔。撤军吧，去跟坂田会师。记得，告诉兄弟们，说话都机灵着点。"

副官点头答应，转身欲走，可是却又转回身来，对吴大疤拉问道："司令呵，你答应给姓陈的几支枪。这枪还留不留哇？"

"妈的，姓陈的早他妈见阎王爷了，还留个屁！"被提起窘事，顿时让吴大疤拉又羞又恼，立刻大声斥责道。

"是是是……卑职多心，卑职糊涂。"副官连忙点头赔礼道。

不料，吴大疤拉刚走出几步，却忽然停了下来，沉吟了好半天，才艰难地开口命令道："还是丢下几支破枪吧，以防万一。"

刚刚被骂了一顿的副官这下彻底被弄糊涂了，连忙追问："司令，您到底什么意思啊？"

吴大疤拉沉声教诲："乱世当头，生死难测，什么事都可能发生！万一他陈大雷还活着呢？万一他日后又他妈张狂起来呢？

兄弟，不怕一万就怕万一啊！"

　　副官立刻醒悟过来，连连点头赞扬："高明，高明啊！凡人想不到的地方，咱们司令可是样样都想到了。"

第四章 夺 枪

顺溜埋伏在一堵矮墙后，利用这难得的战斗闲暇，仔细观察着之前击毙的敌人所躺的位置，回忆着敌人曾经使用过的战术动作和技巧。这是一个学习的过程，要想猎到恶狼，先要了解狼的行踪和习性，同理，要想打败敌人，也要先了解敌人的手段。

前方道路上忽然闪过的一道身影，打断了顺溜的思绪，冷眼瞥到鬼子的踪迹，顺溜迅速伏下身子，同时向身边的战友做了个噤声的手势。

"鬼子上来了。"顺溜用力握了握手中的步枪，小心地架在土墙上，之前的疲态一扫而空。可是，在他全神贯注地等待了片刻之后，却又不舍得将枪拿下来，重新安上了刺刀。

"你干啥？"见此情景，身边一直替顺溜装子弹的小武，奇怪地反问道。

"就五发子弹了，得省着点用，一会儿和敌人拼刺刀。"顺溜一边说着，一边将身边剩余的两支步枪向小武两人递去。

"你枪法那么准，拼刺刀多可惜？要不，等一会儿你把敌人放近一点打，我帮你搞些子弹过来怎么样？"小武一把压下顺溜

第四章 夺 枪

手中的刺刀，转而建议道。

"这，太危险了吧？"听到小武的建议，顺溜犹豫起来，这个建议对他颇具诱惑力，看着前面躺在远处的鬼子尸体腰上那鼓鼓囊囊的弹夹，顺溜只觉得一阵眼热。

"放心，你枪法那么准，到时候你掩护我，保证没问题！"小武摆了摆手。

"那，那好吧，不过，你要小心啊。"虽然心中觉得让战友去冒险有点过分，但是顺溜在迟疑了片刻后仍然点头同意了，随后他警惕地注视着缓缓逼近的敌人。

前面，经过了挫折的敌人，显然变得谨慎了许多，在交替的掩护中，一步步向前挪动着，每当有一处阵地上响起枪声，都会遭到鬼子们密集火力的压制。一时间，整个战斗的态势都仿佛倒向敌人一边，枪声也只见来声不见去影。

看着四周的排长等人都被火力压得抬不起头来，顺溜知趣地没有暴露自己，而是仍然隐蔽在掩体内，紧紧凝视着敌人一步步接近。

交替掩护的敌人，已经逼近到三十米的距离内了，而跟随在身后的机枪手，也已经跟进到不远处，见此情景，顺溜不再犹豫，果断地举枪瞄准。

"砰！"枪声响起的同时，前方一直负责掩护的敌机枪射手，顿时一个跟头翻倒在地，歪把子机枪也枪口朝上哑巴下来。

就在敌人惊恐地寻找着枪声来源时，顺溜再次推弹上膛，将领头冲过来的一名鬼子军官的前胸打出一个血窟窿。

"啊！"伴随着一声惨叫，鬼子一头摔倒，就在他身边的同伴发现顺溜的位置，举枪瞄准的刹那，顺溜的第三枪也在同时响起，眼看着身边的同伴接二连三的倒下，鬼子终于知趣地停住脚步，纷纷将自己隐蔽在周围的掩体内，整条道路，除了那两具靠得甚近的尸体外，再次变得空旷寂静。

"等我！"眼看着两名鬼子横尸当场，顺溜身边的小武利索的一个跟头翻出围墙，猫着腰跑了过去，在灵活地接近到鬼子尸体旁之后，随手一把抓起一名鬼子身上的弹药袋，再次飞快地向回跑来。

看到小武竟然胆大妄为的脱离掩体，在他身后，负责掩护的两名日军，连忙举枪向他射来，一时间，啾啾尖叫的子弹，擦着小武的脚后跟追着他咬。

见此情景，顺溜再次举枪，冷静地将仅有的两发子弹一一射出，在枪声响过之后，前方急促的射击声顿时哑了下来。

"这下够了吧？"贴着墙壁爬到掩体前，小武一把将子弹袋扔到顺溜身边，得意地问道，同时纵身一跳试图翻越前面的土墙，可就在他身体刚刚攀上墙头时，身后一股大力猛地将他从墙上推了下来，顿时，小武整个人重重地被摔了下来。

"小武！"顺溜连忙跳起身来过去扶他，可是眼角的余光却忽然发现远处的高地上闪过一道刺眼的光芒，他本能地一低身子，一颗子弹几乎在同时扎进他之前站立的位置。

"砰！"枪声在子弹射来之后，才姗姗而来，蹲下来的顺溜，连忙匍匐着爬过去，将小武一把拽到怀里。

"呀，怎么会，会这样，太，太不小心了。"此刻，小武的胸前，已经被鲜血染红了大片，虚弱地躺在怀里的他略带歉意地看了顺溜一眼，自责地说道。

"别说话，我找卫生员来。"顺溜连忙安慰小武，同时抬头

第四章 夺 枪

四下寻找起不知所踪的卫生员。

鲜血一汩汩从小武的嘴里流淌出来，顺溜不断地用手去擦，可是却怎么也擦不干净，小武无奈地看着顺溜，想要安慰他几句，可是却只是吐出了几个血泡，在顺溜的呼喊声中，头一歪，目光无神地倒进顺溜的怀里。

"卫生员，卫生员，你死哪儿去了卫生员？"顺溜一边扯脖子大喊，一边用力摇了摇怀里的小武，却没有丝毫的应答。

小武本不该死的，如果不是自己自私地让他去捡什么子弹，此刻他应该好好地坐在身边活蹦乱跳，可是，现在说什么都晚了，先是娘，后是爹，现在是小武……

"操你妈的小鬼子，我要你们拿十条命来还。"虽然心里不能接受，可是理智告诉顺溜，小武已经牺牲了，顺溜眼前忽然变得一片血红，他轻轻放下小武的身体，愤怒地抄起步枪，将子弹一颗颗压进枪膛。

前方，敌人已经再次冲到三十米的距离内，见敌人冲来，顺溜几乎不假思索地探出身子，连续举枪射击，飞快的射速和上膛速度，让敌人几乎还未来得及反应，就纷纷倒在地上。

"枪！"连续打完五发子弹，顺溜将枪一扔，连忙向另外一个战友喊道，可就在他低头接枪的时候，之前那道怪异的光芒再次闪过。

敏锐的战斗本能让顺溜在光芒闪过的同时，缩身向下趴去，下一秒钟，一颗子弹一如之前般打在他刚刚站立的地方，坚硬的土地上被子弹硬生生钻出个大坑。

"顺溜，高地上有鬼子。"就在顺溜诧异于敌人如此精准的枪法时，附近的排长连忙大声提醒他。

听到他的提醒，顺溜透过缝隙向前看去，果然，隐约看见很远很远的高坡上，依稀可以看到有个日军卧在一支长枪后面，正在向他瞄准。那支长枪还隐约闪射一星子亮光。

刚才自己明明已经压制住了敌人的进攻，可是小武还是牺牲了，现在看来，这人才是杀了小武的凶手。

"排长，掩护我，那狗日的枪法太准了，留着是祸害，我非干掉他不可！"想到这里，顺溜拿起步枪，一矮身跑出掩体，腾挪跳跃着向敌人所在的方向跑去。

见顺溜如此鲁莽地跑了出去，排长连忙在身后焦急地大喊道："陈二雷，你找死啊，不能脱离阵地！快回来！"无奈，此时顺溜早已跑进村子附近的丛林里，排长的喊声早就被他远远地甩在身后。

前方土坡上的敌人，早已发现了顺溜的踪影，几发点射踩着顺溜的脚印打来。感受着从地面传来的震动，顺溜觉得自己竟然离死亡如此之近，强烈的求生欲望逼迫他不断做出各种反应和假动作。之前排长等人传授的战术动作和技巧，此刻如同过画片一样，清晰地浮现在脑海之中。顺溜敏捷地躲过敌人再一次的射击，一头跳进前面不远处的弹坑内。

躺在被炸得松软的泥土上，感受着一阵阵潮湿新鲜的气息从身下蒸腾起来，顺溜迅速地回忆着敌人之前的一连串射击动作。

打中小武的一枪和打空在他身边的两枪，都是先中弹后听见的枪响，按照文书的话说，是因为三八大盖的子弹的速度比什么声的速度都快，所以才先中弹后听到声响，显然，敌人的枪和自己的枪区别不是很大，可唯一让人奇怪的是，那开枪之前所见的一抹闪光。

第四章 夺 枪

躺在湿腾腾的坑里,顺溜冷静地分析着,如果没猜错的话,此刻敌人早已经瞄好了他藏身的位置,等待着他现身的那一刻。

"只能赌一把了,赌对方打中自己前没换地方。"想到这里,顺溜下决心地咬咬牙,同时再次检查了一下自己手中的武器。随后猛地站起身来。

一切与之前如出一辙,仍然是那道闪光忽然在眼前一闪。

看见闪光的一瞬间,顺溜麻利地将身子向旁一骨碌,迅疾卧倒在地,在卧倒的同时,他利索地做出举枪瞄准等一系列动作,整套动作一气呵成,毫无瑕疵。而就在他刚刚完成整套动作的同时,对方的子弹再次打在他之前所在的地方。

每打完一枪,三八大盖都需要重新推弹上膛,敌人的枪恐怕也需要重新推弹,顺溜此刻比对方唯一占优势的一点,就是子弹早已经上好,这让他比对方提前了那么一瞬,不过,这优势却只有一枪,他要在这一枪内,打中敌人,否则,敌人下一枪,就会要了他的命。

轻轻转动枪口,远处土坡上的敌人立刻被套入准星之中,从现在的位置看去,敌人比之前洋火盒上的日本女人大不了多少,不过,此刻,对方可不是什么死定不动的死物件,如果顺溜没猜错的话,对方恐怕也在寻找着他。

就在顺溜扣动扳机的瞬间,之前的那抹光芒再次在他眼前闪过。

"砰!"扳机被扣下,感受着从枪托传来的轻微后坐力,子弹脱膛而出,在漫长而又短暂的一瞬间过去之后,另外一声枪响如回声般再次在头顶响起,枪声响过的同时,顺溜只觉得身子一热,一阵疼痛随即传来。

他转头一看，发现肩膀上的军装已经被扯开一条大口子，皮肤上殷红的血迹随之渗透出来。

对方也开枪了，比他开枪的速度慢了那么一点点，或许是因为发现自己瞄准了他，对方稍显得有点惊慌，所以枪口在射出子弹的时候稍稍颤了那么一颤，让他幸运地躲开了这致命的一枪。

再次抬头看向山顶，之前的敌人已经消失不见了，或许他已经被自己击毙了，或许因受伤失去战斗力而藏在哪个角落中窥探着，不过，此刻顺溜已经没时间去寻找他——因为顺溜相信，自己那一枪绝对没有打空。

回头看了看村子里越发激烈的战斗，胡乱地用手擦了擦肩膀上的血水，他再次提枪向村内跑去。

枪声仿佛急促的号令，不断催促着远方山道上的一支队伍，发疯地向前奔跑。走在队伍最前面的是一名身材魁梧的大汉和之前扮成羊倌的文书。

前方，再次密集起来的枪声，让两人原本焦急的面孔上多少显出一份喜色，这仿佛在向两人传达着一个信息，村里的新四军仍然在顽强抵抗着。

"刘司令你听，战斗没结束，陈司令还在跟鬼子拼！"听到枪声，文书激动地叫喊道，自从刚才在伪军的掩护下撤退出庄后，他就一直担心着众人的安危，此刻眼看着即将到达，心情越发变得迫切起来。

听到文书的话，刘司令默默地点了点头，飞步奔上近处土坡，举出望远镜朝小黄庄观察，几里外的战场立刻清晰映入眼帘——百余名日军正在围攻黄庄，数挺歪把子猛烈射击。而庄内的新四军还在残墙、石磨等物体的后面顽强作战！

第四章 夺 枪

见此情景，刘司令沉声命令道："参谋长，看见了吧？大雷他们像磁铁那样把鬼子吸引在庄口，我们正可以来个反包围，打鬼子一个歼灭战！"

参谋长兴奋地点了点头："是啊。只要大雷他们枪声不止，鬼子完全不会顾及身后发生了什么事！战机太有利了。"

刘司令即刻下令道："命令部队扔下背包、粮袋，轻装投入战斗。十分钟内，战斗必须打响！大雷他们快顶不住了。"

参谋长应声而去，片刻后队伍中传来他厉声大喝："扔下背包、粮袋，跟我冲！"说着，率先拔出驳壳枪朝小黄庄狂奔而去。

敌人显然没有预料到会有援军增援，或者说坂田以为笃定可以一口吃掉庄子内的新四军，自大的他甚至连外围岗哨都没派驻。这显然给了增援而来的刘司令等人一个机会。

前方，日军就在百米开外，正全神贯注向庄内展开最后攻击。

率部队赶来的刘司令一边喘息着一边命令道："挨个传下去……这仗不讲任何战法……接敌后立刻发挥最大火力……每个人都给我冲锋，突击，越猛越好！鬼子肯定大乱，因为他们很快就发现自己腹背受敌了，他们完了！"

命令一一被身旁战士传递下去。在众人准备妥当后，刘司令拔出手枪大喝一声："冲啊！"

原本寂静的后山坡，顿时一片沸腾。

正在向庄内攻击的日军，万不料背后突遭痛击，在密集的火力攻击下，好多鬼子顿时毙命，进攻队形也随之大乱。

听到背后传来的密集的枪声，坂田心下一沉，不过脸上却仍然表现得甚为平静。

"不要慌。停止攻击黄庄，先打后面的敌人！"他一边命令着，一边拔出战刀向后一挥。

可惜,他的话音未落,一串子弹就如马蜂般迎头向他蛰来,混乱中,坂田的钢盔被打飞,肩膀也同时一震,低头看去,却发现胳膊上赫然已经多出了一个弹洞。

感受着从胳膊上传来的一阵阵疼痛,坂田恨声说道:"我明白了,庄内的敌人只是诱饵,来偷袭我们的才是新四军正规部队。哼,那个陈大雷,原来埋伏在我们后面啊!猪!给我打!狠狠打!"

听到他的命令,身边那些日军,纷纷放弃庄子里已经显得零散的火力目标,掉转头迎着密集的枪声向后山坡冲去。

庄内,叽里咕噜的日语此刻已经清晰可闻,矮墙后,陈大雷死盯着墙角,等待着即将冲上来的日军。口中,那支烟头几乎烧到嘴唇,才被他噗地吐掉,窥着敌人即将走近,他手挥大刀在空中划出一个银闪闪的痕迹,正准备着扑上前和敌人殊死一拼,可恰在这时,日军后面传来清脆的枪声!

听到这忽然传来的密集枪声,陈大雷脸色一愕,随即流露出惊喜的表情。与此同时,周遭也传来士兵们的喊声:"我们的援军到啦!看呐,小鬼子阵形大乱……鬼子完蛋了!"

听到这喊声,陈大雷兴奋地举起手中的大刀,高声喝道:"打呀!把所有子弹全部打完,一颗也别剩下!"

所有的战士都受到了鼓舞,纷纷举起枪毫无顾忌地向敌人射击,直到枪膛里传来一阵阵清脆的空膛声后,才意犹未尽地装上刺刀,勇猛地冲向已经显得慌乱的敌人。

眼见于此,顺溜干脆跳出掩体,端着枪瞄向远处那片高坡,寻找着之前那个用着奇怪武器的日军神枪手的身影,但瞄来瞄去,始终不见那鬼子的踪影。

第四章 夺 枪

此刻，陈大雷已经跳到房顶上去了，欣喜地看着一分区的部队如同一股洪流般汹涌冲入敌群，不断地分割包围着敌人。

如此令人兴奋的场景让他难掩笑意："好！打得好！老刘这家伙，本事越来越大了，文书那小子也不错，没白疼他。"

见到陈大雷如此胆大地跑上房顶，因担心再次上演小武那一幕，顺溜也提枪跟了上来。

看到顺溜来到身边，陈大雷连忙问道："二雷，枪里还有子弹么？"

顺溜点了点头道："有。"

陈大雷兴奋地要求道："枪给我。"

听到命令，顺溜脸上稍有不舍的迟疑了一下，才勉强把枪递给陈大雷。陈大雷接过枪，得意洋洋地瞄着远处残敌，打一枪夸一句，边射击边表扬：二雷同志……今天你干得不错……我注意到了……打伤的不算，你起码打掉……二十多个鬼子吧？边说着，边一口气将五发子弹统统射了个干净。

眼见如此珍贵的子弹，被司令一口气打光，顺溜拿着空枪淡淡地叹了口气，跟着陈大雷一块儿跳下房顶，向一分区冲来的方向汇合而去。此刻，让他心里甚为惦记的，并不是与众人共享战斗果实，而是那名埋伏在山坡的敌人的神枪手，还有，那把可以闪光的枪。

敌人的败相已经显露无遗，原本经过艰苦进攻勉强占据的村内阵地，在一分区部队的冲击下，已经丧失殆尽，此刻，敌人只能围拢在一处高地上，勉强阻挡着如潮汛般的新四军的进攻。

胜负在一瞬间颠倒，并没有让坂田死心，看着四周不断涌来的新四军战士，他仍在勉强指挥着战斗，但在对方密集的火力下，旁边倒下的日军越来越多。身边的士官终于惊恐地大喊道:"队长,再不撤退,我们就会全军覆没!"

眼见着前方迅速逼近的新四军部队,坂田沉思了好一会,终于正视了眼前的一切,自己刚刚从胜利者变回到失败者,之前所做的一切,不过是愚蠢地钻进了敌人的一个圈套罢了,想到这里,他无奈地叹了口气,愤恨地下令道:"撤退吧。带上所有的遗体,机枪钢炮更不能丢!绝对不能给敌人留下任何他们想要的东西。"

听到命令的士官为难地向四周看了看,目光所到之处,全是士兵们倒伏的尸体,有很多甚至已经被新四军进攻的洪潮所淹没,眼前的状况让命令执行起来显然甚有难度,在迟疑了一会儿后,他为难地对坂田说道:"队长,有些遗体……还在小黄庄里啊!"

士官的迟疑,终于让坂田找到了可以发泄怒火的借口,在愤怒地看了对方一眼后,他咆哮道:"去把他们统统背回来,一具都不准留下!还有,一定要找到北川君。他下个月就要归国了!"

看到坂田歇斯底里的样子,士官无奈地点了点头,回首朝旁边两名士兵示意了一下。得到命令,两个日军立刻弯着腰,胆战心惊地向前方摸去,不料,走出去没多远,伴随着两声清脆的枪声响起之后,两人顿时一头摔倒在地。

眼看着刚刚还鲜活的生命瞬间消逝,士官终于按捺不住心中的愤怒大声朝坂田质问道:"坂田队长,为了背回那些遗体,难道你要我们送给敌人更多的遗体吗?!"

听到士官愤怒的喊声,坂田咬牙切齿地瞪了小黄庄良久,才终于下命令道:"撤退吧,带走所有武器装备!"

听到命令,众日军如蒙大赦,他们赶紧收拾起机枪、钢炮,交替掩护着向山下冲去。

第四章 夺　枪

突然集中在一起的火力，顿时将包围圈扯开一个口子，在敌人歪把子机枪和钢炮的火力压制下，原本已经完成包围的一分区部队顿时被压制在山下无法动弹。

这最后的一搏，多少为坂田挽回了些许颜面，看着前方不远处，几次试图进攻，但都被重新压制下来的新四军士兵，他狞笑着带领部队徐徐退去。

敌人的撤退，让原本激烈的交火声，逐渐变得稀松，刚刚从激烈的战斗中脱身的战士们，收拾起之前的冲动与激情，表情略带疲惫地打扫起战场。

生死相搏的战斗就这么结束了，就如同夏日里一场突如其来的骤雨一般，让人在还未来得及接受之前，就匆匆飘过，虽然幸存者可以在战后因自己的存在而感到幸运，可是因同伴和战友的牺牲而留下的悲哀和苦楚，也需要在此时一同品尝。

看着战友们兴奋地捡拾着敌人遗留下来的弹药和武器装备，顺溜却没有心情参与其中，在灵活地跳过一堵断墙后，他端着枪走出庄口，左张右望地继续寻找着杀死小武的日军，同时也寻找他那把奇异的长枪。

刚走出没多远，突然，一群死尸里发出一声高亢的嚎叫，顺溜面前忽然挣扎着爬起一名日军军官，眼见顺溜走来，对方怪叫了一声，立刻举起手中长长的战刀。

他的喊声仿佛招魂曲一样，少顷，另一个日军士兵在召唤下也摇摇晃晃站起来，手里端着闪闪发光的刺刀。这两人此刻都完全杀疯了心，杀红了眼，如同疯狗一般睁着血红的眼睛瞪着眼前的顺溜。

眼见忽然出现两名敌人，顺溜本能地端起枪，扣动了扳机，可惜枪膛传来的却只是一声"咔"的空腔声。

心下一惊，顺溜下意识地向后退了一步，却忽然感觉到撞到了身后什么东西，他回头一看，立刻惊喜地发现，不知何时，四周已经站满了战友。

眼看着浑身沾满鲜血的鬼子士兵，战士们纷纷端起步枪瞄向敌人，可就在大家准备开枪的时候，身后忽然传来一声怒喝声。

"散开。都退下！"

顺溜回头望去，陈大雷壮硕的身影已经出现在庄口，在他肩上赫然扛着一柄闪闪发光的大砍刀。

听到命令，顺溜等人警惕地、慢慢地退开了，陈大雷独自扛着那把大砍刀迎上前去。他的步伐洋洋洒洒透露着强大的自信，面带冷冷的微笑丝毫不加掩盖地显示出对鬼子的蔑视。

眼见此景，战士们纷纷低声议论道："看呐，司令员要跟鬼子拼刀了！"

大步流星地走到敌人面前，陈大雷缓缓地止住步伐，眼看着在众人的凝视下仍旧一脸凶恶的鬼子兵和围拢在四周的一脸惊愕的战士们，不禁心潮起伏。

陈大雷确实要跟鬼子拼刺刀，不过，这却不是什么鲁莽的表现，因为他知道，这一场仗他必须打。

六分区刚刚建立，大半是新兵，他们虽然大多上过战场，但心里头还是有些怕鬼子，特别是鬼子的指挥刀。说那刀厉害，一刀剁下去能把水牛劈两半！今天这场恶仗，虽然取胜了，但好些战友就牺牲在新兵眼皮底下，对士气显然有巨大的影响，眼前这个机会正好是重树信心的时刻，让鬼子知道知道，他们那薄铁片子永远比不上老祖宗留下的大砍刀！

第四章 夺 枪

"我陈大雷刀下不死无名之辈，你是人是鬼留个名。"单手晃了晃手中的大砍刀，陈大雷指着对面的鬼子大声喝问道。

听到喝问，又看了看四面退下的新四军战士，日军军官顿时明白独自上前的陈大雷的用意了。他放心了，甚至微笑了，仿佛看见了一个非常好笑的场面一样。

"我的，北川信雄？你的，陈大雷？"挺了挺沾满血迹的胸膛，北川竭力表现出一副高傲的神色反问道。

"北川？没听说过，我只知道松井那老小子。行，能说中国话了，这说明你小子也在中国待了不少日子，干了不少坏事了吧？今天就让你陈爷爷送你回姥姥家，别麻烦，你们两个一起上，省得让别人说我欺负你们俩。"说完，陈大雷走到十步开外，一个漂亮的开场招式，大刀再次在空中画出个银闪闪的圆，鲲鹏展翅般横于一侧。

就在陈大雷准备妥当，预备迎接对方的进攻时，万没想到，那边的北川突然以战刀支地，向陈大雷深深鞠了一躬。

陈大雷大感意外，他下意识地、也是忙不迭地向北川回鞠了一躬，口里却说："咦，客气上了？"

北川见陈大雷回礼了，好像有些感动，他竟然左手一伸，向陈大雷翘起一根大拇指。

陈大雷失声笑了，他也赶紧把左手一伸，像是要回翘大拇指——但是当他的大拇指快要翘出来时，突然变成了一根小拇指，并且直冲北川晃悠。

见此情景，众战士顿时哄堂大笑，笑得前仰后合。

北川顿感大受污辱，暴吼一声，挥战刀朝陈大雷劈来。

眼见两人一砍一刺迎面冲来，陈大雷仿佛完全不是那两个鬼子的对手一般，跌跌撞撞地向旁边闪过。同时，他口中有一搭没一搭地大呼小叫："哎呀伙计，你怎么上来也不吱个声啊！"

两人没理会陈大雷的招呼，得理不让人，手中的战刀和刺刀，呼呼作响，连成一片，没命地向陈大雷身上的要害部位招呼过去。顿时，众人只见一片银光彻底将陈大雷包裹其中，在银光中，陈大雷险象环生地躲闪着敌人的进攻，有好几次，敌人的刀锋只差一点就刺进他的身体了，这景象顿时惊得周围的战士们把心都提到了嗓子眼，有些人甚至本能地握住步枪，准备一旦出了状况，立刻击毙两名鬼子。

"这就是杀招哇？哎哟，你小子这招好阴啊！我操你妈，朝老子裆里捅什么捅！"此刻，被裹挟在刀锋里的陈大雷却显得甚是游刃有余，一边躲闪着敌人的攻击，嘴里还一边不停地念叨嗔怪着，气得两名鬼子呀呀怪叫，几尽疯狂。

虽然众战士们看得提心吊胆，可离得最近的顺溜突然爆发出哈哈笑声，同时一口叫破了陈大雷的底细："司令员在逗鬼子玩呐！"

听到顺溜的话，对比着陈大雷夸张的动作和语言，众人立刻明白过来，放下心中的紧张，纷纷议论起来。

——嗳，还真别说，这么一看，司令员还真是在逗鬼子玩呢。他要想砍，早一刀把两人砍翻了！

——叫我说，咱司令员是在演关公，那两个小鬼子在给关老爷伴戏！

——乖乖，好险！司令员当心呐！

……

被戳破了乖的陈大雷气得回瞪了顺溜一眼，喝声道："都住口，好生学着！"

第四章 夺 枪

听到呵斥,众战士顿时噤声。被戳破了把戏的陈大雷,终于收拾起心情,开始全力迎战起对方。只见他刀光突然急闪,三两下之间,便砍翻了那个端刺刀的日军。解除旁顾之忧后,陈大雷开始从容转向手持战刀一脸惊恐的北川。

看着陈大雷向自己缓缓走来,北川胸中顿感一滞,在怯懦地看了一眼左右后,他狂叫了一声,率先举起战刀向陈大雷砍去。

"哎,小子,这一招好看,你小子真是练过的……伙计,打起精神来,冲老子身上劈啊,别给你家天皇丢脸!对了对了,劈得好……"北川连续几刀下去,刀光却只是贴着陈大雷的身边闪过,连对方的衣襟都没碰到,更让他气恼的是,陈大雷口中不断的揶揄之语,仿佛在逗弄三岁儿童一般。

调戏声中,北川越发恼怒,他像疯狂的野兽嚎叫着,蹦跳着,但是战刀却越来越混乱。

陈大雷越斗越来劲,他竟然说起戏词来了:"看好喽,这叫仙鹤望月……这叫神龙探海……这叫漫天星斗……"

声声成语中,陈大雷刀刀直逼北川命脉,却又迟迟不取他性命。突然,陈大雷一脚踹去,顺手一刀背又挑飞北川的钢盔。顿时,北川额头流下一道鲜血。陈大雷惊讶道:"哎呀伙计,你也大喜临头啦!"

北川根本不知陈大雷说什么,但对方的表情令他倍加疯狂!北川再也不顾那锋利的刀锋,更不顾及自己性命,只顾挥刀狂劈!但陈大雷身体一让,刀锋一闪,北川顿时呆定。原来,北川的裤带断了,军裤哗地掉落,露出花哨的短裤衩,而那裤衩上竟然满是大朵大朵的樱花!

一战士失声大叫道:"呀!鬼子把媳妇的裤衩穿身上了!"

众战士哈哈大笑，一片人都笑弯了腰。连陈大雷也忍不住笑了。

北川悲愤交集，他哇哇狂叫着，疯狂挥刀劈向陈大雷。陈大雷大喝一声："够了伙计，回见天皇吧！"

话音刚落，陈大雷奋起一刀砍翻敌人。冷冷地看了一眼躺在地上、被鲜血浸染的敌人的尸体，他回身朝众战士喝道："都看见啦？小鬼子就这点本事。你若是英雄汉，他就成了死耗子！"

被这一幕重新激发起热情的众战士立刻齐声高喊道："是！"

陈大雷满意地点了点头，再次命令道："不过，今天这事绝不准外传。要是让上面知道了，我饶不了你们！"

战士们哄笑着答应道："是！"

奈何众人的话音未落，身后就突然响起刘司令冷冷的声音："陈大雷啊陈司令，你能呵！你能得刀劈北斗、脚踹泰山啊你！"

陈大雷回头一看，发现不知何时刘司令已经站在围观的人群之中，他顿时满面欢笑地快步迎上去："哎哟哟老刘哇，天边啪啪一响，我一听就知道是你那把德国驳壳枪！"

刘司令微笑了一下，揶揄道："我那驳壳枪比得上你这把大砍刀么？看看刚才，多威风，刀劈泰山啊。"

陈大雷老脸一红，笑着说道："那是稍微差一点。不过老刘哇，我可想死你了，比想媳妇都厉害！咱俩回回都这样——每当我把鬼子打的差不多了，老刘你一准到了。真是赶得好不如赶得巧啊。"

刘司令气得骂道："陈大雷你就是狗掀帘子——全凭一张嘴！今天你被松井联队包了饺子，要不是我来得快，你早就死逑了！我的部队拔刀相助，救了你一命，你谢都不谢一声，轻轻巧巧把全部功劳拽到自个儿头上！"

陈大雷赶紧道歉道："怎么会！说心里话，老刘哇，我为什

第四章 夺 枪

么有困难的时候不想到别人,就想到你了呢,巴巴的让我的文书去通知你过来,说心里话,那是惦记!就在刚才,我一听见你的驳壳枪响,感动得差点掉泪啊。不过你知道的,我这人不感动没事,一感动就骂娘。来来,进庄进庄。我请客!"

眼看着在众人的簇拥下,陈大雷和刘司令向庄内走去,顺溜却并没有随大家一起过去,而是重新为自己的步枪装满子弹,快步向庄外的山坡跑去。

三步并作两步登上小丘,他立刻埋头于草丛里仔细寻找起来。一道道黑红色的血迹仿佛路标一样指引着顺溜向前走着,很快,一具沾满鲜血的尸体就出现在他的眼前。

尸体以怪异的姿势扭曲着倒在草丛里,一个触目惊心的弹孔清晰地点缀在对方的脖子处,已经凝固的鲜血显示着敌人已经死亡多时。

看着对方那致命的枪伤,又转头看了看自己肩膀上那道淡淡的伤痕,顺溜不禁得意地笑了笑。

用力地翻过对方的尸体,顺溜立刻发现了仍然牢牢地抓在对方手中的那支怪枪,见此情景,他欢叫了一声,一把抓住枪身,用力一扯,却一下子连枪带人扯起了大半截。顺溜忽然发现,对面有一个人正和自己争抢那支怪枪。

忽然跳出来的大活人,吓了顺溜一跳,正当他本能地抓向身后的步枪时,却发现对方是与自己打扮得毫无二致的新四军战士,见是战友,顺溜缓慢地收回抓枪的手,傲然问道:"你谁?哪个部队的?"

那战士不忿地看了顺溜一眼,闷声回答道:"一分区二营的。你谁?"

顺溜得意地大声回答道："六分区三营。行了，知道了吧？现在你可以放手了，这枪是我缴获的！"

"你缴获的？你以为你是谁，我们一分区的规矩是，谁拿到归谁。"无奈那战士丝毫不在意顺溜的要求，一把抓住步枪向怀里一扯，用大声回答道。

"你他妈以为你是谁？你知道这鬼子是谁打死的吗？"听到对方的话，顺溜轻蔑地一笑，随后反问道。

"我管他是谁打死的，反正枪是我先拿到手的。"那战士头一歪，露出一副不管不顾的样子说道。

"小样的，就你也配？知道这鬼子士官怎么死的不？因为跟我比枪法，被我一枪打穿了脖子。枪法不好，就别来当兵，打仗不见你，抢东西倒跑得快。"顺溜鄙夷地看了对方一眼，冷言讽刺道。

"我不配你配？吹牛不打草稿，你凭什么说是你打死的，我还说是我们一分区的神枪手打死的呢。"听到顺溜的讽刺，对方立刻涨红了脸驳斥道。听到他的话，顺溜仿佛被人扇了一记耳光一般，顿时暴怒起来。

刷拉，放下拽着枪管的手，顺溜一把将肩膀上的步枪摘下来，随后举枪指向对方的额头。

"你，你要干什么？"见此情景，那战士惊恐地后退了一步，连忙扔下枪反问道。

"让你知道知道爷的厉害。"顺溜轻蔑地看了对方一眼，随后忽然抬高枪口，看也不看地向天空放了一枪。

第五章 "分　赃"

亲热地拉着刘司令的手，两个老战友一边朝大庙里走，一边唇齿相斗。这种见面就斗嘴的场面，对于周遭的人来说，已经是司空见惯的事情了。

"老刘啊，军区大司令本来的意思，是调你到六分区当司令，让我到一分区当司令。听说你不愿意！有这事没有？"拉着刘司令的手，陈大雷装出一副一本正经的样子问道。

"有！一分区是我亲手创立起来的，凭什么交给你？有本事，自个儿打江山去啊。"刘司令信以为真地说道。

"你看你看你看，寒心不寒？！告诉你，当时我就向大司令表态了。我说，老刘那块地面是老根据地——成熟。一分区又是军区的长子——尊贵！说什么也不能让老刘动窝儿。六分区就不同了，那块地面上敌、伪、顽交错，天天杀机密布，处处险象环生。这么危险的地方，该谁去？谁配去？非我这呆子不可！"陈大雷满不在乎地摆了摆手，拍着胸脯自夸道。

刘司令一下子明白了陈大雷的意思，笑骂道："去你的蛋！"

陈大雷嘿嘿笑了两声，接口道："老刘哇，你是军区长子，我是军区老末。你要是觉得内疚,就助我两挺机枪吧。今天,你在外围看得清清楚楚,我要是有两挺歪把子,何至于落得如此下场?"

话音未落,刘司令那边已经气得哇哇大叫:"什么,我在外围?我内疚?我刚救你一命,我内疚个屁!歪把子歪把子,你歪来歪去,满肚子歪心眼!"

"唉,你这个人啊,唯一的缺点就是喜欢当真,我不过是说说,同不同意是你的事,我又没到你家门口抢去,你说是吧?来人啊,拿老刀烟来,刘司令到了!"走到充当指挥部的庙门口,陈大雷安慰地拍了拍刘司令的手背,大声冲里面喊。

看着眼前灰尘暴土的寺庙,刘司令笑着说:"大雷啊,从你当连长开始,只要扎营就喜欢扎在大庙里!当时我就说,这小子不能给任何人当副手,他只能做正职。为啥呀?因为他一落地就要独占供台——哪怕是个泥捏的菩萨!"

陈大雷随手摘下自己的驳壳枪,一下子挂在菩萨的脑袋上,然后哈哈大笑着说:"知心呐,太知心了!老刘哇,听你骂我比听别人夸我都舒服!翰林呢?跑哪儿去了?快把所有好吃的都拿出来。要没有——割我的腰子给刘司令下酒!"

听到喊声,文书领着个兵兴冲冲入内,怀里抱着大大小小的军用罐头小跑进来。笑着答应道:"两位司令员,今天开洋荤,吃缴获的战利品!"

陈大雷、刘司令大为开心,两人对面而坐。文书则忙着用刺刀破开一只只罐头,小心摆放在两人中间。

刘司令细看,见罐头上画了一头牛,他深闻气息,陶醉地询问道:"有酒没?听说日本的牛肉嫩,嫩得像豆腐。"

第五章 "分 赃"

陈大雷微笑着点头道:"酒当然有!不过你先尝尝那牛肉再说。"

刘司令夹起一块罐头肉贪婪地放在嘴里嚼了几下,顿时苦脸叫道:"什么怪味啊!这牛跟骡子配过?"

文书连忙在旁边插嘴:"报告刘司令,我知道点儿底细。鬼子的军用罐头表面上说是牛肉,里面却是杂粮合着牛血做出来的。"

刘司令惊讶地仔细打量了一下这个给自己通风报信的柔弱青年一眼,惊讶地问道:"连这你都知道?"

陈大雷得意地接口说:"那当然,六分区的宝贝蛋子多了,这是一个。另外,我还发现了一个神枪手呢!不过,翰林你只知道表面,我告诉你,从这罐头能看出来,鬼子资源有限,国内穷得叮当响,这场仗他们早晚必败。"

刘司令赞同地点了点头:"说得是。大雷你真能琢磨事,一个罐头都琢磨得透透的。"

陈大雷的得意之情溢于言表,连忙自夸道:"六分区嘛!再说了,没两下子,能当六分区的头……老刘,晚上别走,我请你吃肚包鸡。那才叫天下一品!"

刘司令摆手制止了陈大雷的自夸,小心地追问道:"大雷,你刚才说有个神枪手,他神到什么地步?他枪法比我的侦察排长还厉害吗?"

陈大雷自豪地高声说道:"有他在,就甭把你那排长往桌面上摆,那根本不是一道菜嘛!翰林啊,去叫二雷来,见见刘司令。"

"哎!"听到陈大雷的命令,文书兴冲冲放下手中的酒瓶,向庄外跑去。可是,就在他刚刚跑到庄口的时候,一声清脆的枪声,立刻让他不由得停下了脚步。

沉吟了一会儿,文书快步向枪声响起的方向跑去。

山坡上,伴随着顺溜的枪声,头顶一只寻找腐尸的乌鸦,顿时一头摔落在地,眼见顺溜如此枪法,那战士心下一惊,立刻说不出话来。

"知道了吗?不要提你们那狗屁神枪手,他还没那个资格。"眼见对方一脸呆滞和惊讶,顺溜满意地笑了笑,伸手欲拿自己的战利品。

原本有心相让,可当听到顺溜竟然污蔑自己部队的偶像,战士瞬间恼怒起来,连忙弯下腰,一把抓住步枪,同时还嘴道:"你才是屁,打鸟打的这么准有什么用,最多当个猎户,我们一分区的神枪手打死过旅团长。"

见对方竟然如此倔强,顺溜气得几欲开枪,可是想想又觉不妥,索性放下武器,威胁道:"你到底放不放手?"

"你才该放手,这又不是你缴获的。"无奈,那战士也是一头倔驴,丝毫没有退让的意思。

"妈的,让你不放手。"顺溜一时火起,抡拳头扑了上去,顿时,两人厮打到了一起,对方力大,一把将顺溜带进怀里。顺溜索性一张口,狠狠地咬了下去。

此时周遭正在打扫战场的人都已经听到了枪声,纷纷向这边跑来,打头的却不是别人,正是三营长。

飞快地跑到跟前,却发现顺溜正和人厮打在一起,三营长悬着的心顿时放了下来,生气地大喝一声:"二雷,干什么你?!"

见营长来了,顺溜越发用力起来,回头怒道:"报告营长,这家伙抢我的枪。你别管,这事我能解决!"

倒是对方比较乖巧,见到三营长,立刻甩脱纠缠的顺溜,抬

第五章 "分 赃"

起流血的肩膀愤怒地说道:"报告营长,你的兵比日本鬼子还狠毒!你看他给我咬的。"

看到对方胳膊上鲜红的牙印,又看了看仍然跃跃欲试着要继续与对方动手的顺溜,三营长愤怒地扑向两人,大声呵斥道:"都撒手,立刻撒手!成什么样子了,你们是当兵的还是地痞?"

被营长呵斥,两人抓着枪的四只手顿时同时松开,那支长枪应声摔落在地上。恰在此时,文书也匆匆赶来。当他看见那支枪,立刻满眼发光,失声惊叹道:"哦,天呐!我的天呐!"

文书的惊呼也引起了三营长的注意,分开二人,他上前捡起那支长枪,上下打量起来。

枪的样子确实够让人惊讶的,虽然枪的外表和三八大盖差不多,细节却远比三八大盖精细得多,更让人奇怪的是,枪身上还多出一节金属筒子,凑眼看去,好像望远镜一般。

好奇地摩挲了一遍这把怪枪,三营长转头向两人问道:"到底是谁缴获的?"

那战士连忙回答道:"报告营长,是我!我已经抓到手里,这人硬跟我抢。"

顺溜嘴笨,竟一时忘了枪的主人是被自己打死的,却连声咒骂道:"你他妈的放狗臭屁。报告营长,我,是我……"

见顺溜出口成脏,三营长怒斥道:"二雷,不准骂人!"

听到营长的呵斥,顺溜缩了缩伸长的脖子,口气也不由得软了些:"报告营长,真的是我先缴获到的!说实话,我早在战斗时就盯上这支枪了,小武就是被这支枪打死的!我一直爬到庄外,才把那鬼子摸掉。"

听到顺溜的话,身边的排长立刻回忆起之前顺溜冒险跑出阵地的事情，连忙点头证实，见此情景，三营长却为难起来："算了。一分区是老大哥，要没他们增援，你也缴获不到这支枪。顺溜啊，你把它……"

可还没等营长把话说完，身边的文书抢先插嘴道："对对对，营长说得对啊，这枪应该慎重……"

三营长转头疑惑地看了文书一眼，奇怪地问道："翰林，我还没说完呐，你对什么对？"

文书赶紧朝三营长一使眼色，接口道："营长说的就是对！要不信，你们仔细看看——这枪十分古怪。不但六分区无权留下，一分区也不能留下，应该把它上缴给军区！军区说不定还得上交延安呐，交给专家做专门研究！我说的对不对？营长说的对不对？"

此话一出，三营长仿佛意识到什么，盯着那枪思索了一会儿后，慢慢点头道："唔，这事是得慎重。"

大道理一出口，顺溜和那战士立刻哑口无言，见两人不吱声，文书继续批评道："你俩争什么争？你俩要跟延安争么？要跟毛主席、朱总司令争么？庸俗！"

虽然不明白庸俗是啥意思，不过却知道不是什么好词，被呵斥的两人不由得一同将头低了下去。

此刻，三营长终于完全明白了文书的意思，笑着说道："对啊，谁都不能争。必须把它上交！翰林，扛上枪！"

被大道理弄得似是而非的众人都无话可说，只能眼睁睁看着文书得意洋洋地把枪扛走了。

并不知晓手下竟然起了冲突的陈大雷与刘司令，此刻仍然盘坐在小庙内欢畅饮酒，就着馍大口吃着"人造肉"罐头。

"来，干了！老刘哇，等军区开会时，你我两人跟大司令建

第五章 "分 赃"

议一下,集中全部主力,先拔掉双桥镇,再攻打淮阴城。"举起杯子,遥向已经喝得满脸通红的刘司令一晃,陈大雷轻松地一口喝干杯里的酒,兴致高昂地建议道。

"好!双桥镇是个钉子,早该拔了。打淮阴时机还不成熟。那是松井联队的老巢。"面孔通红的刘司令却并没有因酒失度,冷静地分析道。

"每回我跟松井联队交手,都在琢磨他们的弱点。琢磨来琢磨去,今天看出门道了。"陈大雷满不在乎地摆了摆手说道。

他的话立刻引起了刘司令的兴趣,连忙追问道:"说来我听听。"

"要说呢,这支部队确实能打,装备精良,战术素养好,就是不善于机动,离开了四个骨碌的汽车和铁甲车,就跟蜗牛没啥区别。今天我被围在庄里时,最担心日军从后面过来。而他们始终就没从后面来!最后,还是你老刘摸到日军后面去了。"放下酒杯,陈大雷一边回忆着一边分析。

"所以说,不能硬打淮阴,最好是把松井联队引出城,进入丘陵地区,和他缠斗。"刘司令认同地附和道。

正说着,一分区的参谋长快步走进庙内。陈大雷见状,赶紧跳起身笑脸相迎道:"老韩来了,快快,坐下吃。上酒上酒!"

参谋长接过酒大口饮尽,矜持地点了点头,随后,附在刘司令耳边小声嘀咕了一番。

听到参谋长的报告,刘司令原本被酒气蒸得发红的脸色逐渐变得青白,手中的筷子也重重地向桌子上一拍,生气地大喝道:"上当了!"

听到对方的话,陈大雷满面愕然地反问:"怎么啦?"

刘司令站起身来,一脸不高兴地质问道:"你把我骗到庙里来喝酒、吃肉——噢，还是他妈的日本假肉！你呢，你的人却在打扫战场，把鬼子的枪弹都搜走了！"

"有这种事？太不像话了！"被识破了诡计的陈大雷，佯装惊讶地反问道，同时大声向外叫喊着三营长，"三营长呐……三营长！"

"到！"早已完成任务的三营长，听到喊声连忙快步走了进来。

"你怎么能干这种事呢？刘司令是老大哥，一分区部队是老大哥部队，赶快把缴获分给老大哥一半！"见三营长进来，陈大雷立刻生气地责问道。

"是是。一家一半，没问题！"得到嘱咐的三营长连连点头答应着，转身离开小庙，向外跑去。

听到陈大雷的安排，又目睹着三营长离开，刘司令的面色稍微缓和下来，在陈大雷的敬让下，悠然地点着一根烟重又坐回到座位上，拉七扯八地闲谈起来，待外面三营长忙碌着招呼后，才漫步走出庙门，向院子里磨盘处已经堆好的一堆枪械走去。

见两人前来，三营长笑着迎上来，报告道："报告两位司令员，我把缴获分出了一半，已经给一分区老大哥准备好了。"

刘司令嘿嘿笑着点了点："还是三营长自觉性高、主动性强！咱们瞧瞧去，看看鬼子跟我们留下了什么好货色。"

可刚走到磨盘旁边，刘司令脸上的笑意逐渐凝固，尤其当看到一堆堆积在磨盘上的残旧的中正式步枪。他登时大怒，转身对陈大雷大喊道："呵，陈大雷！皇军装备你全留下了，伪军装备发配给我了！看看，这就是你的一人一半？——中正步枪，根本就是一堆破烂嘛！"

参谋长冷笑着走上前，一伸手从中正式下面拽出一支老套筒，

第五章 "分赃"

讥讽着说道:"两位司令请看,这支连伪军装备都不是,是六分区的老套筒子!"

陈大雷佯作愤怒地左右看了看,连声说道:"不像话,太不像话!三营长,三营长呢?"

但此刻三营长早就不见人影了,在连喊了三四声后,陈大雷窘然道:"你看你看你看……我明明下过命令,他们就是不执行,要不怎么说六分区是军区老幺呢,什么都没吃过没见过,一看到点好东西,一个个连战友情谊都不顾了,这,这一定要整治整治,我看,我是管不了了,刘司令,要不,把他们连人带枪都划到你名下怎么样?"

陈大雷一番胡言乱语,气得刘司令甩手跺脚,大声制止道:"别演戏了!我不要你的破烂,什么都不要!参谋长,咱们走,不捡陈大雷的残羹剩饭,将来咱们自己缴获更多!"说罢,甩开众人的劝阻,大步流星地向外走去。

眼见刘司令与参谋长走向庄外,陈大雷忙追上去赔笑相送:"哎呀,刘司令说话让人好受教育啊,到底老大哥,修养就是不一般。一分区是军区长子,兵强马壮。六分区是军区老末,刚满月,底子薄。既然老大哥看不上缴获,咱们只好都留下了。好在刘司令的部队天下无敌,甭说缴几支日本破枪,就是拿下南京北京加东京,也是探囊取物啊!"

听到这揶揄加讽刺的送客辞,刘司令更加生气,再次转过头来教训道:"陈大雷啊陈大雷,你真厚颜无耻,而且厚颜无耻惯了!"

正在两人斗嘴间,院内响起赤狐马的长嘶。听到马鸣,刘司令的眼睛顿时发亮,不由得朝那院子观望。恰这时,那匹战骑也从断墙探首,精神抖擞地瞧着陈大雷。

看到刘司令两眼放光,陈大雷立刻明白了对方的心意,犹豫片刻狠下心道:"好!我把我的赤狐马送你了。那可是顶呱呱的好马呵,为啥叫赤狐呢?因为它比关云长的赤兔更傲气,更狡猾!除我以外,从来不拿正眼瞅人。为啥?赤狐瞧不起你呗!"

刘司令被戳破了心思,立刻出言嗔怪道:"什么鬼话?我还瞧不起它呢!陈大雷啊,我不要你的赤什么狐!你小子就是骑在这匹红狐狸上被自个儿部下揭了天灵盖!"

陈大雷闻言大惊,连忙追问道:"这这这……这事你也知道!你是怎么知道的?"

捞回一阵的刘司令得意地仰起头说道:"傻瓜最大的特点,就是以为自己最聪明而别人全是傻瓜!哼,还冒充红狐狸呢还!留步,告辞了!"说罢扬长而去。

眼见对方率队离开,陈大雷呆呆地站在那里良久,一直目送着刘司令的身影消失在村外,才长叹了口气转身回来。

刚走回到庄里,那边三营长就不知从何处冒出来,喜滋滋迎上前来询问道:"司令,你把他们都打发走啦?"

陈大雷点了点头道:"嗯,走了!三营长,你干得过分了点!"

听到司令的嗔怪,三营长摸了摸脑袋,呵呵笑道:"知道,但我没办法啊。这一仗,把我们家底完全打空了,再不狠狠补充一下,没法活!"

听到三营长的话,陈大雷长叹了一声点了点头:"唉,是啊,其实咱该谢谢人家一分区和刘司令,关键时刻赶来帮忙不说,走了连口肉都没让人吃上,其实你真以为咱们那点小伎俩能骗过人家刘司令吗?人家是没和咱计较,知道咱们六分区刚建立,底子薄,否则,凭什么人家也该吃大头,咱们拿小头啊。行了,不说这个了,

第五章 "分　赃"

跟我说说,这次咱们捞了多少?"

三营长听到询问,再次兴奋起来,连忙报告道:"报告司令员,总共二十七支三八大盖,十一支中正式步枪。就是子弹少点,总共只有两千来发。"

"歪把子机枪呢,一挺也没有?"听到三营长的汇报,陈大雷立刻追问道。

看着他一脸焦急的样子,三营长遗憾地摇了摇头说道:"鬼子全带走了!今天这仗,鬼子宁肯扔下他们的尸体,也不扔歪把子机枪。"

陈大雷沉吟了片刻,点了点头:"哦,这倒是个新情况……哎,有了枪你还愣着干嘛。赶紧发布告,说我六分区要扩军了。翰林呢?叫他写大标语去!"

三营长听到指示,立刻扭头向旁边一座双门紧闭的土院示意了一下,语气神秘地说:"翰林和顺溜他们正在院里呢。"

陈大雷奇怪地看了紧闭的院门一眼,反问道:"在院里干吗?"

三营长笑着低声说道:"司令,这次虽然没缴获到歪把子,不过二雷缴获了一件宝贝,翰林正躲在里头研究呢!"

"宝贝?什么宝贝?"陈大雷眼睛一亮,迫切地追问道。

三营长缩了缩脖子,摇了摇头道:"枪!不过真是乖乖,从没见过这么奇怪的枪!好好的枪身上还装了望远镜。"可还没等他的话说完,陈大雷就迫不及待地冲进院中。

说是研究,可此刻院子里已经挤满了人,之前顺溜缴获的那支步枪此刻被擦得干干净净的摆架在木案上,瞄准镜闪射着幽幽的光芒,看着是那么的神秘。

拨开人群,陈大雷兴奋地绕着它上看、下看、左看、右看了好半天,才小心地伸手在镜头上摸了一把,可是手还没碰到瞄准镜,就忽听身后传来文书庄严的一声咳嗽。

陈大雷醒过神来,转头看向得意地站在自己身后的文书,笑讽道:"哎哟,高人清嗓子了!说吧翰林。这是什么枪?"

文书微微扬了扬头,左右看了看,在满意地享受了一会儿众人期待的目光后,才开口道:"报告司令员,这枪名叫狙击步枪。我在延安发过来的新闻报告里看过,小鬼子挑选出生产质量比较好的三八大盖,专门配备上瞄准镜,发给士官以上的老兵,作为战场狙击手使用。

"举鸡步枪?举什么鸡,肚包鸡吗?"听到文书的解释,陈大雷不明所以地问道,他的话,顿时引来周围人的一阵哄笑。

"司令,不是举,是狙,说这个枪是用在战场上专门杀敌人军官的枪,使用这种枪的人叫狙击手。他们的作用可大了,听从苏联传过来的消息说,有的狙击手一个人能杀好几百人。"见众人哄笑,文书顿时感到自己的权威受到侮辱,连忙纠正道。

"什么乱七八糟的!做得好肚包鸡的那是好厨子不是什么举鸡手,和打仗有什么关系,不过话说回来,小鬼子的心思怎么和我想的一样呢,专杀鬼子官,这可是好差使。不过,咱可不兴吹牛啊,一人打好几百,那可不是什么举鸡枪,那是歪把子,娘的,歪把子换来这么一把怪枪,也不知道是吃亏了还是占便宜了。"陈大雷继续胡搅蛮缠。

"司令……"听到陈大雷的话,文书不禁为之气结,连忙嗔怪了一声。

"行了,咱别计较那些名词了,你跟我说说,这枪怎么用?"陈大雷摆了摆手,制止了文书的话,再次询问道。

第五章 "分　赃"

　　见再次问到自己，文书放下之前的不快，连忙解释道："这枪全称叫有坂九七式狙击步枪，每一支枪都是从一千支三八大盖步枪里精选出来的精品，所以准确度高，就是说打得特别准，有效射程能达到三千米，就是大约一千丈，精确射程也能达到六百米，大约是二百丈远！最主要的是，他是从三八大盖改型过来的，所以完全可以使用通用的6.5毫米口径子弹，补给不成问题。第二，枪上加装了2.5倍的瞄准镜，可以看到人眼看不到的距离，这么说吧，只要能看到，就能打到，能打到，就能打中。"

　　听到文书的话，满屋响起一片惊叹声，所有人看向这支枪的目光，已经不再是羡慕，而是惊奇和崇拜。

　　"真不是盖的，二百丈，怎么能打那么远，可要是远得眼睛看不清呢，它也能打？"还没等众人的惊叹声落下，身边，顺溜连忙插嘴问道。

　　听到顺溜的询问，文书嗔怪地用责备的眼神看了他一眼，再次说道："我刚才不是说了吗？枪管上有一具瞄准镜，就是这个金属筒，能把东西放大两三倍看。也就是说，四百米的目标，从瞄准镜里看出去就只有一百多米远了……"

　　顺溜呆呆地听完文书的解释，低声恨恨地说道："我说呢，怪不得能打着小武！原来都是这家伙搞的鬼。"

　　文书瞪了他一眼，怪他打断了自己的话，连忙用更大的声音说道："第三，这支狙击枪应该由专人使用，枪手必须是千里挑一、智勇双全的军人，而且还要为他配一个助手，协助他背子弹、观察敌情什么的。说完了。"说罢，眼神看向身边的陈大雷，摆明了给他出了个难题。

　　在场的所有人的目光顿时纷纷转到陈大雷身上，一个个表情激动得如同要结婚一般,而顺溜更是望眼欲穿地站在那里跃跃欲试,仿佛随时都要冲上来抢枪一样!

见众人兴奋地望向自己,陈大雷却慢悠悠点燃一支烟,然后慢悠悠地说道:"大伙都听明白了吧?这枪比歪把子机枪还厉害,因为它射程远、精度准、打得狠!歪把子机枪只会突突突,大半是在唬人。唔,咱们六分区里,应该把它配给哪个连、哪个排、哪个班呢?"

听到他的询问,满屋顿时轰然大作,所有班长、排长都在没命地大声叫着:"给我们班!我们排!给我们!"

唯一没有出声的只有顺溜,听到文书的介绍,顺溜只觉得这枪仿佛就是给自己度身定做的一般,可见到周围的战友们不断地争抢,他却紧张地说不出话了,只能张口结舌、痴痴地望陈大雷,眼中闪着急切万分的光!

见状,陈大雷摆手示意众人安静,随后大声宣布道:"我命令,这支枪配给陈二雷同志使用。因为,只有他才能让这枪发挥出最大的战斗效能!"

虽然预感到会落到自己头上,但是听到命令,顺溜却仍然心中一颤,随后哆嗦着答了一声:"是!"然后才战战兢兢地在众人羡慕的目光注视下,走到案前,拿起了这支狙击步枪。

端起它,透过瞄准镜朝外看。顿时,十字线后出现的一切都扩大了许多倍……所有班长都挤到顺溜身边,表情羡慕不已,等待着顺溜说一下感受,可顺溜却看着看着,突然失声叫道:"营长啊,你牙缝里有片韭菜叶子!"

"去你的!"在满屋的哄堂大笑中,营长脸色微红地擦了一把汗,随后说道,"行了,别自己把着了,也让大伙稀罕稀罕你的家伙嘻。"

听到营长的吩咐,还没等顺溜同意,周围的班长、排长们立刻纷纷挤上前来,挨个接过那枪,透过瞄准镜朝外看,不时发出声声惊叹。

被人群挤出来的顺溜走到陈大雷面前,嘿嘿傻笑了两声,却不知道说什么好,只是一门的挠着自己的后脑勺,矗在那里不动。

"怎么?想我再给你配个兵吧。平时扛枪弹,战时帮你观察敌情。"陈大雷笑着问道。

不料,顺溜却连忙摆手道:"不要不要,不要兵,我只要枪就够了!司令员,这枪我自个儿扛,弹也自己扛,不管给我多少枪弹,我都自己扛!不过我寻思着,司令,能不能不让我当举鸡手,我不想当厨子,我要当就当神枪手。"

陈大雷微笑了一下,说道:"也好,咱不当外国那洋玩意,咱就当神枪手。不过,我还得给你下一道命令,你听好了,这可以说是死命令!陈二雷,这种枪,全新四军就这一支。从今日起,你人在枪在。你人亡了,枪不能亡!"

顺溜立刻收拢笑容,严肃地打了个立正:"是!"

第六章　锻　炼

黑夜是新四军的天下，战斗的结束不代表万事大吉，为了防备敌人再次返回，部队在经过短暂的整备后，决定趁夜晚的降临转移驻地。

纵横密布在平原地区的封锁线，对于黑夜行军中的新四军来说，形同虚设，在三营长的带领下，众人迅速穿越了一道道封锁线，来到部队的新驻地。

当大家进入营房休息时，顺溜却心事重重地在新营地四处转悠着，在思索了良久后，他似乎打定主意一般，急匆匆地跑向另外一处仍然亮着灯的房间。

那是文书的房间，此刻，文书正忙着在灯下整理着这次战斗的材料。见顺溜推门进来，文书笑着揉了揉眼睛招呼道："二雷，你怎么来了？"

顺溜摸着头嘿嘿笑了笑："嘿嘿，翰林，我瞧你屋里亮着灯呢。"说罢缓步走到近前坐了下来。

"天爷，这么多字啊，都是你一人写的啊?!"几次欲言又止的顺溜，在四下寻看了一圈后，将目光停留在桌面的纸张上，惊

第六章 锻 炼

叹道。

"大惊小怪!我正写战斗总结呢,要报到军区去。我不写——谁写?"文书自豪地说道。

"真厉害。我们所有人打鬼子,全靠你一人来总结!要是没你,上头就不知道我们的功劳了,是不?"顺溜乖巧地追问道。

"基本上是这样。怎么,顺溜,你这么晚来我这里,不会就为这事吧?"文书略微点了点头,开口询问道。

"唉,不是,其实找你来是有件事想问你,翰林啊,我怎么也睡不着,心里老惦记着,你早上说的举鸡手的事,到底啥是举鸡手?"见文书询问,顺溜索性不再隐瞒,直截了当地问道。

"什么是狙击手,要想了解这个问题,你要首先知道,什么是部队。部队是一个整体,它是由首脑机关和执行机关所组成,什么是首脑呢,就是像司令啊,三营长这样的人是首脑,我们就是执行首脑命令的执行机关。而狙击手的任务,就是完成狙杀像首脑机关这样的高价值目标而存在的一种特殊军事人员。"文书从来没有被人问过如此合乎胃口的问题,索性放下手头的工作,耐心地回答道。

"那为什么叫狙击手呢,为啥不干脆叫神枪手啊?"顺溜继续追问道。

"啊,这个嘛,说来很长远,我在一篇资料里曾经看过,狙击手的名字,有可能是来源于英文也可能是德文,当然了,这个说了你也不懂。但是狙击手为什么不叫神枪手,我想有其一定的道理,神枪手只是打的准,可是枪法对于狙击手来说,只不过是一种必须的技能。射杀敌军人员只是狙击手的一小部分任务,更多的任务可能体现在对高价值的军事目标的袭击上,你想,如果你杀掉对方的指挥官,那么敌人肯定没法组织进攻了,如果杀掉的是敌人的司机,那么一定没人开车了,所以狙击手不但要具有优秀的枪法,更要有坚忍的性格和随机应变的头脑。这点上,狙击手和神枪手有着本质的不同。"文书耐心地向顺溜解释道。

"那之前战斗时,敌人其实最想杀的不是小武,而是我了?"听到文书的解释,顺溜喃喃自语道。

"嗯,也可以这么说。"文书同意地点了点头道,"战斗中你的枪法那么好,绝对要比一般的军事人员更有价值,杀掉你要比杀掉十个普通士兵来得更有意义,所以你要比小武更值得对方狙杀。当然,对付狙击手最好的办法,就是用狙击手,对付你这样的神枪手,也是狙击手最重要的任务之一。"

"文书,你帮帮我,我要当狙击手,我要把小鬼子的当官的都杀掉。"顺溜激动地一把抓住文书的手,大声要求道。

"嗯,这,这个,好吧,不过,你要训练,要尽量锻炼自己,只有严格的,啊,训练,才能让你成为合格的战……不,狙击手。"文书只会纸上谈兵,对于真正的狙击手训练可以说是一窍不通,不过为了不在顺溜面前露怯,他含糊地向对方说道。

"我知道了,谢谢你,文书。"顺溜却仿佛受到了鼓舞一样,在兴奋地点了点头后,转身拉开门离开了。目送着对方的背影消失,文书无奈地摇了摇头,再次准备起自己未完的任务。

文书当然不知道自己这些随口敷衍的话,到底为顺溜提供了怎样一个目标,他更不知道,之后的顺溜又做出了怎样惊天动地的事情。

清晨,部队在军号声中迅速地在麦场整齐列队,经过了小黄庄一役的洗礼后,战士们的身上多出了一份成熟和勇敢,少了一

第六章 锻 炼

份稚嫩和轻浮。

眼看着众人聚集在自己面前,三营长满意地点了点头,走到队伍前面,手举一杆锄把正声喊道:"今天刺杀训练,听口令——上刺刀!"

听到命令,众战士唰唰拔出刺刀,迅速装在步枪上,立刻,整个麦场上闪过一道道寒森森的白光。

"鬼子有个武士道。咱们呢,有个革命英雄主义。到底是武士道厉害还是革命英雄厉害,只能在战场上见高低,只能在刺刀尖上论英雄!我知道,有些同志怕跟鬼子拼刺刀,鬼子哇哇一叫就发慌。我告诉你,这种兵早晚得死,死在哪?就死在刺刀尖上!还有些同志,自以为枪打得准就能赢得胜利了,他刺刀上的本事如何,这就不知道了!我告诉你,射击是百米的功夫,拼刺刀可是面对面的功夫!用刺刀杀一个鬼子,顶好几个子弹击毙的鬼子呢!"看着众人利落地装完刺刀,三营长一边说,一边举起手中的锄把虚虚向前一招。

"听口令,预备!"

听到口令,众人纷纷端起刺刀,目光凝视前方,乍一看去,竟也杀气腾腾。

"看着倒挺像那么回事!不过光有样子不行,陈二雷出列。"三营长突然怒叫一声,听到喊声,顺溜宝贝似的抱着自己的步枪迅速走到队伍前。

"你什么动作,啊?出枪慢慢腾腾,身体歪歪唧唧,你以为是劈柴火呢?照你这样,三枪之内,两条小命都报销了!"看到顺溜畏缩的样子,三营长大声斥责道。

"我不慢,我是怕把我枪弄坏了。"顺溜连忙解释道。

"别找借口！你慢不慢，我证明给你看。来，你用你的真刀真枪，我使这锄头把子，咱俩对刺几个回合。来啊！"摆手制止了顺溜的话，三营长张扬地挑衅道。

"营长，我这是刺刀啊，是真刺刀啊！伤着你怎么办？"顺溜连忙提醒道。

三营长哈哈一笑，轻蔑地说道："凭你？做梦吧！听命令，我要你只管把我当鬼子，只管朝我身上刺。如果你能刺中我一刀，我给你请功！"

"营长，你别逼我。我火起来了真敢跟你拼。我就不信这刺刀拼不过你锄头把子！"顺溜被说得一时火起，怒吼道。

"你还火起来了？怎么，以为自己枪法神，了不起了是不是？好啊，好得很！革命战士，上了战场就得怒火三千丈！我就要你跟我火！来来来，别磨嘴皮子，拼刺刀吧。听口令——开始！"三营长一边讥讽着，一边摆出格斗姿势。

"让地方！"顺溜大喊了一声，咔地端枪冲了过去，闪闪发亮的刺刀毫不留情的逼向三营长，那边，三营长也唰地端起锄把，虚指着顺溜，在空中兜着圈子，等待着对方冲过来。

这边，顺溜忽然大吼一声"杀！"随后端起刺刀猛地朝三营长胸口刺去。

那边，三营长的锄把轻妙一击，便击歪迎面刺来的刺刀，同时顺势一刺，锄把嗵地一声击中顺溜胸膛。胸口一阵剧痛传来，顺溜脚下不稳，登时倒在地上，疼得龇牙咧嘴。

"乖乖，营长太厉害了！"见此情景，周围的战士们纷纷低声惊叫道。

摔了一屁股灰的顺溜忍着疼痛，一骨碌爬起来，不服地大叫

第六章 锻 炼

道:"这不算,我是怕伤着你,不敢下狠劲!"

听到顺溜的话,三营长冷哼了一声,告诫道:"听着,你不但要对我下狠劲,而且招招都要对我下杀手!因为,战场上只有你死我活,没有什么算不算的!再来!"

顺溜被激的怒起,一时间怒火冲天,端起刺刀怒视着三营长,突然来了个连续突刺,同时口中不断大喊道:"杀!杀!杀!我宰了你个狗娘养的!"

听到对方的喊声,三营长连声赞道:"好!好!好!就得宰了他个狗娘养的!"

可没想到那句"狗娘养的"刚落地,三营长的锄把已经再次临头,与之前相似的一幕再次上演,不过这一次击得更狠,狠到周围的众战士都能听见顺溜骨头发出的声音。在重击下,顺溜一头摔倒在地,手中的步枪也跌出好远,口里更是因为疼痛而不断地吱吱吸着冷气。

三营长并没有因为自己的重手而感到后悔,相反却再次大喝道:"抓枪!快起来,没断气就得快起来,鬼子在边上呢!都记着,任何时候都不能让枪失手!"

听到喊声,顺溜勉强忍住疼痛,爬出几步抓起枪,再次站到三营长对面。经过两次的失败,顺溜胸中的怒火几乎将自己点燃,更恨不得一口吞了三营长。而对面,三营长却始终平静如石,待击间隙里还不时教导他和观战的战士:"别盯我枪尖,始终盯着我眼睛、盯着鬼子的眼睛。对!慢慢转圈,寻找战机,对!注意身体位置,千万别让阳光刺眼,对!抓住鬼子眨眼的瞬间,突然出刺……"

那边,窥着三营长说话的当口,顺溜突然大吼着冲了过去:"杀杀杀！"

可惜，顺溜显然低估了对方的实力。见刺刀攻来，三营长利索地向旁边一闪，锄头把子连连击开他的刺刀，再次重重地把他捅翻在地。

仿佛忽略了对面顺溜是自己人，三营长在冷冷地瞄了他一眼后，再次厉声说道："记着——连续突刺时更要注意攻防。三刺不中时就特别危险，攻击者必须大步跳开，只要动作稍慢，必死无疑！二雷起来！"

听到命令，倔强的顺溜再次爬起身，勇猛地向对方冲去，可惜结果却仍然一如从前，三营长一次次用锄把将他击翻，更让人感到不可思议的是，对刺过程中，顺溜的刺刀却连三营长的衣角都没碰到。

"怎么样认输不？"当顺溜再次倒在地上之后，三营长终于开口询问道。

"不！再来！"擦了擦嘴角的血迹，顺溜站起身来大喊道。

"好！在战场上，这就叫作宁死不降！不过今天时辰到了，该训练冲锋了。等明天我们接着练。"听到顺溜的要求，三营长满意地说道。

未来得及恢复体力的队伍在三营长的带领下，来到村外的小山下，看着怪石嶙岣的小山，三营长大声命令道："司号员——冲锋号！"

"的的哒的的哒，冲啊！"在号声的伴随下，三营长怒吼着率先向山顶冲去。众战士弯着腰纷纷尾随着三营长向山上奋力冲击。

可是很快，顺溜就落到后面——刚刚的格斗透支了他大量的

第六章 锻 炼

体力,此刻无论是肩上的步枪还是腰上的手榴弹都让他感觉到无比的沉重。胸口好像压了块大石头一般,沉闷发堵,可即便如此,顺溜仍然拼命往上冲着。

不知何时,三营长忽然贴到顺溜身边,冷冷地呵斥道:"你不是嫌助手累赘吗?不是要自个儿扛枪扛弹吗?你不是自认为枪法了不起吗?那就快!阵地上急需要你这个神枪手呢!快快快!"

在三营长的催促下,顺溜吃力地加快着脚步,可是脚下却打了个趔趄跌倒在地,他艰难地爬起来,再次疯狂地、拼命朝山上冲去。

前面,战士们早已冲到半山腰,进入临时战壕,持枪瞄准着。

在他们身后,顺溜最后一个抵达,他跃入壕中,正准备端枪瞄准。三营长却又来到他身边制止道:"你的位置不在这。你的枪射程远,精度高,所以你必须占领制高点,才能发扬火力,控制整个战场。"

顺溜气喘吁吁地四下张望着问道:"制高点在哪?"

三营长抬眼向山上看了一眼,示意他的位置是在高高的山顶上!

顺溜一怔,看看三营长。三营长微笑着点了点头。顺溜大吼一声,提着枪跳出战壕,独自继续朝山顶上冲。时间仿佛过得特别慢,原本近在咫尺的山顶却用了好半天才登上去,呼哧巨喘的顺溜却没有一丝迟疑,迅速地卧地,端枪,一边喘息着,一边瞄准。

可是,不知何时,三营长又神不知鬼不觉地贴到他身边,冷冷地说道:"陈二雷,你喘得跟狗熊似的,你心跳得快要从口里蹦出来了!这样的枪手怎么持枪?怎么瞄准?怎么作战?我告诉你,优秀枪手在进入阵地的第一时间就要战斗,他必须心平气和,从容不迫。否则,他不是发扬火力而是暴露自己,他每打一枪都是在浪费子弹!对不对?"

顺溜咬牙切齿地说道:"对!"

三营长再次问道:"那与兄弟部队动手,对不对?"

顺溜梗着脖子看了三营长一眼,随后说道:"对,我没错。"

早料到顺溜不会承认错误,三营长再次说道:"哦?那现在怎么办?你耽误了大家发动攻击的时间。"

顺溜恨声站起身来,不服地说道:"我再来!"

三营长厉声大喝道:"好。从山脚开始——我陪你!"

一天的训练透支了所有人的体力,傍晚刚过,被疲惫侵袭的众人就迫不及待地放下一切,如同死掉了一般一头倒在床上,不一会儿整个营房就响起震天的呼噜声。

忙完一天工作的陈大雷,最后的一件事照例是查房,不过这次和他一同前来的还有三营长。

缓慢地走在营房里,时不时地替战士们将伸出被子外的胳膊罩进棉被里,此时的陈大雷竟显现出与白天截然不同的另一面——看起来更像是一位慈父,而不是一名久经沙场的指挥官。

慢步走到睡在最里面铺位的顺溜身边,陈大雷刚刚伸出的手,却僵直在半空,过了良久才迟疑着收了回来。

"怎么样,这小子训练刻苦不?"看着顺溜裸露在棉被外,布满青紫色淤痕的胳膊,陈大雷压低嗓音小声询问道。

"嗯,是块好铁,不好好锤打一下,成不了钢,唯一的缺点就是嘴巴硬,犟得像头牛,说什么也不肯承认自己有错。"陈大雷的询问,不禁勾起营长早上的回忆,在微微挑了挑嘴角后,他点头说道。

第六章　锻　炼

"平时多流汗，战时少流血，可不是什么胡话，这是血和泪凝聚的经验，打仗也不是什么扣一下扳机就能杀敌的事，二雷这人，难得！他有真本事，所以也有点小骨气和小脾气！我很想把他培养起来，但他能不能成气候，能不能有大作为，我也没把握，全看他自个儿的造化。咱们当干部的，遇到这种兵，可以下重锤，千锤百炼嘛。你先给他来点厉害的。二雷的枪法虽然好，可是也不能让他骄傲，枪法只是士兵的基本功之一，如果依仗着这点放纵他，那么我们就是对他的生命不负责任。"陈大雷满意地点了点头，严肃地说道。

"嗯，我知道，顺溜这小子在上次的遭遇战中打得很不错，还得了你奖赏的一把好枪，战士们都以他为榜样呢，可是，这小子坏毛病也不少，在部队里讲义气，和兄弟部队的人争枪打架，所以，我才优先'关照'着他，也好给其他人提个醒。这次的遭遇战说坏不坏，说好也不好，但是却让大家受到了一次教育，知道了敌人不是什么稻草人，这对以后的训练很有好处。"三营长点头附和着说道。

"明天我可能要去军区开个会，记得，明天的训练继续，虽然对他们苦了点，不过，熬过这阵以后就好了。"陈大雷赞同地点了点头，轻轻地将顺溜的胳膊小心地抬起来，塞进被子后，才悄悄地拉着三营长转身离开营房。

第二天一大早，陈大雷借着浓浓雾气的掩护，悄悄地赶往军区司令部，参加定期举行的常委会议。

军区常委扩大会议，并没有想象中的那么严肃，众人仍以自己惯坐的舒服姿势坐在周围，凝视着正中上首的军区大司令和政委，聆听着他们传达着新的战斗精神和指示。

"往年开党委会的时候,不是这人被日伪军缠住了,就是那人被挡在封锁线外面。而这次党委会,六个分区司令都到了,而且个个红光满面,神气活现的,军区大团圆呐!这说明什么,说明我们力量大发展,说明你们个个可以来去自如,掌握着战场主动权!"政委在巡视了坐在自己周围的六位分区司令一眼后,笑着说道。

听到这少有的赞扬,众人兴奋地对视了一眼,随后笑着鼓起掌来。

"好了,先说说形势啊。开年以来,世界反法西斯战争不断取得胜利。在欧洲战场上,苏联红军越战越强,都已经打过波兰了。美英军队也不差,诺曼底登陆后,现已攻入法国腹地,总之,联盟军正在从东西两面进攻德国的柏林!太平洋战场上,日军在瓜、瓜、瓜达尔卡纳尔岛大败,损失了六万多精锐部队,更重要的是,此役把日本的海外交通线斩断了,太平洋战争正在逼近日本本土!我国战场上形势更是一片大好,我们八路军新四军频频出击,节节胜利,现在已经壮大到一百多万了。根据地发展到华北华中九个省区。

"当前的态势,大家心里也都有谱,我就不啰唆了,谈几个事。第一个事,三天前的小黄庄战斗。那场战斗虽然胜了,但是说实在话,那叫败中取胜,这种胜利实在侥幸,而不是陈大雷你英勇、你命大!六分区刚刚满月就差点遭受灭顶之灾,这本来完全可以避免。小黄庄的危险,基本上是由于陈大雷的骄傲与轻敌所造成的。他骑着东洋马、戴着钢盔前去视察部队,竟然在日占区边缘大张旗鼓、穿乡过镇,致使引发了小黄庄遭遇战。如果不是一分区部队相援,六分区很可能全军覆没!对于这场战斗,各分区都要好

第六章 锻 炼

好分析总结，引以为训。现在讨论一下这个事。"政委的话音刚落，身边板着面孔的大司令，就接口道，原本会议室内欢乐的气氛，也因他的一段话而陷入沉寂。

听点到自己的头上，陈大雷扔掉手中的烟头，站起身表情沉痛地说道："大司令批评得完全正确，那场战斗确实有些轻率，我检讨！当时的情况嘛，是这样的——我们六分区刚刚建立，人员少，装备弱，我身为分区司令，迫切地想壮大分区力量，让部队赶紧成熟起来。而要达成这个目标，唯一的办法就是多打胜仗，让部队在战斗中锻炼成长。你们说是不是？尤其是突发性战斗，毫无准备，一不留神，晴天霹雳般打下来！这种事最能检验部队素质，最能锻炼部队的战斗力。从这角度看，小黄庄遭遇战危险归危险，但它珍贵，战机难得，可遇而不可求。嗳，你们都是身经百战的，你们说是不是？"

眼见陈大雷在自己面前打起折扣，大司令皱眉打断了他的发言，反问道："什么是不是？！陈大雷你这是检讨吗，我听着像自我表扬嘛！"

见陈大雷的把戏被戳穿，其他人立刻起哄般哄笑起来，连坐在大司令身边的政委也笑着说道："陈大雷，别耍小聪明！我明白你的心思，你之所以抢着检讨，就是想给自己定个调子，堵堵人家的口！请你坐下，听听其他分区司令怎么说。"

陈大雷面色一窘，唉声叹气地坐回到座位小声叨咕道："啧啧，政委狠，打了个十环哎。"

没理会陈大雷的抱怨，坐在周围的其他分区司令们，在得到政委的指示后，纷纷举手发言，原本寂静的会场顿时热闹得如同集市一般。

"刚才,大司令一句话就点出了陈大雷同志最大的毛病。什么毛病呢?骄傲和轻敌,尤其是骄傲,小黄庄战斗只是一次突出表现罢了,我和大雷同志也相处多年了,眼见他轻率开战,冒险进攻已经好多次了,说狠点,大雷几乎到了盲动主义的边缘!就说他当一营长的时候吧,战绩最大的是一营,伤亡最重的也是他一营。还有,大雷同志不但瞧不起敌人,连自家同志也瞧不起,老子天下第一啊,个人英雄主义十分突出。"五分区司令首先开口抱怨道。

"还有,大雷同志有流寇残余和山大王气。我举个例子,只要陈大雷开口说话,必有两大特点,一是骂骂咧咧,二是牛逼哄哄。也就是一好骂人、二好吹牛!大家说是不是啊?"四分区司令接口道。

见众人频频点头,四分区司令仿佛受到鼓舞一般,表情倍加严肃地再次说道:"我再举个例子,陈大雷发牢骚时说过,一分区是军区长子,他六分区是军区老末!这话不丧失原则吗?符合我军高级干部身份吗?传出去什么影响?真是骇人听闻!大司令,政委,同志们啊,我在此呼吁一下——对陈大雷再不挽救那就晚啦,早晚要出大问题!"

见陈大雷受窘,众人立刻哄笑起来,气得政委连忙提醒道:"严肃点!"

被呵斥的一缩脖子的四分区司令连忙止住话音,可那边三分区司令赶紧跟进,严肃应和道:"是!政委说得对,陈大雷无论干什么事都不严肃,就连打仗都不严肃。我还以小黄庄战斗为例吧。在那战斗之前,陈大雷先挨了自己部下一枪,丢大人呢!用自己的话说就是,'六分区刚刚满月,当司令的大喜临头!'"

第六章 锻　炼

自己一直耿耿于怀的事情竟然被提出来，惊得陈大雷慌忙抬起头来询问道："咦，这话你们都知道，你们怎么知道的？"

三分区司令微笑着说道："怎么知道的，因为你精彩呗！同志们呐，对陈大雷同志的错误，我们要一层一层地分析下去，狠刨根源，绝不能心慈手软，那样反而害了他！比如说，大雷为何挨自个儿部下一枪呢？因为部下把他当成吴大疤拉了。他的部下为什么把他当成吴大疤拉呢？因为他骑着日本的东洋马，头戴国军的钢盔帽，大摇大摆地视察部队来了。他为什么要骑东洋马、戴钢盔帽呢？因为他烧包烧得厉害呗！再比如，他给他那匹马起了个名，叫赤狐。为什么要叫赤狐呢？因为关羽的坐骑叫赤兔！在他看来，他的赤狐马要比关羽的赤兔马高一头，于是他也就跟关云长差不多了。"

哄笑声再度响起，场面似乎已经从检讨变成调侃，看着一个个对自己挤眉弄眼的战友们，陈大雷满面苦笑地说道："老丁，你什么一层层分析啊，你那是一层层地抽筋扒皮！狠呐你！"

三分区司令笑着看了陈大雷一眼，朗声说道："同志们呐，挨自己部下一枪的事，发生在黄庄战斗之前。战斗之后呢，陈大雷又不严肃了，死尸堆里跳出两个鬼子士官，陈大雷喝退部下，自个儿扛着一把大刀，得意洋洋地去和两鬼子拼刀了。"

听到提起这事，陈大雷赶紧解释道："慢慢，我和鬼子拼刀，那是为了省子弹，你们都是当家的又不是不知道，子弹可金贵着呢。"

听到他的借口，大司令连忙呵斥道："陈大雷，有人亲眼看见，你当时根本不是省什么子弹，你是猫捉老鼠狗拿耗子，跟鬼子逗着玩！我听说，你拼刀之前，还跟鬼子互相鞠了一躬！有这事没有?"

陈大雷一怔,窘笑道:"鬼子讲究武士道嘛,武士开打前得先鞠躬,那就跟我们抱拳作揖是一个道理。我嘛,跟他交流一下嘛!嘿嘿嘿!"

见对方一脸嬉笑的样子,大司令立刻提醒道:"别嘿嘿嘿!你身为分区司令,怎么跟个班长似的拼起大刀来了?再有,你拼刀拼得像演戏,一点不庄重!让战士看了像什么样子?"

如此细节都被大司令知晓,陈大雷不由气愤地望向一分区刘司令,而此刻对方正悠然地喷着烟圈儿,满面得意地向陈大雷微笑着,同时慢悠悠地开口道:"同志们啊,说实话,我舍不得批评大雷——老战友了嘛!但我又不得不批他几句,为何啊?因为我刚救了他一命就被他坑了!小黄庄战斗,他独吞全部缴获,我一枪一弹没得着!"

听到此话,如同被戳中软肋的陈大雷赶紧赔笑道:"老刘,口下留德啊。"

刘司令也笑着安慰道:"大雷你别紧张,我向来点到为止,绝不像你那样赶尽杀绝!同志们呐,刚才大司令说了,陈大雷同志连打仗都不庄重,这话一下子启发了我……"

大司令那边连忙插嘴道:"嗳嗳,有话直说,别说我启发了你!"

刘司令点了点头,朗声说道:"是!我直说!同志们呐,三个来月前吧,洵口镇上贴了个鬼子告示,大意是生擒陈大雷赏银一万,得其尸体赏银五千。当时,陈大雷正率队进入战场,他看见告示后,非但不愤怒,反而得意得不行啊!竟然跟我来炫耀:'老刘你看看,你仔细看看!那是我的告示,不是你的!要你,绝对值不了这么多。'这还不算,陈大雷立刻叫来当地的维持会长,

第六章 锻　炼

命令那人：'嗳，伙计，今天我如果战死了，你把这告示盖在我肚子上，把我尸体拉进淮阴城，交给松井联队长，领五千赏银回来。松井要是问我怎么死的，你千万别说是鬼子打死我的——那样赏银就没了，你就说是你亲手把我毙的，这样才能得着赏银！'"

听到此话，政委大为惊讶，连忙追问道："陈大雷，到底怎么回事？！"

陈大雷立刻起立大声回答道："报告政委，那个维持会长叫老宋，白皮红心，自己人，绝对自己人啊。经常替我军打探敌情。"

政委气着笑骂道："别装蒜，我不是问那个老宋，是问你怎么回事？"

陈大雷笑答道："就那么回事呗……嘿嘿嘿，政委你想嘛，那天我要是战死喽，你们最多揩干净我身上的血，开个会，埋了。这管啥用？但要把我尸体送给鬼子，这就管用了，能换五千大洋回来用于军区建设啊！五千呐，废物利用啊，多好啊！我睡棺材里都能笑醒过来。"

话音未落，众人已经笑得前仰后合，原本的批斗会此刻已经无法继续下去。

眼见于此，大司令也哭笑不得，无奈地朝政委低语道："我看，这事就议到这吧。你说几句。"

政委颔首，沉声说道："陈大雷，小黄庄战斗，你给军区党委写个检讨报告——要深刻！"

被老战友们一搅和，原本的批斗算是彻底流产了，见此情景，陈大雷兴奋地点头道："是！我写，坚决写，不深刻不罢休！"

"好了好了，不要在这里表忠诚了，你以后少冒点险，让我们少操点心比什么都强，大家都下去吃饭吧，食堂准备好饭菜了，你们一早赶过来肯定没正经吃，不过，吃完以后，陈大雷，你可不许走，我这里还有项任务要交给你。"早知会有如此结果的大司令，无奈地看了一眼这帮跟自己从枪林弹雨中打拼过来的手下，再次说道。

"是，保证完成任务。"听到大司令的命令，陈大雷笑着打了个立正，随后在众人的拉拉扯扯中向食堂走去。

"差不多他们该来了吧？"目送着几人离开，大司令严肃地向政委询问道。

"嗯，应该在路上了。"政委也收起之前的微笑，心事重重地说道。

"这个顾祝同不知道又搞什么鬼花样，不过等一下就见分晓了。"大司令信心十足地说道。

沙河旁，沿着山乡土道朝向新四军驻地方向，一辆国民党的崭新的吉普车在一辆道奇卡车的陪伴下，带着滚滚烟尘从道路的尽头飞驰而来，它的出现顿时令道路两边埋首于耕作的民众大为惊异。眼看着吉普车绝尘而去，早有人飞奔着越过山梁跑向驻地。

而此时，车内坐着的两名身着国民党军服的军官则对这一切毫无察觉，仍沉浸在相互的交谈之中。

"师座，过了刚才那条沙河，就算是进入新四军根据地了。"眼看着河滩上的农田和平静地流淌在河道内的河流，其中一名军官小声说道。

"哦，这才几年啊，他们就把地盘发展到这儿来了！共产党厉害，稍不留神，大肆扩张！"肩膀上挂着少将军衔的男子一脸愕然地说道。

"看那几个放牛的、种地的，八成都是新四军民兵部队。"

第六章 锻　炼

身边的男子连忙提醒道。

"哼，我的参谋长，何必草木皆兵？有首童谣里唱什么'根据地天更蓝水更绿'，我瞧未必。新四军装备简陋，他们打仗不行，就是能宣传。"听到参谋长的提醒，少将大不以然地说道。

"可有情报说，三天前黄庄附近发生过一场激战，淮阴城的日军伤亡了近百人。"见长官不信，参谋长连忙说道。

"好啊！大捷啊！这么大的事你为何不报？赶紧向战区长官部请功哇！"听到对方的提醒，少将连忙追问道。

"师座，黄庄方向没有我们的部队。"听到长官的询问，男子小声说道。

"哦，是新四军……"

"师座，我担心，既然他们的部队已经进入了黄庄一带，说明他们胃口不小，说不定要攻取淮阴城。"

"如果真是这样，那我们来得正是时候嘛！"少将略微点了点头，目光深邃地说道。

第七章　任　务

吉普车肆意的奔驰很快被迫停止了。在刚刚转过河滩来到一道石坎前，忽然闪出的几个执红缨枪的民兵，愣挡在车前，大声向司机示意着停车。

"你们是什么人？"车内，参谋长不耐烦地探出头来质问道。

"你们是什么人？"民兵一摆手中磨得锃亮的红缨枪，针锋相对地反问道。

"没看见吗——国军！"参谋长高傲地指着车身上的青天白日勋章，大声提醒道。

"拿路条来。"民兵对于车身上那奇怪的图案却并不感冒，大声命令道。

见自己的威严受辱，参谋长跳下车，大怒道："放肆！没看见我们是国军吗？三战区长官部的！在中华民国土地上，国军通行无阻！你们有几个脑袋，竟敢跟我们过不去！"

民兵一副理所当然的样子说道："这儿是新四军根据地，要通过必须得有路条。要不，谁知道你们是不是冒充国军的汉奸？拿路条来！要没，你们哪儿都去不成！"

第七章 任务

见两人针锋相对地顶上了，车内，少将微笑着走下车来，对领头的民兵说道："在下是五十五师师长少将李欢，路条嘛，我们确实没有。不过，我们有华中战区长官部顾司令长官的亲笔信，你们要不要看一看呢？"

民兵仍然执拗地说道："要！"

听到对方的话，李欢表情不变地微笑道："好。你们几位，谁是新四军江淮军区的陈司令啊？因为顾长官的信是写给陈司令的。除了他以外，任何人不得收阅。请问这位兄弟，你大概就是大名鼎鼎的陈司令吧？"

听到对方的要求，民兵一愣，登时语塞。就在他犹豫着不知如何是好的时候，身后忽然响起阵阵急促的马蹄声。

几人抬头望去，立刻发现，尘土的裹挟中，一骑匆匆飞至。坐骑上一名新四军干部老远就大声招呼道："请问，你们是华中长官部派来的人吗？"

李欢矜持地点了点头道："不错。"

"请跟我来吧。"干部上下打量了两人一眼，掉转马头说道。

"贵军司令部，距这还有多远？"见对方欲走，参谋长连忙询问道。

"等到了以后，两位长官就知道了。"听对方的询问，干部微微一笑，一纵缰绳向前奔去。

一副滑稽的场面在道路上上演了——在一匹奔驰的坐骑身后，两辆汽车尴尬地跟随着。

车中，李欢若有所思地取出一幅作战地图，对照着观察着外面的环境。突然，他转头向参谋长询问道："在你的作战地图上，新四军江淮司令部的位置是在吴山镇，那儿距这足有五六百里地。

可从刚才情况判断,他们的司令部就近在咫尺!参谋长,这是怎么回事?"

参谋长大窘,尴尬地说道:"这是战区长官部给的情报,看来是过时了。"

李欢闻言大怒:"推诿!长官部远在天边,他们知道个屁!本部的战场情报是你的职责。在人家新四军作战地图上,会把我的司令部标得差那么远吗?"

参谋长卑谦地微笑了一下,回答道:"师座教训得是,在下失职了。不过,新四军驻地多变啊。光在江淮一带,我的情报员就侦察说有五六个司令部,八九个司令,赵钱孙李周吴郑王都有。确实真假难辨啊。"

"那叫侦察吗?你的人只是到集镇上逛了几圈,听点百姓传言,就回来向你领赏金了!"李欢鼻子一哼,冷冷地讽刺道。

一切似乎真的印证了李欢的猜测,在转过一道山梁后,车子被领到一处村庄之中,在领路干部的带领下,两人很快被带到一处幽静的小院前。

李欢用异样的目光打量着眼前这个普通到极点的小院,随后用怀疑的口吻问道:"贵军司令部就在这小院子里?"

引路者微笑着点了点头:"是。"

"佩服,外界传言朱、毛也住在窑洞里,看来是不假了。"参谋长不置可否地耸肩说道。

虽然两人抱着怀疑的态度,不过,很快他们却不得不相信,眼前这个极其普通的院落,的的确确是日军一直在疯狂寻找的新四军江淮军区。

"友军来人了,幸会幸会。"等待的时间并不漫长,报信的

第七章 任务

人进去没多久,一阵爽朗的笑声就忽然从小院里传来,伴随着笑声和招呼声,两名身材结实的中年男子大步走到李欢两人面前。

听到招呼声,李欢忙迎上前半步,威严敬礼道:"国民革命军第三战区陆军十九军副参谋长兼步兵第五十五师师长少将李欢,奉战区长官部司令长官顾祝同之命,前来拜见二位。"

大司令庄严地回了礼,随后笑着说道:"刚才词儿太长,你说你是谁?"

李欢微窘,连忙重复道:"第五十五师师长李欢。"

大司令仰头欢笑道:"李欢——好名好名,我看见你就是一团欢喜啊!李师长请屋里坐。"

在大司令的相让下,李欢两人好奇地走进这看似神秘的小院,可在浏览一圈后,却最终颇为失望地坐到了为自己准备的藤椅上,新四军的司令部,普通到让人过目即忘的地步,显然外界的某些传言,有些过分夸大其词。

"我是司令员陈怀仁,这位是政委曲良。不知道李师长你来找我们有什么事啊?"拿起粗瓷碗喝了一口,大司令直白地询问道。

听到对方的询问,李欢微微一笑,随后向身边的参谋长示意,对方立刻从皮包里取出一封信函双手递了过来:"这是顾长官给二位的亲笔信。"

大司令接过信函大略地翻看了一遍后,递给身边的政委,随后询问道:"哦……贵军的意思是,要和我们联合作战?"

李欢微笑着点头道:"是的,陈司令是不是感到有点突然?"

听到对方的询问,大司令爽朗地笑了一声,反问道:"李师长到三战区几年了?"

"一年,怎么了?"大司令的询问让李欢先是一愣,随后回答道。

"那就不奇怪了嘛。从抗战第二年也就是从 1938 年开始，你们就说要跟我们联合作战，我们等了六七年，只见摩擦，不见联合。好歹今天总算看见顾长官亲笔信了。对此，我们不觉得突然，只是有点希望啊。"大司令以一副果不其然的表情回答道。

"还请陈司令示下，如有要求，在不违反党国赋予我的权力的情况下，我无不遵从。"虽然大司令说得委婉，但是李欢仍然明白了其中所透露的无奈，连忙开口道。

"真诚！我们只要求贵军真诚相待！联合作战，双方必须放弃前嫌，真诚合作，而不是借日军之手消灭新四军！至少在我们合作期间，这样的事情不能发生。"大司令表情严肃地说道。

听到对方的要求，李欢身子一震，沉默了片刻后高声回答道："请陈司令放心，这一次，我军完全真诚！"

"那就好，我们也期待大家团结起来打鬼子，毕竟，相比于日本鬼子，虽然我们之间的信仰不同，但都还是中国人嘛。既然李师长是抱有诚意前来合作的，那不妨将你的计划说来听听。"凝视了李欢好半天，大司令才再次开口道。

听到对方提起计划，李欢立刻一脸兴奋地说道："长官部认为，太平洋战场连连告捷，日本人末日将近。国共应该尽释前嫌，联手准备大反攻。为此，长官部决定，近期在江北打一场战役。国军方面是我五十五师为主力，贵军也派出一个师或者一个分区的全部兵力，协助国军共同作战，战役目标是夺取淮阴城。具体部署嘛，日后请贵军派负责干部前来，我们共同商议。"

"哦，淮阴城？你们顾长官的胃口可是够大的。不过如果你们的计划翔实，我们自然会全力协助。"大司令一听到淮阴城，立刻笑着说道。

"至于战役发起时间，长官部的意见是越快越好。但前提要看贵军意向如何，是否愿意与国军联合作战。"或许是过于投入于计划之中，李欢没有听出大司令话语之中蕴涵的揶揄口气，仍旧继续说道。

听到李欢的介绍，大司令脸上的微笑逐渐消失，凝神看着桌上的地图，陷入沉思之中。

见两人不搭话，李欢沉默了一会儿，再次开口道："恕我斗胆，敢问两位长官在考虑什么，担心什么？"

一直站在一旁的政委犹豫了一下，开口道："这个嘛，李师长应该知道。我们一开头就明白说过了——真诚，贵军联合作战的真诚性如何？"

李欢连忙回答道："我刚才表示过了，我军完全真诚。"

政委笑着叹了口气，摇摇头说道："那句话我们听见了。多年来，类似的话听见过许多次。比如那句'攘外必先安内'就说得比李师长还透彻！"

虽然对方说得含蓄，但是李欢心里却无比清楚，经历过皖南事变的新四军，显然对于这次要将部队交给自己调遣的计划，心存顾虑。所以，李欢连忙保证道："我知道意识形态不同让我们之间充满隔膜，心存戒备。但我是个职业军人，我最大的愿望是消灭日军，光复祖国。为证明我们的真诚，我就违反一次军纪，把上层核心机密告诉你们。这次联合作战，是美国顾问团的强烈要求。他们十分担心，在太平洋战场节节胜利的情况下，日本军方会抽调华东战场的兵力，增援日军太平洋诸岛，那将增大美军作战伤亡。在华美国将军多年来一直质询委员长，既然欧洲战场上美军能和苏联红军联合作战，在华战场国共双方都是中国人，为何不能联合作战？现在，他们逼得更厉害，他们强烈要求我们跟你们联合作战，务必在近期重创华东日军，迫使日本军方不能回调兵力。否则，他们……唉，两位长官，该说的我都说了，不该说的我也说了。请慎重考虑。"

听到李欢的话，大司令眼神中微露出一丝喜色，在与政委互望一眼后，开口说道："李师长，我们相信那些美军顾问的真诚愿望。我们会立刻把贵军长官部作战意图和李师长刚才的真诚表露，向新四军总部报告。我估计，三天之内，应该会有负责干部前去拜访你。"

李欢闻言大喜，连忙重复道："三天——那我回去立刻就报告长官部。"

大司令笑着点头道："李师长放心，也请顾长官放心。三天内，我们的人必到。委员长不是说过嘛——言必信，行必果。"

见对方保证，李欢满意地点了点头，随后说道："那，在下告辞了。"说罢，笔直地敬了个军礼，随后走出院外登车离去。

目送着吉普车离去，大司令与政委对视了一眼后，缓步回到内室，之前的兴奋也随之一扫而空。

"政委，我最担心的，还是国民党以联合作战为名，借日军之手来消灭我们新四军，这种恶事他们以前干过多次，可熟练得很呐。"看着桌子上的地图，大司令不无担心地说道。

政委微笑着点头道："有这种可能，我们必须提高警惕。但我估计，如果李欢所说的是实话的话，那这次他们应该不敢。首先，这次联合作战是美国顾问逼出来的，美国人对华东日军增援太平洋战场的担心，倒是真的。顾祝同敢得罪新四军，不敢得罪美国

第七章 任 务

顾问。再一个,既然人家提出了联合作战的要求,我们就不好拒绝,拒绝了就是授人以柄,国民党会抓住这事大肆宣传。"

大司令沉默片刻,补充道:"原则上,我同意和他们联合作战。不过动兵之前,最好先派个能干的人前去协商一下,共同拟定作战计划,也好摸清他们的底细。"

"同意。不过,派去的这个人,应该就是日后率部参加联合作战的人。"政委同意道。

"嗯,你看派谁去合适?这个任务说大不大,说小不小,至少该找个胆大心细的人。"大司令为难地说道。

"你是司令员,那些家伙都是你手下练出来的兵,这方面你最有发言权。"想到之前那群抱成一团相互打掩护的各分区司令们,政委就不由得开心一笑。

"那,不如叫一分区刘强去吧。在各分区中,一分区部队最强,老刘战场经验丰富。我想,既然联合作战,我们就该派出精兵强将,打个样儿给国民党瞧瞧。李欢的五十五师,号称是华中精锐,咱们不能输给他。"大司令沉吟了片刻说道。

听到大司令的人选,政委缓缓地点了点头,随后仿佛想起来什么似的,忽然开口道:"有道理。不过,我有个想法,可否请司令员考虑一下?"

"你说!"

"陈大雷怎么样?"

听到政委提出的人选,大司令讶然,连忙提醒道:"六分区刚刚组建,人员少,装备弱。"

政委微笑着解释道:"正因为六分区弱,打烂了我们可以重建。更重要的理由是,如论勇敢顽强、战场经验等等,陈大雷与刘强

127 /

堪称江北双杰，谁也不次于谁。但陈大雷心眼儿多，一肚子鬼主意，铁板都能叫他钻出空子。这方面陈大雷就胜于刘强。我估计，此次战役，表面上国共双方联合，但实际上很可能出现我们预想不到的情况。所以我们不但要对付日军，也要考虑对付蒋军。从这个角度看，陈大雷就比刘强更合适，因为他从不吃亏，最善于见机行事！还有一条，六分区毗邻李欢的五十五师，距离预定战场近，运动起来方便。对那片战场，陈大雷也比刘强熟悉。至于部队和装备，我们可以加强他。"

政委的话，不禁让大司令有所动摇，在考虑了好一会儿后，他最终决定道："同意，就派陈大雷去吧。"

此刻的陈大雷仍然沉浸在与老战友之间的欢聚中，此刻他显然没预料到自己竟然会阴错阳差地得到这么一次"机会"。

"……说好了，两千发子弹，两箱手榴弹。我回去就找人去你们那搬去。"虽然舌头有点大，但是陈大雷心里却记得甚是清楚，在痛快地喝掉碗中的酒后，他立刻扯着嗓门对身边的几位军区司令大喊道。

"陈司令，大司令找您！"见众人点头，陈大雷心中暗喜，正犹豫着是不是要趁着酒劲多套套近乎的时候，门外通讯员忽然扯着脖子大喊道。

"大司令，他找我干什么？没两千发子弹，我哪儿都不去。"偷眼看了看已经被自己灌得有点晕头转向的众司令，陈大雷摇晃着身子站起来，转身走出了房间。

外面，冷风一吹，原本随汗散发的酒气顿时涌回体内，让头脑清爽的陈大雷顿时感到一阵眩晕，恍惚中，他发现，原本空旷的院子里，竟然多出许多自己梦寐以求的军火。

第七章 任 务

摇晃着走了过去,陈大雷死盯着眼前的木箱,使劲抽了抽鼻子,惊讶地发现,这一切似乎并不是虚幻的,而是实实在在的真东西,他连忙转头向通讯员问道:"什么东西?一股子枪油味!"

"鼻子还真尖!自己打开看看吧。"还没等通讯员回答,大司令的声音就从身后响起。

听到回答,陈大雷毫不犹豫地一把掀开箱盖,立刻失声叫了起来:"妈哎!"

眼前赫然出现一挺崭新的机枪!再掀开一只箱盖,竟又是一挺机枪,之前的"妈哎"还未落下,又一声"妈哎"随之响起。

可是随着陈大雷连续掀开箱盖,他却再也叫不出来了。因为,眼前出现的不但有机枪、步枪,还有闪闪发光的子弹、手榴弹!当他兴奋地走到最后一堆箱子前,一把掀开油布后,一直压抑在心中的激动终于随着眼前所见,一起脱口喊出——油布下面覆盖的竟是四门钢炮和数箱炮弹。

不敢相信地摩挲了一把,陈大雷激动地颤声问道:"天呐,咱们军区怎么会有这么多装备啊!司令员,你哪儿弄来的?军部?延安?嘿嘿我知道了,肯定是苏联老大哥偷偷运进来的!好啊司令员,你藏着这么多宝贝竟然不给我!"

见陈大雷激动得已经语无伦次,大司令微笑着说道:"怎么,刚才不还叫喊着要两千发子弹吗,现在见到真佛了,怎么又神一阵仙一阵的了?好,陈大雷听令,现在我宣布,军区加强给六分区五挺机枪、四门钢炮,外加十箱手榴弹和二十箱子弹。陈大雷啊,这院里所有的枪炮弹药,全部是你的!"

听到命令,陈大雷甚至忘记了回礼,他只觉得自己简直就像做梦,幸福得差点要晕过去了,在愣了好半天之后,才一把抱起一枚迫击炮炮弹啪啪连亲几口,失声喊道:"天爷,心肝,宝贝蛋子啊!八年不见了,我可想死你们了!乖乖,这味真好闻。"

眼见陈大雷失态的表现,大司令不禁感叹道:"是啊,七八年了,南下江淮后你就再没装备过迫击炮。"

陈大雷信心十足地说道:"这下好了,连炮都有了,我都能拿下淮阴城了!司令员,这都哪来的?看上去全是新装备啊。"

见对方问起,大司令沉默片刻后,缓缓地回答道:"第三战区长官部送来的,军区全部给你了。因为,你六分区要跟国民党军联合作战了。"

听到大司令的话,陈大雷大为惊愕,连忙追问道:"跟谁跟谁?国民党?!"

大司令点了点头,随后说道:"不错。你甚至还要听从他们的命令,服从他们的指挥。你要率领六分区全部,协助顾祝同的五十五师,在淮北方向展开一场战役。战役目标是出击津浦线,攻打淮阴城。具体作战计划,你要亲自到五十五师师部去,跟师长李欢详细商谈。"

陈大雷沉默了一会儿,又贪婪地瞅了瞅身边这堆积如山的军火,干脆地说道:"司令员,我不信任他们。别看他们送我们这么多装备,恰恰说明他们想从我们这得到更多。他们肯定想借日军的力量消灭我们。"

大司令沉默了片刻,略微点了点头,叹息道:"我是从皖南事变中突围出来的,我大半个团死在国民党枪下,我的老领导叶挺也是他们害死的。对他们,我有裂肤之痛,痛彻骨髓!但是陈大雷,无论我们多么不信任他们,都不能拒绝和他们联合作战,因为日军是我们双方最大的敌人。当前形势更需要国共双方在华

第七章　任　务

东地区联合打个大仗，对华东日军施加更大的压力。这事，军部已经同意了，军区决定派你执行这个任务。"

"窝囊！要是自己打鬼子，好打。跟国民党一块儿打，不好打。闹不好连谁打谁都分不清呢！司令员啊，我这辈子还没干过这么窝囊的任务。"陈大雷有心拒绝，可是眼前的诱惑实在太大，在盘桓了良久后，他低声抱怨道。

"窝囊而又危险。陈大雷，你在执行任务时要相机应变，绝不能落入他们的圈套。这也是军区派你去的目的，只有你能胜任这个任务。"大司令拍了拍陈大雷的肩膀，鼓励道。

再次低头望着那堆装备，陈大雷唉声叹气了好半天，才迟疑地询问道："司令员啊，要是不执行这个任务，你还会把这些枪炮给我吗？"

"会！于公于私，你都配得到这些补给。"大司令毫不犹豫地回答道。

"好，那豁出去了，我干！这么窝囊的事搁我头上，那就跟茶壶盖子盖到茶壶上一样，甭提多合适了！司令员放心吧，我一定完成任务！"受到鼓舞的陈大雷，昂然地挺起胸脯，大声保证道。

"好，有你这句话就行，记得，赶紧带上装备返回分区。后天你就去拜访李欢。"大司令满意地点了点头，再次命令道。

战后的放松，在命令下达后，再次变成紧张，原本以为可以度过一阵悠闲时光的陈大雷知道，眼前这个任务的危险程度，显然要比之前的遭遇战严重得多。

新补充装备的鼓舞和新任务的下达，让陈大雷顿时兴奋起来，在其他司令的羡慕目光中，他得意地押送着这些装备返回到自己的驻地。

"今天训练山地冲锋。注意了,敌人已经占据左侧土岭。因此在冲击时要特别提防左侧的火力。每个人都要用最短的时间冲过开阔区,谁慢谁就是枪下鬼!司号员——冲锋号!"还未进村,三营长那公鸭嗓子就从老远处传来,抬眼望去,陈大雷立刻发现前方的土丘上,一群人正在三营长的带领下,发疯一般向山顶跑去。

"这帮嘎小子。"看着众人登上山顶后,兴奋地大喊大叫着,陈大雷无奈地摇了摇头,催促着马车向村内走去。

山头上,被这帮精力十足的小伙子们弄得疲惫不堪的三营长,窥见陈大雷回来了,终于有了一个冠冕堂皇的停止训练的借口,这段时间的密集训练,让他几乎将肚子里所有知道的东西都毫无保留地掏了出来,可即便如此,这些小子们仍然如饥似渴地索取着,若非有文书从旁协助,三营长几乎被弄到下不来台。

三营长顺着山坡一溜小跑着进到庄里,迎面正碰上刚刚组织人卸完武器的陈大雷,见三营长出现,陈大雷立刻笑着向他招呼道:"三营长,你来得正好啊。"

"司令这,这,你这是……你把淮阴城的军火库端啦?"眼见到院子里整齐码放的军火,三营长一脸愕然地询问道。

"娘的,老子还把南京端了呢。"听到三营长的询问,陈大雷笑骂道。

"那您这是,您发洋财了?"三营长不明所以地继续追问道。

"扯淡,这都是军区首长给的,说我们上一仗打得辛苦,所以给我们补充些武器装备。"陈大雷简略地解释了一下。

"那,这也太多了,这够武装一个营的了。司令,难不成你把别人那份也给吞了?"

"你小子,把老子当土匪了是怎的,行了,这个一会儿再说,

第七章 任 务

里面好大的故事呢。你先去把连以上的干部都集中一下,我要开个会,讨论一下下一步的作战计划。"陈大雷佯怒道。

听到命令,三营长连忙向外跑去,很快将几名汗流浃背的连长们叫进了小院。

"行了,都别瞅了,当集市呐,等一会儿任务分派完了,东西发到你们手上,还怕没时间瞅吗?"见手下一如自己之前的样子,贪婪地摩挲着,陈大雷笑着说道。

"知道我为什么管你叫三营长吗?"见众人在自己的呵斥下,老实下来,陈大雷再次开口道。

"知道,因为我在我家排行三。"三营长自以为是地回答道。

"错!因为,叫着好听啊!对外,我一叫三营,谁听了都以为我有一营二营,要不三营从哪来呢?所以,三营搁那,人家就以为我六分区有一个团的部队了。"听到三营长的回答,陈大雷笑着解释道。

"那知道我为什么要给你安排三个连长当你手下吗?"见三营长露出一副恍然大悟的表情,陈大雷再次询问道。

"知道,司令想让我叫着好听,我一叫三连,人家就以为我有一连二连,所以大家就以为我有一个营的兵力了。"三营长再次扯着脖子回答道。

"错,我看你小子打仗的时候挺机灵的,怎么弄个问题这么糊涂,又不是娶媳妇,你给谁好看去啊?给你配备连长是为了让你把架子拉起来。你看,老百姓踊跃地把家里的后生小子送到部队来,咱们不缺人,咱们缺啥?缺枪,现在枪有了,我估计,一个月时间,咱们就能把队伍拉起来,到时候,你这个三营长可就是名副其实的三营长了。"陈大雷兴奋地解释道。

"小黄庄一战，咱们把家底全打空了，连小命都差点丢掉。不过这都是咱们该做的，六分区情况大家也都知道的，敌、伪、顽贴着咱前心后背，滋泡尿都能滋到鬼子炕头上。白天四面临敌，夜里十面杀机。扩充军队之前，首要的问题是为我们争取一片生存空间。我也不瞒大家了，这些装备是国民党的三战区司令给的，为啥给咱们，为的是希望咱们能和他们联合作战，帮他们打下淮阴城，这听起来可是好事啊，能替咱们扩大很多战略迂回空间，虽然这事我本不想掺和，因为当初老蒋背后踹咱们那脚踹的太狠了，但是，军区大司令求到我陈大雷头上来了，不但给了这么多装备，还告诉我说，这个任务除了我其他人谁都不能胜任，你们说说，军区首长都亲自开口了，我能说个不字吗？"见众人都露出严肃的表情，陈大雷索性直言道。

"司令，不是我说军区大司令，也不是我有什么看法，但是您该知道，顾祝同、韩德勤那两条老狗，除了搞摩擦以外，他什么都不会做，咱们这次和他合作，难保不出什么岔子。"听到陈大雷的话，三营长不无担心地提醒道。

"嘿嘿，听了拉拉蛄叫我还不种庄稼了呢？怕他做甚？要是国民党敢翻脸，我连他们一块儿打喽。大家别以为我答应这事是贪图这些小利益，我是为了咱们新四军争口气。过去，国民党顽固派蹲在大后方，天天骂我们游而不击。这次我们一定要打个样儿让他们瞧瞧，是谁在抗日前线与日军殊死奋战？谁是顶天立地的好男儿？！我马上要亲自到国民党五十五师去，和李欢师长商量战役方案。三营长！第一，你们赶紧更新装备，补充弹药，特别要熟悉迫击炮，多年不摸，别手生了。第二，抓紧时间开展训练，尤其是近战夜战。我大概三天后回来。一回来可能就会行动。"

第七章 任务

陈大雷豪气地说道。

"司令员，那我派一个排跟你去。"听到陈大雷的安排，三营长连忙建议道。

陈大雷微笑着摇了摇头道："不用，我自己去就行，骑赤狐跑得快，别人跟不上，何必拖累。他们全部留下搞训练吧。"

见陈大雷拒绝，三营长焦急地说道："不带卫士怎么行，你必须得带人！"

陈大雷思索了片刻，安排道："这样，叫陈二雷跟我去吧。他枪法准，还有，沿途经过的地方，很可能成为未来战场，他也可以预先熟悉一下地形。"

"只带一个人去，太少了吧？"三营长犹豫着说道。

"关羽当年单刀赴会，不是也只带了一个周仓嘛。我不带卫士去五十五师，反而更能表示出对国民党的信任——人家是友军嘛！"陈大雷满不在乎地说道。

"司令，我担心的不是五十五师，我是担心去的路上，你要穿越一片日伪占领区啊，那片可不安全。"三营长担心地说道。

"没事，那片地我都走过不知多少回了。放心吧！"陈大雷满不在乎地摆了摆手说道。

"要不这么着，司令员，你去的时候，我派一个班护送你穿越占领区。回来的时候，我派人在南各庄迎你。至于五十五师，随你单刀赴会就是喽。"虽然陈大雷说的简单，但是三营长仍然执拗地要求着。

"听人劝，吃饱饭，伙计，行。"听到三营长的安排，陈大雷有些感动地说道。

经过简单的安排后，众人兴高采烈地带着各自属于自己的装备离开指挥部，忙活着安排人手扩充部队的事情。一时间，整个庄子都沉浸在一片喜气洋洋的气氛中，无论新兵老兵，见到这突然补充到位的武器装备，都一时间血脉偾张，激动得仿佛连淮阴城都可以单枪匹马地轻松拿下来一般。

第八章　漏洞百出

"通往淮阴城有三条路，一条大路，一条南山后面的小路，还有一条要绕棒棒山的山路。现在鬼子运兵、运粮的车很猖狂，在大平路上走得太舒坦了。我们得让他们知道知道新四军的厉害，让他们不敢明目张胆地从我们眼皮底下过！我们要逼鬼子出门只能进大山走小路，所以，这次派你在离淮阴城不远的赵庄口附近伏击，目标就是单个的日军和伪军。你不要贪多，每次打一两个就行。伏击完后迅速撤离，不留任何痕迹，明白么？"匍匐在草丛中，排长的命令犹然在耳边回荡。再次在心头重复了一遍命令后，顺溜小心地将自己隐蔽起来，透过瞄准镜看向前方的土路。

此刻的土路上，丝毫不见人影，潜伏在这里已经整整一上午了，道上除了来往了几个匆忙进城的村民外，就没见鬼子和伪军的踪影，莫非，他们知道自己要来，特意躲起来了不成？想到这里，顺溜不由得自嘲一笑。

被瞄准镜放大了许多倍的道路清晰可见，甚至连路两边的时不时窜出的野兔都可以发现。看到那紧张兮兮左顾右盼的野兔，顺溜心里就不由得感到一阵温暖，脑海中也随之回忆起自己小时候,爹带他打猎的情景。

"娃儿,我们住山里,百兽们也住山里,它们跟我们像邻居,像……像亲戚。比起山外的财主,山里野兽更有人味儿,咱们虽然天天打猎,但心里头舍不得取它性命,你以后也不能多打。今日咱借它一口肉吃,将来,要把自个儿还给山里。"爹的话,再次在顺溜心中回响,想到已经去世的爹娘和自己出嫁的姐姐,顺溜心里不由得一阵激动,原本稳当的枪口,也随之一颤。

"救命啊!"正当顺溜犹豫着自己是不是该找个时间向营长请假去看望一下自己的姐姐时,山脚下的土道上忽然传来一阵微弱的呼喊声。

听到喊声,顺溜连忙将枪口掉转过去,立刻发现,在他沉思的这段时间里,一直空旷无人的道路上,竟然多出几个身影。

一老一少两个农民打扮的村民此刻被两名伪军拦阻在道路上,其中一人似乎对于一直藏在老人身后的年轻后生表现出莫大的兴趣,不断地来回围绕着他动手动脚。

顺溜透过瞄准镜仔细看去,惊奇地发现,年老的农民竟然是南各庄的维持会长老宋。

"姑娘……你就不要进城……交皇军了……把事办了?"顺风吹来的声音听起来若隐若现,却更让人焦急。前方,伪军在不耐烦地一把将老宋推开后,贪婪地扑向身后那名年轻的后生,在鲁莽的一抓之下,后生裹得紧紧的衣服立刻被扯开好大一块儿,一截白生生的膀子立刻暴露在空气之中。

见此情景,顺溜不再犹豫,连忙拉动枪栓,推弹上膛,瞄向站的稍远的那名伪军,果断地扣动了扳机。

"砰!"枪声在空旷的平地上传出好远,在声音响起的同时,

第八章 漏洞百出

站在旁边阻拦着老宋的那名伪军身子一歪,整个人斜飞出去,一头摔倒在地,鲜血飙得老宋满身都是。

仍在纠缠着年轻后生的伪军听到这突如其来的枪声,慌乱地放开对方,手忙脚乱的四下寻找起来,可就在他抬头努力向远处张望的时候,枪声再次响起。

"砰!""啊!"惨叫声中,伪军胸口一片血红,整个人如同煮熟的虾子一样,委顿着倒在地上一动不动。

完成两次狙击的顺溜,麻利地站起身来,扔掉身上的伪装,顺着山坡快步跑下,很快就冲到两人身边。

一直傻傻地定在那、半天没回过神来的年轻后生在发现顺溜出现后,终于明白过来,大哭了一声后,飞奔着跑向被伪军打倒的老宋身边,不断地呼唤着,听声音,竟是个女子。

"你,你是谁的部队?"在顺溜的帮助下,晕倒在地的老宋逐渐苏醒过来,当看到顺溜后,立刻惊喜地询问道。

"我是六分区陈大雷的兵,我叫顺溜……啊陈二雷。"听到老宋的询问,顺溜嘿嘿一笑,随后说道。

"好,好,碰见了两畜生,妈的,都该死。"老宋艰难地站起身来,看到倒毙在道上的两名伪军士兵,愤怒地咒骂了一句,随手捡起掉落在身边的包袱。

"荷花,谢谢二雷!"老宋感激地一把拉过身后的年轻女子吩咐道,那女子惊恐地看了看地上的尸体,慢慢走上前,嗫嚅地对顺溜说了一句,又连忙藏回到老宋身后,虽然害羞得不敢搭话,但是被称为荷花的女子那双美丽的大眼睛,却自始至终追随着顺溜的一举一动。

"宋叔,你们先走吧,这里我处理。"觉得有点尴尬的顺溜,在安慰地拍了拍老宋后，连忙嘱咐道。

老宋点了点头，拉起荷花，迅速向来路返回。目送着两人离开，顺溜连忙拉起两名伪军的尸体拖到道边的沟壑中，胡乱地掩盖了一下，随后拿起两人的步枪和弹药，消失在茫茫的田野之中。

当背着两支汉阳造，斜挎子弹壳和手榴弹袋的顺溜刚刚走进庄子，就立刻被四处寻找他的文书一把拉了过来。

"你小子这又是跑哪儿去'打猎'了？"接过顺溜身上挎着的步枪，文书关切地询问道。

"营长批准的。刚在淮阴城那边，打了两个二鬼子。"顺溜憨憨一笑，可见文书一脸不相信的样子，又连忙补充道。

"就是营长批准的，你也得说一声啊，行了，东西放下，快准备准备，司令找你一起去五十五师呢。"文书嗔怪地看了他一眼，连忙催促道。

顺溜被文书连推带拉地带到司令部，陈大雷早已经准备妥当。看到顺溜出现，立马大声向围拢在周围的三营长等人招呼了一声，随后带着顺溜，再次从庄子出来，向五十五师的驻地奔去。

山道上，陈大雷张扬地骑着赤狐马走在前面，顺溜肩背着步枪小跑着紧随其后，见身后的顺溜走得有点匆忙，陈大雷拉住缰绳转头关切地问道："二雷啊，从这到国民党师部，大概还有八十来里，你脚力如何？"

顺溜嘿嘿一笑，回答道："司令员，你只管放开缰绳，我准保撵得上它。"

陈大雷不相信地摇头道："吹牛吧你！它四条腿你两条腿，你还敢跟它比？再说我这赤狐，可仅次于关云长的赤兔。它要是跑起来，一天八百里。"

第八章 漏洞百出

顺溜摇头道:"这是山道,它跑不快。我能跟得上。"

"那我倒要试试你的本事了——跟上!"陈大雷一脸怀疑地一抖缰绳,赤狐马得令,立刻扬起四蹄奔跑起来,一下子将顺溜落得好远。

顺溜笑望着赤狐马和马身上不断回头张望的陈大雷,仍旧不紧不慢地跟在后面。

山道难行,在陈大雷驭马冲过一个山坡后,赤狐身上已是大汗淋漓,高昂的马头不断打着喷嚏似是在向他抗议,见此情景,陈大雷按定缰绳,回头张望,远处山道上根本不见顺溜踪影。

心中笃赢的陈大雷嘿嘿一笑,得意地掏出烟盒,点燃一根烟,一边吸着,一边让马慢悠悠溜达着,心中盘算着等顺溜追上来,要好好杀杀他的威风。

可就在赤狐转过山脚后,前方忽然出现的一个人影却让陈大雷不由得呆定在那——前面,顺溜正站在路中间儿,正笑嘻嘻地看着他。

"你小子,从哪儿冒出来的?"见顺溜神奇地出现在自己的前头,陈大雷惊奇地询问道。

"我从山脊那儿绕过来的。"顺溜指着陈大雷身后那陡峭的山峰,得意地说道。

"行啊你!哪练出的这本事?"看着身后那插入云霄的高峰,陈大雷一脸愕然地夸奖道。

"小时打猎,爹教的。只要獐子能上的山崖,我都上得去。"顺溜嘿嘿一笑,回答道。

"行啊你!二雷,你暗藏的本事,比表面上多得多啊,看来我是没白带你来,过一会儿,你可给我记仔细了,到了五十五军那，你给我精神着点，少说话。一举一动要体现新四军的尊严！"满意地看向顺溜点了点头，陈大雷连声嘱咐道。

听到陈大雷的嘱咐，顺溜似懂非懂地点了点头，随后老实地跟在后面，向山下的五十五军驻地走去。

五十五师驻地的警卫显然早得到了通报，当见到陈大雷那如标志性的赤狐马和那副张扬的打扮后，慌忙跑进村内报告。不多时，李欢等人就在警卫的带领下，一脸欢喜地迎了出来。

"哎呀呀陈司令，兄弟望眼欲穿，总算把你盼来了！"陈大雷刚一下马，李欢就满面堆笑地抓住陈大雷的手，亲切地说道。

"咱们说话算话，答应你的事，绝对不会耍赖。"陈大雷笑着摇了摇手，随后说道。

"陈司令请，请！陈司令啊，阁下大名，兄弟早就如雷贯耳。今日相见，正所谓三生有幸，蓬荜生辉啊！"李欢满意地点了点头，随后拉着陈大雷向村内走去。

礼貌地点头感谢了对方一下，陈大雷随口赞扬道："嘿嘿。我也早听说过，五十五师是美国顾问训练出来的国军精锐部队，一律美式装备，李师长更是军中骄子，前途无量啊！"

"哪里，哪里。陈司令过奖。"李欢谦让道。

"所以，和贵军联合作战，打日军一个稀里哗啦，我乐得是吃不下饭、睡不着觉……哦不对，我乐得是狠吃，狠睡！哈哈哈哈！"在李欢的拉扯下，陈大雷很快被带到附近的一处宽敞的四合院中。

"我们是军人，聊天、拉闲话那是老百姓的事，既然陈司令到这里来了，我们也就不多说什么废话了，贵军总司令已经答应了我们双方合作的事宜，并且责成由我方负责作战的各个环节，

第八章 漏洞百出

所以，兄弟冒昧，在陈司令来到之前，就贸然安排了作战计划，还请陈司令见谅啊。"一路上的废话显然让李欢有点儿不耐烦，刚一步入正厅，他忽然话锋一转，严肃地向陈大雷说道。

大堂内，此刻已经聚集了为数众多的军官，见到陈大雷两人进来，立刻齐刷刷站起身来，而在大堂墙壁的正中央，则悬挂一幅巨形地图，各个作战步骤和潜伏地点，早已经被详细地标注在上面了。

见两人到来，参谋长随手向众人示意了一下，随后开口介绍起来："此次联合作战的战役目标是，出击津浦线，攻取淮阴城。战役分为三个步骤，渐次展开。第一步骤，以我军之一部，深入敌腹，突然攻取南阳、吴溪两镇。此处为华中日军的军需辎重屯聚之地，一旦有危，必牵一发而动全身。日军必全力驰援。其主力松井联队必出淮阴，沿津浦线西进；第二步骤，我军以主力部队伏于长马集、高沟一带，敌人的行军速度，估计百里左右，在南阳战斗打响后大约会在三个小时内进入我伏击圈。在重创敌主力后，与我军取南阳的部队完成对敌军的合围，并在五天内歼灭之。战役的第三步骤是，在歼灭了日军主力之后，挥师东进，一鼓作气攻克淮阴城。预计攻城将在战役发起后第九天展开，用时三天。下面，我再详细解说我军与友军的任务分工，以及每一作战步骤的具体计划。"

这前后反差巨大的一幕，显然让陈大雷知道，对方根本就是明着摆出军校高才生的身价，欺负一下他这个土共，所以当参谋长的话音一落，他立刻笑着夸奖道："好！真是好！哎，应该鼓个掌吧？"说着，自顾自地使劲抡起巴掌来。

没理会陈大雷的插科打诨，李欢冷冷地坐在一旁，等着陈大雷鼓完掌后,才淡淡地说道:"陈司令,我们这个计划只是抛砖引玉,不妥之处,还要请陈司令多多指教。"

见众人看向自己,陈大雷讪讪地放下手,沉吟了片刻,笑着说道:"指教不敢当。这么丰富的内容,我就跟吃了一整条猪腿似的,总得先消化一下,我们不比你们科班出身,我是农村的老土,对你这个步骤,那个战役的听不太懂,不过我倒是有个问题想问一下。"

听到陈大雷的话,参谋长不等李欢命令,就迅速将指挥棒递上来,恭敬地说道:"陈司令,请!"

陈大雷赶紧起身,慢步走到地图前,笑着拒绝道:"杆儿就不要了!说实话,这份图上的每个山坡、村庄、城镇、河流我都去过,闭着眼都摸得着——包括这座淮阴城!贵军的作战预案好得很呢!好在哪?好就好在它像是做梦。叫我怎么说呢——梦中跑出去千万里,醒来仍然在床上!"

此话一出,李欢冰冷的面孔上,顿时闪过一丝惊异,当他目光转向陈大雷时,却发现,对方笑容中隐藏着一丝嘲讽。

"愿闻其详。"李欢收拢起之前的冷淡,礼貌地询问道。

"详不详的不敢说,我打个比方,贵军在敌情和战场掌握方面有几个小疏忽,我能否纠正一下。哦——我也渐次展开。第一,松井联队的主力并不驻扎淮阴城,而是驻于长马集。淮阴城里只驻联队司令部,囤积粮弹辎重和少量作战部队。而贵军这份作战图,也要把自家主力伏于长马集、高沟一带,请问怎么个伏法?难道国军日军两家子趴在一条战壕里、挤在一条热炕上?"陈大雷一边说着,一边微笑着看向李欢,后者听这话,仿佛被人用马鞭子抽了一下一般,整个身子都不由得一颤。

第八章　漏洞百出

"第二，松井联队决非像我们想的那样不堪一击，他的战斗力在华中日军里几乎算是最强的！证据是——士官占了其部的三分之一左右。而士官，一般都在华中战场待了四五年！还有，松井联队配属的重火器比其他日军多一倍。第三，松井联队一旦投入战场，进军速度有两种。轻装步行每日约八十里，骑兵和装甲车每日能够进军二百里以上。但是，这份作战预案中的日军速度是'估计百里'。不知这个百里是指步行还是骑兵装甲？"还未等到李欢稳定下来，陈大雷的再次询问，却又一次将他推向深渊，整个人已经不可抑制地从座位上站起身来。

"李欢兄，你别忙着看，我这还没说完呢。第四，贵军作战图上的南河大桥，是进兵枢纽，它很重要。但是，它去年就被山洪冲垮了，至今没有修复。所以，日军不可能从桥上通过。他们只可能从下游浅滩通过。从哪里呢？东南二十里左右的王家滩。那里水深不足一米，步骑无碍。第五，南阳镇是日军重要据点，但它既没有城墙也没有深壕，却有四座坚固碉楼。每座碉楼高五层，配备机枪四挺钢炮两门。上三层驻日军，下两层驻伪军，共计三十人左右。碉楼的火力范围可达方圆十里。第六，战斗一旦打响，伪军不计，日军可能投入的最大援军能达到四千人左右。理由是，这四千兵力都驻扎在战区五百里距离之内，骑兵、装甲车两天可抵达，步兵最迟五天内能抵达。因此，贵军在战役时间的控制方面要重新考虑。第七，即使津浦线伏击成功，我判断我们也很难将数千日军'五天内歼灭之'！为什么，因为日军不会坐以待毙，他们的装备优于贵军。此外，他们依托津浦线，机动速度更比贵军快。我担心把日军全部'歼灭之'是我们想象的战果。因此，把战役目标确定为'重创'就足够了！"陈大雷这边话音刚落，那边,参谋长手中的指挥棒已经不自觉地"啪啦"一声掉落在地,听到响动,所有人都仿佛瞬间从震惊中惊醒,不由得把目光转向身边的李欢。

而此刻,满面通红的李欢眼中,已经隐约闪过一丝杀机。

"参谋长!"回头审视了众人一眼,李欢冷冷地喊道。听到喊声,参谋长立刻小跑着来到身边。

"来人,拉出去毙了。"上下打量了一眼参谋长,李欢下达命令,却让所有人均感震惊。

"师座!"听到命令,参谋长面现一惊,随后不禁脱口叫道。

"第一,大战在即,玩忽职守。第二,战术计划,漏洞百出。第三,侦察任务,敷衍了事。这三条,无论哪一条,恐怕都够斩立决的了。"叹息地拍了拍参谋长的肩膀,李欢冷冷地说道。

听到李欢的话,一时间所有人都没了声息,之前陈大雷一口气指出的几点漏洞,虽然听起来甚是可笑,但是细想起来,处处都足以致命,战场上,如此漏洞百出的作战计划,显然无异于自杀。更何况,原本以为可以凭自己优秀的军事人才掉一下陈大雷的面子,可结果却被陈大雷反摆了一下,这绝对让李欢难以容忍。虽然有点过分,但是为了挽回自己的面子,李欢确实对参谋长动了杀心。

见众人有心劝阻,却又不敢开口,一直站在旁边的陈大雷笑了笑,收起看热闹的闲心,站出来说道:"李师长,不用这么严厉吧,戏文里不还唱吗,两军未曾交锋,即斩大将,于军不利啊。更何况,我看这事的责任不在参谋长,主要原因还是小鬼子太狡猾了,用他们的话说,狡猾狡猾的。大家说是不是啊?"

听到陈大雷的话,在场的众军官仿佛得到赦令一般,终于恢复了正常状态,纷纷附和着点头。

见陈大雷开口,李欢一直严肃的表情有所缓和,在冷冷地白了一眼参谋长之后,再次开口道:"既然陈司令求情,这个过就暂时记在你名下。现在我命令你,按照陈司令刚才的意见,重新做一套战役预案,吃完饭我立刻要看到。"

"是,师座。"刚从鬼门关处走了一圈的参谋长,擦了擦额头的冷汗,打了个立正,大声回答道。

听到参谋长的回答,李欢鼻子再次一哼,随后转过头来,换了一副表情,热情地向陈大雷招呼道:"陈司令啊,你看是不是先休息一下?"

看完了这出好戏的陈大雷,懒洋洋地伸个懒腰,点头道:"休息?休息好哇。休息呗。"

见对方答应,李欢随即转头向身后众人吩咐道:"本部聊备薄酒,专等着为陈司令洗尘,来人,准备酒菜。"

见有吃的,陈大雷面色一喜,连忙追问道:"有席吃?好哇!有肚包鸡么?老子想这口不是一天两天了。"

李欢一时没听懂,表情诧异地反问道:"肚什么……包鸡?"

陈大雷笑着解释道:"嗨!就是猪肚炖老母鸡。李司令你是没吃过,要是吃了,保证你也爱上这口。"

见陈大雷点的是道菜,李欢顿悟,连忙笑着大叫道:"半小时之内端上!陈司令啊,你就是想吃龙肝凤胆,兄弟也给你弄来!"

"最好还有老刀烟,我要罐头盒的。要没有老刀你给骆驼牌也成!"见对方答应的痛快,陈大雷有些得寸进尺。

"老刀和骆驼,兄弟都给你!"李欢痛快地答应道。

"哎哟,还是国军阔啊!好好好……这辈子我是没指望了,下辈子我也干国军！别的不说，起码这洋荤，咱能天天开不是？"陈大雷一边赞扬着，一边在众人的请让下走出会议室。

国军的效率在餐会上得以充分的体现，仅仅只等待片刻，李欢所承诺的宴席就被迅速地准备出来。

餐厅内，桌子上摆着琳琅满目的珍馐美馔，旁边案上则堆着白兰地酒、海盗烟和骆驼烟，尤其摆在正当中的那一大罐热气腾腾的肚包鸡，让陈大雷原本眯缝在一起的小眼睛，变得更加细小。

陈大雷喜得声音发颤地看着眼前的一切，不断地叨咕着："哎哟，哎哟哟！白兰地酒，这，这是海盗烟，连骆驼烟都有啊……唉呀，哈哈李师长，我这是一步登天呐！我上了玉皇大帝的饭桌呐！"

看着陈大雷流露出来的表情，李欢心情一松，高兴地大笑道："陈司令，请入席！"

陈大雷这边毫不客气，一屁股坐在主位，正准备动筷，却仿佛忽然想起什么事情来，停下手说道："哎，向师座报告一声——我外面还有个兄弟，我这当哥哥的山珍海味，不能让当弟弟的饿着啊，麻烦你也照顾他一下。"

听到对方的请求，李欢一愣，过了好半晌才明白过来，陈大雷所提之人原来是与他一起来的那个勤务兵，连忙说道："哦，那个勤务兵啊。放心，安排了！"

可他的话音未落，身边忽然响起传令兵的报告声，众人转头望去，却发现传令兵正愣愣地站在那里，一副不知所措的样子。

"什么事？说。"见此情景，李欢脸上重新挂上一副严肃的表情，冷然问道。

"报告！长官，外，外面的新四军兄弟不肯吃饭，他说，没有他们长官的命令，他什么都不吃。"听到李欢的询问，传令兵

第八章 漏洞百出

连忙报告道。

"这……"听到对方的报告,李欢头一转,为难地看向陈大雷,而陈大雷却嘿嘿一笑,站起身来。

"唉,我这些兵啊,就是死脑筋,听一是一,听二是二,让冲锋就冲锋,让撤退就撤退,全他妈都是死心眼。不过话说回来,这兵也有好的一面,我一声令下,刀山火海他也敢上。我没下令,饿死了他也不会动你一筷子。传我命令,告诉他,可以开饭了。"见众人目光望向自己,陈大雷嘿嘿一笑,面露得意地说道。

门外,一直端着饭碗站在那里的国军士兵,听到命令,连忙对站得笔直的顺溜说道:"兄弟,你们陈司令命令可以开饭了!"

听到命令,顺溜呱地收枪,大步走过来接过饭菜,随后横枪坐下,抓过面馍,就着红烧肉,开始狼吞虎咽大吃起来。

"来,既然您的手下已经开动了,陈司令,您也不必拘礼,把这里当自己的家吧。"李欢收拾心情举杯邀请道。

"还是您李师长考虑的周到,来,杯酒寸心,我陈大雷嘴笨,不会说什么,干脆就祝你我此次联合作战成功吧!"陈大雷满意地点了点头,端起酒杯说道。

李欢这边,有意想通过这个闻名遐迩的陈大雷了解一些情况,所以见对方敬酒,他只是端起杯来轻啜一口,却接连不断地劝着陈大雷尽兴,推杯换盏间,陈大雷已然微醺,见此情景,李欢笑着试探着问道:"陈司令啊,你的第六分区有多少部队?"

见对方询问,陈大雷长叹了口气,放下刚刚夹起的一块肚包鸡,摇头说道:"不瞒李师长,我六分区是军区老末啊,最小的分区。我的正规军才只有五个团,每个团才两千八百来人!就是游击队多,多得连我都说不清。从一纵到十五纵,刨去空建制,总有八九个纵队吧。"

李欢微笑着点了点头，心下却是不信，又不好追根询问，只能转移话题道："陈司令啊，凭你这身本事，要是在国军这边，那最少是个中将！"

陈大雷惊讶，一脸喜色地说道："中将啊？好啊，太好了！先搁那，我不太着急，不过话说回来，李师长。恕我直言，这一仗下来，呃……你肯定能干上军长。"

摆了摆手，扇开陈大雷喷出的一脸酒气，李欢淡然地反问道："何以见得？"

没理会李欢的不悦，陈大雷再次打着酒嗝说道："呃，因为，在第三战区，特别在江淮这片，你们国军一直保存实力。别说跟鬼子交手，好几年连枪都没放一下！呃，所以，此战，呃，你李师长率军出击，可以一枝独秀啊。"

李欢听出了对方的讽刺之意，笑着解释道："陈司令并不了解实情啊。五年来，我三战区数十万官兵坚守中原，不让日军过桐关一步，这就非常了不起！此外，本师多年厉兵秣马，枕戈待战，就是为了今日建功于江淮！别的部队我不敢说，我可要轰轰烈烈干一场。陈司令拭目以待吧。"

陈大雷点头同意道："好！战后，李师长的照片肯定会登在《中央日报》上。"

李欢笑着摆手道："照片中，最好是你我两人并肩站在淮阴城头！"

陈大雷哈哈大笑，随即补充道："哈哈哈，把肚包鸡也端上去，外加一坛酒。秋风明月，不醉不休！"

"一定。陈司令，咱们去作战室吧。这边请。"微笑着点了点头，李欢再次要求道。

"干嘛,你们的作战预案不是废了么,难道还有什么让我看的?"陈大雷奇怪地询问道。

李欢矜持地说道:"此时非彼时。一顿饭下来,或许新的作战预案已经产生了。"

"这么快!"这次轮到陈大雷一脸不信了。

看着陈大雷一脸愕然的样子,李欢终于找回了点自信,率先走回到作战室内。

大堂仍是那个大堂,作战地图也还是悬挂正墙,但是图上标示的作战区域、敌我标志、进攻路线和先前已经完全不同!陈大雷静静地伫立图前,久久地观看着、思索着,如果说之前他凭着自己多年的战场经验,让对方吃了一瘪的话,那么现在则是对方凭着深厚的军事人才,让他也吃了一惊。

旁边,李欢及所有国军军官注视着陈大雷,等待着,对于自己能在这一顿饭的工夫里,就做出了全新的作战预案,李欢等人也知道,这代表着什么含义。

观看了许久之后,陈大雷慢慢坐下,朝参谋长颔首笑道:"辛苦了,参谋长肯定没吃饭吧?"

听到陈大雷的话,李欢知道自己的目的已然达到,在微笑着坐回到座位上之后,他朝参谋长一示意。对方立刻再度执杆,语气有力地介绍道:"此次联合作战,我们的战役目标是,在津浦线与定淮路之间的区域重创日军主力,并相机攻取淮阴城。"

这次,参谋长语音中特意强调了"重创"与"相机"二词。陈大雷立刻明白过来对方已经贯彻了他刚才的想法,在默想片刻后,他赞同地点了点头。

见陈大雷表态,参谋长松了口气,充满信心地往下说道:"战役分为四个步骤展开。第一步骤,由我军一部潜入日占区百余里,于夜间袭扰南阳镇,并相机夺取之。如果战情不利,可围而不攻,但必须困敌三天左右。"

相比之前模糊不清的战役计划,这一次,对方似乎下足了心思和本钱,至少从地图和计划上,陈大雷并没有看出什么破绽,可越是这样周密,他就越觉得有问题,长期的战斗生涯,培养了他敏锐的直觉,而此刻,直觉告诉他,这个计划背后似乎并非他所想的那么简单。

"……第四步骤,我军主力部队挥师东进,迅速抵达淮阴城下。经五十分钟炮火准备后,以一个营佯攻城东,吸引城内残余守军。两个主力团则插至城西,那里城墙比较薄弱,果断实施强攻。另一个半团担任预备队。战役预案报告完毕,请两位长官指示。"参谋长已经快速地将整个计划简略地解说了一遍,此刻正恭敬地站在一边等待着李欢和陈大雷的命令。

"这个预案嘛,我觉得大致可行。"李欢并没有急于表态,而是转头看向陈大雷,后者在沉思了良久后,才缓慢地说道。

见陈大雷同意,参谋长终于松了口气。李欢那边也微笑着开口道:"既然大家都没意见,那陈司令,我的安排是,在战役初期,出击南阳镇的任务,请贵部担当。理由是,第一,你的第六分区距离南阳较近,便于进军,隐蔽接敌。第二,陈司令对那一带的地形十分熟悉。用陈司令自己的话来说,'每个山坡、村庄、城镇、河流都去过。'你闭着眼也摸得着!这本事,我的人确实没有。至于与日军主力交战,当然该由我率五十五师承担。你看如何?"

虽然李欢话里带刺,但陈大雷思索片刻后,仍然断然答应道:

第八章　漏洞百出

"好!"

战役计划的通过,解决了双方最大的分歧,在经过对细节的一番探讨后,时间已经匆匆走过正午,眼看着窗外的太阳逐渐偏西,陈大雷果断地拒绝了李欢再待片刻的邀请,拉着顺溜匆匆离开了五十五师的驻地。

返回的路上,陈大雷仍然骑着赤狐,顺溜也一如来时快步跟随。渐渐地,两人登上一座山,凭高而望,眼前出现大片丘陵。

眼见如此壮丽的景色,肚中积累的酒气,顿时一扫而空,站在山顶,陈大雷挥鞭遥指,向顺溜示意道:"二雷,仔细看看这片地形。"

顺溜赶紧两步跑过来,仔细望了一圈,随后喃喃地说道:"我看了。"

"你看上几眼之后,就要牢牢记在心里,说不定以后哪天,这里就会成为战场。"见顺溜一脸的疑惑,陈大雷立刻开口解释道。

如此命令,让顺溜颇感为难,在勉强看了一圈后,他一脸痛苦地说道:"是。司令员……高高低低的,我记不住。"

听到他的话,陈大雷连忙从旁解释道:"熟记地形,有三个要领。首先,你要认准方位,也就是东南西北。"

"这我知道,我现在面朝正南!"听到陈大雷的要求,顺溜连忙点头道。

陈大雷微笑着鼓励了一句,继续说道:"对。之后,你要找着这片地形的核心。它的核心部位在哪呢?就是我们脚下站着的这座山,名叫乌石岭。你看,周围几十里的山坡、田野、河流、村庄,全部围绕这座山展开,它们就好像山的胳膊腿似的,一样样伸出去,它们统统配属给这座山!所以,山,是这片地形的将军。你认准这座山，周围的一切都好记了。"

"是呵，还真是这么回事。"听到诀窍，顺溜顿悟，连忙说道。

"你别急，第三个要领最重要，那就是从地形中看出它的军事价值来。一旦看出来了，地形就永远不会忘了。"见顺溜一点就通，陈大雷兴奋地继续说道。

"这，这我不懂。"顺溜一直觉得判断军事价值是司令才该有的能力，如今叫他估量，立刻感到甚是为难。

"比方说，我这个司令员率一个营据守这座山，应该怎么守呢？我会把第一道防线安在那边山坡，因为那里进可攻、退可守，出击和转移都方便。第二道防线安在山半腰。另外，我还会在东西两侧都安排上机枪，在整个正面形成交叉火力。鬼子要攻我，那就得死伤一大片！"见顺溜不懂，陈大雷连忙解释道。

仔细看了看地形，再次在心中回忆了一下陈大雷的话，顺溜立刻明白过来，连忙赞扬道："司令员，你太厉害了！"

陈大雷笑着摆手，再次说道："早呢，我才说了个开头。接着，我还要考虑，如果是松井联队据守这座山，由我来攻他，那应该怎么攻呢？我会判断，松井的山炮肯定在那片洼地，因为那里最适合于做炮阵地。他的一二道防线，会跟我刚才选择的一样。不同的是，他歪把子机枪多，所以这山头的左右两侧，每隔十来米都会有一个机枪掩体，相互之间有战壕沟通。他的指挥部嘛，应该就在附近。对了，就在这堵岩石后面。松井的整个防线十分坚固，唯一弱点，就是那片松林。可以供我隐蔽冲击。但是，他肯定会在战斗发起之前，把那片松林全部砍干净，以便扫清射界。"

说着说着陈大雷的声音逐渐低沉下去，很快陷入沉思。显然，他已经被自己出的难题拷问住了。见陈大雷不语，顺溜也埋头思索起来，可惜却丝毫想不出对策。

那边，突然陈大雷马鞭一响，指向不远处一道裂谷，大喜着说道："有了，我只有从正面佯攻，而从那条裂谷偷袭鬼子侧翼，这样才能取胜！"

顺着马鞭所指，顺溜也一下子看到那道裂谷，连忙兴奋地大叫道："对了，就得这样干！"

见顺溜兴奋地上蹿下跳，陈大雷笑着说道："你嚷嚷什么？你只是个兵！现在，该你找自个儿的位置了。说说看，你的射击位置安在哪儿最合适？"

听到陈大雷的询问，顺溜把枪托朝地面一顿，大胆地说道："我就在山头上，看得清，打得远。一枪一个，嘿嘿嘿。"

陈大雷笑骂道："嘿嘿个屁！你要是趴在这，太暴露！为啥，因为你能看清人家人家也看得清你。所以，你的射击位置应该安在山头下面，就在山脖子那儿，那儿既隐蔽，射界也开阔。而且，你要预先选择好几个射击位置。为啥？因为你的枪准。每当你连续击毙几个敌人后，敌人肯定会发现你的位置。机枪山炮就会把你盖住。因此，你必须每击毙几个敌人之后，立刻寻机转移，换到下一个射击位置。哦，如果弹药充足，你最好在每个射击位置上预先放上些子弹、手榴弹。一翻身滚到，立刻就能装弹射击！现在，你好好琢磨着，我拉尿去了。妈的，外国酒就是比不了咱们的烧酒，喝着涨肚。"说罢，叼着烟卷向林子里走去。

可就在陈大雷刚要脱裤子的时候，一直站在旁边的顺溜，忽然端枪猛扑过来，一脚将他踹了个跟头。

第九章　敌　手

"司令员，趴下！"喊声中，顺溜已然冲来。

听到喊声，陈大雷愕然未动。见此顺溜飞脚踹出，猛地把陈大雷踢出好远，与此同时山沟里清脆地响起"叭"的一声三八大盖的枪响，子弹如阎王帖子般，紧贴着陈大雷头顶掠过，击在他身后的树干上，迸出碎片，空气中立刻弥漫着一股头发烧焦的刺鼻味道。

听到枪声，陈大雷迅速拔出驳壳枪，四下寻找着敌人。而在他身边，顺溜则两眼死盯着前方的一座山头，推弹的同时低声嘱咐道："司令员别动。我来！鬼子在你射程外，你那枪打不着。"

听到顺溜的话，陈大雷连忙卧倒不动，双眼则警惕地巡视着四周。

顺溜那边，在准备妥当之后，突然昂身端枪——就在那一瞬间，他的瞄准镜已经准确地捕捉到远处山头日军的身影。

"砰！"敌人似乎也发现了他，瞄准镜中，对方此刻正慌忙掉转枪口，可就在他忙着将顺溜套入瞄准镜的时候，顺溜的扳机已经扣下。

第九章　敌　手

镜头中，敌人的身子猛地一震，整个人立刻如同一棵白菜一般，骨碌着摔下山头。

长吁了口气，顺溜缩回身体，麻利地收回步枪，低声对陈大雷说道："打掉了！"

可是，此刻躺在草丛中的陈大雷却仿佛没有听到他的话一般，仍然默默望着远处山头，喃喃自语道："怪了。这里是我们的活动区域，距离日占区上百里，鬼子怎么跑到这来了？他们为什么要上来？"

陈大雷希望得到的答案，此刻正在距离他几百米的山道上。

同一时间，在不远处的山背后，一道简陋的公路上，正停着一辆全副武装的装甲车，在车前后各有四辆架着机枪的摩托车警戒着四周。车外，数十名日军全副武装，高度戒备着。而在车前，一身军服的将军石原则站在装甲车前，凝神观看铺在引擎盖上的作战地图。

突然传来的一声枪声，打破了众人之间的寂静，所有日军包括石原均朝深山处枪声传来的方向望去。

可就在众人纷纷寻找着枪声来源时，一个胡子拉碴的日军士官却依旧坐在旁边冷漠地吸着烟，唯一显示着他有所行动的是那双暗淡的眼睛——此刻正死盯另一个方向的山巅，仿佛要看透茫茫大山，发现那开枪的敌人一般！

一阵骚乱过后，一名中尉迅速从远处跑步而来，在他后面则跟着一群抬着尸体的日军士兵。

中尉来到石原身边，恭敬地敬了个礼，随后急声报告道："报告将军，山背后发现新四军活动，人数不明。由于敌情不清楚，我命令不准交战，请将军立刻上车，离开这里。"

石原沉声地回答道："你做得对。我们走吧。"

得到命令，中尉立刻朝周围仍然警戒的日军大喝道："上车。"

听到命令，众日军纷纷跳进摩托车，在众人的簇拥下，石原也稳步进入装甲车，并且在摩托车的护卫下，迅速朝远处驰去。

道路上，只剩下最后一辆摩托车没有启动，车上所有的士兵都焦急地将目光集中到那名仍然坐在原地吸烟的士官身上。见此情景，之前下达撤退命令的中尉客气地走过来催促道："山本君，我们该走了。"

听到催促，山本却淡定地说道："等我吸完烟。"

原本以为对方会受到中尉责罚的士兵们，却看到了令他们震惊的一幕，脾气暴躁的中尉在听到士官的话后，竟然乖乖地站在对方身边等候着，直到老士官吸完烟，不慌不忙踩熄烟头，用脚拨土把那个烟头埋住了，中尉才失声笑道："山本呐，你跟猫一样谨慎，什么都不留痕迹。"

山本冷冷地看了对方一眼，纠正道："不对，我比猫更谨慎，狙击手在战场上从来不留痕迹！鸠山，告诉你，我能活到今天不是靠勇敢，而是靠谨慎。而那些笨蛋们，却总是误以为我靠勇敢活到今天。"

中尉客气地点了点头，再次催促道："说得好。请上车吧。"

山本这次并没有提出什么异议，而是从容地从身边拿起一只精致干净的口袋，缓慢地背上肩膀，随后一瘸一拐地登上摩托车。

坐进舒适的车斗里，再次深沉地向身后回望了一眼，山本低声说道："九七式！一定是九七式。"

听到他的话，中尉不解地询问道："什么？"

山本沉声解释道："刚才那枪响，是九七式狙击枪的射击声。

第九章 敌 手

新四军不应该有那种枪，肯定是从我军缴获去的。听说小黄庄战斗中，松井联队丢失过一支这种狙击枪。"

听到他的回答，中尉立刻佩服地说道："了不起啊山本君，枪一响你就能听出是什么枪！敌人能拥有这样优良的武器，难怪会打中我们的人。"

没有理会对方的褒扬，山本冷冷地说道："九七步枪已经不是最先进的武器了，我手里的九九狙击步枪才是帝国最新开发出来的武器，让我惊奇的不是对方的武器，而是，那个射手打了一枪就沉默了，再也不射击了。你知道为什么吗？"

"为什么？"

"因为他一枪命中目标了。射击得越少，证明狙击手越高明！"山本确信地断定道。

中尉骇然地向四周望了望，仿佛狙击手就在他身边一般。

见中尉一脸惊慌的样子，山本轻蔑地笑了笑，随后佩服地说道："那个射手很了不起呀，刚才刮着四五级的风呢，但他竟然一枪命中。两个山谷之间，将近三百米距离。"

"照这么说，那个家伙比您还厉害？"见山本竟然开口夸奖敌人，中尉连忙询问道。

此话令山本一震，他沉思片刻后，竟然从摩托车中跳下来，沉声命令道："鸠山，你们先走吧。"

中尉愕然，连忙询问道："你想干什么？"

"我想会一会刚才那个射手。"山本利索地打开背着的那只布袋子，立刻，一把崭新的步枪露出它灼人的光华。

"山本君，你单独行动，太危险了！"中尉不放心地提醒道。

"不对，对于狙击手来说，单独行动才最安全。"山本自信地笑了笑，纠正道。

"新四军狙击手肯定早就走了，你何必留下？"中尉再次试图说服对方。

"他也许走了，但他更可能还潜伏在附近。因为天还没黑，狙击手不愿意在光天化日下进出战场，一般来说，他们更愿意在天黑之后转移。"山本沉思着回答道。

"山本君，我必须请示将军。"见无法阻止对方，中尉叹了口气，为难地说道。

"将军肯定不会阻止我。鸠山君，黄昏时请派一辆摩托车，在这等候我。"没理会中尉的为难，山本背起步枪走向山径。

目送他逐渐消失在山野之中，中尉无奈地驾着摩托车迅速离去。

顺溜不知道自己会引起别人的注意，对于狙击手的规则，他更不甚在意，或者说，他根本不知道，什么叫狙击手。

在伏击得手后，顺溜并没有发现预期可能出现的敌人，这次伏击，对于他来说，不过是一次巧合的麻雀战而已，经过短暂的等待，颇不耐烦的顺溜，拉着陈大雷离开原地，迅速向来路返回。

走在崎岖的山道上，陈大雷想起了什么，忽然扭头询问道："二雷呵，刚才你一眼就发现了敌人位置，为什么？"

见司令询问，顺溜得意地仰头说道："你让我走到哪，就得看到哪想到哪嘛。所以，我就在想，要是鬼子伏击我们，他的位置在哪儿最合适？所以——我就到处看！所以——就看到那个山脖子！那儿最隐蔽，射界也最开阔。我正看着，那儿真的闪了一下，我一眼认出那是枪口的焰火闪光。所以——我就让你趴下，我这边一脚才踹过来，那边鬼子的子弹已经到了，所以，嘿嘿……"

第九章 敌 手

听完顺溜的解释，陈大雷大声赞扬道："干得好！只有一点不好。"

"哪点不好？"听到司令的话，顺溜连忙回忆了一遍，却并没有发现有甚纰漏。

"说话不要带那么多'所以'，你又不是翰林，他就爱犯酸！"见顺溜不明，陈大雷连忙解释道。

"嘿嘿嘿。"顺溜挠了挠自己的脑袋，憨笑起来。

"第一次见到顺溜时，他差点要了我的命，而这次他又救了我的命！"虽然陈大雷说得轻松，但是在心里，他却都知道，刚刚那看似巧合的一幕，其实却是踏了鬼门关一脚，才回转过来的陈大雷不知道这预示着什么。如果他知道，刚刚他和他最大的敌人、华中日军司令石原将军擦肩而过，而这次擦肩而过，最终也将影响到石原的命运，影响到联合作战的命运，也影响到顺溜的命运的话，不知道陈大雷还会不会如此轻描淡写地一笔带过。

"为了报答你救了我一命，一会儿，我请你吃顿饭怎么样？"走了一会儿，陈大雷遥遥向远处一望，忽然对顺溜说道。

"司令，刚在五十五军吃了肉，你咋又饿了？"之前那顿好吃，让顺溜几乎把他平时三天的饭量都装进了肚子里，此刻就是打嗝都是一股红烧肉味，虽然走了一路，肚子仍然饱得发胀，所以自然不明白为什么司令骑着马却饿的比自己还要快。

"你懂个啥，宴无好宴，国民党摆的那是鸿门宴，老子我吃的能放心吗？哪像你，得到东西了往死里塞。行了，你去不去，不去我自己去了。"陈大雷一时找不到借口，索性装作恼怒地说道。

见司令发火，顺溜乖乖地闭上嘴巴，跟着陈大雷向山下一处破败的土地庙跑去。

就在两人的身影刚刚消失在山脊后面，山头上，山本已经利落地架好手中的狙击步枪，迅速用枪上携带的四倍瞄准镜将附近所有的山头搜索了一遍。

可惜，结果让他甚是失望，除了一片片茂密的草丛和几只蹦来跳去的兔子外，之前的那名狙击手早已经消失不见。

"莫非，我估计错了他？他已经冒险离开了？可是，对于一个高明的狙击手来说，这么做无异于自杀。"见此情景，山本疑惑地放下步枪，自言自语道。

再次拿起步枪，仔细搜索了一遍，可惜，结果仍然如之前一般，敌人仿佛凭空蒸发了似的，仍然毫无踪影。

在等待了良久后，山本缓慢地放下自己的步枪，再次拿出一根香烟，慢慢地，品尝般地吸起来。

烟雾缭绕下，山本的脸在即将降落的夜幕中显得有点狰狞和没落，此刻，在他脑海中，缠绕着纠缠着他的已不再是遭遇的那名神出鬼没的狙击手，而是一个容貌委婉，姿容秀丽的女子。

"美由子！"仿佛哀号一般地轻叫了一声，山本手中的香烟忽然被蹂躏成一团，闪烁的烟头在手心熄灭，空气中陡然多出一股肉香。

刺痛让山本发疯一般窜起身来，抓起自己的步枪，疯狂地向山下跑去。山脊的阴影衬托着他的身影如同一条发狂的野狗一般。

可就在他即将转过山脊时，原本迅速奔跑的身子却忽然如遭电击般骤然停了下来，原本痛苦的表情也随着眼前出现的情景变得狰狞起来。

山脚下，在茂密的丛林和树木的遮盖中，是一座祥和的农家小院。

第九章 敌 手

厢房内,吴妮手里拿着小本子正在和几个姐妹们开会,众人一边熟练地纳着布鞋,一边向吴妮作着汇报。

"吴姐,到昨天为止,我们二组完成了二十七套军装,四十一双鞋。"

"三组完成五十套军装了,鞋还没顾上。"

"看来就我们组落后了,我们完成了十八套军装,鞋倒是有三十来双了。"

吴妮一面聆听着几人的汇报,一边麻利地在小本上登记计算着,在仔细验查了一遍后,她满意地笑道:"加起来,快一百套军装了!但是不够哇,六分区陈司令托人带话来,说分区正在扩展,最少需要两百五十套军装,鞋更是越多越好!"

听到吴妮的话,姐妹们为难地互相看了一眼,其中一人说道:"吴姐,只要有布,我们就能把军装做出来。可是缺布哇。"

"是啊,从哪儿能弄来这么多布料呢,买都买不上。"另一个人见同伴道出苦衷,立刻附和道。

"嗳,吴姐,我知道哪有布,伪军仓库——小河沿!"大家为难间,一名重身子的孕妇忽然开口道。

吴妮惊讶地看了对方一眼,随即反问道:"你怎么知道的?"

孕妇连忙回答说:"我男人前天给伪军当差来着,他亲眼看见小河沿仓库里堆着几十匹布料。"

"对了,那个吴大疤拉不光当司令,他还偷偷做买卖呢。他让伪军从各乡镇征来布匹什么的,拿到徐州城里卖!"她的话仿佛提醒了众人,另外一人连忙补充道。

听到姐妹们七嘴八舌的议论,坐在一旁的吴妮却陷入了沉思。

"笃笃!"议论声掩盖了墙角忽然传出的轻轻的叩击声,敏锐地捕捉到这声音的吴妮先是一怔,随后迅速站起身来对姐妹们笑道:"今天就到这吧,你们先回去,布料的事,我想办法。"

姐妹们说笑着推门而去,吴妮站在门口目送她们出院后,赶紧关上房门,匆匆来到厢房角落。

熟练地推开小柜,顺手掀开一块地板,地道里立刻传来陈大雷爽朗的笑声:"伙计,饿了。有什么吃的?"

随着笑声,陈大雷壮硕的身子利落地从地道口钻了出来,洞口处,一直等待在旁边的吴妮惊喜地打了陈大雷一下,随后埋怨道:"你又单独行动了吧?连警卫都不带!"

她的话音还未落,紧跟在陈大雷身后的顺溜已经迅速钻出地道,见顺溜上来,陈大雷连忙用手一指,说道:"看看他是谁?陈二雷,就是我跟你说过的神枪手。刚才还救过我一命呐。二雷,这是你嫂子。"

顺溜惊愕地看着面容俊俏的吴妮,傻乎乎地问道:"嫂子……司令员你什么时候有嫂子了?"

陈大雷哈哈一笑,连忙纠正道:"是你嫂子,嗳——也就是我老婆。"

顺溜恍然大悟,连忙敬礼道:"噢,嫂子好!"

吴妮连忙笑着向顺溜一摆手,随后关切地向两人询问道:"饿了吧?等着,我给你们拿吃的去!"

吴妮带着微笑走进厨房,忙碌了一会儿之后,桌子上已经摆上虽不丰盛,但是却充满家的味道的菜肴。

坐在桌前,陈大雷一面吃馍,一边对吴妮嘱咐道:"吴妮啊,你在南各庄已经待了快一年了,时间长了容易暴露。军区政委亲自给我下指示,要你尽快转移到军区去。"

第九章 敌 手

听到陈大雷的嘱咐，吴妮耐心地替他整理好衣服，随后满不在乎地说道："放心吧。我在这儿基础很好，没人知道我的真实身份。有这么好的基础，我干吗不多做点工作，放弃了太可惜！再说，你不是交代我，说你需要五百套军装吗？我正在忙这事呢。"

这话一下子说到陈大雷心坎上了，来这里之前所做的决定，不禁被动摇了，在爱怜地看了吴妮一眼后，他说道："我确实需要军装。我六分区的兵走出去应该个个精神抖擞，绝不能还穿个老百姓的衣裳。要么，你再辛苦几天，等把军装任务完成后再回军区？"

看到陈大雷前后迥异的表情，吴妮笑着嗔怪道："看看，说到军装，就不提什么我会暴露了吧？"

被说中心事的陈大雷嘿嘿笑了笑，再次埋头满足地吃了起来。

"对了，大雷啊，知道小河沿仓库吗？"整理好衣服的吴妮忽然想起之前的事情，连忙开口询问道。

"当然知道。双洼据点西北十二里。"这片地区，陈大雷已经到了耳熟能详的地步，听到对方的询问，连忙回答道。

见真有这地方，吴妮连忙急着央求道："姐妹们做军装缺布，你能拿下那仓库吗？"

陈大雷轻松地一笑："没问题！这事好办，包在我身上了。"

见陈大雷答的痛快，吴妮反而担心起来，连忙追问道："你怎么答应得这么轻松？那可是吴大疤拉的仓库啊！"

陈大雷充满自信地笑着说道："就是松井的仓库我也能拿下来。我之所以留着小河沿不打，是怕把吴大疤拉逼急了，伪军们全缩进淮阴城，那反而对我们不利。再说，我早把布料给你搞到了，你不是可以早转移吗？"

听到陈大雷的说明，吴妮欢喜地点了点头，随后不好意思地问道："好。那我就不愁了。哎，今晚能住下吗？"

听到吴妮的询问，陈大雷为难地放下手中的筷子，将粗糙的大手压在吴妮稚嫩的小手上，爱怜地摩挲了一会儿，才凝重地说道："不行，我必须连夜赶回分区，准备联合战役。"

"什么联合战役？我怎么没听说？"听到陈大雷的话，吴妮被抓住的手不由得一颤，连忙关切地追问道。

警惕地看了看左右，陈大雷压低声音说道："简单地说就是，我们分区要配合国民党五十五师，狠狠打击一下鬼子。"

吴妮闻言大惊，连忙提醒道："什么，你要和国民党联合作战？你疯啦！我父亲就死在国民党手里！"

对方的话，弄得陈大雷神情一滞，一时间竟不知道说什么好，原本热闹的气氛，也变得寂静下来。

"司令，营长他们来了。"顺溜站在门口小声提醒道。

听到顺溜的报告，陈大雷一扫之前的沉默，三口两口将手中的馍塞进嘴里，随后利索地整理了一下衣着，推开门大步走出房间。

目送着陈大雷离开，吴妮恋恋不舍地追到门口，却为了避免人家看见，强自停住脚步，只能用热切的目光追随着陈大雷将要离去的身影。

"大雷，你跟国民党部队联合作战，千万要当心啊，可不能一味地实心眼都按照他们的安排来。"窥着陈大雷即将走出院子，吴妮终于按捺不住大声提醒道。

陈大雷自信地转过身来，摆了摆手道："放心吧。在这块儿地七八年了，我还不了解国军吗？所谓'联合'，其实就是换一种姿态来斗争！"

第九章 敌 手

见陈大雷流露出的那熟悉的自信,吴妮嘴角微微一翘,嗔怪道:"再有,别忘了你是司令,再不准跟班长似的抢大刀了!"

陈大雷罕见地露出一副调皮的表情,笑着说道:"嘿嘿嘿……知道了。我要是再犯贱,大司令都饶不了我!嗳,吴妮啊,明天早晨,你悄悄到土地庙烧炷香吧,保佑我平安,顺便看看天上能不能掉点什么下来。"

见陈大雷一副神秘兮兮的样子,吴妮表情愕然地询问道:"这话什么意思,我不懂。"

陈大雷大笑着摆了摆手,继续说道:"你只管去烧香就是了!"说罢,大步走出院子。

顺溜那边此刻已经率先跑出村迎向营长等人,一脸欢喜地询问道:"营长,你们这么快就来了?"

三营长笑着拍了拍顺溜的肩膀说道:"来接司令员,家里人可都担心李欢那小子耍鬼,嗳,他人呢?"

顺溜听到询问,立刻顽皮地向庄内一努嘴,笑着说道:"跟嫂子在一块儿呢。我刚去报告的时候,两人正说悄悄话呢。"

三营长一副过来人的表情,微笑着说道:"你小子,就知道打搅人家,好容易得空,该让他们夫妻聚一聚的。唉,对了,二雷啊,回来这一路上有什么情况没有?"

听到营长的询问,顺溜立刻想起之前发生的事情,连忙用手指向来路,报告道:"我们路过南边山岭时,和鬼子遭遇上了。我还干掉他一个,幸好鬼子撤了。"

三营长脸上立刻露出关切的表情,追问道:"你怎么知道他们是日军而不是伪军?"

顺溜连忙回答道:"他们使用三八大盖。还有,我从瞄准镜

167 /

中看到了他们的钢盔。"

三营长立刻面色严肃，喃喃地说道："这就怪了，日军怎么深入到我们边上来了？二雷，他们有多少人？"

顺溜脸一红，不好意思地摇了摇头道："距离太远，我光顾着保护司令员了，没摸上前看。"

三营长没有责怪顺溜的意思，而是继续询问道："你再想想，还有什么情况？"

顺溜一愣，努力地回忆起来："没有了。噢，不过，我好像听见了军车的声音。"

听到顺溜的话，三营长急忙追问道："什么车，卡车？摩托车？还是装甲车？"

顺溜茫然地摇了摇头道："车声在山背后，我听不出来。营长，那山离这不远，要不，我再摸过去看看吧？"

听到顺溜的要求，三营长沉思片刻，再次命令道："这事很重要，最好能把情况搞清楚。这样，你摸到那地方再去看看。听着——只准看，不准和敌人交战。如果敌人走了，看一看山路上留下的车印儿，就知道是卡车还是装甲车了。"

"好，我这就去。"顺溜听到命令，立刻点头道。

"我重申一遍，只准摸情况，不准和敌人接火。让一班长和你一块儿去。"见顺溜要走，三营长拉住他再次重复道。

顺溜不情愿地看了营长一眼，无奈地点了点头。

那边，三营长再次扭头命令道："一班长，和陈二雷一块儿去。你们俩，不准分散行动。天黑之前必须安全返回分区。"

回去的路驾轻就熟，在顺溜的带领下，他和班长两人迅速跃下山坡，来到公路上，夕阳的照耀下，平整的公路上，清晰地显

第九章　敌　手

现出一道道残留的车轮印。

看着地面上被深深压入泥土中的痕迹，顺溜惊讶地说道："是装甲车！"

抓起一撮被车轮翻出来的泥土，班长仔细检查了一遍后，认同道："嗯，日军正规军。看，人还不少呐，摩托车有好几辆。妈的，他们到这干嘛来了？"

顺溜顺着车辙消失的地方望了一眼，判断道："估计是来探地形。既然探了地形，跟着就会来扫荡。"

班长同意地点了点头，连忙说道："咱们赶紧回去报告司令员。"

可就在两人准备动身返回时，顺溜却突然站住身子，不断地抽动起鼻子。

"怎么了？"见此情景，班长愕然地询问道。

"烟味。有东西烧着了，是村子！"顺溜再次不确定地抽了抽鼻子，猜测道。

班长听到他的话，惊讶地看看四周，连忙说道："可这一带没人家啊。"

顺溜摇了摇头，指着山顶判断道："有！风是从那边吹来的，山坡后肯定有人家。看看去！"

班长犹豫地走了几步，又站了下来道："二雷，你又要擅自行动了，别忘了，营长命令尽快返回。"

顺溜心焦地说道："看看情况嘛。班长，咱们去吧。"

为难地站了好一会儿，班长才不情愿地跟随顺溜，朝山坡那边前行。

一切似乎都印证了顺溜的判断，在两人刚刚翻过山脊后就发现，前面不远处，一座烧焦的小院就立刻落入两人的眼帘。

见此情景,顺溜和班长快步跑下山,警惕地顺着墙根从屋后摸进院子。

院内,火仍未熄灭,浓浓的黑烟弥漫在头顶上。屋子门口,一具女人和一具男人的尸体僵直地躺在那里一动不动。

眼前的惨状,让两人心头一颤,班长更是愤怒地咒骂道:"狗日的!"

"嘘!"那边,顺溜却保持着应有的冷静,一边小声制止了班长说话,一边警惕地检查着四周。

就在这时,烈火的呼呼声中,一阵阵孩子的啼哭声隐隐从不远处传来。听到哭声,顺溜连忙将头转向一边,立刻发现不远处的院子里的一口水井,而那哭声正从井中传来。

"二雷,井里有人,快救人!"班长也在同时听到哭声,连忙跑向井边招呼道。

见班长不顾危险地冲了过去,顺溜连忙低声制止道:"站住!班长,注意隐蔽!"

可此时,班长早已经冲到井前,当他低头向井内一看时,立刻发现一个五六岁的小孩被捆住双手吊在井里。虽然心中略感惊骇,但是他仍然放下手中的步枪,赶紧伸手要把小孩拉上来。

一股不祥的预感此刻如同阴云一般压迫过来,就仿佛在丛林中狩猎时却被猎物盯上了一般,那感觉让顺溜异常的不舒服,在警惕地向四周巡视了一眼后,他将目光定格在附近的山坡上,同时口中大喊道:"趴下!快趴下!"

可惜,一切都晚了,就在他喊声响起的同时,一声枪响忽然划破暮色在身边响起,枪声响过,班长整个人已经重重地飞过井口,一头摔在场院中,似乎不相信自己被击中的班长,努力地想要站

第九章 敌 手

起身来,可是却在摇晃了几下后,再次重重地摔倒在地。

鲜血汩汩从胸口流出,一瞬间处于弥留之际的班长,努力地转过头来,用残存的力气对顺溜大喊道:"小心……有敌人。"

枪响的同时,顺溜闪身窜到院墙后,喘着粗气四下寻找着,此刻,他也被这突如其来的情况震慑住了——班长瞬间牺牲,可他却连敌人在哪儿都没看见,甚至不知道敌弹来自何方。

看着在血泊中仍然不断痉挛着的班长的身体,顺溜犹豫着用枪管顶起自己的军帽露出围墙,慢慢移动了几下。可惜,敌人似乎根本就不为所惑,四周仍然是一片静悄悄的。

无奈收回帽子,顺溜再次从门缝看了一眼班长的尸体——顺势倒下的身子,大略的指示出了子弹射来的方向。顺溜小心探出枪,试探性的朝子弹射来的山坡开了两枪,可惜山坡上却仍然是一片死寂,敌人一眼看透了他的花招,并没有因此暴露出自己的位置。

僵持的局面似乎在催促着两人,就在顺溜犹豫着是不是要继续下去的时候,枪声再次诡异地响起,子弹带着尖利的哨声划破空气射进场院。

身旁,孩子的哭声也在枪声响过之后,变得更加凄厉,转头看去,顺溜立刻担心地发现,对方的子弹准确地射中挂着孩子的井绳,原本两股扎在一起的绳子已经被射断一股。

"怎么办?"透过缝隙再次看向枪声传来的方向,顺溜焦急地等待着。敌人的位置虽然可以确定,但是居高临下的对方,却一览无遗地监视着他所有可以躲藏的每个角落。

敌人精准的枪法,老练的手段,甚至嚣张的气焰,都无不显示着他高超的水平,对方之所以敢于暴露出自己的位置,显然,已经预料到了顺溜必然会为了那孩子铤而走险。

"怎么办？"看着无可躲避的四周，听着井里逐渐微弱的孩子的哭声，顺溜焦急地自言自语道。

第十章 逃

"哞!"一声牛叫,仿佛悠远山林里传来的钟声,让原本陷入苦闷的顺溜双眼顿时一亮,随即转头向身后看去。

身后不远处,已经被烧得落架的房子旁,简陋的牛棚里,一头水牛似乎被火熏得有点难受,不停地叫唤着。

见此情景,顺溜匆忙跑过去,小心地伸出手解开缰绳,随后拍打着牛向前走去,而他,则谨慎地躲藏在牛身后,亦步亦趋的在牛的掩护下,向井边接近着。

山坡上,山本的瞄准器中,一头牛缓慢地从边缘走到中心,并且逐渐从院子里走了出来。

看到不断隐现在牛身后的那粗糙的军服,山本立刻明白过来,牛身后躲着对手。在冷冷地笑了一下后,山本再次埋头,将牛牢牢地套入到自己的瞄准镜中。

牛在顺溜的驱赶下,缓慢地向前走着,可当它走到一个完全没有遮挡的位置时,砰砰!两声枪响连贯着从山坡处传来。庞大的牛身上,立刻被开出两个血窟窿。

中弹的牛轰然倒在地上,躲在牛身后的顺溜立刻完全暴露出来！而就在牛倒下的瞬间，顺溜一直紧握在手中的枪也响了。

"砰！"子弹贴着山本的头皮飞过，虽然在战场经历过多次生死瞬间，但是子弹临头的刹那，仍然让山本心中一惊，连忙迅速翻滚身子，转移到另外的位置。可当他准备妥当再次抬起枪口寻找目标时，瞄准镜中的顺溜却早已消失不见。

整个院落寂静得就如同之前就那样一般，除了倒毙在院门处的牛尸，以及那三具被山本夺去生命的尸体外，丝毫不见任何人影。

井口处，绳子仍然轻微地晃动着，敌人似乎终于放弃了他们可笑的信念和尊严逃跑了，山本想到这里，嘴角闪过一丝轻蔑的微笑，再次扣动扳机。

"砰！"子弹飞出，前方的井绳应声断裂，敌人却并没有再次出现。

"可笑的游戏，无耻胆小的支那人。"看到眼前这一幕，山本冷冷地咒骂道。

头顶，太阳渐渐西斜，阴影开始笼罩四周，远处的景物也在逐渐扩大的夜幕下变得渐渐昏暗了。战场不再适合狙击了，而且敌人也并没有再次出现，在等待了良久后，山本再次抓起步枪，转身离开自己的狙击位，向山下走去。

空旷的场院内，冰冷的水井口处，若隐若现地传出一声声啼哭，与啼哭声一同传出来的还有顺溜笨拙的哀求。

"就快了，天就快黑了，敌人就快走了。"井口处，顺溜如同一块石头一般，死死卡在那里，在他的怀抱中，孩子无力地晃动着自己幼嫩的手脚挣扎着表示着自己的不满。

头顶上，斗大的汗珠不断地顺着顺溜的脖子流淌下来，仅仅用双腿卡住自己的身子显然是个绝对吃力的活计。在不断地哀求

第十章　逃

中,头顶上,夜幕逐渐笼罩过来,当看到井沿上最后一抹阳光终于消失不见后,顺溜立刻迫不及待地爬出水井。

刚刚的一切发生的太过突然了,危急中,顺溜唯一能想到的办法就是藏进看似死地的水井之中,显然,敌人并没有想到他会有如此怪招,否则,只要敌人多等一会儿,那么等待顺溜的不是被枪杀,就是掉进井中了。

顺溜来到班长身边,班长的身体已然变得冰冷,战争就是这么残酷,轻轻的一声枪响,一条生命就这样逝去了。

顺溜心中一阵悲哀,轻轻放下手中的孩子,伸手一抓,将班长的遗体扛在肩上,拉着孩子,吃力地向来路走去。

班长是因为他而死的,顺溜不忍心将他独自扔在野外,虽然负担沉重,但是却仍然强自背着他向前走去。

暮色中,村庄依稀看起来像一片混沌的灰色,刚刚走到庄口,一声兴奋的喊声就立刻从不远处传来:"营长,二雷回来了!"

听到喊声,三营长立刻转头望去,却只见顺溜狼狈地扛着一个人并领着一个孩子走了过来。三营长见状大惊,连忙匆匆迎上去,厉声询问道:"陈二雷,怎么回事?啊?一班长负伤了……卫生员!"

"营长,班长牺牲了。"顺溜伤心地说道。

"牺牲了?!到底出了什么情况?"三营长脸色阴郁地问道。

顺溜憋得脸通红,在迟疑了好半天后才低声回答道:"我们被鬼子伏击了……"

"不是不准你和敌人接火吗,怎么叫人伏击了?!"三营长生气地大声质问道。

顺溜眼眶憋得通红,强自忍耐着眼泪,沙哑着嗓子干吼道:

"报告营长,我们中了鬼子圈套。那鬼子是个老手,使一支狙击枪,枪法非常厉害。"

"你干掉他了吗?"三营长关切地追问道。

"没有!我、我连他的人影都没看见。"顺溜只觉得这一问仿佛抽了他一个大嘴巴一般,让他尴尬异常,在沉默了好半天后,他才嗫嚅道,对于自己枪法一直自信的顺溜,费了全身的力气才脱口承认对方的手段无疑在自己之上这个事实。

一次短暂的交锋,不但给顺溜留下难以磨灭的记忆,同样也给山本留下深刻的印象。

夕阳残照,柔和的光芒为淮阴城上飘扬的日军旗帜蒙上一层暗淡的灰色。

城门下,众多日军官兵整齐列队左右,而联队长松井大佐则少见地戴着白手套,身着礼服,胸佩勋章,按刀立于门前。

很快,在众人注视的土道上,一辆装甲车在摩托车的护卫下迅速驰近,随后在一声响亮的号令中,嘎然停在队伍前面。

装甲车门"吱呀"一声被推开,之前在山谷中巡视地形的石原将军在整理了一下褶皱的军装后,稳步走下车,缓慢地迎着众人的目光走了过去。

"敬礼!"嘶哑的喊声仿佛昏庸老鸦的鸣叫般从一名苍老的日军军官口中传来,听到命令,所有日军顿时昂首挺胸,手中的枪械更是发出一阵整齐的撞击声!

松井整理了一下自己的衣领,大步向前走去,随后停在对方面前,恭敬地敬礼道:"报告将军,华中驻屯军第一师团第一联队集结列队,欢迎将军光临。请将军阅示!"

石原傲然巡视了一番眼前的日军士兵,轻轻点了点头,当作

第十章 逃

还礼,随后在松井的陪同下慢步穿过军阵,进入城内。

"松井啊,为什么看不见皇协军的部队?你手下不是还有个吴司令吗?"漫步在城内,石原忽然问道。

听到询问,松井低声回答道:"是的,他名叫吴雄飞,率皇协军驻守双洼据点。兵力约三个团,六个营,但他们不可靠。"

"为什么不可靠?"石原停住脚步,奇怪地反问道。

松井犹豫了一会儿,连忙解释道:"前几天,坂田中队和新四军六分区在小黄庄发生遭遇战。吴雄飞避战惧敌,率部远远地待在庄外,迟迟不肯应援坂田,因此贻误了战机,致使坂田中队伤亡惨重。"

石原微笑着点了点头,随后询问道:"这话听起来很熟悉啊,应该是坂田向你汇报的吧?"

"是。"松井老实地回答道。

"情况可能如坂田所言,也可能是坂田他自己战斗失利了,却把责任推卸到皇协军头上,以免丢了皇军的尊严,说穿了就是坂田自己的尊严!松井啊,你要注意,其他部队也出现过这种情况——每逢我们作战不利的时候,有些指挥官就喜欢用皇协军替罪!还有,如果我们的指挥官,期望那些背叛自己祖国的伪军和我们一起殊死作战,为大日本流血牺牲,那岂不是我们自己的无知吗?!"石原忽然换成一副严肃的表情,冷冷地向松井说道。

松井窘迫地回答道:"明白了。"

"所以,高明的指挥官所要做的,就是在不信任那些伪军的前提下,如何利用好他们。"见松井受教,石原重又挂回之前脸上那一成不变的微笑,再次说道。

"嗨!请将军到馆驿休息,我已经准备好——"松井恭敬地向前指道，可是他的话还没说完，就被身后忽然传来的一阵笑声所打断，听到笑声，松井立刻生气地转过头去，却发现，在身后，忽然出现了一个提着口袋，一瘸一拐，姿态也很丑陋的日军军官，那是后追上来的山本。

"呀，将军带来个瘸子！"几声轻蔑的议论声随着瘸子的出现时不时地传入众人的耳朵，更有几个日军士兵也忍不住笑意，放肆地大笑起来。

可山本却对这一切仿佛视而不见一般，只是冷冷地朝松井盯了一眼，继续用丑陋的姿态向前走去。

石原也听见了众人的取笑声，却并没有出言制止，而是缓慢地走到众人面前，亲切地说道："我问你们一个问题吧——如果你今年将近四十岁了，如果你已经服役了二十年并且在战场上立过多次战功，如果你已经光荣地回到故乡，政府奖赏给你渔船、房子和美貌的妻子，让你安度终生。这样的日子，你们高兴不高兴？"

听到石原的话，众人纷纷兴奋地回答道："高兴，太高兴了！报告将军，我们做梦都盼望这种日子啊！"

石原满意地点了点头，再次沉声说道："但是，那个瘸子却不高兴！他名叫山本重二，他受不了平凡生活的苦闷，所以他扔下房子、妻子和渔船，再次离开故乡，重新回到东亚战场上来了。他找到我，要求重新当兵，重新投入战斗。我问他为什么？他说他在战场上舒服，种地打鱼不舒服。他说，不战斗毋宁死！这就是那个瘸子。哦，顺便说一下，他在平地里走不快，但只要一进入战场，进入山地，他的动作要比灵猫还利索。关于这一点，以后你们就会知道了。"

石原的话顿时让众日军瞠目结舌，虽然明知道将军不会撒谎，

第十章 逃

但是众人仍然不敢相信,将惊讶的目光投向远去的山本那丑陋的背影上。

"我知道你们想什么——你们在想,这家伙是个疯子!不错,他确实是疯子。但这疯子是个伟大的战士!"见众人默不作声,山本满意地微笑了一下,再次高声说道。

能得到将军的赞赏,让贵为联队长的松井也不由得重新审视起山本来,将军的话是毋庸置疑的,那么显然眼前这个瘸子绝对有着超乎寻常的本领。

"松井,我把山本君交给你了。你要让他吃好喝好,尽量满足他的要求。还有,叫你的部下别去惹他,他脾气不好。哦,你还要准许他自由选择战斗。因为,他比你更清楚怎样才能让他的狙击枪发挥更大效力。如果他战死了,我不会怪你,那是他自己的宿命。"看到松井对山本生出兴趣,石原立刻在旁边命令道。

"是的,阁下,我明白了。"松井痛快地回答道。

"哦,对了,山本不喜欢住营房,他跟猫一样喜欢独自呆着。你给他一辆卡车,这家伙就喜欢住在车厢里。"仿佛想起了什么似的,刚刚迈步要走的石原再次停下脚步补充道。

松井连忙点头答应下来。

在经过一天的折腾后,欢迎式草草收场,当日军士兵疲惫地打着哈欠走向营房时,在操场的角落处的一辆卡车内,山本正仔细地整理着食品、铺盖等用具。

原本空旷的车厢内,在经过一番打理后,变得多少有点凌乱,不过却也因此充满些生活气息。满意地看了一眼自己整理好的住宿空间,山本一抬手扯下了车篷布,把自己关闭在黑暗的车厢内。

一个在支那战场上从未遇见过的狙击手,一颗几乎要了他命的子弹，"哼，支那狙击手？哈！"黑暗瞬间充斥在整个车厢之中，此刻，满意地躺在自己搭就的床上的山本，却并没有因黑暗的到来萌生睡意，相反，此刻的他却睁着浑浊的双眼凝视着并不存在的虚空，回忆之前在院落中发生的每一个细节。

……山上……一声枪响……第一个敌人应声倒下——

——独院里，一头牛从院子里走出来……开枪，牛在倒下的瞬间，闪出一道火光，子弹擦着他的头飞过去！

霍然间，仿佛再次经历了这一切一般，山本猛地坐起身子，本能地摸向自己的额头。

肌肤仍然完好，只能在摸索中感觉到有一道细微的烧灼痕迹——那是子弹在飞过额头后留下的。

几乎致命的一枪——敌人在牛后开的一枪。慢慢地再次躺回到自己的床上，山本不断地用回忆熟悉着这难忘的画面。

"八嘎！"

夜深了，所有战士都禁不住黑夜的诱惑，先后入睡，只有顺溜，仍然躺在地铺上，圆睁着双眼凝视着屋顶。此刻，白天在独院内发生的一幕幕又如同放电影一样闪现在他的脑海中。

……班长向传来哭声的井走去……空旷的四野，仿佛有一只眼睛在盯着他们的一举一动……砰，血光四溅，班长中弹倒下……随后四周再次陷入到寂静之中，仿佛这一切从未发生过一般……牛，救命的牛……砰，仍然是那鬼魅般的一枪，可就在牛被击中的瞬间，山麓的草丛里也冒出一丝火星。

举枪射击，跳入井中，顺溜只知道，自己这一切似乎只在一瞬间就完成了，快得连他自己都只能模糊地记得一个片段。

孩子虽然得救了，可是那凄厉的哭声，却仿佛鞭子一般抽打

第十章 逃

着他的心。莫名的烦躁让顺溜根本无法安静下来,胸中的一口气憋得他仿佛要炸开一般。

"班长!"

顺溜觉得委屈,觉得自责,他本来以为,自己参军可以打坏人,打走狗,打鬼子,打强盗,保护自己的朋友,自己的家人,所有父老乡亲不再受到伤害,可是实际情况却远非他所想的那样,这是第二个因他而牺牲的战友了,第一个是小武,第二个是班长。顺溜,原本以为自傲的枪法可以保护他们,可是……

黑夜最终毫无声息地吞噬了顺溜,在忧愁与烦闷中,顺溜被投入到一个又一个的睡梦之中,曾经经历过的场景一幕幕在梦中展示着,当一切最终悄然隐去时,天空已然发白。

三道湾其实是三座彼此相连的小山坡,一条简陋的公路从岭下逶迤而过,远远看去仿佛一个村姑点缀在脖颈上那朴素的围巾。

此刻,在山岭下,陈大雷正愤怒地注视着公路两侧——原本茂密的长在道路两旁的高粱此时却被全部砍尽,近人高的、尚未成熟的高粱秆儿倒在地上,百姓们一年的辛苦,在即将丰收时却瞬间化为乌有,原本一望无际的田野,也因此变成毫无遮蔽的空地。

"三道湾怎么变成这样了?前两天还不这样啊!看,青纱帐全没了!"身边的战士都被这一幕所震惊,不禁爆发出低声的议论。

"司令员,情况我刚刚了解过了。山里那个放牛娃说,昨天下午这儿来了三十多个伪军,他们强迫当地百姓把这里的玉米高粱全部砍倒。百姓不从,就以通敌论处。伪军还开枪打伤了几个群众。"就在众人为此感到疑惑的时候,三营长带回来的消息,解答了大家心中的疑问。

"哪里来的伪军?他们为什么要砍倒青纱帐?"虽然大略知

晓了事情的缘由，但是陈大雷仍然开口求证道。

"放牛娃说，伪军是从双洼据点来的，领头的是个队长。那队长说，游击队总是藏在高粱地里，借助青纱帐掩护，袭击过往车辆。因此，他们奉命清空这里，不让游击队利用。"听到陈大雷的询问，三营长回答道。

"唉，照此看来，战斗一旦打响，双洼据点的伪军肯定会驰援南阳，而且肯定要从这里通过。"证实了心中的猜想，陈大雷不禁长叹了口气，判断道。

"来就来呗，伪军提前帮我们扫清了射界，他们没法利用高粱地处藏身，我们正好打他个稀里哗啦！"三营长没领会陈大雷的难处，立刻兴奋地说道。

陈大雷摇了摇头解释道："不。青纱帐不仅敌人可以利用，我们也可以利用。一旦战斗不利，担任阻击的部队可以通过高粱地撤退转移。现在没了青纱帐，战士们会统统暴露在敌人火力之下，敌人的重火力可以在这里发挥绝对的优势，他们甚至无法撤退！"

三营长表情一怔，再次转头望着三道湾周围地形，随后默默地点头表示同意。

"从地形上看，三道湾面积过大，坡度过陡，山谷过多。这种地形对于攻防双方皆不易。如果真的来了大队伪军，担任阻击的部队肯定伤亡惨重，剩下的人也难以安全撤离。"陈大雷步履沉重地登上山岭高处，久久注视下面那条该死的公路，在沉默了良久后，低声对三营长说道。

"那，那咋办？"听到陈大雷的话，三营长终于明白了问题的严重性，连忙追问道。

"三营长，全体返回。到家后，把所有猪肉拿出来，再宰头羊。

第十章 逃

晚上蒸包子，喝羊肉汤，让战士们好好吃一顿。"仿佛没听见三营长的询问一般，陈大雷沉默了好半天，才再次用沉重的声音命令道。

毫无征兆的加餐，让分区驻地一片欢腾，众战士笑着闹着，围着大锅舀着香喷喷的羊肉汤，抓起热气腾腾的猪肉包，一脸幸福地大吃大嚼着。

看着自己辛苦多年攒下的老家底被一朝"葬送"，炊事班班长带着些许怒气埋怨道："别抢，别抢。包子多的是，看不撑死你们！"

"味儿怎么样啊？"听到喊声，一直在作战室内忙活的陈大雷也抽空跑了出来，拿起一只包子，笑着向大家招呼道。

"哟！司令员来啦。快把碗给我，我给你盛汤去！"见陈大雷出现，众人立刻笑着招呼道。

接过热腾腾的羊汤，陈大雷随意地坐在战士们当中，狠狠一口咬在包子上，热油顿时糊了一嘴，满意地大嚼了两口后，陈大雷大声赞扬道："嗯，肉挺足的嘛！炊事班长，今天你大方。"

炊事班长半含怨气地说道："我剁了半边猪呢！差点没把自个儿剁进去。"

"你肉酸，还好没剁进去……班长哎，打完仗回来，还有肉吃没有？"他的话音还未落，身边战士立刻起哄道。

炊事班班长生气地挥手打了身边的战士一巴掌，大声保证道："只要你小命在，我给你吃一整个猪蹄子！"

"有肉没有火，等于白上火，来，三连长，接着！上阵地后，发给大伙抽。"仿佛要将这喜庆气氛彻底推上高潮，陈大雷大方地从口袋里摸出自己剩余的所有存货，张罗着向大家派发道。

"哎哟司令员，还没开打呢，你就重赏啊你！"欢喜地接过老刀烟，三连长兴奋地询问道。

"哈哈，这烟可不是白抽的，到时候你们得加倍的从鬼子手里给我缴获回来。"陈大雷笑着回答道，同时转过头去四处张望寻找起来，很快，他就在一个角落里，寻找到了怀抱着狙击枪的顺溜——此刻，正一声不吭的蹲在那，一口一口地咬着手中的包子。

显然，班长的牺牲对他的打击太大了，听三营长说，顺溜甚至连敌人的样子都没看到，这个打击恐怕让一直对自己枪法甚有自信的顺溜难以接受。理解地看了对方一眼，陈大雷再次转回头继续跟战士们说笑起来："知道这烟哪儿来的吧，国民党三战区的特贡！李欢师长孝敬我老人家的，这说明什么，这说明这次战斗，咱们是主角儿，一会儿大家可记得，吃过饭后，各班立刻去补充弹药！"

欢喜的气氛一直蔓延下去，直到去领弹药，众人都仍旧是一副副兴高采烈的表情。

小院门口此刻早已经放妥了一个大案，案上堆着各种子弹、手榴弹，闪着黄澄澄的光芒。

一堆班长挤在案前，争先恐后地争夺排头的位置，仿佛第一名可以多分一些似的。

看着众人拥挤在自己面前，文书立刻嗔怪着指挥道："别挤别挤，先站好队。一班上前。子弹三百，手榴弹二十颗，正好一箱，抱上吧。二班上前！"

顺溜也挤在队伍里。他脑袋使劲钻到文书面前，笑着插嘴道："嘿嘿，翰林，我呢？"

"司令不是已经特批你二百发了吗？够数了。"抬头看了顺

第十章 逃

溜一眼，文书准确地回答道。

"我枪不一样，再给一百。"腼腆地笑了笑，顺溜连忙要求道。

"最多五十吧，再多没有了，你一个人比人家一个班拿的还多。"文书嗔怪地看了他一眼，随手将一盒子弹推到顺溜面前。

可是顺溜却不懂见好就收，一边紧抓弹盒，一边不甘心地求道："再给我二十颗手榴弹，我还没领手榴弹呢。"

"疯了你！一箱手榴弹你背得动吗？拿四颗去！"文书眼睛一立，生气地看了他一眼责怪道。

"我背得动，我早上去阵地了，给自己安排了四个射击位！好翰林，给十五颗吧，四颗不够使啊。"先是一把抢过递来的四颗手榴弹，顺溜再次哀求道。

"就你特殊化！拿十颗吧。"埋怨地看了顺溜一眼，文书妥协道。顺溜满意地点了点头，抱着手榴弹和子弹盒，笑眯眯挤出人堆。

他这边刚刚离开，一直围在周围的众班长立刻齐声要求道："翰林，你今天真大方！也给我加二百发子弹……"

混乱的弹药分发，只能算是个无伤大雅的小插曲，当陈大雷全副武装地从屋里走出来的时候，连队早已在庄口列队整齐。

战士们荷枪实弹，装备严整，胸脯挺得高高的，信心十足地用目光迎接着陈大雷的检阅。

陈大雷大步走到队前，目光深深地从排头看到排尾，仿佛想要将他们所有人的面孔记住一般，在凝视了好一会儿后，才沉声命令道："出发！"

"两路纵队，跟我来。"听到命令，站在排头的三营长，立刻大声喊道，同时率先大步向前走去。

185

走在队伍最前面的陈大雷，此刻心中异常混乱，从军二十多年来，他头一次对自己所要执行的任务如此没有信心，他不知道自己将顺溜派到三道湾是好是坏，他不知道，自己孤军深入敌占区，是安是危，他不知道与国军联合作战是吉是凶。看着跟随在身后，信心十足的战士们，他甚至不知道，自己能否安然将他们带回来。战争似乎就是这样，在必然中存在着很多不确定的因素，也正是这些因素，让战争变得不可捉摸，却又充满了诱惑。

"司令员，如果不出意外，三连现在应该到三道湾了。"三营长的话，打断了陈大雷的沉思，在看了看手中的怀表后，三营长小声报告道。

"是啊。三营长，快到敌占区了，控制好行军速度。最好后半夜通过封锁线。按日子算，今儿后半夜没月亮。"抬头看了看三道湾的方向，又看了看头顶上遮蔽在云层中的月亮，陈大雷小心嘱咐道。

"是，司令。对了，司令，你说，五十五师会不会按照预定计划作战执行，不会把我们晾在那吧？"三营长作为从皖南事变中幸存下来的老兵，对于国民党的部队始终存在着一丝戒心。

"菩萨说过，求人不如求己，把自己的希望寄托在别人身上，简直就是自寻死路。这次，我们作战，要做最坏的打算，最好的准备，这也是我把新兵连留在家里的原因之一。"陈大雷自信地说道。

"菩萨都说过嘛，求人不如求己，这年头，皇军、国军、八路，谁他妈的都靠不住，靠得住的还是手头有这个。记得，差不多的时候，把小河沿仓库里的东西快点出手，省得夜长梦多。"吴大疤拉骑在马上，手中一抛一接地玩弄着几只银圆，得意地对身后的副官说道。

第十章 逃

"司,司令,卑职刚刚得到消息,小,小河沿仓库昨天发生大火,仓,仓库被烧毁了。"听到吴大疤拉的话,副官一脸不安地对他说道。

"什么?我的货呢?怎么样了?"听到副官的报告,吴大疤拉暴跳着勒住马,翻身跳下来,抓着副官的脖领子质问道。

"在烧掉仓库之前,仓库就已经叫人搬空了。我们赶到的时候,仓库除了个房架子,毛都没剩啊。"听到吴大疤拉的质问,副官连忙解释道。

"游击队,肯定是游击队干的!不对,很可能是陈大雷,要不就是他妈的谁黑吃黑。让我抓到,我肯定饶不了他。"吴大疤拉用力甩开副官,大声叫骂道。

"司令,我看他们一定是为了布料来的!我手下早就打探出了消息,说下面的老百姓密谋着要给新四军做军装!"听到吴大疤拉的话,副官连忙报告道。

"妈的,吃到老子头上来了,让我查出是谁干的,我和他们没完!"在愤怒地叫喊了两声后,他翻身上马,带领着部队向前方的淮阴城快速奔去。

此刻的淮阴城并没有丝毫临战前的气氛,城头上,几挺机枪张扬地架在那里,不断巡视着来往的百姓和伪军。

走到城门口,之前暴怒的吴大疤拉早换了一副面孔,一边谨小慎微地走在队伍中间,一边小心地向每一个看到的日军不断地点头致意,不过可惜得来的却大多是轻蔑的一瞥。

"吴司令,松井联队长命令你立刻去见他!"正当吴大疤拉犹豫着要先向谁去请安时,身旁的一名日军士兵忽然大声对他喊道,听到命令,吴大疤拉身子一抖,连忙回答道:"嗨!"

在士兵的带领下,吴大疤拉点头哈腰地来到司令部,可刚刚走到门口,就被一个熟悉的身影拦在那里。

"吴,站住!"营院中,躺着、坐着、歪斜着黄庄战斗中负伤的日军伤员。两个军医此刻正忙碌地游走在伤员之间,为他们敷药、包扎。伤员们不时发出痛苦呻吟,整个营院笼罩在一种悲哀的气氛之中。在伤员之中,坂田也光着左臂,让军医给他换药,见到吴大疤拉出现,坂田立刻愤怒地大喊道。

吴大疤拉一怔,强自镇定地站住。坂田狞笑着站起身,裸着上半身一步步向他走来,口中怒喝道:"吴,黄庄战斗,我的中队战死七十八人,其余的几乎全部带伤。我在远东战场六年多,从来没吃过这么大的亏!"

该来的总会来,虽然一直担心着这件事情,但是当真正面对时,吴大疤拉反而忘记了害怕,沉声说道:"坂田中队长,如果你想扇我耳光。请下手吧。"

坂田怒视着吴大疤拉,突然挥起手臂,狠狠地、连续不断地抽打起来,重重的打击下,吴大疤拉厚厚的脸皮也仿佛禁不住这击打,终于流下鲜血。

可相比于之前在战场上的怯懦,此刻的吴大疤拉表现出少有的硬气,竭力坚持着,任由坂田不断地发泄着。

终于,坂田打累了,挥动的手臂牵扯着他的伤口传来丝丝疼痛,在喘息了一会儿后,他怒喝道:"猪!滚!"

听到命令,满面是血的吴大疤拉如蒙特赦般,连忙踉跄着走开,连滚带爬地进入松井的司令部。

松井早就得到报告,此刻正伫立在室内等候着。看到松井,吴大疤拉连忙走到近前,恭敬地向对方敬了个礼。

看着一脸血迹的吴大疤拉,松井冷声询问道:"吴雄飞,你

第十章 逃

来了。"

吴大疤拉连忙恭敬地回答道:"是。卑职刚到不久就被坂田太君叫去训话,耽搁了一些时间,还请司令恕罪。"

"我得到报告,你在黄庄战斗中,避战,通敌,致使我军损失巨大。"没理会吴大疤拉的回答,松井直截了当地问道。

吴大疤拉忙不迭地摇了摇头,连忙解释道:"报告联队长,卑职所部,在黄庄战斗中严守坂田君的命令,在庄北担任断敌退路的任务。激战当中,本部也战死二十多人。卑职历来忠于大日本皇军,如有通敌之心,甘受千刀万剐!"

松井毫不在意吴大疤拉的发誓,再次说道:"第一,是你把坂田中队引入黄庄的。第二,当坂田在庄南与新四军血战时,你在庄北迟迟不援,这不是通敌是什么?"

吴大疤拉连忙将自己早就想好的一套理由说了出来:"报告联队长,坂田君命令卑职率队前行,他率皇军在后面十里外跟进。其用意,就是想让本部做诱饵,诱敌出现。但黄庄内的新四军肯定看穿了这个动机。本部进入黄庄时,新四军一枪不发。皇军进入黄庄时,他们才突然发动攻击。而这时,本部已越过黄庄,朝山南挺进,待卑职回援坂田时,又接到他的严令,令我扼守庄北,不放一个敌人逃命。报告联队长,虽然我几次想冲到庄南与坂田共同作战,但我不敢违抗他的军令。"

"狡辩,我从坂田口中得到的信息却与你的汇报截然相反,有什么可解释的?"无奈松井压根儿就不相信吴大疤拉的话,再次斥责道。

"报告联队长,坂田君在战斗中伤亡过大,为此才怀疑我通敌,为此还加恨于我。刚才,他还打了我几十个耳光。卑职不敢恨坂田君，只恳请联队长明察。联队长啊，卑职为皇军效命已经多年，三次负伤，四次死里逃生，卑职如是有通敌之心，早就跑掉了，怎么还敢回到淮阴城里来啊？报告联队长，卑职对大日本的忠诚，海枯石烂不变其心，千刀万剐不改其志！如有一句谎言，五雷轰顶，电打雷劈！"吴大疤拉此刻的表情如丧考妣，真诚得一塌糊涂。

可惜，松井对他的为人甚为了解，不但没生出同情心，相反却被气得大怒："住口！你这套誓词，我早就听够了！黄庄战斗这种事，你也不是第一次。我不得不对你执行军法！来人！"

两个日军士兵应声冲入室内，立正待命。见此情景，吴大疤拉如垂死的野狗一般惨叫着乞求道："联队长……联队长啊……我刚刚得到情报，国军和共军要联合作战啊。"

听到消息，松井脸色微一犹豫，正准备出言询问，可这时吴大疤拉竟然跪下，紧紧抱住了他的腿，脸上的血泪都贴到了他的黄呢裤腿上，这反而令松井无比厌恶！在嫌恶地一脚踢开吴大疤拉后，他再次暴喝一声："带出去，枪毙！"

吴大疤拉登时瘫软下来，奄奄一息地求饶道："饶命呵联队长……卑职誓死忠于大日本皇军……"

第十一章　联合作战

"吴雄飞在黄庄战斗中通敌的事，你们有无确切的证据？"在吴大疤拉被拉出去的同时，端坐内堂的石原缓声向松井询问道。

"说实话，没有。那是坂田队长的判断。根据吴在黄庄避战逃跑的表现，坂田确信他暗中通敌。此外，我也早就怀疑这人是阴阳派，他肯定跟重庆方面有联系。为消除后患，我决定杀了他，也好警告那些心怀不轨的皇协军部队。"松井微微一怔，随后老实地回答道。

石原悠悠地点了点头，再次说道："如果我没听错，吴雄飞刚才好像说过有什么情报……哦，国共双方联合作战？"

"是说过。但是很可能这又是他耍的花招。"听到石原的提醒，松井回忆着说道。

"这种人在生命受到威胁的时刻，会把所有的一切都拿来当作保命的条件，如果他真的在黄庄战斗中出卖了坂田，那么这次他的话，绝对可信。"石原慢条斯理地说道。

"是的，将军阁下，我知道怎么做了。"明白了石原的意思后，松井连忙站起身来走出内堂，"把吴带回来。"

"是，联队长命令，把吴带回去！"松井的命令被迅速传达下去，随着卫兵的大喊已经被拉到法场的吴大疤拉，再次被拉了回来。

"吴雄飞感谢松井君救命之恩，卑职生生死死要为大日本帝国尽忠！"被两名士兵扔在门口的台阶上，吴大疤拉几乎是爬着登上司令部石阶，之后就势向松井重重叩头道。

"不是我救的你，我也不想救你。是石原将军的命令。进来吧——军容整齐！"松井厌恶地看了吴大疤拉一眼后，命令道。

听到命令，吴大疤拉赶紧揩净脸上的泥水、血渍和泪水，匆匆整顿军容，战战兢兢地重新走进室内。

室内，石原已经端坐在正中央的太师椅上，松井则毕恭毕敬地站在一旁，见此情景，吴大疤拉立刻明白眼前这个人就是新上任的将军石原。

"卑职感谢石原将军您的不杀之恩，在下无以为报，下辈子做牛做马也要……"刚刚从鬼门关上走了一遭回来，吴大疤拉早没了之前的狡诈，连忙感激涕零地说道。

"吴君，你对皇军的忠心我很了解，当然也请你体谅我们的苦衷，之前的一切，我代他们向你说声对不起。当然，也请吴君你把刚刚提到的联合作战的事情详细地说一下。"礼貌地对吴大疤拉点了点头，石原诚恳地说道。

听到石原的要求，吴大疤拉连忙颤声禀报道："新四军的江淮军区，最近又扩建了一个分区，编制为第六分区，分区司令员姓陈，名叫陈大雷。"

刚说到这，一直平静地站在旁边的松井突然神色大变，失声道："陈大雷？！"

石原责备地扫了松井一眼，随后再次命令道："吴，继续说。"

吴大疤拉忐忑地看了看松井，再次说道："黄庄战斗就是陈大雷所部打的。由此可见，新四军已经把他们的地盘扩展到皇军地域了。还有，卑职秘密打听到，国民党军第五十五师也进入了淮北，正在向津浦线、定淮路一带开进。五十五师是国民党第三战区的精锐部队，兵员上万，大部分都是美式装备。卑职判断，这两家既然凑到一块儿了，双方很可能联合作战，进攻皇军。"

石原默默地思索了片刻，再次沉声问道："吴君，这么机密的情报，你是怎么得知的？"

吴大疤拉没想到对方会有此一问，表情一怔，迅即苦笑一下说道："报告将军，我的皇协军二团，战前属于五十五师，南京战役之后，才归效皇军。我的人和五十五师官兵好多是同镇同乡。他们回山南探亲时，听当地百姓说，前几天，有两辆国军吉普车开进新四军司令部。车上下来一个少将。"

"回家探亲的人是谁？"

"我的副官李平。"

"还有什么情况？"见吴大疤拉回答得甚是流利，石原满意地点了点头，再次询问道。

"南阳、吴溪一带，发现国民党军侦察人员活动。"吴大疤拉连忙说道。

石原微笑着看了看一脸正经的吴大疤拉，饶有兴趣地询问道："你怎么知道那是侦察人员？而且是国民党军的？"

吴大疤拉隐然得意地扬了扬头道："报告将军，如果是新四军的侦察人员，那根本看不出形迹，因为他们和百姓完全一样。但要是国民党军的侦察人员，口音不同，头发半寸左右，额头上有戴过军帽的痕迹,我的人一眼就可以看出来!"

石原颔首,随后命令道:"好。你去休息。有事再请你吧。"

听到命令,吴大疤拉恭敬地向两人敬了个礼,随后倒退着走出房间。目送着他离开,石原缓慢地走到身后的作战地图前,凝视着地图上几个被圈了红圈的地点沉思不语。

"松井,你觉得吴雄飞的情报可信吗?"良久,石原开口向身边的松井询问道。

"很难判断。"松井考虑一会儿,犹豫着说道。

石原却显然抱着和对方相反的看法,摇头道:"我却觉得大致可信。首先,军部已经得知,在华的美国顾问正在强烈压迫国民党军上层,让他们与八路军、新四军联合作战,对我华北、华中部队施加压力,以免我军抽调兵力增援太平洋战场。在这个战略前提下,国共双方不管以前有多少矛盾,这次完全可能联合作战!其次,我来淮阴的路上,曾经进入过山南地区。我在那里的路面上,看见过没清理干净的卡车轮印!从车轮印迹判断,不是我军的车辆,而新四军绝对没有重型卡车,那不是国民党正规军车辆又是谁的?还有,我在山南遭遇了新四军小股部队偷袭,那里属于我军占领区,新四军为何要深入那个区域?显然是一次侦察行动。"

听到石原的判断,松井脸色剧变,连忙询问道:"哦,国共真的要联合作战了?"

石原微笑了一下,却并没有回答对方的提问,却转而询问道:"松井啊,我问你一件事。刚才听到陈大雷名字时,你为什么失态了?"

松井咬牙切齿地说道:"六年来,我的联队和陈大雷部交战过多次,一直没把他们彻底消灭。我们先后阵亡过三百多人,全是他干的！我的儿子南太郎，也死在战斗中……陈大雷是我的死敌，是我部全体官兵的死敌！"

石原动容地拍了拍对方的肩膀，劝诫道："哦。不要太恨你的敌人。因为，太盛的仇恨会烧焦你的理性，妨碍你的判断，甚至干扰你的指挥。"

见松井驯服地点头接受，石原再次说道："国民党和新四军如果联合作战，首要目标是哪里呢？我想是南阳镇。第一，南阳是我军交通枢纽，断不可失。第二，它像一把尖刀刺在最前线，令国共双双不安。敌人如想完全控制江淮丘陵地带，并进入苏北平原的话，必须攻取南阳镇。我想，国民党军五十五师将会主攻南阳，而新四军会在侧翼一带袭扰我军。"

"难道，敌人没有想要攻占淮阴城的企图吗？"听到石原的介绍，松井不无担心地说道。

"哈哈，松井君，你怎么越来越胆小了呢？先不说他们有没有胆子进攻我们占领的城市，单单看看八路军那简陋的装备，他们甚至连炮弹都没有见过，怎么打开坚固的城墙？至于国民党军队，他们如果真的有意反攻城市的话，那么此刻我们就不会占领着支那的首都南京了，所以松井君，你多虑了。"听到松井的担心，石原不以为然地说道。

"那将军阁下，我们现在是不是要……"放下心的松井，再次询问道。

"命令部队集结，是时候让支那人知道，他们的抵抗是需要付出代价的。"石原同意地点了点头，回答道。

如血般的夕阳下，淮阴城内，忽然回荡起日本的武士之歌那哀怨的曲调声，在音乐的伴随下，士兵们迈着整齐的步伐来到校场，等待着即将出征的命令。

前方的阅兵台上，松井站在正中央以盖过歌声的嗓音高声点名道："坂田一郎，佐佐木，石川雄，井上太郎……"

听到喊声，几个军人陆续出列站成一排，受伤的坂田昂然位于队首。满意地看着几名身经百战的军官，石原亲自走过去，将一枚枚拴着绶带的勋章佩挂到他们脖子上。

"坂田君，你的家族有三百多年的高贵血统，你的祖先曾经为大和民族殊死奋战。我深深希望你能让家族再现光辉——"走到坂田面前，石原勉励地拍着对方的肩膀说道，可是话还没说完，就被身后一阵嘈杂的声音所打断。

"快，快！别在皇军眼皮子底下磨蹭，丢人现眼的！抓紧时间！"嘈杂的喊声为看似庄严肃穆的场景增加了一丝滑稽的气氛，在喊声中，应邀参加阅兵的伪军们三三两两地逐渐在校场后面聚集着，并且在副官的喊声中懒洋洋地排成一列列歪斜的纵队。

见此情景，松井脸色一变，正要发作，却被石原一个眼神制止下来，石原饶有兴趣地看着伪军集结完毕后，忽然小声命令道："去把吴叫来。"

"是！"虽然诧异于石原的命令，但是松井仍然回答道，同时转身下达了命令。

一个日军士兵应命快速从城道快步跑下，奔到吴大疤拉面前敬礼道："吴司令，将军命令你上城。"

听到命令，吴大疤拉慌忙走出队伍，在威严的日军方阵注视下，忐忑地一步步走向石原将军。

"报告将军，卑职奉命前来。"怯懦地看了一眼阅兵台上众多的日本军官，吴大疤拉用自认为最标准的姿势敬礼道。

对面，石原并没有任何表示，只是久久注视着对方，直到对面的吴大疤拉终于懦弱地低下头，石原才微笑着询问道："吴君，你的日语在哪里学的？"

吴大疤拉连忙报告道："报告将军，民国十七年到二十年，卑职曾在东京第二军官学校入学。"

"好。吴君，我来淮阴的路上，曾经路过你部的双洼据点。我看见你们的围墙上被人刷了一幅标语，上面写着'中国人不打中国人'。"石原话锋一转，忽然询问道。

吴大疤拉身子剧震，连忙解释道："报告将军，那是游击队夜里偷偷刷上去的……"

石原微笑着点头同意道："当然是游击队干的，而且是在你们眼皮子底下刷上去的！不过，我并不在意这个，我只想知道——吴君你对那条标语有何看法？"

尖锐的质问令吴大疤拉感到极端恐惧，在迟疑了片刻，几次欲言又止之后，吴大疤拉再次低下头去。

见对方没有回答，石原连忙微笑着安慰道："不要紧，吴君如果不方便，可以不作回答。因为，我们更看重吴君的行动。"

似乎是石原平和的态度鼓励了他，低着头的吴大疤拉忽然昂首挺胸，大声回答道："报告将军，卑职认为，中国人自家都打了上千年了，皇军是来拯救中国人的。卑职宁肯跟随皇军战死沙场，绝不愿意在国人治下苟活一天！"

"说得好！"听到吴大疤拉的话，石原脸上显出一丝感动之情，大声赞扬道。随后回头向身边托着勋章托盘的士官示意了一下，从盘内取起一枚勋章，对吴大疤拉再次道："这是天皇陛下颁发给日本皇军的武士勋章，只有最勇敢并且为大和民族立下出色战功的军人,才有资格得到它。现在,我把这枚武士勋章授予你!"

说罢石原快步走上前,亲手把那枚勋章挂到吴大疤拉脖子上。此举顿时令在场所有的日军瞠目结舌,一时间原本寂静的队伍中,响起一阵嘈杂的议论声。

得此殊荣的吴大疤拉,此刻激动万分,眼泪不可抑制地滚滚而落,颤声哽咽道:"将军,我,我吴雄飞,我誓死效忠天皇,誓死效忠大日本皇军,赴汤蹈火,在所不辞!"

石原赞赏地微笑了一下,随后盯着吴大疤拉浮肿未消的脸,关切地问道:"坂田队长打过你,是吧?"

吴大疤拉又一怔,心虚地看了一眼站在不远处冷若冰霜的坂田,再次沉默下来。

石原仿佛得到了自己的答案一般,忽然高喊道:"吴君,我替坂田向你赔礼。"说罢,在众目睽睽之下,折腰向吴大疤拉鞠了一躬。

吴大疤拉受宠若惊,一时竟不知如何是好,只能在对方鞠躬后,也深深地、久久地弯下腰来,口中哽咽着,不断重复着说道:"将军……将军呵……"

石原微笑着扶起吴大疤拉,以少有的亲切说道:"吴君,上战场去吧。我等候你胜利的捷报!"

被激励得无以复加的吴大疤拉激动地一敬礼,同时口中高声喊道:"我吴雄飞,愿为大东亚共荣,粉身碎骨!"

石原惬意地目送着吴大疤拉走下台,耳边却忽然响起松井那愤恨的抱怨声:"石原将军……"

听到松井欲言又止,石原连忙摆手制止,转头低声说道:"松井,我知道你要说什么。你怀疑他暗中通敌,你认为他是阴阳派!

我相信你的判断,但这并不妨碍我给他一枚勋章。因为,这次作战很重要,我们应该利用他的部队来为我们打仗。"

见石原并非赏识吴大疤拉,松井顿觉欣慰,连忙道歉道:"哦,我明白了,是属下鲁莽。"

"松井君,你该知道,国民党五十五师,在大后方蹲了七八年,现在总算出来了。此时此刻,他们应该接近南阳镇了。按照计划,你们先放五十五师深入进来,我军等天黑后再出动。哦,按日子算,后半夜没有月亮。这有利于你打伏击,记得,战斗结束后,立刻把吴枪毙!"

夕阳落照中,伪军们在土道上迅速前进着,个个精神抖擞,甚至兴高采烈,走在队伍最前面的吴大疤拉更是高骑战马,昂首挺胸。

"天呐,我的天老爷!司令啊,刚才所有弟兄都看见啦,石原将军给您鞠躬呢!这么多年来,只有咱们向太君折腰,岂有太君向咱们折腰的?而且是华中日军的最高太君啊!而且这位最高太君当着无数小太君的面、当着日本太阳旗的面,向咱们的司令深深地折了一腰哇!天呐,这还得了么?不得了哇!司令啊,我真佩服死您了!"走在吴大疤拉身边的副官,此刻仍然沉浸在对之前所见一幕的惊叹中,口中不断地念叨着。

听到副官的奉承,吴大疤拉爱惜地摸了摸胸前那枚武士勋章,矜持地说道:"你只看见我风光无限,没看见我九死一生!上城台的时候,那真是走在刀刃上,步步凶险,步步杀机,有好一会儿,我都以为我不能活着下来了。"

副官一脸崇敬地在旁边称颂道:"如此,才显出咱司令肝胆照人呐!换谁——准保吓得连那城道都上不去。"

吴大疤拉点头长叹："石原给了我这么大的荣耀，也就等于把我逼到绝境上了。老弟，这回出战，咱们必须拼老命，打个样儿给皇军看看，否则……唉，不用我多说了！"

听到吴大疤拉的话，副官深有体会地点头认同，同时小心地向四周看了看，压低声音询问道："其中厉害，我懂，我懂！司令啊，既然皇军已经进行了部署，那国军那边，要不要递个信告诉一声儿……"

吴大疤拉意味深长地瞟了副官一眼，淡淡地说道："老弟，你操心操得太多了！这些事我有安排，不用你管。"说罢，不经意间回头一望，向队伍中的一个伪军使了个眼色。

那伪军会意，连忙装作弯腰系鞋带落于队尾。在窥着部队远去后，他随即悄悄溜下公路，钻入山林草木间，换好百姓服装，匆匆消失在暮色中。

淮阴城内，汽车的轰鸣声在吴大疤拉所率领的伪军离开后不多时，骤然响起，一辆又一辆卡车载着荷枪实弹的日军，轰隆隆驰出淮阴城。

城门下，石原声音沉重地对即将登车的松井说道："这次作战，军部十分关注。目前，太平洋战场的形势对我军很不利，可以说大和民族的命运到了决定性关头。军部急需对华战场的胜利，鼓舞陆、海军和全体国民的士气。"

松井点头保证道："明白了。请将军放心。这一次，我不但要彻底歼灭国民党的五十五师，同时，也要顺便剿灭新四军的六分区。"

听到松井的保证，石原面露不悦地说道："重点打击五十五师，他是蒋介石嫡系部队。你只要能予以重创，就是大功，足以

第十一章 联合作战

告慰军部,不要奢望什么彻底歼灭。至于陈大雷的六分区,他是本土作战,善于游击,军装一扒就成了老百姓,你不可能剿灭他。否则,他怎么能猖狂到今天?松井君啊,我劝你忘了死敌陈大雷,专心打击国民党的正规军!"

松井神色一窒,沉默了片刻后大声回答道:"遵命。"

在鬼子周密地部署时,六分区的部队已经有惊无险地穿越了两道封锁线,潜入到一片干河滩之中,听着周围响起的战士们沙沙的脚步声,陈大雷逐渐放慢速度,小心观察起来。

"尖兵班回报,说河道对岸一切正常。"正犹豫间,三营长从后面匆忙赶上来,小声向陈大雷报告道。

陈大雷应了一声,再次沉默下来,在三营长诧异的目光注视下,他忽然卧地,随后迅速的匍匐前进,三营长诧异地望着他,也悄悄匍匐跟随上去。

两人小心地顺着河滩来到一处水洼地,陈大雷停住身形,伏身细看。顿时发现,在湿润的地面有一串靴印,看到脚印,三营长顿时明白过来。

"司令员,你真行!看呐,鬼子刚从这里通过,人还不少呢。"见此情景,三营长佩服地说道。

"立刻召回尖兵班,隐蔽退出河道。我们不去南阳镇了。鬼子有埋伏,我们很可能已经被包围了!"陈大雷没理会对方的话,忽然沉声命令道。

听到陈大雷的话,三营长愕然呆定了一会儿,连忙起身跑了过去。

无月的深夜,让黑暗畅快地笼罩在四周,让人在几米之外就什么都看不清了。

得到命令的三营长在悄然忙碌了好半天之后，才再次摸索着回到陈大雷身边，小声报告道："部队全部召回来了。司令员，你确信我们被鬼子包围了？"

陈大雷严肃地点了点头："刚才，我们已经在人家枪口底下了。很可能距鬼子只有几十米，他们肯定听到动静了。"

"那他们为什么不射击？"三营长奇怪地问道。

"跟我们一样，他们也什么都看不见。他们等我们越过河滩，继续暴露，继续进入他们的伏击圈。"陈大雷判断道。

"那怎么办，要不我命令部队马上突围？"三营长连忙焦急地建议道。

"往哪突？从现在情况看，我们的退路肯定被封锁住了。盲目突围会遭致很大牺牲……三营长，你听着，脚下这块土堤根本守不住，我们必须先下手为强，进攻！黑暗对我们有利！那里的一座山冈，拿下它，我们就有了立足之地。先站稳脚跟再说。"陈大雷苦笑了一声，随后果断地命令道。

三营长瞪大眼朝黑暗处张望了好半天，才疑惑地询问道："没有。司令员，那儿什么山都没有！"

陈大雷自信地说道："有！相信我，它就在百米之外，你只是天太黑看不见。三营长呵，这里的地形都在我心里，那座山冈名叫厚冈，是周围十几里的制高点。我预先告诉你，别看那冈没一点动静，但上面肯定有日军埋伏，他们就等着我们钻进河滩地送死。不过，冈上的日军绝对不会料到，我们会在漆黑一团时突然进攻他们。"

陈大雷自信的话语为三营长增添了几许自信，连忙保证道："知道了，司令，我亲自带人突击！"

第十一章　联合作战

"现在是黎明前最黑暗的那段时间，我估计再有半小时，天就开始亮了。三营长，你必须在半小时之内拿下它，这对我们生死攸关！不计代价，必须拿下！"黑夜中，陈大雷的眼睛炯炯发亮，在凝视了三营长好一会儿后，他动情地说道。

"司令，你放心，我保证拿下厚冈。"三营长坚毅地点了点头，随后转身朝黑暗中低喝道："一连长，把一排二排带来，集中全连的机枪，跟我突击。"

三营长带队欲攻时，远处的公路忽然闪过一束束车灯，沉闷的发动机轰鸣声一时间成为黑夜中的主音调，看到眼前这一幕所有人都心下大惊。

"快！三营长，半小时！"身后，陈大雷的催促声再次响起，听到命令，三营长带领战士直朝黑暗中的山冈扑去。

战斗在一瞬间打响了，就在山冈上的日军仍然匍匐在草丛中等待着新四军钻进包围圈时，骤然响起的枪声忽然从四面八方传来。

黑夜中，不断喷吐着火蛇的枪口，仿佛在申诉着痛苦和屈辱，一道道明亮的子弹轨迹，则将整个山冈整齐地切割成无数块细小的区域。

"向右边冲！左侧还有敌人！对面冲过来了，手榴弹！"黑夜中，三营长的喊声仿佛指路明灯一般，不断指点着战士们左冲右突，在他的指挥下，大家很快冲破日军的防线，穿插到敌人纵深阵地之中。

河堤上，陈大雷一脸焦急地注视冈上的激战。连续不断闪过的爆炸光芒却遮掩不了东方天空那已经现出的一缕霞光！如果三营长没有按时拿下厚冈，那么等待自己的将是在黎明到来的刹那，遭遇到敌人的围攻，身处平原地带的部队将会在进攻中毫无还手之力，时间已万分紧急！

天边此刻已现出一派金红，薄薄的阳光正一寸寸地跃过山冈，朝河堤这边蔓延……再过几分钟，阳光就会蔓延到河堤这里，那时，陈大雷的部队将立刻全部暴露！

眼见此景，旁边的连长焦急地说道："司令员，阳光快照到咱们了！"

陈大雷心中大急，随后拔出驳壳枪，朝卧地的战士们大喝道："不能再等了，阳光一过来，我们就会暴露无遗，所有人，跟我冲上去！"

听到命令，所有人都鼓起勇气向前冲去，杀声中，部队如潮水般涌向山冈。

骤然加入的生力军，让原本趋于相持不下的战况瞬间倒向新四军方向，三营长眼见陈大雷亲自率队冲上来，顿时鼓起勇气再次向残余的敌人发起进攻。

当陈大雷冲上山冈时，三营长也刚刚歼灭了大部日军，在朝阳的映照下，重新陷入寂静的山冈上，死尸凌乱。

"怎么搞的，拿个山头也拖拖拉拉！"生死攸关，见到迎向自己的三营长，陈大雷毫不留情地斥责道。

三营长歉疚地回答道："山头有一个中队的鬼子，比估想的多得多。"

"现在不是算小账的时候，立刻命令部队准备工事。"陈大雷神色一缓，随后沉声命令道。

"我已经把各连的阵地安排好了，大家现在正在构筑工事，准备抗击敌人的炮火。"听到陈大雷的命令，三营长连忙回答道。

"对！任何时候，咱就是忘了自个儿姓什么也不能忘了挖工事！三营长啊，从鬼子的布置看，用心真他妈恶毒，我估计这帮日军还是松井联队！如果是，现在他们还没醒过神来，待天亮后才会真正动手。松井一般不会胡乱冲击，他会有组织地进攻，这种进攻更难对付。准备恶战吧三营长，把兵力、子弹安排到要害处，让老资格的班、排长领头，建立几个火力支撑点。我估计得打几天几夜了。"陈大雷满意地点了点头，语气凝重地说道。

三营长点了点头，可随后却疑惑地询问道："司令员，我们有了这座山冈，日军一两天内攻不上来。但是，我们接下去怎么办？"

陈大雷凭高远望，少顷沉声地说道："跟我到西面山地去，看看那里的敌情，找一找突破口。"

天空，朝阳破空而出，形势大白。带领着三营长来到阵地前，陈大雷立刻清楚地看见在远远的定淮公路上，停着一长排日军的运兵卡车。东面山洼里，甚至可以隐约看到日军山炮，而在西面山林间，则有许多日军正在进餐，所有的一切都表明了，大战在即。

"鬼子兵力不少啊，包围圈好几层。"眼见于此，三营长不无担心地说道。

"看来，方圆十几里都被他们控制了。鬼子正在吃早饭，看来一小时之内，他们就会开战。"陈大雷断定道。

正在他思索着要如何带领部队突围的时候，身边的三营长，忽然惊喜地喊道："司令员，你看那儿！"

陈大雷循势望去，立刻发现几百米外有一片谷地，生长着密密的杂树林。再远处，赫然是大片的玉米地。

三营长兴奋地说道："我们可以从那片谷地突围，那儿有林子提供隐蔽，地形有利。只要冲过鬼子第一道封锁，穿过林子，进入青纱帐，鬼子就追不上我们了。"

可是陈大雷却并没有表现出应有的兴奋，仍然沉默地观察着那里。

那边，三营长眉飞色舞地说："突围之前，我们可以先来个反冲击，狠狠打他一下！占领左翼高坡，机枪掩护，成功的把握很大！"

可面对三营长的兴奋，陈大雷却仍然沉默以对，见此情景，三营长诧异地问道："怎么了，司令员？"

陈大雷冷笑着转过头来，询问道："三营长，你仔细想想，鬼子为什么要留下那个沟谷？"

三营长愕然，再次举起望远镜看了好半天，才疑惑地询问道："你是说……"

"没错，那是专门留给我们突围的。他们早就在那里埋伏好了。我们一旦钻进去，必定有去无回！"陈大雷凝神看着那看似破绽的缺口，断定道。

听到司令证实了心中的猜测，三营长立刻醒悟过来，沮丧地说道："妈的，真是这样。我们被包饺子了！"

就在三营长准备询问陈大雷有何对策时，突然，空中响起刺耳的炮弹飞行声。数秒钟后，炮弹在山坡上轰轰爆炸！

"敌人开始炮火准备了，快回阵地！"听到爆炸声，陈大雷连忙命令道。

第十二章　酣　战

松井的指挥部安置在附近的一座祠堂内。此刻，他正在祠堂外朝远处观望。远处，隐隐的枪炮声，让他不禁面露得意之色。

"从敌军的机枪声判断，是美国制勃朗宁重机枪。国民党五十五师新近装备。"身边，参谋长在聆听了片刻后，转头向松井说道。

松井微笑着点了点头道："不错。确实是五十五师被围了。"

似乎是印证了松井的判断，很快的，不断有军官跑进指挥所，大声报告道："报告联队长，各部都到达了预定位置，完成作战部署。"

满意地对众人笑了笑，松井转头对身旁参谋长命令道："命令各部，完成战斗准备后，立刻吃饭。八点整，各联队长到指挥部来受领攻击任务。"

参谋长应声离去。松井惬意地走向行军桌，正要入座，却忽然转头向身边的山本喊道："山本，过来和我一块儿吃。"

山本"嗨"的应声，上前恭敬地给松井敬了个礼，接着抓起食物狼吞虎咽地大吃起来。

"开战之后，你准备怎么打？"善意地笑了笑，松井随后询问道。

"老规矩，我单独行动，尽量隐蔽接近敌人，消灭他们的指挥官。"放下手中的食物，山本冷冷地说道。

"五十五师的指挥官名叫李欢，是新近派遣到三战区的少将，从军服上很好辨认。如果你看见他，希望你能一枪将其毙命。"松井满意地点了点头，开口补充道。

"知道了，阁下放心。"山本再次埋头大吃起来。

松井表情惬意地简单吃了点东西，随后站起身走到一直伫立在自己身边的军官们身边，指点着地图说道："敌军五十五师主力已经被我们包围，兵力最少两个团，现在正龟缩在那片山冈上。东面丰镇，南面沙河，西面滩口都有我军封锁。北面那片沟谷，是我特意给他们留下的突围口子。我估计，半夜时分，残敌必定在那里突围。炮火准备完成后，九点整发起攻击。坂田一郎率一中队、佐佐木率二中队由东侧突击，石川雄、井上太郎四和五中队，由西侧突击。"

"嗨！"

"他们是国民党的部队，蒋介石的嫡系，三战区的王牌。因此，你们不要轻敌。"见众人答应得痛快，松井连忙提醒道。

"嗨！"

"至于新四军第六分区，很可能在三道湾那里出没。我已交给皇协军应付，你们不用担心侧翼，全力消灭当前的敌人！"满意地看了众人一眼，松井再次补充道。

炮火仍然如同老太太的缠脚布一样，没完没了地持续着，在炮火的掩护下，日军鱼贯着进入阵地。

第十二章 酣 战

此刻,在前锋阵地上,坂田正在做着最后的战前准备——他把闪闪发亮的勋章掖入胸口,束好指挥刀,端起一支步枪,朝自己的部队吼道:"展开攻击队形!"

听到命令,众日军立刻分散,三五人为一小组,执枪虎视眈眈。

坂田吼道:"这次战斗,我们一定要首先攻占山冈,夺取头功,不留俘虏!"

"嗨!"喊声震天。满意地听到众日军的回答,坂田再次抬头看向天空。很快,两颗红色信号弹冲天而起。

眼见信号弹升空,坂田随即大吼一声:"攻击!"听到命令,日军立刻如潮水般冲向不远处的山冈。

山冈上,陈大雷也在同时看见了那两颗红色信号弹,不由得轻蔑一笑:"老一套,没长进,连冲击信号都跟以前一样!"

天空中,伴随着敌人的冲锋,炮火逐渐向纵深蔓延,而听着爆炸声逐渐后移,陈大雷举起望远镜,观察起逐渐逼近的日军。

眼前的一切印证了陈大雷的猜测,这次进攻的又是狗日的松井联队!从第一波攻击阵形看,密度不小,他们肯定倾巢出动,松井也肯定亲自到场指挥。看呐,他们每打一枪都显得十分从容,甚至一边开枪一边调整射击位置。各个战斗小组交替前进,从容不迫。这些都体现出了成熟的战场经验,都是自信满满的表现。松井联队的战法确实跟其他敌人不一样。

交替掩护下,日军越来越近,眼见着敌人进入射界,三营长低喝一声:"打!"

听到命令,所有战士立刻同时开火,密集的子弹如同罩头的黄蜂一般,射向敌人。补充过装备的部队,发挥出的实力显然绝非之前可比,在猛烈的火力下,前排的日军纷纷倒地,剩余一部分则一边还击一边冒死朝前冲着!

敌人之所以可以称之为顽敌,正是因为他们具备着某些值得我们学习的地方,眼前,松井联队作战,不管对方火力多猛,没有命令他们不会后退。死了的倒下,活着的原地卧倒,之后却仍然会一步一步朝前爬。等到十几米处时,所有人会在一个士官带领下,突然一起跳起来,发疯般叫着冲到身边。对付这样的敌人,绝对不能慌,枪膛里必须时刻压满子弹。等他们跳起来冲到面前时,狠狠地打!

心中要永远铭记着这样一个信念,宁肯被敌人的子弹击中脑袋,宁肯被敌人刺刀刺穿胸膛,也要把最后一颗子弹射入敌人心脏!要不,就对不起自个儿这条命!

激烈的枪声中,日军如同一根根枯树桩子般不断倒下,前方率先领头发动进攻的那名士官虽身中数弹,却仍然用枪托柱着身体,迟迟不肯倒下。他的行动显然鼓舞了其他鬼子,在不断的呐喊声中,刚刚被压制下去的敌人,再次蜂拥着冲了上来。

眼见此景,陈大雷大声朝三营长喝道:"鬼子太猖狂了。三营长,等下次冲击打下去后,叫二连组织两个排,进行反冲击。"

听到命令,三营长惊讶地反问道:"二连是我们的预备队啊。不到万不得已不能动!"

陈大雷怒喝道:"不留预备队了,拼了!今天这仗,谁活下来谁就是预备队!"

相比于已经激烈地胶着在一起的厚冈,此刻,国军所在的阵地上却一片宁静,早早起来的士兵们,密密麻麻卧伏于地,等待着早上长官们传达下来的,即将血拼的战斗的到来。

可是,随着时间不断地推延,预想中的战斗却并没有出现。

第十二章 酣　战

帐篷内，行军桌上铺着作战地图，李欢坐在桌前，神情焦虑地看着地图上早已标注好的几处战场，不安地向身边的参谋长询问道："参谋长，已经超过两小时了，南阳那里还没有打响，陈大雷会不会耍什么鬼心眼？"

参谋长拼命吸了两口烟，回答道："可能，完全可能！"

可就在李欢犹豫着要不要再次派人联络一下的时候，远方传来隐隐的炮火声。

"打响了，总算打响了。一小时之内，淮阴日军就会进入我的伏击圈。"听到隆隆的爆炸声，李欢一扫之前的焦躁，兴奋地说道。

可是他的话音刚落，身边的参谋长就奇怪地说道："师座，这炮声好像不对。南阳镇不在那个方向。"

李欢闻言大惊，一把抓起地图冲出帐篷。

炮声确实不对，南阳镇是西北方向。而炮声是从正北方传来的。仔细参照地图比对了一番后，李欢愕然地说道："厚冈！厚冈那里怎么会打起来呢？是谁跟谁打？"

听到李欢的询问，参谋长低头擦了擦额头，连声说道："意外，意外！"

正在两人谈论间，一名军官飞快地跑到身边，大声报告道："师座，吴雄飞捎信来了。"

听到报告，李欢与参谋长交换了一个疑惑的眼神后，命令道："念！"

"前天，华中日军司令石原突然来到淮阴视察。他已经发现国共要联合作战，所以调整了作战部署。日军不会往你们这边来了。日军把南阳镇当成诱饵，准备围歼攻击南阳的部队！"拿出一张肮脏的小纸条，军官迅速地念道。

李欢大惊,连忙问道:"什么?怎么会这样?吴雄飞的情报可靠吗?"

"应该不是假的,我听说,淮阴城的日军早已经出动了。出发前,石原将军还给他们授了勋章呢!"听到李欢的询问,身边的参谋长连忙回答道。

此刻,李欢的脑子中一片混乱,并没有听出参谋长话语中的破绽,凝望了前方良久,终于无奈地坐了下来。

"师座,现在情况清楚了,确实是陈大雷在厚冈一带跟日军交火,而且很可能已经被围。我估计,日军确实不会朝我们这边来了。不知师座有什么打算?"见李欢无话,参谋长小心地凑上来建议道。

李欢沉吟了一会儿,再次俯身于地图前:"既然日军变更了部署,我们也应该随机应变。厚冈距此五十多里,最迟三小时可抵达。调上两个团,从侧翼出击厚冈,打日军一个措手不及!"

听到李欢的话,参谋长犹豫地说道:"哦……师座呵,我有两个建议,第一,这么大的变化,应该先报告长官部,请长官部决定,我们无权擅自做主。第二嘛,即使长官部同意我们出击,我们也应该拖它几小时,最好是拖延一两天,等陈大雷被日军打得差不多了,我们再动手!"

李欢表情略带不悦,转头冷冷地看了参谋长一眼,随后说道:"身为军人,坐视陈大雷他们被日本鬼子歼灭,实在有愧职责,大家都是中国人,人家在那里拼命,我们却在这里待命,于心何忍?"

听到李欢的话,参谋长假惺惺地叹了口气道:"师座心善,但是战争没有感情。我看,还是先报告长官部裁定吧?"

第十二章 酣 战

参谋长的话让李欢一愣,随后默然地点了点头,转身回到帐篷之中。

外面,急促的炮火仿佛在催促着早做决定,可越是焦急,身边的电台却越显缓慢,除了不断响起的丝丝的电流声,李欢所需要的命令却迟迟不见下达。

"洞腰呼叫洞拐,洞腰呼叫洞拐。洞拐回答,洞拐回答。"正在李欢犹豫着要不要再催促一遍的时候,电台中终于响起呼叫声。

听到呼叫,一个军官赶紧抓起对话筒说道:"我是洞拐,我是洞拐。"

"长官部已经得知你们的情况,正在研究中,正在研究中,请原地待命,原地待命!"那边,一直焦急等待的命令终于下达,却不是李欢心中所期盼的那样。

"告诉他——战机稍纵即逝,我们希望尽快行动。"听到命令,李欢一愣,随后暴躁地命令道。

"洞腰洞腰。洞拐认为——战机稍纵即逝,希望尽快行动。"军官点头,连忙再次拿起话筒催促道。

报话机那边再次沉默下来,过了许久之后,终于传来一阵从容不迫的声音:"洞腰呼叫洞拐,洞腰呼叫洞拐。长官部已经得知你们的决定,正在研究中,正在研究中,部队原地待命,原地待命!"

听到命令,李欢长叹一声:"哼!研究,研究。不知研究到何时是了。"

而在他身边,参谋长却微笑着说道:"长官部的态度,和我预想的一样。师座,我们还是耐心待命吧。"

参谋长的话，似乎激起李欢心中潜伏的倔强，他忽然一个转身，一把抓起话筒，大声说道："洞腰洞腰，我是李欢，请许参谋长讲话。"

很快，报话机传出声音："李师长，我是许参谋长。"

"报告参谋长，厚冈战斗已成胶着状态，双方都已精疲力竭。此时我部如果突击日军侧翼，定可获得重大战果。"听到熟悉的声音，李欢面露喜色，连忙报告道。

可听到他的报告，报话机那边再次沉默了许久，终于传出声音："李师长，长官部正在综合各方面情报，进行深入研究。你部不可变更部署，原地待命。再重复一遍，不可变更部署，原地待命。两小时后再联系。"

"参谋长，请听我说——"结果与自己设想的大相径庭，李欢连忙再次招呼道，可是，还没等他的话说完，那边的报话机却"咔"的一声关闭了。

"两小时，哼！长官部倒真是沉得住气。"李欢啪地摔开话筒，气愤地讽刺道。

听到李欢的讽刺，参谋长却微笑地在旁边说道："师座真乃壮士情怀，建功心切。师座看别人打仗比自己打仗还急。嘿嘿嘿。"

参谋长的话，让李欢神情一滞，随后不由得沉默下来。

忽然偏离了作战计划的战斗，让陈大雷此刻已经顾不上五十五师的态度，眼前，不断冲锋的鬼子，仿佛发疯一般，丝毫不计后果地一次次发起密集的集团式冲锋，山脚下，敌人密集的炮火，夹杂着烟尘和呼啸声一次次在人群密集处爆炸，射手显然早已经忘记了炮火覆盖的定律，猛烈的炮火不断将自己人扯入其中。

虽然阵地前，敌人的尸体已经堆积了高高的一层，但是却丝

第十二章 酣　战

毫起不到阻止敌人的作用，眼看着敌人前赴后继地赴死，即便是最有经验的老战士眼中，都流露出一丝惊异。

"曰，曰！"迫击炮尖锐的发射声再一次在天空中响起，炮火的掩护下，山脚聚集的密密麻麻的敌人逐渐开始向山顶移动，眼前的敌人再一次逼近，陈大雷终于下达了反冲锋的命令。

气势上一定不能输给敌人，装备的差距，兵员的差距，都要靠士气来弥补，眼见战士们在敌人的疯狂下，显露出担心和惶恐，此刻，唯一能重新挽回气势的就是要表现得比敌人还要疯狂。

眼见着敌人越来越接近阵地，陈大雷连续几个点射打出后，猛地一把拽出身后背负着的大刀，迎着硝烟利落地一挥，率先顺着山坡冲了下去。

他的行动感染了周围的战士，眼见着司令员冲出阵地，其他人纷纷装上刺刀，高喊着紧随其后向敌人发起反冲锋。

"进攻！"眼见山峰上冲下来的敌人，日军部队中的士官大喊一声，伴随着他的喊声，周围是士兵利落地退出枪膛中的子弹，装上锋利的刺刀，奔跑着迎向顺着山坡冲下来的新四军。

两股人群仿佛水与火的洪流，瞬间碰撞在一起，蒸腾出摄人的杀气，碰撞中，撕喊声，咒骂声，刺刀刺入身体时那特有的摩擦声，交织在一起，形成一种只有在战场上才可以听到的让人灵魂发颤的乐曲。

迎着敌人小队长的冲锋，陈大雷挥动大刀，猛地向上一磕，一瞬间带飞对方刺向他的刺刀，随后前脚重重踏地，大刀顺势挥下。

咔嚓，清脆的声音响起，刀锋顺着敌人的肩膀斜劈下去，一直砍到对方的胸口才最终停下，鲜血飙飞，腥臭的味道溅了陈大雷一头一脸，陈大雷擦了一把脸上的鲜血，起脚踹开日军的尸首，再次扑向身边另外一个鬼子士兵。

战斗早已脱离了之前按部就班的准备、进攻等步骤，刚一开始就瞬间进入到白热化的阶段，在陈大雷的鼓舞下，战士们完全忘记了危险，忘记了恐惧，奋勇杀入敌群，刀光闪闪，鲜血喷涌，一批批日军士兵在惊慌诧异下，倒在血泊之中。

混乱的战场上，没人注意到在某个角落处，一堆破败的草丛下面，两只如同鹰隼般的眼睛在仔细地巡视着战场上的每个角落。

瞄准镜中，奋勇冲在最前方的陈大雷很快落入这双眼睛之中，在凝视了对方好一会儿后，眼睛的主人终于扣下了扳机。

战场的第三方面，三道湾阵地上，此刻仍是一片宁静，众战士早已埋伏就位，等待着敌人的到来，从各个隐蔽处伸出一支支枪口，此刻都静静地指向坡下那条小路。

远方，枪声一阵阵传来，听着若有若无，但每一响都像小刀剜肉，让众人心颤不已。

听着这一阵紧似一阵的枪声，班长担心地小声问道："排长你听，司令员那边的战斗打响了，不知情况怎样？"

排长沉声道："枪打的这么快，那就不好说了……看样子那边的敌人该是不少。"

听到排长的话，班长犹豫了一下，再次开口道："这场仗，怎么跟司令员估计得不一样啊？该来的没来，不该开战的地方，开战了。"

排长小声嗔怪道："司令员肯定有数，你别瞎想！"

班长昂首朝两旁望看了一眼，接口道："看样子情况不对，幸好司令员没让新兵连上来，否则一旦出了变故，他们肯定比敌人先乱起来。"

第十二章 酣　战

排长不屑地看了班长一眼道："这才几年啊，你就把自己当老兵看了？咱俩不也都是从新兵过来的么？打着打着就打出来了！"

班长嘿嘿一笑，转头看向身边不远处卧在射击位置上的顺溜，原本以为顺溜一定全神贯注地监视着敌人，可是侧耳倾听，却听到从他的位置上隐约传来一阵阵呼噜声。班长仔细看去，立刻发现顺溜脸歪在枪身上，一丝口涎流淌，枪旁边有两排黄澄澄的子弹夹。

见此情景，班长笑着对排长说道："你看二雷，睡得口水都流出来了。"

排长不满地看了顺溜一眼，随后吩咐道："这小子，砸他个土疙瘩，砸醒他！"

班长抓过一个土疙瘩，正欲朝顺溜砸去，可恰在这时，睡梦中的顺溜却像被针刺了一下，率先醒来，昂起头两眼闪闪发光朝前方望去，低声说道："敌人来了！"

听到他的话，排长一脸惊讶地望了望前方空荡的小路，却丝毫没有看到人影："在哪？没啊！"

"来了。我听见了马蹄声。"顺溜严肃地说道。

敌人确实来了！

公路上，吴大疤拉骑着马率伪军大队渐渐行近，他两眼警惕地东张西望，注视被砍倒的高粱秆儿周围，任何风吹草动都会让他本能地摸向腰间的驳壳枪。

身边，一直跟随在旁边的副官此刻早已满头大汗，一边喘息着小跑，一边拿着个军帽不断地呼扇着，口中则念叨道："司令，歇会好不？看弟兄们走不动了。"

吴大疤拉抬头看了看头顶热辣辣的太阳，又看了看前方险要的地形，随后说道："过了三道湾再休息。"

"司令，南阳那边的枪声已经响了，估计松井八成已经和敌人交上火了，现在叫我们增援双洼，那还不白跑一趟？"听到吴大疤拉的话，副官抱怨道。

他的话似乎起到了点作用，吴大疤拉骑着马慢步来到一座土桥跟前，停在一个遗弃的瓜棚旁边，狐疑地打量着不远处的三道湾，在观察了良久后，才犹豫着说道："要不，还是歇会儿吧。"

副官闻言大喜，连忙朝身后的伪军喊道："歇会儿！"

听到命令，众伪军立刻四散坐下，抢着躺到那些被砍掉了大半截的高粱秆上，幸福地长吁短叹着。

瓜棚里，吴大疤拉擦了擦额头的汗水，转头亲切地向副官说道："老弟，冈上凉快。你骑我马到冈上兜兜风，顺便看看周围的情况。"

听到吴大疤拉的命令，副官连忙点头答应着骑上他的坐骑，得意地兜了两个小圈，缓缓驰向前方的三道弯。

眼见副官呆头呆脑地向前走去，钻进瓜棚里的吴大疤拉不禁嘿嘿冷笑了两声。

宁静的土道上，马蹄"嘚嘚"声传出好远，听着这孤单的声音，吴大疤拉仿佛意识到不祥，屏息静气，紧张地注视着即将到达冈上的副官。

坡上，登高望远的副官骑在马上大力挥动着军帽，高声朝冈下大叫道："司令，平安无事啊！"

可是他的话音刚刚落下，伴随着一声枪响，副官从马上一头栽了下来。

"砰！"枪声如晴天一颗炸雷般从远处传来，清晰的枪声让

第十二章 酣 战

仍在休息的伪军们纷纷大惊小叫地趴在地上。

而站在瓜棚内的吴大疤拉则全身颤抖着低声祷告道:"妈的,共军早埋伏好了!我命大呀,我他妈真是命大呀!唉,上天有眼,老子运气为啥就这么好!"

"冈上有共军!弟兄们,赶紧排开阵势,准备战斗。"眼看着身后的手下们一团混乱,吴大疤拉连忙大声向众人喊道,听到喊声,伪军大惊,纷纷从高粱上爬起来,提枪四下寻找着隐蔽之处,场面比之前更加混乱起来。

"弟兄们,立功的时候到了,就这么个小岭子,共军肯定不多。把机枪架起来,给我狠狠打!"眼见此景,吴大疤拉提起手中的驳壳枪,大声鼓励道。

听到他的话,一个伪军立刻低声提醒道:"司令,刚才那事情你可小心啊,副官冷不丁就从马上掉下来了,这八成,是碰上神枪手了,我听兄弟们说,新四军里有个神枪手,前打八百米,后打五百米,让他瞄上的人没有逃脱性命的,尤其是挂着衔的长官和太君!"

吴大疤拉闻言一惊,一把抓着这伪军再次躲进瓜棚。

"兄弟,狙击枪的事,绝对不能声张,那会影响士气的!"刚进瓜棚,吴大疤拉就连忙提醒道。

"明白了,司令。"伪军乖巧地回答道。

"知道就好,兄弟,快,把你的军装脱给我。"吴大疤拉满意地点了点头,再次命令道。

"司令,这,这是干啥?"听到司令的命令,伪军连忙追问道。

"问那么多干什么,"不耐烦地训斥了对方一句,吴大疤拉再次命令道,"让你怎么办就怎么办,听着,这仗下来,我提拔你当副官!"

见有官当,伪军立刻兴奋得不知东南西北,连忙脱掉军装递给吴大疤拉。穿上普通士兵衣服的吴大疤拉心中稍安,再次走出瓜棚大声喊道:"给我打,哪有枪声响就给我往哪里打。"

听到命令,众伪军利索地架起机枪,疯狂地朝岭上射击,密集的子弹立刻将岭子上的大小阵地覆盖了个遍,掩体上顿时土石崩飞,啸声四起。

眼见敌人打得猛烈,排长连忙命令道:"不要还击!敌人想用机枪逼迫咱们暴露射击位置,不还击他就不知道你在哪儿,敌人子弹乱着呐。从打法能看出来,这帮伪军是熊包,把他们放近了再打。"

不过他的提醒似乎稍显多余,此刻,所有人都灵活地将自己隐蔽在工事内,等待着敌人冲上来的那一刻。

山下,几挺机枪仍然没完没了地朝岭上射击着,在机枪手身边,吴大疤拉伏卧着观察岭上情况。

可当见到在机枪的扫射下,对方却丝毫没有什么动静,吴大疤拉终于喝声道:"停!"

机枪迅速停止了射击,眼见岭上仍然没有子弹飞来,吴大疤拉放心地举枪大喝道:"弟兄们,开始攻击!都给我朝上冲,放胆冲上去。共军没几个活口了!"

听到他的命令,众伪军犹豫着在相互推搡下,胡乱放着枪,战战兢兢朝岭上发起冲击。

当听到原本密集有序的枪声,被一阵杂乱无章的枪声所取代时,所有人心下都明白了,敌人已经开始发起冲锋,阵地内,众人此刻纷纷握紧手中的步枪,等待着排长发出攻击的命令。

第十二章 酣 战

冷眼凝视着敌人逐渐地接近,排长默默地在心中数着,眼见敌人最终越过前方那标志般的大石头时,他一直憋在喉咙处的喊声终于一瞬间爆发出来:"打!"

听到命令,隐蔽在掩体内的战士,纷纷冒出头来,手中的步枪同时猛烈地开火,冲在最前面的伪军在突然而至的还击下一排排倒下,其他伪军则狼狈地朝坡下逃命。

眼见刚刚组织起来的攻势一下子就被瓦解,吴大疤拉愤怒地朝退却的伪军大喊道:"不准后退,朝上冲,冲啊!要是误了战机,松井会杀头!连我在内,一个都活不成!朝上冲!"

听到吴大疤拉的威胁,众伪军磨蹭着,再次朝上冲来。

"司令,共军居高临下,早有准备。这么打我们伤亡太大。要不要拨一部分弟兄从南面佯攻?"新上任的副官,眼见攻击不能奏效,连忙小声建议道。

吴大疤拉略微沉吟片刻,赞许地看了他一眼道:"瞧不出,你还懂点兵法。是应该分道攻击,虚实结合。这么着,我现在就提拔你为少校,你带两个排摸到南面侧翼去,我带主力在这强攻。我们分头发动攻击!"

"冲啊!敢战者重赏,怯战者杀无赦!冲啊!"喊声中,副官带着人向南边冲去,可惜,空泛的口号对于怯懦的伪军来说,似乎根本起不到什么应有的作用,在混乱中一个负伤的伪军丢下枪,抱着胳膊哭嚎着朝后跑去:"我胳膊断了,我胳膊断了!"

见此情景,吴大疤拉抬手一枪打去,对方翻滚着一头摔倒在地,随后他用冒烟的枪口有意无意地指向众伪军,冷冷地说道:"都看见了吗?爷我今天杀红了眼,我六亲不认了我!拿不下冈子,反正我是没命了!把机枪给我端上,冲啊!"

在猛烈的机枪火力掩护下,吴大疤拉少有的身先士卒地冲在最前头,亲自带领众人朝冈上发起新一轮攻击!眼见此景,众伪军也纷纷不情愿地冒死朝上冲去。

再次密集起来的火力,竟一下子压制住了冈上的众人,眼见敌人兵分两路从两面向上冲来,一时间捉襟见肘的兵力安排立刻让排长犯起难来。

"排长,南面的敌人交给我!"正犹豫着要分派人手阻击南面的敌人时,顺溜的声音却先一步从南面传来。

"你一个人能行吗?"听到顺溜的话,排长不无担心地问道,不过当他看到南面的敌人在顺溜的射击下,一个个被打得屁滚尿流时,立刻打消了心中的担心。

崖间,顺溜独自在早已准备好的隐蔽处持枪射击。精准的枪法配合险要的地形,将他的能力发挥到了极致,前方几十个悄悄摸上来的伪军,在流畅清晰的枪声中,一个个倒毙在地,很快的,进攻的势头被迅速地压制下来。

吴大疤拉的"勇猛"并没有起到决定战斗结果的作用,在徒劳地扔下几十具尸体后,残存的伪军再次在他的带领下,无奈地撤了下来。

"发电报,请求皇军协助,哎哟,妈的,轻点,告诉他们,我们碰上了新四军的主力,陈,陈大雷就在山上。"咒骂着打了替自己包扎的军医一个耳光,吴大疤拉暴躁地命令道。

唯一能让松井动容的除了被包围着的"五十五师"外,就只有神出鬼没的陈大雷了。吴大疤拉之所以这么说,也正是因为抓住了松井心中的死结。

厚冈战场上,收到情报的通讯兵,飞快地跑到仍在指挥作战的松井身边，大声报告道："报告联队长，吴雄飞报来消息，说他们前往双洼据点的路上，在三道湾遭遇共军主力，部队苦战四个多小时，仍然不能突破。吴报告说，他亲眼看见那是新四军六分区的部队，陈大雷就在上面！"

松井一怔，随后狞笑道："这个，我已经预料到了。国共联合作战嘛，陈大雷出现的晚了点儿，不过，现在，他终于在三道湾露面了，叫坂田一郎过来。"

听到命令，军官应声离去，少顷，一身战尘的坂田快步返回到临时指挥所。

"坂田君，陈大雷在三道湾出现了，吴雄飞根本不是他的对手。说实话，我非常想亲自前去，我想亲手宰了他！但我走不开。"见坂田回来，松井转头严肃地向他说道。

坂田听到"陈大雷"三个字，顿时恶狠狠地睁大了眼，期待地看着松井。

眼见坂田流露出愤怒的表情，松井微笑着说道："令你带上本部，我再把沟谷中队也加强给你。立刻乘车赶往三道湾，消灭陈大雷！"

坂田激动的声音发颤地说道："谢谢联队长！小黄庄战斗，我损失大半，这个耻辱压得我抬不起头来。如果我不能报仇雪恨，那就是生不如死！谢谢长官给我这个恢复尊严的机会。"

松井深深打量了坂田一眼，忽然微笑着问道："坂田君，知道我最欣赏你什么吗？"

坂田正声回答道："不知道。"

松井感叹着说道："此时此刻，你的心能把刺刀烫弯，但你的外表冷若冰霜。这才是真正的军人品质啊，古老而优秀的品质。"

223 /

听到松井的赞扬,坂田顿时为之感动,深深鞠躬道:"联队长,我去了!"

松井点了点头,随后沉声补充道:"哦,还有件事。如果这次再发现吴雄飞避战,即刻枪毙。"

第十三章　圈　套

司令部内，大司令焦急地来回踱着步，不断询问着："陈大雷有消息没有？"

站在地图旁边的政委抬头回答道："已经超出预定时间三个多小时了，陈大雷一直没有报告情况。"

"不报告！那就是出事了！其他方面有什么情况？"大司令担心地说道。

"三分区来电说，听到南阳镇方向有枪炮声。由于距离太远，具体情况不明。"听到他的询问，一名参谋连忙回答道。

"李欢的五十五师呢？"大司令再次追问道。

"联系过了，三战区长官部说他们早已进入伏击阵地。"参谋看了一眼手中的电报稿后，迅速地回答道。

身边，政委担心地插嘴道："陈大雷深入日占区近百里，什么情况都可能发生啊。"

可他的话音刚落，一名参谋就匆匆入内，大声报告道："三分区来电，说昨天夜里，有人发现淮阴城日军朝南阳镇方向运兵，兵力上千。此外，据民兵报告，康庄、卡子口等地的日军也都朝那里开进。"

大司令惊讶地凝视着对方,追问道:"怎么,日军没朝定淮路去?"

"定淮路方向没有消息。"

一直萦绕在心中的疑惑一下子被解开了,大司令焦急地走到报话机旁,急声催促道:"命令陈大雷脱离战场,立刻设法撤回来。"

"电台一直在呼叫,但是和陈大雷联系不上。"听到大司令的命令,报话员为难地说道。

"继续联系!政委,陈大雷被敌人包围了。"大司令神情一滞,对身边的政委说道。

"唉,陈大雷真是……短短时间内,两次陷入重围。"政委长叹了口气,低声埋怨道。

身边,一直不懈联络的通讯终于被接通,可是就在通讯员准备对话时,一阵阵激烈的枪声率先传入众人的耳朵,随后伴随着一声猛烈的爆炸,原本并不流畅的通讯再次陷入沉寂。

"我的意见是,直接跟三战区长官部联系,直接跟顾祝同交涉,严正要求他们履行联合作战职责,命令李欢的五十五师立刻向日军主动进攻。非如此,不能解陈大雷重围。"通讯的中断,让在场的所有人都知道,此刻六分区已经陷入苦战,在犹豫了好一会儿后,政委建议道。

参谋紧张地看大司令,大司令却沉思着……少顷,他终于微颔首道:"试一试吧。"

政委赶紧对身边的参谋长命令道:"快去叫通三战区长官部。直接请顾长官说话。"

参谋应声掉头出门,而这时,大司令却突然怒叫一声:"回来!"

第十三章 圈 套

"怎么了？"政委惊讶地问道。

"我决定了——不跟他们联系，我不信任他们！"大司令严肃地说道。

政委沉重地叹了口气，低声劝道："可是，司令员，陈大雷身陷绝境啊。目前只有五十五师靠的最近……"

大司令沉声说道："这我知道，但我不相信国民党军会帮助我们解围！他们呐，恐怕期望我们把更多的部队陷入日军重围！"

"司令员呢？政委呢？"正犹豫间，一阵急躁的喊声忽然从门外传来，伴随着喊声，一分区司令刘强大步走进司令部。

"刘强，你怎么来了？"见刘强出现，大司令立刻奇怪地问道。

没等回答司令的询问，刘强却先抓过桌上的茶碗咕咕狂饮，之后粗声说道："我带了一个主力团。我请战，坚决请战！"

"瞎胡闹！没有命令你就动部队？你应该先来个电话！"听到刘强的请求，政委立刻严肃地训斥道。

刘强竟然顶撞道："没用的！我知道你们的心思，你们把陈大雷扔那儿不管了！"

"刘强，说话留神！"大司令听到他的话，立刻愤怒地呵斥道。

刘强声音颤抖着说道："司令员，我跟大雷两个是从长征路上爬过来的啊，我俩筋连筋、命牵命！虽然平时我俩爱争个高低，但我最佩服的还是这小子，我绝不能坐视大雷牺牲而不管！我请求带部队奔袭战场，杀入重围，援救陈大雷！"

"不行！你的心意我理解，这方面我和政委也跟你一样。但是，陈大雷孤军深入敌境，四面皆敌。激战至今，现在可能已经阵亡。而且，日军对我们的援军已有防备，你去也是送死。打仗头脑不能发热！"虽然刘强说得动情，但是大司令仍然冷酷地拒绝道。

"司令员意见完全正确,打仗不能光靠勇敢,要讲科学。今天这笔账,早晚加倍叫鬼子偿还!不瞒你说,我已经在考虑重建六分区的问题了。"身边,政委插嘴道。

面对两位老上级的态度,刘强却一反常态地大叫道:"不,不不!大雷还活着,我相信他一定活着,这家伙命大着呢,小黄庄他都没死成!政委你重建什么六分区啊?有大雷在就有六分区在!司令员,政委啊,你们让我去吧,我一定能杀入重围。我们绝不能看着大雷孤军奋战啊。"说着说着,他的声音不由得哽咽起来。

"砰!"枪声在嘈杂的战场上,瞬间被掩盖,冲在敌群里的陈大雷却在枪声响起的同时,一个跟头摔倒在地。

眼看着对方一头摔倒,埋伏在战场角落处的山本,得意地一笑,收起手中的步枪,迅速扯掉伪装,撤出了战场,对方死没死并不重要,甚至对于他来说,寻找敌人的指挥官已经不再是首要的任务了,因为,在刚刚的观察中,他发现了一个更为重要的秘密。

战场上,一头摔倒的陈大雷,翻滚着倒进旁边的弹坑中,子弹巨大的冲击力从手中的大刀处猛然传来,震得他手臂发麻。

本能的全身上下巡看了一圈,却发现,刚刚的一枪仅仅只打在了刀背上,坚固的刀身在子弹的撞击下,凹陷进去一个手指大小的坑洞。

"妈的,什么枪这么厉害?"心中寻思了一句,陈大雷猛地窜起身来,挥刀扑向靠自己最近的一名日军,手起刀落,对方的脑袋骨碌着从肩膀上掉落。

这凶狠的一幕,似乎成了战斗的终结,当看到自己的同伴被利落地砍下脑袋,身边的其他日军,纷纷胆寒,交替掩护着向后

第十三章 圈 套

退却着。

见此情景，陈大雷不再犹豫，果断地抽出驳壳枪，连续几发点射，轻松解决掉了残余的几名日军士兵。

"撤！"眼看着剩余的鬼子飞快地向山下撤退，陈大雷豪爽地一笑，大声向身边的战士们命令道。

炮火和枪声终于停止下来，在搏命般的反冲锋下，敌人最终因无法抵挡，而无奈地败退下去，此刻，阵地上是一片激战后的遗迹，战壕里倒着许多战士，山坡上更是敌尸纵横。

陈大雷一脸杀气，沿着倒塌的战壕巡视。尽管他一言不发，可每当他走到哪位战士身后，那战士立刻振作精神，奋力修筑起被炸毁的战壕。

已经连续打退敌人四次进攻了，但是这却并不代表着完结，很可能接下来还会有第五次、第六次，狠辣的松井是不会轻易善罢甘休的，可直到现在，陈大雷却仍然没弄明白这场既激烈又古怪的战斗是因何而起的。原来那臻于完美的作战计划哪儿去了？兵精将广的五十五师哪儿去了？

此刻，没人能回答陈大雷心中的疑问，他唯一能做的就是坚持，坚持，再坚持。

前面，三营长一跌一歪地走过来。"情况怎么样？"见此情景，陈大雷关切地问道。

三营长沙哑地低声回答道："阵亡超过三成，大半战士负伤。我这个营，还能战斗的不到一百人了。弹药还算充足，多亏了军区给的装备。"

"我是问你，你怎么样？"见三营长误解了自己的意思，陈大雷连忙解释道。

"没事,被小鬼子的三八大盖咬了一口,子弹这边进,那边出去了,问题不大。"三营长笑了笑,回答道。

"那就好。鬼子也打惨了,他们的下次进攻会在一小时后展开,我料松井肯定想在天黑前结束战斗。所以,只要能顶住下次进攻,我们就能坚持到明天。"微笑着拍了拍三营长的肩膀,陈大雷判断道。

"明白。"三营长点头认同道。

"战壕加固后,让战士们抓紧时间休息,吃干粮,补充消耗。干粮要是不够,吃死去战友的。血战之后,一般人会恶心,反胃,什么东西都吃不下。这可不行。传令下去,命令所有活着的人,包括伤员都必须吃饱肚子!"陈大雷忽然想起了什么,连忙补充道。

"是。"

陈大雷想了一下,再次命令说:"哦,待会儿把老班长们叫我这来。我跟他们说两句。"

一切正如陈大雷预料的那样,虽然血腥的战斗没有难为住众人,此刻在战壕内,经历了死亡考验的战士们却艰难地吞咽着干粮和饼子。看着手中饼子上沾染着的血迹,几名战士犹豫着放在嘴边却又干呕着拿了回来,但在身边战友的鼓励下,最终又塞进口中。

几个班长在得到命令后,迈过崩塌的废墟进入陈大雷的指挥部。

眼见对方一个个灰尘覆面,全身焦黑,陈大雷心酸得差点掉泪:"怎么……就剩你们四个了?!"

领头的班长看了看左右,声音沙哑地说道:"嗯,就我们了。"

"都吃了?"

第十三章　圈　套

"吃了。"

"找地儿坐一下。"陈大雷巡视了一下四周,将几人向里面的平坦处一让,众人围着陈大雷坐在废墟上。

"感觉怎样?"压抑住心中的悲痛,陈大雷关心地询问道。

"还行吧。就是烟不够抽!"听到他的询问,一名班长调皮地说道。

陈大雷赶紧摸索着自己的口袋,从身上掏出揉成一团的烟盒。那班长赶紧接过,小心地掰开,抽出里面弯曲的烟卷,一人发了一支,贪婪地吸着,顿时,他们原本灰暗的脸上渐渐显露出一丝生机!

突然,那班长举着手中的烟盒惊叫道:"呀,这不是老刀。什么牌,水牛?"

陈大雷笑骂道:"屁!那是骆驼,美国的骆驼牌香烟。那个那个罗什么总统,抽的就是它!"

班长惊讶地说道:"真的呀,美国总统抽的烟!乖乖,怎么落你手上了。怪不得味道不一样呢!"

"味道怎么样?"

"香!过瘾!"

陈大雷得意地笑了笑:"过瘾就多抽几支!抽完,一人拿上一盒。"

班长们大为兴奋,笑着,深深地吞云吐雾:"司令员,援兵什么时候能到?"似乎香烟提醒了几人,抽着手中的烟,一名班长小声询问着。

听到询问,顿时,陈大雷脸上现出痛苦的神色,他狠狠地将手中的烟吸掉大半,才嘶哑地说道:"我不瞒你们,依现在情况看,

231 /

我估计不会有援兵来了。"

"为什么？小黄庄的时候，一分区部队不是冲进来了吗？"听到陈大雷的话，几人立刻惊讶地说道。

"这里跟小黄庄不同，小黄庄在我们根据地边上。这里，我们孤军深入敌境近百里，而且叫鬼子四面八方包围了。跟你们说心里话——我如果是军区司令，也不会派部队来援救。为啥？因为来一个赔一个，那是犯傻啊！而且，鬼子肯定还有部队在附近埋伏着，准备打击援军。我估计，也就明后天吧，我们就要革命到底了！"陈大雷苦笑了一声，如实说道。

这个结局似乎早在众人心中隐藏着，一直到被陈大雷揭破，众人才最终看清了现实，一时间，所有班长们先是愕然，继之一片沉默。

"怎么？怕吗？"见众人默不作声，陈大雷低声询问道。

"怕管啥用？不就是个死么？知道也好，老子死之前多宰他几个！"

"跟司令员一块儿战死，死得也痛快！"

"嘿嘿嘿，身边倒下那么多弟兄，早该轮到我了。"

"杀了一个够本，杀两个赚一个了，老子刚才机枪一响突突了一排，怎么算都不赔……"

"我再加一条，咱们几个谁都不能做俘虏！谁要是叫鬼子擒下了，阎王殿见面时，我也饶不了他！"凝视着几人坚毅的面孔，陈大雷忽然大声说道。

听到他的话，班长们立刻齐应道："放心吧！"

"那就好，不过我可得给你们分派个活，鬼子的下一波进攻，可能是今天的最后一波。顶住了，今夜大家就能睡个好觉。待会儿，我给你们几个安排阵地。"说着,陈大雷站起身来,领着四人鱼贯走出指挥部。

阵地上,他领着班长们踏着废墟,四处巡视,亲自替几人安排着战斗位置。

在一个坡角上,陈大雷指着那个被炮弹炸得粉碎的位置,说道:"这地方我早就看好了,是个要害。在这,可以从侧面射击敌人。别看这块儿已经被敌炮打烂了,下次攻击时它可能最安全。二班长,你守在这。多备些子弹和手榴弹。"

二班长笑道:"是,我就待这。这土软,死了就地一埋,舒服!"

陈大雷又领着班长们来到另一处,指着残破工事道:"好好看看这位置,它是我们防御阵形的支撑点,就像龙爪,厉害无比。我早看过,战斗中这个位置击毙鬼子最多。一班长,三班长,你们各带一挺机枪,守在这,彼此呼应着。相互距离要始终保持在十几米开外。"

两个班长大声应道:"是。"

陈大雷又领着班长们走向下一处。他边走边说道:"八班长你的位置在北边,那儿不光隐蔽,也便于机动,还能看见大半个战场。因此,你在那儿还得担负点指挥任务。你的枪朝哪个方向射击,周围战士都看得见,都会跟着你射击。好地方啊,长精神呐!"

八班长兴奋地点头道:"我也带挺机枪,守在那了!"

安排完几人的位置,陈大雷得意地吹嘘道:"你们几个班长,跟我走上这么一遭,在作战素质方面,个个都能达到连长水平。将来,你们要发挥更大的作用!"

听到他的话,一个班长失声嘿嘿笑了几声说道:"司令,你的话我信!问题是……明后天就得战死了,将来什么的,管啥用。"

陈大雷一怔，沉吟了片刻说道："哦，这倒是个好问题。我这么跟你说吧，我爹死的前一天，他还撑着重病到地里去种豆。我娘气得骂他：'老不死的你干吗呢？你又看不到收豆的光阴了，还不快歇着！'我爹说：'我是种地的嘛，死归死，豆还是要接着种，不能叫地荒喽！'明白了吧？我爹是种地的，他人可以死地不能荒！我们是当兵的。当兵的死归死，作战素质还是要积攒下去。你没将来，你的亲人有哇！"

众班长表情肃穆答应道："是。"

陈大雷正声地说道："告诉你们，只要你们几个人的位置不丢，鬼子即使突破了我们阵地，他也站不脚，还得给老子滚下去！"

"让鬼子滚下去！"哀兵必胜，原本因为注定的结果而趋于平静的班长们再次因这番话而激起冲天的雄心斗志，喊声中，众人纷纷站起身离开指挥部，向自己的岗位走去。

"支那人有句成语，叫作哀兵必胜，可是我们在连续承受了四次失败后，却仍然没有拿下敌人的阵地，我真不知道诸君是否已经习惯了这莫大的耻辱！我们联队自从杭州湾登陆，六年多来，打下过上海、南京、徐州、蚌埠，所到之处，战无不胜，攻无不克，今天却趴倒在一座小小的山冈下面。这是为什么？谁能告诉我这是为什么？！石原将军来电了，问我作战情况怎么样？我没脸告诉他，我只想告诉你们，将军不到万不得已是不会过问这种小战斗的！还有，将军说了，要不要换我们下去休息休息，让徐州的第五联队接替我们？你们知道这话的意思吗？"同一时间，日军指挥部内，松井神色凛然地看着对面立正站立的几位队长，愤怒地说道。

面对松井的质问，没人回答，连续四次的进攻受挫，已经让所有托词和借口都显得苍白无力，众队长此刻深深垂首，纹丝不动，

第十三章　圈　套

死一般沉默着站在那里。

"下去休息，就意味着华中第一联队的威名彻底完蛋！我松井身败名裂！你们呢？很可能也会被调到太平洋某个小岛去，去跟美国人玉碎作战！我告诉你们，瓜达尔卡纳尔岛阵亡率是百分之六十三，你们愿意去那种地方吗？！现在，离天黑还有三个半小时，二十分钟后展开攻击。日落之前必须拿下敌军主阵地！诸君没有疑议的话，就请执行命令吧。"来回在几位队长身边巡视了一圈后，松井再次命令道。

难挨的境况终于随着松井的命令而宣告结束，满脸愧色的众队长，在得到命令后，纷纷转身离开指挥部，策调着部队准备发动新一轮进攻。

"田中啊，我有个不好的预感，岭上的敌军太熟悉我们的战术了，他们不像国民党五十五师。因为，五十五师从没跟我们打过仗，再厉害也不至于此！照这样下去，即使拿下那座山岭，我们伤亡也太大了！"目送着队长们离开，松井严厉的眼神忽然闪过一丝疑惑，转头对身边的一位参谋说道。

"联队长，很简单，你之所以有这样的感觉，是因为山上的不是国民党军，而是新四军。"一个声音忽然从两人的身后传来。

松井回头一看，立刻发现山本一瘸一拐地走进屋内。

"你有什么根据？"松井惊讶地反问道。

山本一言不发地径直走到桌前，抓起水壶大口灌下，然后开口道："很简单，因为我从狙击镜中清晰地看到，山头上的部队身着的军装并不是国民党部队的军装，而是新四军的军服。"

松井听到山本的话，先是一愣，随后立刻醒悟过来，浑身颤抖着嚎叫道："明白了，是陈大雷！是六分区！肯定是他！"

山本喝够了水，回头询问道："联队长，你说的那个陈大雷，是不是有把大砍刀？"

"是的！"松井不由得点头道。

"刚才我差点击毙他！"山本立刻报告道。

松井闻言立刻大叫道："那你为什么不杀掉他？妈的，陈大雷根本不在三道湾，不在津浦路，他就在我们眼皮子底下！我们围攻了这么长时间，到现在才明白敌人是谁。真是可耻呵！哈哈哈哈！"

"对不起，阁下，我虽然是个狙击手，但是我的使命告诉我，一定要将最重要的情报率先传达到指挥部，所以，我才会放弃对陈大雷的狙杀。"听到松井的质问，山本严肃地回答道。

松井忽然悲喜交集放声大笑，颤声着说道："没有人责怪你，山本君，你做的很对，尤其你传达了这个情报，让我感到非常的高兴！多年的死对头终于又落入我掌中，陈大雷这次即使插翅也难飞了！"

眼见联队长如此失态，身边的众人正准备出言相劝，可松井却忽然大步冲出指挥部。

指挥部外面，几个队长此刻正蹲身于地，围着一幅作战地图指指划划，彼此愤怒地抱怨着——

"这里是敌军火力支撑点，我在这伤亡惨重。炮火覆盖过它几次都没把它消灭掉，松下你怎么搞的？！"

"炮弹只能打掉敌人工事，并不一定能消灭敌人。你们冲上去时敌人又从别处补充过来。我能朝你们头上开炮吗？"

"松本君，把你部的机枪都集中给我。下一次我带人冲锋，你跟在后面！"

第十三章　圈　套

"你放屁！刚才我已经攻上山岭了，是你到得太晚！"

就在几人争论间，突然，一双巨大军靴猛然间踏在那幅示意图上。众人疑惑地抬头看去，登时望见面色铁青的松井站在他们面前。

"你们知道被围的是谁吗？不是国民党军，是陈大雷！是陈大雷啊！！"看着众人一脸愕然的样子，松井忽然开口说道。

听到联队长的话，众队长脸上顿时显露出一片惊骇的神色："陈大雷……原来是陈大雷呀！"

松井此刻已被怒火烧红了眼，声音烫人地说道："我儿子南太郎就死在他手上！佐佐木，你的兄弟俊秀不也是死在他手上吗？还有松下你，想一想两年前你的队伍是怎么垮的！"

说着说着，松井开始高声朝远处整装待命的日军士兵怒吼道："六年多来，陈大雷所部打死过我们联队两百多人，你们每个班、每个小队都有战友牺牲在他手里！他凶恶，他狡猾，他可恨，他是我们的死敌，是我们全联队的耻辱！是大和民族的天敌呵！现在，他终于落到我们手上了。他就在岭上，就在一千两百米处。他已经插翅难飞！我命令，日落之前，不惜一切代价。务必攻下山岭，杀死陈大雷！"

松井的话，仿佛兴奋剂般瞬间点燃了所有日军士兵心中的怒火，刹那间，四周响起震撼的怒吼声："嗨！杀死陈大雷！"

满意地看着周围群情激动的士兵，松井解下颈间一只碧绿的玉牌，高高举着它，颤声说道："这是我家祖传的圆道牌，传到今天刚好六百年。我是从儿子南太郎尸体上解下来的，现在我把它挂在这里，你们谁杀死了陈大雷，这圆道牌就是他的。这件奖品不代表军部，它只代表我，代表一个父亲！"在众人的注视下，松井伸手从一个士官腰间拔下刺刀,"嗖"的一声插在旁边枯树上,大声嘶喊道。

一向严肃的联队长忽然表露出如此情绪化的神态,顿时感染了周围所有的士兵,有些日军甚至已经哽咽起来,更多的则咬牙切齿地凝视着远方仍然不断传来炮火声的战场。

"把我的命令传达到每一个士兵,告诉他们,陈大雷就在面前,消灭他!"眼见众人群情激昂,松井再次大声命令道。

"陈大雷被包围了……联队长把圆道牌挂在树上……命令天黑前消灭陈大雷……"命令伴随着新的消息不断地在日军中传达着,因连续进攻失利而出现的气馁情绪,在这消息的刺激下,再次被鼓舞起来。

山坡阵地上,日军一边整装备战一边厉声传告道:"陈大雷在山上,联队长命令,天黑前必须拿下山岭,消灭这个死敌!"

伤兵帐篷里,一些伤兵听到这命令也纷纷抓起枪,挣扎起身,彼此传告着:"山上是陈大雷,是他妈的陈大雷呵!"

不断有伤兵沉默地从怀里掏出白条幅,就着血水在上面端正地写下两个红字"血战"!然后紧紧地绑在自己的额头上。

指挥部内,松井此刻正麻利地扎好绑腿,检查手枪,束好指挥刀,随后抓起一支步枪朝门外走去。

眼见松井如此,身边的军官立刻冲到门前挡住他,正声劝告道:"联队长,你不能参加攻击!"

松井大声斥责道:"让开,我必须到第一线去。我在那里,战斗肯定结束得更快!"

军官并没有让开,而是再次阻拦道:"不行啊,你是联队长,你必须坚守指挥部。"

第十三章 圈 套

见对方不让路,松井大喊着威胁道:"我是联队长,但我也是南太郎的父亲,我要亲手砍了陈大雷!让开,否则我砍了你!"

军官固执地站在那里,丝毫没有挪动的意思,仍然执拗地说道:"砍了我我也不会让你出去!联队长啊,请你冷静想一想,如果山岭上不是五十五师而是陈大雷,那么,五十五师在哪里?他们为什么迟迟不出现?所以,你必须坚守指挥岗位!"

松井闻言剧震,顿时清醒过来,在犹豫了片刻后,默默回身望着地图紧张思索起来。

见两人停止了争执,一边的山本一瘸一拐地走了过来,沉声说道:"联队长,我要走了。"

松井大惊,反问道:"战斗没结束呢,你要回淮阴?"

山本微笑着摇了摇头说道:"不。我要上山了。"

松井一愣,瞬间明白了山本的意思,激动地说道:"上山……你想亲手击毙那个陈大雷?"

山本点了点头,沉声说道:"是。我不要你的圆道牌,我只要陈大雷的命!之前我不知道他就是陈大雷,所以放了他一马,这次,无论如何那个家伙应该归我!"说着,转身走出指挥部,再次向山上走去。

山本带回来的消息,彻底激爆了战场上的气势,在锋线上,漫山遍野的日军不断发出阵阵怒吼,声音巨大得超过了炮弹的爆炸声——"八格!陈大雷……八格!陈大雷……冲啊,砍了陈大雷……"

新的一轮进攻,就在这一面倒的气势下再次拉开序幕。

血般夕阳,似乎不忍目睹这即将开始的战斗,渐渐将自己的身躯沉入地平线下。眼前,一片血红色将整个战场包裹其中,让人分不清哪里是暮色，哪里是鲜血。

厚冈上，所有幸存的战士们此刻都杀红了眼，面对敌人悍不畏死的冲锋，激烈地反击着。

阵地各处，几位班长都在陈大雷安排的位置上殊死激战，如同一颗钉子般钉在那里，让敌人每前进一步都要付出巨大的代价。

可是，虽然密集的火力如同死神镰刀一般不断收割着敌人的生命，但是敌人在疯狂的信念驱使下仍然越逼越近。

眼见如此怪异的情景，陈大雷立刻举起望远镜观察。不料他刚刚望出去，一排排头缠白幅的伤兵就忽然扑入视野！虽然受伤在身，但是对方仍然端着枪疯狂地叫喊着什么，不断地挣扎着拼命往上冲锋！

他不敢相信地再朝两边望去，却发现，相同的一幕在两边的阵地上重复着上演，"鬼子发疯了！"眼见于此，陈大雷不由得惊叹道。

太阳快落山了，众人原本以为日军不会再发起攻击，没想到数次攻击被打下去后，他们却会如此迅速地再次组织起新一轮的进攻！更让人无法理解的是，这一次，攻击的日军完全不讲战法，完全是所谓的"玉碎"作战！从他们身上，看到的不再是老练和狠辣，而是喷射的激情，是刻骨的仇恨，是炽热的疯狂！现在，他们全然不像那熟悉的松井联队了，更像是史前恶兽！他们为什么突然变成这样？这到底为什么啊？

很快的，伴随着敌人不断的逼近，陈大雷终于明白日军为什么会如此的疯狂了。

"杀了陈大雷！击毙陈大雷！冲啊！"

断断续续的喊声让陈大雷彻底惊呆了！敌人竟然在喊他的名

第十三章 圈套

字!他们喊着他的名字在发起冲锋!让漫山遍野的日军如此疯狂的竟然是他自己!陈大雷不知道敌人怎么发现的他,他只知道,敌人如此疯狂恰巧是对他最高的赞扬和褒奖!作为一个军人,此生此世,还有什么比这更自豪?更过瘾?!

日军逼得更近了,"陈大雷"的呼声不绝于耳,耳听着对方的叫嚣和疯狂,陈大雷再也按捺不住激动的心情,挥着大刀跳出战壕,横刀怒吼:"老子在这!老子就是陈大雷!你们来呀!"说着,奋力挥刀劈向一名刚刚冲上来的日军士兵,银光闪处,对方顿时倒地身亡。

他的行动鼓舞了身边的战士们,眼见司令率先冲出阵地,所有人都纷纷跳出战壕,吼叫着与日军展开殊死决战。

所有一切可以用来当作武器的东西都被用上了,枪托、刺刀、牙齿、拳头,趋向于疯狂的敌人此刻却遇见了比他们更为疯狂的对手,面对敌人悍不畏死的进攻,战士们显露出比敌人更加顽强的战斗意志。

时不时的有战士与敌人搂抱着倒在地上,刺刀没了就用牙齿、拳头、石头,以及身边一切可以用来伤害对方的东西,即便有些战士在被对方不幸刺中后,仍然挣扎着爬起来,拉出怀里最后一颗手榴弹大喊着冲向敌人密集处,在一片火光中与敌人同归于尽。

这是一种什么精神,没人能简单地用语言概括,这些为了国家和民族的利益甘于献身的战士,显然决非可以用简单的名利污染的。

陈大雷自问,这是他这辈子所经历的最惨烈的战斗,但同时也是最自豪、最痛苦的回忆。眼见着身边的战士、班长、排长们,一个个倒下去，此刻他的心如同滴血般痛苦。

　　但是，这是无法阻止的，也是无法避免的，关系到国家生死存亡的战争不是一个人的事，但是却是每一个人的事。

第十四章 坚 持

落日逐渐没入地平线，晚霞将一片嫣红泼洒向整个大地。

远处，激烈的枪声再次传到国军阵地，李欢望着那片刺眼的红霞，表情激动，身体隐隐发抖！

阵地上，一直等待着的国军官兵此刻都在呆呆地望着，烦躁地听着。骚动如同一股股暗流般不断地涌动着。

"妈的，大家都是中国人，都是吃军饷的。凭什么人家在打鬼子，咱们在晒太阳？"

"窝囊啊！咱爹死在南京城城下，咱娘生生的叫鬼子剖开了肚子！咱在干啥，在他妈隔岸观火！"

"连长，你跟长官请战去，让我们上火线。宁可战死，不在这干耗！"

渐渐地，谈论中，许多官兵不由自主地将灼热的目光刺向李欢，感受着四周射来的热辣辣的目光，李欢与他们对视一会儿后，深深点了一下头，大步走进帐篷。

"呼叫长官部，我要跟他们说话！"看着报话员目光呆滞地坐在电台旁，李欢立刻大声命令道。

报话员一惊，连忙呼唤起来："洞腰洞腰我是洞拐，请回话，请回话！"

眼见李欢的表情带着愤怒和坚毅，身边的参谋长连忙快步来到李欢面前，低声劝阻道："师座，请你慎重。我十分了解你此刻的心情，生死相逼，荣辱两难。更当慎之又慎啊！"

李欢斥责道："哼，我已经慎重够了！再这么慎重下去，将士折腰，国破家亡！"

参谋长大急："师座千万不能这么说话。长官部让我们原地待命一定有他的理由的。"

李欢不耐烦地摆了摆手说道："什么理由？日军正在围攻新四军，人家在血战，我们在待命。日军根本不可能再从津浦线进军，这么明显的事，长官部竟然看不出来？！"

参谋长苦笑："师座啊，你以为长官部不知道么？我想，他们对战局非常明白，他们知道的清清楚楚。待命就是让我们按兵不动，坐视新四军灭亡！"

李欢一惊，神色顿时沉默下来，过了良久，才缓缓抬头看向身边的参谋长道："你一定早就知道了吧？或者说，从战斗计划构策之初，你就已经故意策划着进行如此行动了吧？如果我没猜错的话，吴大疤拉也是你通知的，将新四军分成两个部分潜伏，更是计划中关键的一步，我们五十五师从开始就被安置在一处根本不会有人来的潜伏阵地，却让新四军被当成五十五师承受攻击，参谋长啊，我真看错你了，看来你的战役策划与构思能力显然并不低啊，不但不低，相反却很高明，高明到连我都被骗了。"

听到李欢的猜测，参谋长神色一动，过了良久后，才真诚地说道："师座啊，你是从西洋军校毕业的，我可是从勤务兵一个

第十四章　坚　持

跟头一个跟头干起的！论打仗我不如师座，如论揣摩人情世故、理解长官意图，师座恐怕不如我，有很多事情，并不是简单的当兵打仗，我们当的不是国家的兵，是委员长的兵，我们要效忠的也不是国家，而是委员长，我虽然没您那么高的学识，但是我知道，如果不揣摩好委员长的意思，那么，无论我们有多大的能力，最终结果都是一样的。师座，你现在迫切的想得到施展抱负的机会，想要报效国家，这本没什么错，但是，前提是你仍然在五十五师，仍然在指挥领导着我们，如果这条都保证不了，那么所有一切都是空谈啊，我的师座……"

恰在这时，电台再次传出声音："洞拐洞拐，我是洞腰。"

听到回叫，参谋长紧张地盯着李欢，期盼着他能理解自己的意思。李欢犹豫了片刻，毅然转向报话员道："请顾长官通话！"

参谋长大惊，颓然坐回到座位上，表情绝望地看着下定决心的李欢。

稍顷，电台传出声音："顾长官正在开会，我是许参谋长。李师长有事可以跟我说。"

李欢抓起话筒，正色地说道："报告参谋长。厚冈方向新四军与敌激战竟日，双方损伤巨大。此时，正是我部绝佳战机。如坐视不顾，后悔晚矣！此外，枪声在耳，军情骚动，官兵纷纷请战。此情激切至极，也请长官考虑！"

电台里缓缓传出许参谋长的询问："请李师长直说吧，你想怎么办？"

李欢有些激动，声音迫切地说道："我请求，亲率166、167两团并山炮营，火速攻击敌军侧翼，定能重创敌军，取得突出战果。如此，上不负党国培养、军人天职，下不负官兵心愿、及联合作战之本意!"

"不准!你部继续原地待命!"许参谋长的回答丝毫没有回转的余地。

"敢问为什么?"李欢愤怒地询问道。

电台那边,顿时沉默下来,整个指挥部内,也随之一同沉默着,空间中,除了电台发出的电流声外,一无响动。

看着一脸倔强的李欢,参谋长犹豫着走到他身边,伸手捂着话筒,贴近李欢耳朵,颤声说道:"他们在商量。我估计顾长官就在边上。"

终于,电台里再次传来声音:"李师长?"

"职下在!"

"我干脆把话说到底吧。第一,联合作战方案是国共双方共同商定的,我们有理由坚持。而且,坚持方案就是坚持国共联合!第二,目前情况不是我军造成的而是日军造成的。新四军被困也不是因为我们毁约,而是新四军自家轻率所至。第三,你是党国军人,须知总座的宏图大略。日军虽然是党国大敌,但共军更是党国天敌!现在,长官部请你慎重考虑,五分钟后,再听你的用兵方案。"那边,许参谋长的措辞明显强硬了很多,在恩威并重地说了一番话后,电台被"咔"的一声关闭。

"许参谋长是什么意思。五分钟后再听我的用兵方案?"李欢犹豫着转头向参谋长问道。

参谋长苦笑一下,警惕地朝周围看了看,大声命令道:"都出去!"

在帐篷内众人都被驱逐出去后,参谋长才大胆说道:"师座啊,你太幸运了!长官部给了你最后五分钟,也就是给了你一个表明

第十四章 坚 持

忠诚的机会！如果你再坚持，你的前程立刻葬送。而且，长官部仍然不会改变战局。"

"师座，你再想一想，这联合作战怎么来的？是美国人逼出来的啊！小日本早晚会垮台，长官部为何要在这时候损耗军力？五十五师是战区精锐部队，留着将来有大用啊！也就是说，师座的前程大着呐！"见李欢没有反应，参谋长索性挑明道。

李欢颓然坐下，虽然明知道是这个结果，但是，一旦真从参谋长嘴里证实后，却仍然让他心头一颤。

没有等到规定的五分钟，李欢忽然转身，迫不及待抓过话筒亲自呼叫道："洞腰洞腰，我是洞拐，请回话。"

"我是洞腰，李师长请讲。"许参谋长的声音再次传来。

李欢严肃地说道："报告参谋长，职下坚决服从长官部命令，坚决执行总座的治国方略，坚决坚持原先的联合作战方案！无论发生什么情况，本部所有官兵，一定会在原地待命，准备伏击东进的日军！"

五十五师不会出现了，陈大雷也不会支援了，敌人不再需要牵制，原本的阻击战早已经失去了意义。

不过此刻顺溜等人却不知道，仍然在为刚刚取得的胜利而欢呼着。

眼看着坡下的伪军连滚带爬地逃命，三道湾阵地上顿时响起一阵欢呼。

"狗日的又垮了。哈哈，我还没打过瘾呢！"

"我数了，我最少打掉了四个敌人！"

可在欢呼声中，顺溜却平静地收拾枪弹，接着掏出一块大饼，狼吞虎咽地啃吃起来。同时，他傲然地、甚至有些不屑地看着那些小胜即喜的同伴，问道："水呢？"

听到他的呼唤，立刻有个兵给他递上一壶水。接过水，顺溜大模大样咕咕喝着，忽然停止动作，眼睛望向远方。

渐渐地，原本寂静的远方忽然响起引擎轰鸣，公路上，有几辆大卡车载着满满的日军逐渐由小变大。

欢呼声在引擎轰鸣声中逐渐沉寂下来，眼看着增援而来的日军，排长面色铁青，一言不发。

"看，鬼子来了，是松井联队吧？"

"不是让我们打伪军吗，怎么鬼子也来凑热闹了？"身边，众人眼见此状，不由得疑惑起来。

听到战友们的疑惑，顺溜使劲咽下一口饼子，不屑地说道："怕啥？告诉你们，鬼子比伪军好打。伪军怕死，缩头缩脑的，不好打。鬼子敢冲锋，打着才方便。待会儿，看我的！"

身边的排长听到顺溜的话，立刻鼓励道："二雷同志说得对，三道湾阻击战现在才算是真正开始，战斗中你们要多向二雷同志学习。好了，大家赶紧加固工事，准备战斗！"

借着刚刚胜利的余威，战士们纷纷忙碌起来，唯独顺溜跟爷似的端坐着不动，张望着，大声叫道："嗳，谁还有饼子，给我再来一张。"

之前在战斗中独守一面的顺溜，显然在士兵中建立了一定的威信，听到他的话，立刻有个兵递上一张饼子。

顺溜接过，继续大吃着，同时以命令的口吻说道："我那个射击位置，你们也给加固一下。"

岭上岭下此刻都在忙碌着，山下瓜棚周围，败退下来的伪军长吁短叹地哀告着，呻吟着，而在瓜棚内，吴大疤拉则伸着一条

第十四章 坚 持

光膀子,正在裹伤——刚刚的冲锋让他膀子上中了一弹,疼得吱吱抽冷气。

在他身边,新任的副官在旁边禀报道:"司令,几仗下来,弟兄们已经阵亡二十来个了,受伤的更多。这倒没啥,关键是惧敌呀!他们宁肯被司令您毙喽,也不敢再往上冲。还有,军心也不稳当,有人背地里瞎说八道,还是那条标语——中国人不打中国人。"

吴大疤拉瞪了他一眼,无奈地说道:"不打又怎么办?松井的枪口在后面逼着呢!"

副官微笑着在旁边建议道:"咱们可以想法拖延呐。打还是要打的,但可以不要那么拼命,似打非打就行,跟共军耗着。等皇军那边战斗结束,让他们来处理。"

两人正说着,一名伪军匆匆入内报告道:"报告司令,皇军的大卡车来了,满载部队。"

吴大疤拉听到报告立刻慌乱起来,连忙询问道:"这么快……带队的是谁?"

"好像是坂田队长。"

吴大疤拉顿时脸色一变,沉思片刻后,一把推开正为他裹伤的部下:"别裹了,别裹了,我自己处理。"说着,跳起身,两三把就将已经裹好的绷带撕掉,亮着那条血淋淋的胳膊,朝瓜棚外奔去。

公路上,车队已经停稳,坂田面色铁青,按着腰间指挥刀,从车上下来一步步朝伪军集结地走去。

眼见坂田走来,新任副官扶着吴大疤拉迎面走上去,在副官的搀扶下,吴大疤拉仿佛受了致命重伤一般,拖着那条血淋淋的

249

胳膊，步伐踉跄地朝坂田迎上，用日语动情地叫道："苍天开眼，坂田太君啊，您终于来了！"

话音刚落，吴大疤拉忽然身子一软竟然跌倒在地，昏迷过去。

副官见状急忙大喊道："军医快来！报告太君，吴司令亲自带领弟兄们冲锋陷阵，身中两弹还不肯下火线，我拖都拖不下来！司令，您快醒醒，坂田太君要慰问您呢！"

坂田没有理会眼前两人的表演，只是冷冷地看着吴大疤拉。

少顷，在军医的帮助下，吴大疤拉再度苏醒过来，挣扎着站起身，声音痛苦地说道："坂田君，岭上的新四军虽然厉害，但关键还是我无能，我一直没拿下它。坂田君您远道辛苦，您先歇着。我再带弟兄们冲锋！"

坂田冷声制止道："慢着，吴司令，我只问你一句，陈大雷在不在岭上？"

吴大疤拉保证道："在！"

"你确定？"

"千真万确！坂田君，我带队攻击去了，劳你在后面压阵！"说完，吴大疤拉抓起驳壳枪，朝坡岭方向冲出去几步，却摇摇晃晃，再次昏倒在地。

坂田冷冷地打量着吴大疤拉，轻蔑地向那个副官命令道："叫你们的人让出阵地，我们来！"

虽然听不懂日语，不过这句话副官竟然明白了其中的含义，连忙大声回答道："遵命！"

瓜棚四周，得到命令的伪军一扫之前的萎靡，迅速整理好队伍撤出阵地，眼见伪军的不堪，坂田再次流露出一副不屑的表情。

站在山坡上，他举望远镜仔细地观察着山顶新四军的阵地，

第十四章 坚 持

而在身后不远处，日军则正忙碌着架设山炮。观察了良久，坂田放下望远镜，对炮兵军官指点目标道："看见那处弯曲部位了吧？它后面就是敌军的隐蔽阵地。机枪够不着它，必须由你的山炮消灭。"

"明白。"军官躬身回答道。

坂田沉声说道："我要你打破常规。在我冲击的时候，你必须连续炮击，一刻也不要停止，一直打到我攻上山头。"

军官大为惊讶，连忙提醒道："那怎么行，炮弹炸到你怎么办？"

坂田断然命令道："这你就不要管了，我会紧贴你的炸点攻上去的。"

正在两人对话间，吴大疤拉气喘吁吁地赶来："坂田队长，坂田队长！有个事我要特别报告您一下。"

见吴大疤拉没人搀扶就快步走过来，坂田立刻揶揄道："吴司令，你的伤好像并不太重嘛。"

吴大疤拉没在乎坂田的讽刺，连忙出言提醒道："岭上的新四军有一个神枪手，枪打得特别准，而且专挑长官打。所以，坂田君要特别小心在意。"

坂田一笑，再次讽刺道："所以，吴司令换上了士兵的服装。多谢提醒！"

吴大疤拉看了看身上仍然穿着的士兵制服，大窘着说道："嘿嘿，兵不厌诈嘛。"

"好了，这不是你为你的怯懦寻找借口的时候，攻击开始的时候，你的部队扼守侧翼，不准放跑一个敌军！"没兴趣再跟吴大疤拉纠缠下去，坂田冷着脸命令道。

"是，是，下官一定遵命。"吴大疤拉神色一凛，点头回答道。

"此外，我也有个事要特别提醒你一下。上一次我想砍你的头，但没有成功，我对此十分后悔——后悔不该手软！这一次，松井队长授权给我，只要发现你有一点儿避战嫌疑，立刻枪毙！"叫住准备离开的吴大疤拉，坂田开口提醒道。

吴大疤拉勃然变色，抛去之前献媚的伪饰，愤怒地直视坂田，冷冷地说道："多谢提醒！"

丝毫没在意对方的不满，坂田高声朝日军下令道："十分钟准备。炮声一响，立刻跟我攻击。"得到命令的士兵轰然允诺，排列着整齐的队形向前包抄过去。

"日日！"天空中骤然响起迫击炮那尖利的呼啸声，随后隆隆的爆炸声接连在山头响起，整个岭上顿时被笼罩在一片烟尘之中。

正忙碌着挖战壕的战士们，在炮弹炸来的同时，都拼命卧地，躲避着纷飞的弹片。

隐藏在角落的顺溜，却仿佛根本不在意这一切一般，仍然抱着自己的狙击枪，蹲在战壕里，看都不看坡下。不时抖一抖头脸，抖掉溅上来的土石碎块……突然，一个牺牲的战士滚到他身旁，那人胸膛已被弹片击穿了，血涌不止。

顺溜呆看了那战士片刻，叹了口气，伸手轻轻地合上他微张的双眼，随后拽下他腰间两颗手榴弹，放到自己身边。再抓过那战士的枪，抱进自己怀中。

炮弹仿佛梅雨季节那没完没了的雨水一般，不断地在头顶响着，原本陡峭的山头在不断的爆炸下，改变着形状。阵地上，之前因打退伪军的进攻而积累下的士气和喜悦，在敌人没完没了的炮击下，迅速被消磨掉了。

士兵们唯一能做的就是趁着炮火的间隙，探出头去，断断续续地放上几枪。可惜,这零星的反击对敌人根本毫无作用,在炮火的掩护下,坂田迅速地指挥着部队向山顶发动起新一轮的进攻。

"嗒嗒!"机枪清脆的响起,发起还击的阵地立刻被笼罩在弹幕之下,子弹打得土石迸溅,破碎的石屑将人脸擦得生疼。

被石头擦得有点恼怒的顺溜,小心探出身子,将山脚下仍然在疯狂转动着枪口的敌机枪手套入瞄准镜中,毫不犹豫地扣下扳机。

枪声在战场嘈杂的环境中并不引人注目,只有机枪手旁边的助手才在枪响之后惊讶地发现身边的战友已经一头摔倒在机枪旁,额头上赫然是一个触目惊心的弹孔。

匆忙中,没人注意到山顶那完美的伪装后面的狙击手的存在,在迅速地更换了一名机枪射手后,停顿的枪声再次响起。

可是,顺溜没有让敌人的机枪得到发挥作用的机会,再一次枪声响起,替补的枪手与自己的前任一样,再次倒在了相同的位置上。

连续几次精确的射击,迅速地消耗掉敌人的机枪手,看着面向自己这方的机枪最终哑了下来,顺溜满意地缩回身子,再次警惕地注视着在炮火的掩护下迅速逼近的敌人。

"打!"眼看着敌人顶着炮火冲入阵地,一直在炮火的压制下无法还击的排长终于按捺不住焦急的心情,大喊道。

听到他的喊声,战士们纷纷探出头去,将仇恨的子弹瞬间倾泻向冲到最前方的敌人头上。众人中只有顺溜没有开枪,仍然静静地卧在自己的战位上,冷静地注视着逐渐逼近的敌人,寻找他心目中最有价值的目标。

第十五章 营 救

看着身边的姐妹们忙着将案上的布料剪开，迅速地缝制着军装，忙碌着的吴妮不禁露出会心的微笑，陈大雷让他去土地庙果然另有缘由，看到那堆积如山的布匹，吴妮就知道，这一定是他搞的花招。

"听说，新四军又打仗了！我一个来串门的亲戚说，厚冈那边的枪声打得可凶了。"

"谁跟谁打啊？是新四军跟鬼子打上了，还是跟国民党军打？还是鬼子跟国民党军打上了？"

"我兄弟在一分区当班长，不晓得他在不在里面？"

"我叔还在三分区呢……"

虽然手中不停地忙碌着活计，但是对于传来的消息，众人却丝毫不加掩饰地流露出担心的神情。

"你们不必担心，是六分区和鬼子打起来了。"听到众人的猜测，一直忙碌着的吴妮忽然开口道。

听到吴妮的话，身边一直忙碌着做手工的妹子忽然失声痛哭起来，听到哭声，众人纷纷停下手中的活计，奇怪地看向她。

第十五章 营 救

"吴姐,她哥就在六分区当兵。刚才她说……说做好的军装也许没人穿了。上回,她把军装送去的时候,才知道她哥在小黄庄阵亡了。"见众人望过来,妹子身边的孕妇立刻替她解释道。

吴妮一怔,犹豫片刻,平静地微笑着说道:"姐妹们,我男人名叫陈大雷,他就是六分区司令。现在,就是他在和日本鬼子打仗!有他在,这仗一定能打胜。来,我们接着做军装吧。"

看着站在门口已经几个小时的一分区司令刘强,大司令长叹一声道:"政委,我们坐在火堆上了。从几个分区司令的情绪可以看出来,如果陈大雷和六分区被日军彻底消灭,影响之大,难以形容。整个新四军都会震动。"

政委点了点头沉声说道:"我明白,我已经通知维持会的老宋,他现在就等在门外。"

大司令赞许地看了政委一眼,转头凝视着案上的地图紧张地思索着,喃喃自语道:"一百三十多里,时间不够哇!政委,让老宋进来吧。"

听到大司令的话,政委随手向门口一召唤,热情地介绍道:"司令员,这个人就是老宋,汤山镇维持会长,陈大雷提到过他。他刚从淮阴城回来。"

大司令赶紧起身相迎,不敢相信地问道:"老宋,你真从淮阴城里来?"

老宋微笑着点头说道:"是啊。贱差,给鬼子上供呗!"

"那快说说城里情况。"听到他的话,大司令连忙感兴趣地问道。

老宋收拢了笑容正声道:"城里兵营空了大半,松井联队全体出动,只留下守备,大概一个中队吧。因为有个日本将军待在城里。"

"石原!"大司令脱口而出道。

"大概是。威风啊,日本军官个个怕他。"老宋回忆着说道。

大司令严肃地追问道:"老宋啊,淮阴城里的情况,确实吗?这非常重要!"

老宋慎重地再次回忆了一遍,保证道:"我亲眼看见的。"

大司令松口气,赞许地说道:"好,记你一功。日后再好好谢你。麻烦你了。匆忙赶来,你还没吃饭吧,让食堂安排你在这吃一口吧。"

听到大司令的话,老宋笑着点头离去。目送着他离开,政委连忙走上前,轻声问道:"伙计,决定了吗?"

大司令深深点了一下头。

政委立刻冲门外大叫道:"刘强,你进来!"

话音刚落,一直站在门口的刘司令就箭一般冲入屋,眼神期待地望着政委、大司令两人。

眼见刘强如此期待,政委竟有些伤感,沉吟了良久才说道:"刘强啊,司令员跟你交代任务,我就不陪了。"

那边,大司令沉默片刻开口道:"刘强啊,跟你说实话,我有招险棋一直憋在心里,不知道你有没有这个胆子?"

"我有!"还没等大司令的话说完,刘强就毫不犹豫地回答道。

"我还没说完呢!告诉你,这招棋我之所以一直憋着,是因为太危险了。很可能,我们非但救不出陈大雷,还把你一分区的部队也丢进火炕,那样一来,我和政委就是对革命犯罪,这你懂吗?!"嗔怪地看了刘强一眼,大司令严肃地说道。

刘强一怔,喃喃地回答道:"现在我懂了。司令员你下命令吧。"

大司令简略地指着地图说道:"想要救陈大雷,前提就是要

第十五章 营 救

弃陈大雷于不顾！令你率领部队，穿越敌境，奇袭日军老巢淮阴城。华中日军司令石原就在城里，而城中兵力却基本抽空了。此外，这次联合作战，国民党的五十五师始终没出现。那么，日军在攻击陈大雷的时候，心里肯定忐忑不安，时刻担心五十五师冒出来。我们就是要利用日军这个心理，淮阴城枪炮一响，石原八成怀疑——陈大雷只是诱饵，真正的目标是国共联合攻打淮阴城！如此一来，虽然不能确保破解陈大雷之围，但日军的大乱则是肯定的！"

"这妙啊，太妙了！"听到大司令的计划，刘强惊喜交加地称赞道。

见刘强没有反对，大司令突然变色，怒目双瞪吼道："首先，我要批评你——刘强你是个狗日的、你是王八蛋！知道不？你那句话深深伤害了政委，什么'我们把陈大雷撂那不管了'！这话冲我来可以，怎么能朝政委嚷呢？他惦着陈大雷和六分区，不下于你！"

刘强顿感惭愧，连声自责道："我该死，我该死。刚才犯糊涂了！"

"第二，我把军区的骑兵营和机炮营都加强给你，你带他们出发，一定要再把他们带回来！"见刘强承认错误，大司令的神色逐渐缓和过来，再次补充道。

"是！"听到将一直被当作宝贝的机炮营交给自己指挥，之前的懊悔和郁闷一股脑不见了，刘强兴奋地大声回答道。

"第三，这次行动如果取胜，不是胜在勇敢战斗，而是胜在两条腿上。因为你们必须在十二小时内强行军一百三十多里，之后突然攻打淮阴。打响之后，再强行军一百多里赶回军区。来回三百里上下，跑断了腿也得跑！"见刘强答应得痛快，大司令再次出言提醒道。

"是。"刘强毫不迟疑地回答。

"第四，我还要重复一句，即使你取胜，陈大雷仍然可能已经牺牲了。所以，战友归战友，战斗归战斗。如果不冷静，你会既毁了战友又毁了战斗！"

"明白了！"

"第五，临敌之际你要多长个心眼儿，一旦情况不利，立刻撤军。哦，你要向大雷学着点，学什么？学他一肚子鬼心眼！"

"这方面，我是不如他！"

大司令打断刘强的话，忽然大声问道："好了，现在不是谦虚的时候，我的话，你都听清楚了？"

"司令员，这五条，我终生不忘！"刘强笔直地敬了个军礼，响亮地回答道。

"好，记得就好，出发！"满意地看着刘强，大司令迅速命令道。

听到大司令的命令，刘强迅速地转身，带着早已经在庄口等待多时的部队，在黑暗的掩映下，迅速向淮阴城的方向扑去。

黑夜永远是属于新四军的部队的，虽然天空中的星光微弱得连自己都无法照耀，但是在黑暗中，刘强仍然率领着部队急速着强行军。

"快！加油哇！"队伍中不时传来班、排长的鼓励声。

忽然，走在队伍最前面的刘强猛地停住脚步，目光呆滞地望着厚冈方向，那里远远传来稀稀落落的枪声，可是很快的，枪声完全消失了。

身边，细心的参谋长在旁悲痛地说道："看来，那里的战斗

第十五章 营 救

确实结束了。我想……我想陈大雷绝不会被俘,他肯定会拉响最后一颗手榴弹的。"

刘强瞪了他一眼,斥责道:"当然不会。"

参谋长担心地说道:"我们的任务是夜袭淮阴,支援大雷脱险。既然大雷他们已经牺牲了,我们要不要改变计划?"

刘强断然拒绝道:"我们又没有看见陈大雷的尸体,怎么能改变计划呢!不管他是死是活,夜袭淮阴都不变,继续前进,三更前必须打响!"说罢,跃下高坡,率队继续向津浦线方向狂奔。

没人会料到淮阴城有危险,松井不会,坂田不会,因为此刻所有日军的目光都被吸引在厚冈,那处紧紧包围着陈大雷的土丘。

夜已经很深了,可是松井却仍然坐在树下闭眼打坐。膝前仍旧横着那把指挥刀。在他面前,三支点燃的蜡烛,摇曳着闪烁着微光,在夜幕之中看起来是那么飘忽不定。

不远处的草地上,日军部队就地宿营,为防止敌人突围,士兵们枕枪而卧,随风吹来此起彼伏的呼噜声。

眼见松井还未休息,一个军官凑到近前,低声报告道:"已经安排好三道封锁线,冈上的敌人插翅难逃。"

松井闭着眼颔首道:"很好,但我想,陈大雷不会逃命的。"

就在军官犹豫着要不要劝说松井去休息的时候,山本忽然一瘸一拐走来,沙哑着嗓子说道:"联队长,陈大雷已经死了。明天你们会在山上看见他的尸体。"

松井闻听,忽然睁开眼睛兴奋地说道:"山本,你击毙了陈大雷?"

山本淡淡地说道:"是。真不好意思,我打了几枪,才击中他。"

松井几乎不敢相信的再次询问道:"你真的击毙了陈大雷?"

山本面露不悦地说道:"联队长,我从来不说空话。"

得到山本的确认,松井立刻起身,深深地向山本鞠了一躬,颤声说道:"山本君,谢谢你了!我死去的儿子可以安息了。"

山本立刻鞠躬还礼道:"联队长不必客气。"说罢一瘸一拐地走开了。

这边,松井喜悦地向军官命令道:"立刻向淮阴发报。报告将军,我们消灭了新四军陈大雷,明天天一亮,我会在两小时内肃清残敌!"

得到命令,军官应声离去。松井兴奋地在树下来回踱着步,忽然再次厉声对军官道:"回来!"

"联队长?"

松井惬意地补充道:"击毙陈大雷的事,暂时保密,不要让官兵们知道。"

军官诧异地反问道:"为什么?官兵们一直盼望消灭陈大雷,如果他们知道了这个喜讯,会非常高兴啊!"

松井微笑着说道:"不错。但现在,我更需要他们继续保持高昂的斗志,我希望对陈大雷的仇恨能刺激他们,以便迅速完成明天一早的战斗。"

陈大雷的死虽然没有透露给士兵们知晓,但是却成为一个可以比拟歼灭敌人大部队的好消息,被迅速传到淮阴城。

此刻在城内指挥所内室,石原正在仔细诵读《孙子兵法》。

就在他饶有兴趣地看着其中的一个章节时,一名军官忽然走入内室,兴奋地报告道:"报告将军,松井发来报告,说他们已经击毙了陈大雷,消灭了敌军主力。松井保证,明天一早,两小时之内就会拿下山冈,肃清残敌。"

第十五章 营 救

不料，石原听到捷报后却先是微笑了一下，继之怒声道："你立刻告诉松井。第一，祝贺他消灭多年的仇敌陈大雷。第二，如果他消灭的是陈大雷，那么我认为情况更不妙！因为这证明厚冈那里不是五十五师而是新四军六分区，而我们的目标是五十五师！第三，开战两天了，五十五师在哪里？他们为什么久久不出现？松井应该警惕，如果主要敌人没有消灭，就不能说是真正的胜利。如果主要敌人始终不出现，就很可能突然出现在我们意料不到的地方！"

闻听此言，军官大惊失色，立刻应声而去。

看着军官退下，石原长叹一声，抚书低吟道："这个道理，中国的孙子在两千年前就讲得清清楚楚了，松井就是不读书啊！"

五十五师是否参战，在哪里潜伏并不重要，重要的是，让鬼子误以为五十五师此刻就在他们眼前。

在刘强的命令下，整齐的脚步声忽然停止下来，所有人都在一瞬间陷入沉寂，在他们的前方，巨大的淮阴城耸立在黑暗中，城头几星灯火忽明忽暗地闪烁着。

黑暗中，一阵阵轻微的器械碰撞声逐渐由远而近，在星光的照耀下，第一批进攻部队在手势命令下，迅速占领阵地，进入战斗准备。接着第二、第三批部队赶到，纷纷进入战斗准备。很快，淮阴城下密布部队，机枪火炮，无声无息地架设着。

队伍最前面，刘强静静地汴视着城防，低声喊道："司号班长。"

"在。"

"会吹国民党军的冲锋号不？"

"会一点儿。"班长犹豫片刻，点头道。

刘强满意地点了点头，命令道："会一点儿也行。反正鬼子搞不清。听好，待会儿开战后，两个号手在这吹我军的冲锋号，你带一个号手到南门去，吹国民党的冲锋号。吹得响亮些！"

"是！"

再次看了看周围已经准备就绪的部队，刘强朝参谋长示意了一下，参谋长立刻朝部队下令道："攻击！"

伴随着他的喊声，顿时，十数挺机枪朝城头嗒嗒急射。几门迫击炮也纷纷朝淮阴城里轰击！

激烈的子弹将城头打得碎石迸飞，几个鬼子岗哨立刻毙命！城内，猛烈的爆炸声惊得几匹东洋马弹蹄嘶鸣，骑马巡视的日军则在弹片的覆盖下跌地而死。

骤然发动的攻击，让城内的日军毫无防备，匆忙中，衣衫不整的日军从睡梦中惊醒，惊慌失措。

城门外，司号班长和另一号手正在狂吹国民党军冲锋号，激昂的号声在爆炸声的点缀下，模拟出了一副猛烈的进攻态势，一时间，整个淮阴城都被笼罩在一片火光之中。

城内，石原此刻披着睡衣坐在榻上，一名军官站在他面前急声报告道："凌晨四时十五分。敌军在西门、南门突然发起攻击。黑暗中看不清敌军兵力，从枪炮声判断，最少有两个团。"

石原沉声反问道："攻城的部队是国民党军，还是新四军？"

军官连忙回答道："都有。国民党军在南门，新四军在西门。"

石原奇怪地问道："哦，你怎么知道的？"

军官连忙解释道："他们的号声不同。我能听出来！"

石原颔首，静听了片刻外面传来的枪炮声，随后冷笑着说道："五十五师终于出现了。哼，对华战争至今，只有我军攻城拔寨，

第十五章 营　救

从来没有敌军攻打过我们的城池，何况是这座淮阴城。看来，敌军们越来越猖狂了。城里有多少兵力？"

"一个中队。"

"哦……显然，敌军预先知道淮阴基本是一座空城！现在我明白了国共联合作战的真正意图了。新四军在厚冈方向布下诱饵，引诱我军主力出城。而国民党军五十五师的主要目标，是乘虚攻取淮阴城。很好，我们将计就计，也给他们布下一个诱饵，乘势消灭他们！"石原沉静地布局着。

"我军的诱饵在哪里？"军官不解，连忙追问道。

石原微笑着指着自己："在你面前，就是我石原！敌军肯定知道我在淮阴城里，所以他们才这样急得不要命嘛！命令：第一，你中队据城防守，只准你们越打越弱，不准任何人出击。你们的任务就是把敌军牢牢吸引在城下。第二，立刻命令松井回师淮阴，并令涟水第四联队火速出兵，与松井一道聚歼淮阴敌军！"

城外，新四军部队仍然猛烈地攻击着淮阴城，号声也越吹越嘹亮。

阵地上，刘强静静地观察了一会儿，看下表道："参谋长，时间差不多了。我带一个营前去厚冈，你和大部队仍然在这儿攻击。天亮前必须撤退，否则日军会发现我们是佯攻。之后，你们火速返回分区，我随后赶上。"

参谋长点头答应道："明白。"

刘强转头朝阵地喝道："一营，跟我来！"在他的命令下，一批战士一跃而起，跟随刘强离开淮阴城，冲入黑暗中。

苍老的松树上仍然插着那把闪亮的刺刀，而在刀把上仍然悬挂着那只玉牌。唯一不同的是那三支蜡烛此刻已然熄灭，正冒着一缕轻淡的青烟。

前方,东方微微露出一丝微光,笼罩在整个大地的黑暗立刻被这抹亮光生生撕裂,在光芒的照耀下,大地上所有的一切都变成了灰蒙蒙的一片。

松树下,如泥雕般的松井突然睁开眼,望着东方微笑了一下,朝不远处的军官挥了一下手中的白手套。

军官会意,立刻大喊道:"吹哨!"

整个营地,多处地方同时响起日军集合哨声。席地而卧的日军纷纷起身,持枪集合。

松井沉声对军官说道:"命令各部,十分钟后展开攻击。"

军官低声提醒道:"报告联队长,部队还没有吃早饭呢。"

松井微笑着平静地说道:"消灭陈大雷,肃清残敌之后再吃早饭!对了,告诉部队,《三国演义》里有句话很精彩,叫作'灭此朝食'!"

命令下,日军鱼贯走出宿营地,迅速展开战斗队形将整个厚冈团团围住。通过望远镜,阵地上的陈大雷可以清晰地看到敌人的一举一动——步兵首先进入战斗位置,机枪手迅速地掩体,迫击炮此刻已经准备就绪。

凝视着越来越近的日军,战壕里的战士们缓慢地拧开手榴弹盖。把一只只手榴弹摆放在面前。

隆隆的炮火声再次响起,山冈上,不断的爆炸让整座冈子笼罩在黑色的硝烟中,在硝烟的掩映下,攻击的日军步步逼近山冈。

注视着敌人即将逼近,守伏在阵地最前沿的陈大雷紧紧憋住口中那即将喊出声的"打"字,等待着敌人接近到最佳位置。

可是就在他即将下达命令的时候,山下传来急促的哨音。伴

第十五章 营 救

随哨声一同传来的,还有隐隐的却是严厉的命令:"全体退出战场,立刻退出战场!"

命令来的过于突然,已经开始发动攻击的日军们,先是一愣,随后茫然地向身后看去,可当看到信号确确实实是从指挥部发来时,都无奈地停下脚步,举头恨视近在咫尺的山冈,气恨恨地撤退了。

眼见着敌人突然撤退,陈大雷从战壕里站起来,不解地看着这突如其来的变故惊呆了。

不但是他,身边的三营长和其他战士也都莫名其妙的相互询问着:"怎么回事,鬼子撤退了?!"

松井没有机会实现报复了——当攻击命令下达的同时,一名军官忽然匆匆朝松井奔来,急声报告道:"报告,石原将军来电,命令我们立刻返回淮阴!"

听到报告,松井手一抖,放下望远镜,怒喝道:"为什么?"

军官连忙回答道:"凌晨时分,国民党军五十五师突然出现,强攻淮阴城。将军命令我们即刻返回,与涟水的第四联队一起,消灭攻城的五十五师!"

听到"五十五师"这几个字眼,松井犹豫了一下,眼睛却死盯着接近冈顶的攻击部队。

见此情景,军官急声提醒道:"联队长,万一淮阴失守,将军不测,那……我们只能剖腹了!"

眼见功亏一篑,松井愤怒地大喝一声:"退出战场,即刻返回淮阴!"

军官应声奔开,迅速地传达着命令,而松井却仍然望着山岭,恨得发抖!末了,他慢慢地走向那棵松树,一把拽下那只玉牌。

继之长叹一声道:"唉,可惜不能亲手剁碎陈大雷的尸体。"

虽然陈大雷固执地不相信眼前发生的事情,但是日军却真的撤退了,在一阵隆隆的发动机轰鸣声中,满载日军的大卡车一辆辆疯狂地在公路上行驶着。

眼见日军的车队满载着松井联队迅速撤离战场,浑身伤血的陈大雷一下子颓然地坐在一堆弹壳上,长吁了口气。

头部包裹的绷带上,渗出殷殷血迹,面前插着的那把大砍刀的刀锋上多处卷刃,崩碎得像一排巨齿,身边同样狼狈的三营长和战士们则呆呆地站在战壕里,木然地看着眼前所发生的这一切。没人能形容自己此刻的心情,那是一种绝境中忽然逃生的兴奋混合着战败强敌的骄傲与激动掺杂在一起的心境。幸存的众人,此刻都眼含热泪,表情激动,却是一声不出。

正当众人不胜唏嘘时,山坡下再次出现的一支部队立刻让众人警惕起来。看到迅速逼近的部队,陈大雷本能地抄起武器。

可就在他准备命令开火时,一声声喊声却顺着风声隐约传来:"大雷啊,大雷!你在哪啊?我知道你小子还活着!"

听到喊声,陈大雷一把扔掉步枪,嘶哑着对冈下怒吼道:"老刘你怎么才来啊,早干嘛呐?!"

刘司令生气地咒骂道:"我又救了你一命,你他妈还是一声谢没有啊!"

听到这话,陈大雷顿时泪水汹涌,哽咽着说道:"老刘啊,你看看我的阵地,我的班、排长,我的战士们都死了啊,我活着又有什么意思!"

望着阵地上密密麻麻的尸体,刘强安慰地拍了拍陈大雷的肩膀,动情地说道:"你还有我们这帮兄弟,你还有这些身经百战

第十五章 营 救

的部下。我跟大司令说过,只要你陈大雷不死,六分区就仍然存在。"

"六分区,是啊,我的六分……唉,老刘啊,二雷,二雷他们还在三道湾呢,我已经失去了够多的战士,不能再失去他们了。"忽然想起来什么,陈大雷霍然站起身来,大步向冈下跑去。

"大雷,你要干什么去?三道湾的战斗早就结束了,你现在有伤在身,更何况,去能起到什么作用,来人,拦住他。"见陈大雷要走,刘强立刻召唤着身边众人将他一把拦了下来。

在众人的阻挡下,陈大雷无奈地朝三道湾的方向望了望,最终被卫生员带下山去。

三道湾,似乎成了被人遗忘的角落,虽然他所进行的战斗之激烈不输于任何一处战场。

朝阳照在顺溜熟睡的脸上,温暖和煦的光芒让顺溜脸上泛起一丝微笑。在他旁边不远,排长端着一挺机枪,警惕地观察四周。

而在排长看不见的侧面山坡上,此刻一群日军正小心地匍匐前进着,虽然他们前进时发出不小的响动,但是排长什么也没听见,仍旧张望着眼前那片空无一人的阵地。

忽然,头顶一阵老鸦的聒噪之声,将熟睡中的顺溜惊醒,他抬头向四周一看,立刻发现日军已经冲得很近了,可是排长却还端着机枪注视着另一片山坡。

见此情景,顺溜匆忙地拉动枪栓,边朝敌人射击边大喊道:"排长!鬼子上来了!快趴下!"

可是排长还是一动不动,仍然一心一意地注视着前方的缓坡。

"砰砰!"顺溜连续射击击倒两个敌人,可是他的一支枪根本挡不住敌人蜂拥而来的进攻。山腰处,日军疯狂地噢噢叫着冲上前来。顺溜急得狂喊:"排长,趴下,快打呀!"

267 /

排长仍然什么都没听见,直到几颗子弹溅飞他身边的泥土,他才突然意识到敌情,匆忙的回首看去。

此刻日军已近在咫尺。排长顾不上隐蔽,直着身体朝敌人拼命射击。可在他发现敌人的同时,对方也发现了他的存在,几颗子弹在枪声响起的瞬间,击中他的胸腔。殷红的鲜血顿时喷涌出来。

排长整个身体仿佛泄了气的皮球一般,顿时瘫坐到一旁,可任凭鲜血不断流淌着带走他的生命,他却仍然坚持着扣动手中机枪的扳机。

面前的敌人在猛烈的扫射下全部被打趴下来,看到敌人翻滚着落下山崖,排长抱歉的朝顺溜喃喃说道:"刚才我……我什么也没听见,叫鬼子摸上来了。二雷,拿上机枪!"

听到他的召唤,顺溜一下子窜到身边,一把抱住软瘫着倒下的排长,伤心地大叫道:"排长,排长!你可别死啊,别丢下我一个啊!"可惜他的呼喊却无法唤回排长已经闭上的眼睛。感受着怀抱里逐渐冰冷的身体,顺溜忽然感觉到一股从未有过的孤单向自己袭来。

不远处,日军再次噢噢叫着攻了上来。看着对方仿佛野兽般丑恶的嘴脸,顺溜一把抽下排长胸前的几只弹匣,提起机枪,窜到山坡背面。

在没遭遇到任何抵抗之后,日军迅速地占领了这片山坡,可就在他们小心的四下搜索着幸存者时,顺溜的子弹忽然从另一侧飞来。走在最前面的两个敌人应声倒地,其余的日军则迅速的卧地朝他射击。

短兵相接的交火打得山冈上火星迸溅,眼见对方藏在射击的死角,日军中的一名士官随手抄起一颗手雷,准确扔进顺溜藏身的位置。

轰隆！沉闷的爆炸声响起，猛烈的射击声顿时停止下来。

山脚下，坂田冷冷地注视三道湾，此刻山冈上一片死寂。唯一可见的只有几个模糊的身影小心的游走在山头的各个阵地之间。

少顷，一名士官带着几名日军慢慢下山，向坂田报告道："队长，敌人全部消灭了。"

坂田沉声追问道："有没有陈大雷？"

士官摇了摇头回答道："没有，冈上新四军都是士兵，没见到干部模样的人。"

闻听此言，坂田转头狠狠瞪了吴大疤拉一眼。吴大疤拉赶紧解释道："不管有没有陈大雷，他们都是陈大雷的部队。坂田队长，我担心敌人没有彻底消灭干净啊。"

坂田愤怒地咒骂道："混蛋！我的部下说消灭干净了，那就是一个不剩了！"

见坂田发怒，吴大疤拉连声附和道："是是，干净了。干净了。"

强压余怒，坂田再次命令道："带上你的部队，立刻前往双洼，跑步前进！"

吴大疤拉连忙点头："遵命。"说着转身向身后的伪军大喊着下达前进的命令。

听到命令，伪军们匆忙地整理好装备，跑步奔向石板桥，新任副官却仍然不满意地站在一旁不断地催促着："快，快！皇军枪口指着咱们后背呢，快跑！"

可就在伪军们刚刚踏上石板桥时，一颗子弹忽然飞来，走在队伍最前面的伪军顿时应声倒地毙命。接着枪声再响，又一个伪军惨叫着倒在地上。

突如其来的变故，吓得众伪军哗哗跳下桥面，四处藏身，不断盲目地放枪，场面一时大乱。

队伍后面，听到枪声的吴大疤拉略微得意地向坂田请战道："坂田队长，我说过敌人没有消灭干净。剩下那个，肯定就是我说过的那个神枪手。坂田队长，太君们都累了，让我带人肃清残敌吧？"

看着吴大疤拉略带得意的表情，坂田怒叫一声："中村！"

身后，一名日军军官"嗨"的一点头，率领着自己的部队向山上冲去。

冈上，之前那颗手榴弹的爆炸，溅起的尘土将顺溜整个埋入土壕里，身上厚厚的泥土，成为他天然的伪装物，在掩体内的石头缝隙中，顺溜仅仅露出眼睛和枪口，准确地向山下的敌人射击，当他看见日军冲上来，立刻慢慢缩身到土坑里，将身体全部埋进土沫，彻底隐藏起自己的形迹。

众日军冲到冈上，疯狂地搜寻着每一处战壕，每一个弹坑，并且朝每一具尸体补枪。当做完这一切，并再次确认没有生还者之后，中村才满意地挥了挥手，招呼着部队撤下山冈。

"报告队长，已经确认没有敌人生还者。"

"哦，辛苦你了中村君，告诉他们立刻前进。"听到中村的报告，坂田点头命令道。

"全体前进！"中村应声朝队伍大喊。

听到中村的喊话，吴大疤拉再度下达出发的命令，听到命令，伪军们乱糟糟地从沟里爬出来，在副官催促声中，重新向双洼前进。

可就在前排的伪军快要越过石桥时，冈上子弹再度飞来。枪声中，两个伪军先后倒地毙命。

第十五章 营　救

看到相同的一幕再度上演，吴大疤拉不禁轻蔑地对坂田说道："坂田队长，那个神枪手还在呵。"

眼见吴大疤拉流露出的丝毫不加掩饰的蔑视，坂田近乎疯狂，他怒叫一声，拔出指挥刀，亲自冈上冲去。见坂田出马，身后的几名日军立刻紧紧跟随着一同奔去。

再次来到冈上，日军们分散开朝各处搜索、射击，并且仔细地朝每个草丛、每具尸体开枪，朝每个土坑扎刺刀。

埋入顺溜的那个土坑，也被日军刺刀深深刺了几刀。感受着冰冷的刺刀贴身擦过，顺溜屏息凝神，仿佛与土地融为一体般，毫不在意那刺刀在身前身后不断地插入。

冈上隐蔽处，坂田手握着指挥刀，警惕地观察着，等待着。在他旁边，抱着机枪的日军则不断晃动着枪口巡视着每一寸土地。

"队长，确实清理干净了，我保证！"搜索完毕后，士官再一次报告道。

坂田满意地点下头，挥手示意士官下山。可是士官率领众日军步下山冈时，坂田与那个机枪手却仍然隐蔽在原地丝毫不动。

山冈下，伪军们准备着第三次通过那座石桥。迅速完成列队的日军，也朝大卡车走去。可就在前面的鬼子登上卡车的一瞬间，远处枪声响了，一名鬼子惨叫着从车上跌落下来。

冈上，枪声响起的同时，坂田立刻发现顺溜的位置，顿时暴叫一声，疯狂地朝他射击，身边的机枪手更是嗒嗒打个不休。

在子弹的驱赶下，顺溜跳出土坑，回首一枪，击毙了机枪手，随后朝山坡侧面狂奔。

追逐并没有持续多长时间，在越过一道山梁后，面前一道深深的悬崖让顺溜突然停止脚步。后面，坂田见顺溜无处可逃，狞笑一声，提刀冲了过来。

怒视着坂田逼近自己，顺溜冷然一笑，忽然身体一跃，跳下悬崖！完全没有料到对手会有如此一招的坂田，瞬间呆定在那，随后慢慢走到崖顶朝下看。可是，悬崖下面除了一片氤氲不见底的雾气外，只有寒风飕飕。

"好！好！了不起啊！"坂田怔了许久，长叹一声，随后率领追来的日军掉头离去。

可本以为完成任务的坂田没想到，在刚刚登上车的刹那，一声枪响再次从山上传来，听到枪声，他愤怒地从车上跳下，拔刀怒吼道："全体下车，跟我来。今天非消灭这个家伙不可！否则，绝不归营！"说罢再次挥刀，率领众日军朝冈上冲去。

看着坂田在新四军的戏弄下，已趋于疯狂的样子，吴大疤拉立刻收拢起看热闹的心情，带着副官一同向山上冲去。

当众人来到山上时，那倔强的枪声仍然没有停止，在它的压制下，山下的部队被无奈地阻挡在石桥前，不能前进分毫。

听着从山崖深处断续传来的枪声，坂田暴躁地咒骂着，来回踱着步子，却苦思不出任何对策。

见坂田无法解决这个难题，吴大疤拉嘿嘿一笑，凑上去建议道："坂田队长，不如让我们来对付这个该死的新四军神枪手吧。"

这一次坂田没有拒绝吴大疤拉的建议，在冷冷地注视了他好一会后，坂田微微向后退了一步，将山崖上的位置让了出来。

"都他妈还愣着干什么，赶快过来。"得意地朝坂田点了点头，吴大疤拉迅速地朝身后喊道。

听到命令，众伪军将早已经准备好的几个炸药包拴在藤条上，

第十五章 营 救

小心地从山崖上抛了下去，随后耐心地等待着。

"轰！"等待中，爆炸声骤然从山崖下响起，冲天的热浪带着山谷中冰冷的雾气冲卷而上，迎面向众人扑来。

爆炸声过后，那恼人的枪声也随之一同消失，可是听到枪声消失，坂田却并没有高兴起来，他冷然看了一脸得意的吴大疤拉一眼，再次命令道："吴，告诉你的人，从山崖下去，找到那个神枪手的尸体，我要将他碎尸万段。"

听到坂田的命令，刚刚还得意万分的吴大疤拉，顿时脸色一变，为难地说道："这，这个恐怕不大好吧，先不说兄弟们敢不敢下去，就是下去了，那小子的尸体估计也早已经被炸得四分五裂了，去哪找啊。"

见吴大疤拉不愿下去，坂田正要发作，身后的军官忽然报告道："报告队长，淮阴告急，联队长命令我们立刻折返支援。"

命令让坂田打消了之前的念头，在不甘心地向山崖下望了一眼之后，他率领着部队迅速向淮阴方向行去……

山道上，血战之后的陈大雷，在与一分区部队分手后，率领着剩余部队向分区根据地返去。虽然口中没说什么，但是陈大雷却时不时地驻足，关切地眺望着远处的丘陵。

三营长看出他的心事，在旁边小声说道："司令员，刚才我问过一分区部队。他们说，三道湾那里的战斗昨天晚上就结束了。没有一个人突围出来。"

陈大雷伤感地反问道："难道都牺牲了？"

三营长叹了口气："战斗打响后，除了吴大疤拉的伪军，松井又增调了两个中队的日军。三四百个敌人轮番攻击我们一个半排……说实在的，我们的人死顶一天一夜，非常了不起！"

陈大雷沉吟着说道:"三营长,你带部队回分区,我到三道湾看看去。"

三营长连忙阻止道:"你身上有伤,还是我去吧。"

陈大雷拒绝了三营长的建议,态度坚决地说:"不,我去。战前我跟他们说过,战斗结束后要去接他们……所以,我非去不可。"

"那我们陪您一起去吧。"听到陈大雷的话,三营长低声请求道。

默默地看了三营长一眼,陈大雷缓缓点了点头,随后带领着众人向三道湾走去。

在众人焦急心情的驱使下,不近的路程很快被赶完,当看到远处被炮火炸得一片凌乱的山冈,陈大雷心中一直存有的那点幻想也为之破灭。

慢步登上山冈,陈大雷呆呆望着战场。山野横七竖八地躺着一具具新四军战士的尸体,战壕在炮火的轰击下早已经荡然无存。

一把揪下军帽,满眼含泪地望着这原本该是一群活蹦乱跳的战士们。陈大雷的心头仿佛被刺刀不断地切割一般,传来阵阵疼痛。山顶,山风吹动他带血的头发,发出一阵阵悲鸣,仿佛也在感叹这早逝的生命。

身边,一个战士哽咽着走过来说道:"司令员,我们全部搜寻过了,没找到生还者。"

虽然结果早就预料到了,可是当被证实的那一刻,仍然让陈大雷不由得一呆,在沉默了好一会后,他不甘心地追问道:"二雷呢,他的那把狙击枪呢?"

"报,报告司令员,敌人的炮火太猛了,他,他们有的人已

第十五章 营 救

经被炸得七零八落，都分不清个数，根，根本分辨不出哪个是二雷啊。"再也抑制不住心中的悲痛，战士恸哭着说道。

"掩埋尸首吧，就把他们埋在战壕里，埋在一块！"拼命抑制住抽噎，陈大雷缓缓地建议道。

没人对陈大雷的建议提出异议，他们本就是兄弟，生死同穴本是应该。在众人七手八脚的忙碌下，原本空旷的山冈顶上，赫然多出一座巨大的坟茔。

看着眼前这座新坟，陈大雷掏出仅有的几根香烟，小心点燃，轻轻地插进泥土中，在敬了一个标准的军礼后，才恋恋不舍地带着战士们向山下走去。

狭窄的山道上，陈大雷与战士艰难地踏步前行。旁边陡峭的悬崖仿佛刀切一般凭空矗立在那里。

走着走着，前面石径上忽然出现一摊血。陈大雷垂首观看，发现这是一摊尚未凝固的鲜血……就在这时，空中掉下一滴冰凉的水滴，正砸在陈大雷耳朵上。陈大雷伸手一抹，失声喊道："血！"

听到他的喊声，众人抬头看去，立刻看见在山崖中间生长出一团黑糊糊的草藤灌木。虽然其他人都没看见，但陈大雷却发疯般大叫着："有人活着，肯定是陈二雷！二雷还活着呵！"

众人毫不迟疑地顺着山藤向上爬去，很快，发现在悬崖中间的一个洼陷里，顺溜怀抱那支狙击步枪昏迷在那，在他身上藤索紧紧地捆在腰间，将他整个人吊在半空中，身上的创口处，鲜血正一滴滴下落……

战士们七手八脚、小心翼翼地解下顺溜，再托着、拽着、拉着、捧着终于把他从绝壁上弄到平地。

看着躺在地上的顺溜，陈大雷扯掉缠绕在顺溜身上的藤蔓，激动地呼唤道:"二雷,二雷!"

可是,地上的顺溜面色如土,一动不动。看着眼前这一切,所有人一下子明白了这前后之间所发生的事情。

为了完成交代的任务,顺溜在战友们全部阵亡后,把自己吊在这极险极绝处,没吃没喝、独自坚守着狙击敌人!

陈大雷自问从军二十年来,却从没见过这样疯狂的战士,从没见过这样疯狂的战士所进行的这样疯狂的战斗!

顺溜啊顺溜,太不可思议了,他顽强得像狼像野草,就是不像人啊!这种兵,千古难觅……

在众人的帮助下,顺溜被安置在用枝蔓做成的担架上,陈大雷和战士们抬着匆匆前进。

"动作快!二雷失血太多了!"眼见不断顺着担架流淌下来的鲜血,陈大雷焦急地催促道。

"司令员,前面是南各庄,要不,我们先把顺溜安置在那里吧。"抬头看了一眼前方山坳里的村子,三营长建议道。

"那还犹豫什么,现在就去。"陈大雷一把抬起担架,大步向前走去。

庄口,维持会长老宋正忙碌着今年的补给任务,揉着发酸的腰抬眼望去,立刻发现陈大雷等人正急匆匆地向他走来。

"老宋,快!……分区太远,来不及了,赶紧找个地方,救我这个兄弟!"见老宋坐在庄口,陈大雷隔老远气喘吁吁大叫道。

听到喊声,老宋利落地跳下磨盘,大声说道:"快跟我来,抬我屋里去。"说着,带领众人将顺溜抬入自家。

院中,荷花正蹲在井台上洗衣,当她吃惊地看着担架上浑身

第十五章 营 救

伤血的顺溜,立刻颤叫道:"顺溜哥?四叔,这不是顺溜哥吗,他怎么了?!"

摆手制止了荷花的询问,老宋急忙吩咐道:"丫头,赶紧烧水!"

堂屋内,顺溜被小心的安置在木床上,伤口此刻已经不滴血了,但面色却变得青白灰暗,见此情景,陈大雷焦急地大喊道:"卫生员!卫生员!你他妈死哪去了?"

听到喊声,卫生员匆忙跑了进来。见对方进来,陈大雷立刻吩咐道:"陈二雷交给你了,赶紧救他。听着,你一定要把他救过来——这是命令!"

卫生员奔到床前,小心翼翼地解开顺溜的军装,赫然入目的是那已经干涸的血迹和遍布在全身上下的创口以及大块青紫淤血。

轻轻地把手放在顺溜的鼻子前探了探,又贴到顺溜胸口倾听了一会,再扒开他眼皮看看,卫生员难过地报告道:"司令员,二雷同志已经牺牲了。"

陈大雷不敢相信地失声大吼道:"不可能!一路上他都有气,还滴着血呢。"

卫生员低声解释道:"他失血太多了,心脏已经停止跳动了。"

顿时,屋里人全都陷入一片悲哀之中。陈大雷掉过头,死盯着僵硬的顺溜,眼眶中瞬间充盈起泪水。虽然他自问见惯了生死,但是当听到顺溜牺牲的消息,他心里却仍然感到刀割般难受。

"水来了!"荷花清脆的喊声打破了屋里的沉寂,当她焦急地端着水走入堂屋时,却发现大家面色含悲地看着她,眼见此景,荷花似乎明白了,她放下水,含泪看着床上僵硬不动的顺溜,慢慢上前,颤声呼唤道:"顺溜哥!……顺溜哥!……"

顺溜毫无反应的一动不动,荷花却仍然执拗地抓住顺溜的手,低声呼唤着："顺溜哥！……顺溜哥！……"

老宋不忍地走上前拉着荷花，低声说道："丫头……去拿床被单来吧，给他盖上，他……已经走了。"

看着躺在那里一动不动的顺溜，感受着他手上逐渐冰冷的体温，荷花哽咽着转过身去，但是就在她转身的那一瞬间却忽然大叫道："四叔，顺溜哥没死，他刚才动了一下。他还活着！"

听到她的话，所有人都急忙走过来观瞧，"丫头，你看清没？他可是一动没动啊！"

荷花焦急地大喊道："顺溜动了！我看得清清楚楚，他的手指头冲我动了一下。"

陈大雷猛回身，紧盯榻上的顺溜，卫生员则再次扑到顺溜面前，伏于他胸膛倾听，失声喜叫道："有心跳了，有心跳了！司令员，二雷活过来了！"

陈大雷激动地命令道："快快！你必须想尽一切办法，一定要把二雷救过来。"

卫生员急忙打开药箱，取出药盒里仅有的两支针剂，犹豫地向陈大雷报告道："司令员，全分区只有这两支强心剂。我领它来时，军区后勤部长向我下过命令，说这两支药要留着保障分区领导。"

"保障什么，杀我的人还没生下呢，我现在命令你，把这两支都给他用，快！"不耐烦地对卫生员一摆手，陈大雷焦急地命令道。

听到命令，卫生员犹豫了一下，迅速掏出注射针，抽出强心剂，注射到顺溜臂上。

随着药水的注入，少顷，全身僵硬的顺溜，胸口开始逐渐起伏，

第十五章 营 救

随之慢慢恢复呼吸，眼睛在滚动了两下后缓缓张开，口中喃喃地呼喊道："司令员？"

陈大雷赶紧应道："是我。我在这。"

顺溜吃力地询问道："你们抄了鬼子的后路了？"

陈大雷抑制着内心的悲痛，小心安慰道："嗯，嗯，你放心休息。"

顺溜转动目光，不放心地四下张望着："我枪呢？"

陈大雷示意身边的战士抬起手中的枪，在顺溜眼前晃了晃，"在！"

一直悬在心里的事终于彻底放下，看到自己的枪完好无损地出现在眼前，顺溜长出了口气，再度昏睡过去。

陈大雷悬着的心终于放了下来，微笑着走出门，对站在门边的荷花夸奖道："荷花，亏你！你一喊，嘿嘿，真把陈二雷喊醒了！"

听到陈大雷的夸奖，荷花面色一红，羞怯地背过身去。

眼见荷花一副赧然的表情，陈大雷笑着步入院子，忽然烟瘾大作。连忙掏向口袋，可惜烟早在战斗时就已经抽完了，见陈大雷焦急的样子，刚刚赶到的文书匆匆走来，从包里掏出两盒老刀烟递了过去。陈大雷接过烟，慷慨地把一盒烟拍到老宋掌中，随后撕开另一盒，贪婪地吸起来。

一口气抽下大半截，陈大雷才缓过神来，问文书："包里有票子没？"

"有。"文书拉开皮包抽出一叠钞票递过来。陈大雷接过，数也没数的一把塞给老宋："拿着。"

老宋连忙推辞道："陈司令你这是干嘛，拿咱当外人？有事说事呗，我给你办！"

但陈大雷硬是把票子塞到老宋口袋里,以命令的口吻说道:"老宋你听我说,你屋里那人是我兄弟,更是个英雄。我就把他搁你这养伤了。"

老宋点头道:"这个好说,我一定伺候得他舒舒服服的。"

陈大雷继续吩咐道:"还有,你给我买十只鸡来,就养你院里。隔天就给他杀一只吃。二十天吃下来,新胳膊新腿都能长出来,我兄弟肯定好了!"

老宋笑着答应:"成啊。不瞒你说,治疗刀棒枪伤,我还真有些独门偏方呢!你把那小子搁我这,搁对了。"

就在两人聊天时,一旁站着的文书无意间望向井台处的荷花,那俏丽的面孔顿时使他双眼生光。

安顿好顺溜,陈大雷带着众人迅速返回驻地,战斗结束后的总结,永远被战斗来的更加重要,更何况,经历了这生死一战之后,很多事情恐怕都需要从头做起,看了看身后稀稀拉拉的队伍,陈大雷不禁长叹了口气。

第十六章　生死之间

山林中，一只獐子正在警惕地觅食。

草丛中，年幼的顺溜怀抱一支长长的枪瞄准远处的獐子。头一次打猎，让他兴奋异常，瞄向猎物的枪口也不禁随着心跳轻微地晃动着。

父亲卧在顺溜身旁，低声告诫道："娃儿啊，这枪是从你心窝里长出来的。握枪瞄准的时候，天塌下来你也感觉不到，地陷下去也不关你事。你的呼吸、你的眼睛、你的心肝、你的性命，统统长在这枪身上呢！娃儿啊，这时你就是枪，枪就是你。你俩是一个身子一条命啊！"

在父亲的低语声中，小顺溜渐渐平静下来，他死死地瞄准远处的獐子，手指慢慢压下扳机……砰！

枪声骤响，顺溜顿时被枪的后坐力掀翻在地！当他爬起身再看前方时，之前的獐子早已消失无踪，眼前也不再是那片熟悉的山林，而是正在进行着激烈战斗的阵地。

身边不断擦身而过的子弹带着热浪烤灼着空气，让人闻起来有一股热辣的感觉，身后敌人表情凶恶地冲了过来，见此情景，顺溜毫不犹豫地跳下面前的山崖。

凛冽的寒风带走了空气中的灼热，向崖底迅速下坠的顺溜被崖间突生出的灌木一把截在半山腰。狠狠地支撑起身体，顺溜抓过一根藤条将自己绑紧，随后举起须臾不离手的步枪看向在山雾遮挡下有些发虚的山道。

山道上，敌人正忙碌着准备撤退，远远看去，如同一群笨拙的獐子，眼见此景，顺溜毫不犹豫地推弹上膛，将自己稳定在山腰上，扣响了扳机。

山道上，敌人在枪声中混乱起来，虽然不断的四下躲避着，遮挡着，却始终无法避开这如同索命般的枪声。

顺溜执着地，不断地扣动着扳机，忽然，一只冒着青烟的炸药包从头落下，眼前白光骤然闪过……

"啊，爹！"深渊随之幻化成一片光芒，一下将顺溜吞噬，光芒在眼前变得越来越耀眼，随后忽然变化成七彩的颜色。

顺溜努力地眯缝着眼睛试图看清眼前的一切，渐渐地，颜色变得清晰而分明，逐渐变成一张人脸。

"顺溜哥，你醒了？"面前，一个俊俏的面孔挂着关切和微笑，深情地凝视着顺溜。

"哦，荷花，是你啊。"见到对方，顺溜才明白之前的一切不过是在做梦。

"嗯，顺溜哥，你饿了吧？"见顺溜醒来，荷花立刻关切地问道。

"唔，荷，荷花，我，我想去茅房。"看着荷花手里端着的装满鸡汤的碗，顺溜忽然觉得有点不好意思，连忙起身欲躲避。

"我帮你。"听到顺溜的要求，荷花立刻伸手帮忙。

"不，不用，我自己去。"见荷花伸手，顺溜连忙支撑着坐了起来，穿上鞋，蹒跚着向外走去。

目送着顺溜出门，荷花微笑着站起身来，转身向厨房走去。

"四叔，这陈二雷真是筋骨结实，伤成那样，搁别人早不行了。搁他，才几天工夫，就能下地了。"走进厨房，荷花一脸喜色地对正在熬药的老宋说道。

老宋立刻自豪地表白道："这才显出我九味筋脉丸的功效啊。待会儿，再让他用这药汁儿泡泡澡。三天泡上一回，强筋健骨，壮气拔毒。陈司令把自个儿兄弟交给我，那就是看得起我。我把人家还给陈司令时，得比他没受伤前还结实。"

荷花玩笑道："四叔，你干吗那么费心——又不是你儿。"

老宋感叹着说道："丫头，这人非常了不起啊。三道湾战斗，打得真惨，全排人都阵亡了，就剩下他一个。他自个儿又死顶了一天一夜，打死几十个日伪军。后来，鬼子冲上来后，他宁死不降，跳崖自尽。唉，几百个敌人都拿他没办法，气得发疯！"

灶火映在荷花脸上，光芒跳跃着。凝视着明亮的炉火，荷花激动地说道："真了不起，真神了！"

"是啊，于公人家是新四军战士，打了那么多鬼子，于私，人家救过咱爷儿俩，所以于公于私咱都得救他。好了，荷花，药对好了，叫二雷赶快洗个澡，泡泡身上的伤口！"没看出荷花脸上流露出的敬佩之情，老宋自顾自地说道。

听到他的吩咐，荷花猛地回过神来，忙跑进柴房准备起来，刚刚躲出去的顺溜，再次被她连拉带拽地拽进柴房里。

泡在热气腾腾的药水缸里，顺溜惬意地享受着药汤温润的感觉。忽然，他听见柴房外传来动静，连忙支起脖子透过缝隙朝外望去。却发现原来是荷花正在晾刚刚洗净的军装，仿佛感受到了顺溜的目光，无意间，荷花回头一望，柴房内，顺溜吓得猛缩身，顿时激起水花响声。

荷花听到水声，微笑着问道："顺溜哥，泡完澡，穿四叔的衣裳，就在木架上搁着，听到没？"

水缸里，顺溜低低地"嗯"了一声，小声回答道："听到了。"

"顺溜哥？"

缸内，顺溜缩着身体低声抱怨道："还喊，还喊，我洗澡呢！"

"陈二雷！"见没回答，荷花索性大喊道。

听到喊声，顺溜吓得大声回应道："到！"

"我还以为你淹死了！四叔衣裳就在木架上搁着，你听到没？"听到应答，荷花满意地说道。

顺溜不满地缩回身子，嗔怪道："早听到了。"

"听到怎不回个声？"

缸内，顺溜再次小声地说道："我洗澡呢！"

缸里的药汤忽然变得燥热起来，担心中的顺溜，三两下胡乱洗了洗身子后，就慌忙跳出水缸，穿着老宋的衣裳，跑出柴房。

见顺溜出来，刚洗完衣服正在磨面的荷花立刻满面笑容地问道："顺溜哥，你洗完了？"

听到荷花的询问，顺溜倍感不好意思，胡乱地点了点头，随后岔开话题道："嘿嘿，妹子，磨面呢？我帮你吧。"

荷花就势让开磨杆，命令般说道："那推磨吧。正好陪我说会儿话。"

顺溜应声接过磨杆，使劲推起来。荷花连忙嗔怪道："慢点啊，小心点你的伤。"

听到荷花的关心，顺溜嘿嘿傻笑了两声，不紧不慢地推着磨，胡乱地搭着话道:"妹子,你家不是这的吧,怎么老不见你爹娘?"

荷花叹息地说道:"我家在淮阴城里,爹娘都在那儿。"

顺溜奇怪地说道:"那你怎么上这来了?"

荷花恨声说道:"鬼子呗!自从淮阴城叫鬼子占了,娘就叮嘱我千万别出门。我在屋里足足憋了一年多呢,都不敢见太阳!那天我实在憋不住了,裹着头巾偷偷出门去,想到河边看看。唉呀,我想那条河想得要命!没料到刚刚出门,一阵大风把我的头巾吹落了。我抬头一看,两个鬼子就在我面前,那个蠢样啊,恶心死我了!我掉头就跑,鬼子在后头嘻嘻哈哈追。我哪能跑得过他们啊,几步就叫两畜生按住了!"

顺溜面色剧变,紧张地追问道:"后来呢?"

见顺溜一脸紧张的样子,荷花笑着说道:"还好,鬼子集合号响了。那两个畜生不得不跑去集合。"

顺溜松了口气,低声说道:"好。"

荷花那边接着讲道:"这事可把我爹娘吓坏了。硬说那两个畜生已经瞄上我家了。我要再在淮阴城里住下去,早晚非叫鬼子糟践不可。正好,四叔进城给鬼子上贡,就把我塞在麻袋里带出城。我就住到四叔家里来了。顺溜哥,我两年多没见爹娘的面了。"

顺溜同情地问道:"想家了吧?"

荷花眼圈一红,悲戚地点头道:"想。夜里想得更厉害。"

顺溜动情地叹了口气:"我也想家。我爹娘都不在了,但我有个姐。我想她……"

伤感的话题让两人沉默下来。沉默中,荷花利落地拿着小笤帚摊匀玉米渣,顺溜则不紧不慢地推着磨。

抬头看着前面的顺溜,荷花的目光逐渐停在他脖子上的刀痕上:"顺溜哥,你打死过几个鬼子?"

顺溜回忆了一下说道:"没数过,总有几十个吧。"

荷花惊讶地叫道:"我的天,这么多!那往后,你一定替我打掉那两个畜生。"

顺溜慨然应允道:"放心吧,交我了!"

荷花笑着反问道:"可你不认得那两人,那怎么办?"

顺溜口气甚大地回答道:"好办!我把淮阴城里的鬼子统统替妹子打掉,那两畜生不就在里头吗?"

顺溜的回答令荷花开怀大笑:"吹牛!"

顺溜摸了摸脑袋,忽然开口询问道:"妹子,四叔待你好不?"

"好!四叔待我比亲闺女都好……就有一点儿不好。"

"哪儿不好了?"

"老给我说人家,都说过好几回了,而且,四叔非挑团以上的……"

"这干吗?"

"你傻啊,连这都不懂。团长出门骑大马,警卫员都挎驳壳枪,神气呗!"顺溜笑着点了点头,继续推着磨,表情却若有所思。

见顺溜不答话,荷花意味深长地问道:"想什么心事呢?!"

顺溜突然停步,兴奋地说道:"妹子,我给你说个人,准保好!"

"你?你给我说人?凭你?"

"嗳!天底下,这人最配得上妹子!"

"谁呀?"荷花脸一红,小声询问道。

"翰林!"

"翰林是谁呀?"见和自己预想的不一样,荷花立刻奇怪地反问道。

第十六章　生死之间

"你连翰林都不知道？就是分区文书啊！"

"一个文书有什么了不起的……"荷花失笑道。

"妹子，这你就不懂了！我告诉你，翰林可了不起了。"

"比顺溜哥还了不起吗？"

"比我强天上去了！我告诉你，翰林什么书都读过，什么字都写过，什么事情都见识过！他爹中过举。祖父更不得了，大清朝进士，还入过翰林当编修，给皇上都教过书！"顺溜一股脑说道。

"真的呀！"这下荷花吃惊了，不敢相信地问道。

"还有呐，我们打仗，翰林写总结报告。我们训练，翰林替我们总结经验，都登在新四军报上了。"顺溜洋洋得意地说道。

"这人是有些本事。"荷花不禁赞叹道。

"翰林跟我可好了。赶明儿我叫他来，跟妹子见见。"顺溜自豪地说道。

"哎——我可没答应噢！"荷花神色一愣，连忙提醒道。

"我懂，你是没答应，这事不能叫四叔知道呗。妹子放心，包在哥身上！"顺溜嘿嘿一笑，自作聪明地说道。

原本以为顺溜不过是随口说说，可是荷花没想到，他竟然当真了，吃过中午饭后，顺溜找了个借口离开老宋家，直奔分区驻地而来。回到驻地，正赶上下午训练的时候，空荡荡的营房并无一人，左右瞧看了两眼，顺溜探头探脑地摸到司令部一间小屋里来。

屋子内，文书正捏着钢笔，伏案苦思。猛见顺溜，立刻惊喜地喊道："二雷，你怎么来了？"

顺溜笑着，低声说道："翰林呵，这事保密哦，就你我知道哦！"

文书奇怪地看了顺溜一眼，反问道："说吧，什么事？"

顺溜低声严肃地说道："我给你说个媳妇儿！"

文书呆怔，片刻后哈哈大笑起来，身子一晃差点跌个跟头："二雷呀二雷，你真庸俗！司令员叫你养伤，你竟然偷偷地给我说起媳妇来了！"

顺溜嗔怪道："别装样，难道你不想媳妇？"

文书收拢笑容，矜持地问道："什么人呐？"

顺溜兴奋地说道："我妹子，荷花，宋叔的侄女，模样俊，心又善，别提多好了！"

顺溜的话，让文书想起之前在老宋院子里看到的那副美丽的面孔，他愈发矜持地点头问道："哦……好像见过。既然是这么好的姑娘，你怎么不留给自个儿啊？"

顺溜惊愕了半晌，思索了良久才气愤地说道："那是我妹子啊，人家是淮阴城里人啊！我怎么配得上人家啊！再说，我在宋叔家养伤，吃人家的，喝人家的，还想占人家侄女，那不成畜生了吗？！"

看着顺溜一脸真诚的样子，文书颔首道："唔，有道理。"

见文书点头，顺溜立刻接口道："宋叔眼光可高了，给荷花说人家，团以下的不考虑。"

文书犹豫着提醒道："我可只是个文书啊！"

顺溜立刻辩白道："你不一样！任谁，看你第一眼都觉得你不一样！你水平高，本事大，说话比领导作报告都好听。头回见你时，你跟司令员进庄，大家说你走道都像个政委！早晚，你非提拔不可。"

得到顺溜这个老实人的夸奖，立刻让文书喜悦地说道："那是肯定的！分区机关就我跟管理员两人。我干的这一摊活，表面

第十六章　生死之间

上是文书，实际上都属于政治部主任的工作。司令员早就暗示过我，说：'翰林，好好锻炼，将来你前途不可限量'！"

顺溜笑着附和道："怎么样，我说的对吧！翰林啊，我还得告诉你，等你当上政治部主任时，我妹子早有人家了！所以，你得先耗上我妹子，再当主任。"

文书想了一下，表情矜持地说道："这样吧，等有空，我瞧你去。"

顺溜急切着说道："你瞧我干吗呀，去瞧她呀。"

文书长叹一声，抱怨道："二雷，你怎么这么笨呢！"

顺溜恍然大悟，连连点头道："哦，我知道了——你装着来瞧我，实际上去瞧她。"

文书气得再叹："唉，二雷啊，啥事叫你一说，立刻庸俗了！"

顺溜笑道："是是。翰林啊，你来宋叔家后，要勤快点，砍柴挑水什么的，抢着干……"

文书表情惊讶地拒绝道："我怎么能干那些事呢？叫我砍柴？我手会打泡！叫我挑水？战士们看我担扁担的样子都笑歪了！二雷啊，那些事我绝不能干，一干我就贬值了！"

顺溜似懂非懂地点了点头，随后说道："哦……没事，我帮你干！可你来家后干嘛呢？"

文书自信地表白道："这就不用你操心了，我有我的优势。"

见文书答应下来，顺溜放心了，随眼望去，看见枪架上自己的狙击枪排在头一支。他立刻惊叫着走过去："我的枪！……唉，瞄准镜叫人碰歪了！翰林你怎么搞的？"

看到顺溜一脸怒容，文书抱歉地说道："那些新兵，喜欢看新鲜。"

小心地整理了一遍自己的宝贝枪,顺溜不舍地放回到原来的位置,随后叮嘱道:"再不准人动了哦。千万!"

文书玩笑道:"行。那枪就是你媳妇呗,别人谁都不能碰。"

第十七章　排　长

拉着身着整洁军装的文书进入厢房,顺溜兴奋地替文书介绍道:"妹子,妹子快看。他就是翰林,我跟你说过的。"

见顺溜忽然引了陌生男子来到家里,荷花顿时流露出满面羞涩。那边,文书则矜持地自我介绍道:"我姓吕,吕子钦。"

顺溜惊讶地看着文书,奇怪地询问道:"你还有个名啊?"

文书瞪了顺溜一眼,顺溜赶紧遮掩道:"嘿嘿,好好。妹子,翰林,你俩坐。我倒水去……"

荷花瞟了一眼桌上的茶水壶,笑着说道:"水在这,早倒上了。顺溜哥,你坐下。"

顺溜支吾了一句,再次借口道:"那你俩喝水,我替翰林砍柴去……"

听到他的话,文书和荷花同时瞪向顺溜!顺溜醒悟,连忙遮掩道:"嘿嘿,我给咱家砍柴去……"

荷花劝阻道:"顺溜哥,不忙,你坐下!"

顺溜笑着摆手道:"你俩坐你俩的,我去去就来。"说着抓起柴刀跑出院子。

厢房内，因顺溜离开的缘故，气氛变得有些尴尬。见荷花不说话，文书望望窗外，故意找话说："天开始热了，看来今年入暑早。"

荷花笑着纠正道："才芒种。"

文书脸一红，转移话题道："刚才我一路走来，庄稼长势不错。"

荷花讷讷地点头道："嗯……不错。"

见无话可说，文书思索了一下，随手从口袋里掏出一管粗钢笔，一个小本子。荷花诧异地盯着那支钢笔，眼神中流露出惊讶羡慕的神色。

文书矜持地解释道："这是派克。"

荷花不解地看着钢笔，反问道："派克？那不叫个笔吗？"

文书笑着解释道："是笔，但不叫笔，叫派克！世界名牌——名字叫派克！"

荷花明白过来，笑道："哦，我知道了，邻居家那条狗也不叫狗，名字叫大黄！"

文书嘿嘿讪笑了一下，忽然询问道："你要是喜欢派克，我就把它送给你……"

荷花吓得惊叫，连连摆手道："不不！我不要！"

见对方推辞，文书也不执着，转而旋开派克，摊开小本，微笑着解释道："我一边跟人聊天，一边喜欢写点东西。诗歌啊，散文呐，都行！经常没等聊完天，我的东西已经写成了。知道不，我写的东西在新四军报上都登过。"

荷花钦佩地说道："天呐，你真了不起。"

见找到话题，文书越发地感到自在，立刻高谈阔论起来。

"……地球是圆的，准确说是椭圆。太平洋就在我国东面，

第十七章 排　长

大的没边没缘。它比地球上所有陆地加在一块儿还要大！瓜达尔卡纳尔岛，就在太平洋肚脐眼的位置上……"文书一边说着，一边比手画脚着。

"瓜什么？"荷花奇怪地看了文书一眼，询问道。

"瓜达尔卡纳尔岛！"

"噢，我还以为是种瓜的岛呢。"

"那一战，日军伤亡惨重，美军也伤亡惨重。美日双方的尸体十几万，盖满岛上每一寸土地……"

文书说得生动，荷花听得惊恐，可就在这时，窗外忽然传来响动，似是柴担倒地的声音。

听到响动，荷花立刻求救般喊道："顺溜哥，是你吗？进来喝水！"

院中刚刚砍柴回来的顺溜，赶紧扶起倒下的柴捆子，抽出扁担，冲窗户解释道："不急不急，柴不够。妹子，你俩慢慢聊，我再砍担柴来！"说着，提起柴刀、扁担，再次奔出院门。

"翰林知道的真多，地球还是圆的呢，还椭圆呢！可是地球在哪儿，怎么我看不见它啊……妈的，就翰林看得见地球，其他人都看不见！"走在上山的路上，顺溜一边琢磨着刚刚听到的对话，一边四下寻找着心中所想的那个球。

厢房内，文书并没有留意到荷花不安的表情，继续动情地说道："歌德，是上个世纪欧洲最伟大的作家，全世界都知道他……"

荷花讷讷地反问道："哦，跟你那笔一样？名牌！"

文书连忙纠正道："歌德比派克更伟大！他最伟大的小说是《少年维特之烦恼》，我就是看了这部小说投身革命的，我好多朋友都是这样。"

荷花的兴趣立刻被调动起来，连忙追问道："真呀？看本书就革命啦？那书里讲什么？"

文书动情地说道："那本书是小说，小说里，实际上就是歌德他自己的经历。小说表现了这么一个故事，年轻的维特爱上了美丽的姑娘夏洛特，但夏洛特又是凯士特南的妻子。凯士特南呢，又是维特的最好的朋友。维特为此痛苦，痛苦得近乎绝望……"

荷花听到文书的话，顿时大惊失色，不敢相信地询问道："什么？这男人爱上了别人媳妇？这怎么行？他不对，他不对啊！"

文书痛苦地摇头道："你不懂，那不光是男女情爱，更多的是对贵族阶级的憎恶，是对封建势力的反抗啊！"

荷花醒悟过来，似懂非懂地说道："哦……原来是反抗。"

文书激动地霍然站起身道："后来，年轻的维特自杀了。他用来自杀的那把手枪，还是最好的朋友凯士特南送给他的礼物。唉，事情就是这样悲伤，来自最好朋友的最好礼物，偏偏害死了最好的朋友……"

见又提到杀人，荷花惊恐地说道："呀，吓人啊，真是太吓人了！翰林，你千万别把派克笔送人哦！……"

听到荷花的话，文书尴尬地抓了抓手中的派克笔，长吁短叹道："一代英豪，就这么死了。正所谓，出师未捷身先死，长使英雄泪满襟。"

虽然不知道维特是何许人也，但是听到人死了，荷花仍然惋惜地说道："是啊，怪可惜的。"

她的话似乎引起了文书的共鸣，文书忽然激动地说道："我有个志愿，将来有空了，我一定要改写《少年维特之烦恼》！我要让维特跟夏洛特共同迈向幸福殿堂，让两人白头到老，幸福终生。

第十七章　排　长

我要让全世界的人都明白,有情人终成眷属!一定!但是,书名我还要叫《少年维特之烦恼》。为啥呢?因为烦恼就是一种幸福,幸福也就是一种烦恼!"

无奈,荷花对姓维和姓夏的人并没什么印象,只能附和着点头道:"好,好。改得真好!"

得到荷花的赞扬,文书正准备继续说下去时,身边的荷花忽然望向窗户,喊道:"顺溜,是你么?进来喝水。快来!"

喊声响起,院子里立刻传来轻微的碰撞声,良久,顺溜窘笑着入内,看看两人,歉意地说道:"我就喝口水哦,没别事!你俩接着聊。"

见顺溜进来,荷花则赶紧站起身捧起茶壶说道:"你俩聊吧,我烧水去!"

荷花快步离开,顺溜立刻奇怪地看向文书,询问道:"她怎么了?你俩谈得好不?"

文书尴尬地坐下来,将派克笔插入胸袋。说道:"还行,开头嘛,总得先启蒙。二雷你歇着,我先走了。"说着,站起身来推门走出屋。

见两人先后离开,顺溜怔了片刻,看了看已经走出院门的文书,又看了看在灶房的荷花,犹豫着跟进灶房。

灶房内,荷花正在吹火,顺溜见状立刻笑眯眯走近,低声问道:"妹子,怎么样,翰林好吧?他说了,刚开头,总得先……噢,启个蒙。"

话音刚落,荷花的双拳愤怒地捶向他,怒斥道:"屁启蒙!那人神经着呢,脑瓜子有毛病!你也是!"

原本以为两人谈得融洽,没想到竟会有如此反应,顺溜顿时呆定在那里,在发了好半天愣后,才迷惑着走出灶房。

刚走出灶房,老宋立刻迎面向他喊道:"二雷啊,过来坐坐,陪叔说会儿话。"

听到老宋喊自己,顺溜连忙快步走过去,坐到对方旁边。

"二雷啊,这些日子,叔待你怎样?"爱抚地拍了拍顺溜的肩膀,老宋平静地问道。

"好!叔待我,比亲儿都好!"听到老宋的询问,顺溜嘿嘿一笑,幸福地说道。

"二雷,知道叔是干吗的?维持会长!知道维持会长干吗的?白皮红心!表面上,给鬼子办差,实际上,是新四军的人。叔哇,天天走在刀刃上,一不留神,就会粉身碎骨。前一任会长干了两月,叫鬼子砍了头。后一任会长才干了三天,就吓得跑了。叔干了多久?三年!新四军这边,军区秘密嘉奖我两次、记功一次。鬼子那边,见我就拍肩膀,还他妈请我喝过酒。叔为什么能这样?因为叔眼观四面,耳听八方。样样人的心思,叔都能看得透亮透亮的。样样难事,叔都能轻松对付。连鬼子都让叔整得一愣一愣!所以啊,甭看你二雷是个大英雄,但在叔眼里,你嫩着呢。你那点小心思,叔透亮透亮的……"听到顺溜的回答,老宋满意地点了点头,忽然话锋一转,暗语警告道。

见顺溜不说话,老宋继续感叹道:"我这侄女,岁数也不小了。喜欢她的人多着呢!但我还是那句话——团以下,不考虑!二雷,叔的话,你明白不?"

顺溜颤声点头道:"明白!"

老宋爱惜地拍拍顺溜的肩膀——可顺溜感觉起来就像鬼子拍老宋的肩一般,让他感到恐惧发抖。

见顺溜一身的不自在,老宋微笑着说道:"没事了,接着担

第十七章 排　长

水去吧。"

听到老宋的话，顺溜如蒙大赦，赶紧逃开。

虽然一直期待着文书能再次出现，为荷花完成那高深的启蒙，可是自从老宋说完那番话之后，文书再也没出现过，虽然对于这事心中抱有些许遗憾，但是顺溜也只能勉为其难地接受了这个结果。

转眼间，半个多月的时间过去了，眼见身上的伤势一天好似一天，顺溜终于按捺不住焦急，提出了归队的请求。对于他的请求，老宋和陈大雷都没有拒绝，这让顺溜一阵欣喜，连忙张罗着收拾起行装。

知道顺溜要走，荷花忽然变得甚为平静，只是默默地站在一旁，帮着收拾起行李。离别的消息让两人之间原本亲昵的关系，多出了些隔膜，两人几次欲张口开谈，可是话到嘴边却总是被生生咽了下去。

眼见顺溜整理好一切，荷花手中那唯一的小背包才最终扎好。拿起背包，看着无力地坐在一旁的荷花，顺溜张了几次嘴后，终于颤声说道："妹子，我走了。"

似有留恋地看了顺溜一眼，荷花低声说道："再待会吧。"

顺溜彷徨地在屋子里转了一圈后，再次说道："妹子，我该走了。"

荷花起身叹息道："再等会儿……"说着匆匆进入隔壁屋。

就在顺溜疑惑着等待荷花的时候，窗棂忽然响起敲击声，老宋的声音随之传入："二雷啊，收拾好了吧？"

顺溜仿佛做贼心虚一般被吓了一跳，连忙应道："好了。"说完，留恋地看了隔壁屋一眼，匆匆出门。

看到顺溜背着背包站在面前，老宋爱惜地替他整饰着军容，同时自豪地感叹道:"瞧你,多精神!十几天前抬你来的时候,人都塌掉了,连气都没。看现在,满面红光,壮得像棵柿子树!"

顺溜窘笑着说道:"叔待我好……妹子也待我好。"

老宋满意地点点头,叮嘱道:"往后,把这当家,没事多来走走。"

"嗯。"顺溜痛快地答应道,同时再次趁老宋不注意,用眼角向厢房扫了一眼。

厢房内,荷花抱着一双鞋,几次欲出,就是不敢。

见荷花没有出现,顺溜心中倍感失落,利落地整理好自己的东西后,他笔直地向老宋敬了个军礼。

看着站在自己面前的顺溜,老宋心中忽然生出一丝怜爱,小心嘱托道:"娃儿,打仗小心,别再受那么重的伤了!啊?走吧。"

听到老宋的嘱托,顺溜神情严肃地点了点头,转身大步离去。

宽敞的院落,失去了顺溜的身影瞬间变得空旷寂寥起来,厢房内,听到顺溜的脚步迅速地消失,荷花长叹了一声,将手中簇新的布鞋再次收回到包裹内。

对于顺溜来说,心中的伤感仅仅存在了一小会儿,就被归队的兴奋所取代。尤其当远远看到分区所在的村庄后,他更是将十几天憋在体内的力气一把使了出来,撒欢般飞奔进村,冲进司令部。

"报告司令员,我回来了!"顺溜还未进来,声音就先一步进来了。

听到顺溜的声音,正在擦枪的陈大雷连忙起身,上下打量着顺溜,赞许地说道:"好,好!我说过了嘛,十只鸡吃下去,新胳膊新腿都能长出来!看看,是不是?"

顺溜嘿嘿笑着点头道:"是啊,是啊。"

第十七章 排　长

　　陈大雷微笑着搂了搂顺溜坚实的身躯，小声说道："告诉你个喜事，分区下命令了，你陈二雷是刚组建的二连三排排长。"

　　听到陈大雷的话，顺溜大惊："排长？我怎么成排长了？"

　　陈大雷呵呵笑道："干部啊！今后，你要担负更大的责任了！"

　　不料，顺溜却并不领情，而是大声说道："司令员，别让我当排长，我只想当兵！"

　　陈大雷惊讶地反问道："为什么？"

　　顺溜张口解释道："我有那支狙击步枪就足够了。我可不管人，打起仗来，我又不会安排指挥，谁知道哪跟哪？"

　　听到顺溜那似是而非的理由，陈大雷训斥道："胡闹！我陈大雷的命令你也敢违抗？看我不抽死你！叫你当你就得当！实话告诉你，你的排名上叫二连三排，可实际上是我特意组织的神枪手排，你的任务可不光是教他们怎么打仗，还要教他们怎么打枪，怎么打得准，怎么能成为和你一样的神枪手。"

　　顺溜为难地说道："可，可我爹说过，真正的神枪手——"

　　话还没说完，陈大雷摆手道："别管什么真的假的，命令就是命令！上刀山，下火海，也得服从命令。当排长比刀山火海还难么？再说了，你爹的话不符合马列主义嘛，只要功夫深，铁杵磨成绣花针。顺溜，你想想，你一个人拖延了日军足足一天一夜，如果要是一个排呢？一个连呢？所以你的排，你不但要负责教，还要负责管着他们用心学。"

　　顺溜为难地说道："我，我怕干不好啊。"

　　听到顺溜的话，陈大雷眼睛一立，生气地说道："谁天生就是当官的材料，不都是后天锻炼的吗？文书那句话怎么说来着，叫，将相什么什么种，男儿当自强嘛，要自强，才可以自信。"

听到陈大雷的鼓励,顺溜忐忑地说道:"那,那我试试。"

满意地点了点头,陈大雷夸奖道:"这才对嘛,这才是我的好兄弟,好了我不留你了,去见见你的新兵们去吧。"

顺溜机械地站起身,背着背包回到原先的住屋。刚进门,满屋新兵哗哗起立,异口同声大喊道:"排长!"

顺溜窘了一下,立刻笑应道:"哦!"

看着身边的新兵目光都集中到自己身上,顺溜颇不自然地打量起四周,却发现自己原先的铺位给挪了,挪到南面有太阳的地方,铺位下面是新鲜的干草,还宽了半尺。干草铺上,搁着顺溜的爱物——那只带弹洞的钢盔。

见此情景顺溜吃惊地喊道:"我的铺位在角落那啊,怎么给挪这来了?"

战士立刻回答道:"你是排长啊!这块儿暖和。排长你看,睡这儿,太阳能照着肚子——排长的肚子!"

顺溜不自然地反问道:"排长怎么了?排长睡觉宽半尺么?"

战士嘿嘿笑道:"宽宽畅畅的,排长睡着舒服。"

顺溜本想拒绝,可又找不到理由,只好点了点头道:"那试试吧。我不客气了。"说完把背包扔铺位,一屁股坐了下来。

战士继续说道:"报告排长。刚才,管理员给你送来了一顶新军帽,一双新鞋。你不在,命令我们交给你。管理员说,这鞋是干部鞋,排长以上才发。"

顺溜接过递来的装备,窘笑着"哦"了一声,欣喜地摩挲起来。

正当他犹豫着要不要对战士们说点什么的时候,外面哨声忽然响起,"三排集合了。"

第十七章 排　长

听到哨声，兵们匆匆奔出。顺溜却一歪身倒下，将军帽和干部鞋搁在肚上，笑得合不拢嘴，不断抚摸着它们感叹道："嘿嘿，我当干部了，待遇也提拔啦……我多顶帽子多双鞋呢！好啊，还是当干部好！"

"各排组织打扫卫生，尤其是房东家的卫生，边边角角、沟沟坎坎、上上下下、里里外外，都要清扫到。待会儿，营里要组织检查！"门外，三营长命令道。

命令声中，众战士拿着扫把、锹铲等物跑步而出，开始在房前屋后打扫卫生。

三营长迈步巡查，忽然看见顺溜仍然躺在屋子里，连忙唤道："三排长，三排长！"

顺溜恍无所闻，仍然欣喜地摩挲着新装备，遐想着。

"陈二雷！"见此情景，三营长气不打一处来，大声喊道。

"到。"顺溜本能地跃起身子，大声回答道。

"我叫你呢，没听见？"

"营长不是叫三排长么？"

"三排长是谁？！"三营长似笑非笑地询问道。

"到！"顺溜醒悟，赶紧高声应道。

"你伤刚好，不用干活，过来让我看看。伤都好利索了没？"顺溜跑步到三营长面前。三营长笑眯眯地上下打量着他。

"好利索了。"

"眼力呢？听力呢？反应能力呢？"

"呱呱叫！"

"那山顶上有几棵树？"三营长指向遥远天边的一座山峰，向顺溜询问道。

"六棵。"顺溜一眼望去,迅速回答道。

"不对,你看花眼了吧,明明是三棵嘛。"三营长怀疑地说道。

"不。六棵。四棵松,两棵柏。"

"见鬼!是松是柏你都能认出来?"三营长掏出望远镜,眼前果然出现六棵树,其中有两棵柏树紧挨在一起。

"不错,你眼力过人呢。"三营长放下望远镜夸奖道。

"营长担心我负伤后,枪法不行了,对不?"

三营长略窘,爽朗一笑,点头承认道:"不错,这种事我见多了,但现在我放心了。到司令员那去吧,他有任务给你。"

听到三营长的命令,顺溜快步跑入司令部,大声喊道:"报告!"

陈大雷回首看了他一眼,连忙招呼道:"刚才忘了和你说件事,二雷啊,这两天你继续休息,不过要完成我交代给你的两个任务。第一,总结战斗经验。比如三道湾战斗开始怎么着,中间怎么着,后来又怎么着,哪些地方你做得好,哪些地方你失误了,都得好好想想。有些战斗哇,打只打了二十分钟,总结可以总结它好几个月!这么跟你说吧,经过总结的每一滴血、每颗子弹,将来都能闪闪发光!"

顺溜嘿嘿笑了笑,说道:"三道湾战斗情况,我早跟翰林说过了,该他总结了。嘿嘿,打仗归我,总结归他,从来都这样。"

陈大雷嗔怪道:"瞎说!你小命也归他吗?自个儿总结!脑袋瓜里,先把整个战斗过一遍,再一步步分析。"

顺溜忙点头答应道:"我过,我过!"

陈大雷回想了一下,继续说道:"还有,你当干部了,要有文化。毛主席说,笔杆子,枪杆子,革命就靠这两杆子。听听——毛主席把笔杆子还放在枪杆子前头呐!所以,你要抓紧时间学文化。哦,

第十七章 排　长

不给你点硬指标不行。这样，两天学会写十个字，第三天我就要检查。"

顺溜惊愕地说道："司令员，我一个字都不会啊！"

陈大雷一副理所当然的样子说道："所以才叫你抓紧学嘛。当干部的就得能文能武，这才有前途。喏，这两支铅笔给你。"

顺溜接过铅笔，嘟囔着："我一个字都不会啊，谁教我写字啊？"

陈大雷白了他一眼道："那是你的事，自个儿想办法。我只管下任务，去吧。"

陈大雷的任务算是彻底难为住了顺溜，此后的时间里，他一直琢磨着要怎么完成这个艰巨而困难的任务，思索了良久，顺溜翻出先前发的那双干部鞋，爱惜地摩挲了两遍，随后一把揣进怀里，走出营房向司令部走去。

此刻在司令部内，文书正埋头填写报表。顺溜一进门就亲切地嘿嘿笑道："翰林啊，我昨晚做了个噩梦，梦到你了。"

话音刚落，文书把活页夹子朝小桌上一拍，气道："什么？噩梦！"

顺溜连忙解释道："也不太恶，我被鬼子追得没处跑，一回头，不是鬼子，是你端着刺刀……"

文书冷冷地瞪着顺溜，没好气地说道："现在你噩梦醒了不？好啊二雷，你干部了！你竟然先干一步（部）了！陈二雷，我比你当兵早半年呢，你怎么就先成干部了！我居然连你还不如？"

顺溜如同犯了错误一般，顿感不安地低下头说道："这……是啊，我俩头回见面时，还是你把我捆进庄来的。"

翰林叹了口气说道："后来我深入一想，立刻发现了问题的关键。"

顺溜连忙追问:"关键?关键在哪儿?"

翰林立刻认真地解释道:"关键在于,当排长的损耗太大了。联合战役打下来,百分之七十的排长都牺牲了,得赶紧补充。整个分区一眼望过去,都是新兵蛋子,不提拔你又提拔谁呢?所以,不是我不如你,而是文书这个岗位比较坚固,打不垮,拖不烂,关键是还没人可以替代我!"

顺溜松了口气,大声赞扬道:"翰林你总结得太好了!你耐心点,你一提拔那肯定蹦高儿——政治部主任呐!"

翰林笑着摆手道:"瞎说!哎,你那妹子……荷花好吗?"

顺溜点了点头,奇怪地问道:"好,哎……后来你怎么不去了?"

文书叹息着说道:"后来我深入一想,立刻发现了问题的关键。"

顺溜愕然地看着文书道:"又关键啦!关键在哪?"

翰林摇头晃脑地解释道:"关键在于,我跟她思想境界差距太大,沟通困难。我又不能停下来等她成长,对不?所以,我想还是先告一段落吧。"

顺溜似懂非懂地点了点头附和道:"是啊……是啊,告一段落好。"

见顺溜点头,翰林忽然奇怪地询问道:"找我有事么?"

听到文书的询问,顺溜兴奋地说道:"刚才我进院子,迎头看见墙上的大标语,每个字都有锅盖那么大呢!乖乖,那么大的字,你是怎么写出来的啊?你使什么笔啊?"

翰林自豪地说道:"那算什么,我祖父当年写得字比这大多了!他使的笔,六尺高,大腿粗。写出的字,个个都有水牛那么大,就刻在清凉山顶上。太阳一出来,闪闪发光,隔五十里地都能看见。"

第十七章 排　长

顺溜不敢相信地惊问道："天爷，什么字啊？"

文书大声回答道："神！"

顺溜喃喃地重复道："神？乖乖……"

翰林微笑着点了点头："对了。神！从意境上讲，那字就是写给天人看的，凡人看了睁不开眼！"

顺溜用敬佩的口吻赞扬道："天爷！你祖父就是个神，你祖父就是天人！"

翰林微笑地拍拍小桌上那摞稿子，说道："别犯傻了，我祖父就是我祖父，我就是我！此外，你本事也不小哇。告诉你，我这份总结报告送上去，上级肯定给你记个功。"

顺溜羡慕地看着那摞稿子，佩服地说道："乖乖，写了这么多字啊，摞一块儿这么厚哇！翰林呵，我跟你说个事，你千万别告诉别人。"

翰林奇怪地看着他说道："说呗。"

顺溜感叹地说道："说实在话，打仗蛮容易的。你只要给我一杆枪，整个战场都归我了。写字多难呐，我爹一辈子就没写过一个字！"

翰林仿佛听到了最对胃口的赞扬，失声叫道："精辟呀二雷！打仗容易写字难——这话简直太精辟了！哎呀，别看你偏头偏脑的，冷不丁精辟起来吓人一跳！"

顺溜笑了笑，接着央求道："翰林，教我写字吧，做我先生吧，求你了……"

翰林立刻昂起脑瓜子，得意地说道："让我教你写字？我？从'人手口刀牛、横竖点撇捺'开始教你？！唉……杀鸡用牛刀，太委屈我了！不过，我答应你了。我教就是喽！"

顺溜闻言大喜，连忙夸奖道："翰林，你真义气！嘿嘿嘿……"

听到顺溜的赞扬，翰林满意地一笑，然后说道："我这儿正忙，你过十分钟再来，进门前把手洗干净。"

顺溜看看沾泥的手，窘笑着点头："洗！洗！"说着掉头出门，可刚走到门口，他忽然意识到怀里之物，立刻抽出干部鞋放到小桌上说："翰林，给，这是干部鞋！千层底，老布面子，够结实！"

翰林看了它一眼，心中一喜。嘴上却严肃地批评道："二雷你又庸俗了，你这是干嘛哩！心意在就行了，我还贪你一双鞋……"

可还没等他的话说完，顺溜那边已经喜滋滋跑出院子了。

收了顺溜的礼，文书倒是说话算数，第二天一大早，他就催着赶着将顺溜叫进自己的屋子，开始了自己的授课生涯。

屋内，靠墙立着小黑板。顺溜坐在小桌后，手执钢笔，凝视着站在自己前面的文书，或许是过于激动的缘故，此刻握笔的手都在发抖……

文书用粉笔在黑板上写下三个字——新四军，随后说道："二雷你看清楚，要反复多看几遍。这三个字叫新四军。"

顺溜立刻大声地跟着念："新四军！这我知道，我就是新四军！"

文书点了点头，纠正道："对了，你的问题在于——会说不会写，所以你的关键，就是要把一个个字跟你会说的话对上。先说第一个字，新四军的'新'。仔细看，它是由"立、木、斤"三个字组成的……"

说着，文书在"新"下面写下"立木斤"三个小字，再次解释道："所以，你学会了一个'新'，顺带就把立木斤三个小字学会了。记住了吧？再看'四'字，它容易，就像人张开口，露出了两门牙——

第十七章 排 长

你笑起来就这丑样。再看'军'字，一个宝盖下面有个车。为什么呢，因为古时候的军队是由战车组成的。上面有华盖，下面是车身。这就是军队，演化到今天，成了这个'军'字……"

顺溜凝神，慢慢地，颤抖着按照黑板上的三个字小心地写着。费了好大劲，终于，纸面上出现了三个歪斜的"新四军"。

文书走过去看了看，欣慰地赞扬道："不错。你还是蛮聪明的，一教就会写了。哎，写字时手别抖，笔握直。心正，身正，手正，笔正。写出来的字，才能堂堂正正。"

按照文书的指点，顺溜纠正好姿势，终于写完了这三个字，激动得眼睛湿润，兴奋地大叫道："呀，我会写字了！我真的会了……爹要是知道了，开心死了！往后，我写给我姐看！"

翰林笑了笑，又在黑板上写下两个字，念道："你再看，这两个字是——排长！"

顺溜兴奋地跟着念道："排长！嘿嘿……我就是排长，排长就是我哎！"

原本以为比登天还难的写字，学习起来却并没有预想的那么困难，这多少让顺溜放下些担心，学习的热情也空前高涨起来……

很快，被顺溜纠缠了一天的文书，终于耐不住疲惫停止了授课，可即便如此，顺溜却仍然口中念念有词地在司令部里走来走去，"新四军……排长……陈二雷……顺溜……"

忙完工作的陈大雷见到不断来回转悠的顺溜，连忙询问道："陈二雷，发什么呆呢？"

陈大雷的喊声，瞬间将顺溜惊醒，连忙抬头说道："噢，司令员，我念字呢。"

陈大雷微笑着点了点头，随后问道："学会几个了？"

顺溜自豪地回答道:"新四军……排长……陈二雷……顺溜!十个!我已经会写十个字了!"

陈大雷满意地说道:"不错嘛,你完成任务了,继续努力。告诉我,为什么先学这十个字?"

顺溜兴奋地说道:"重要啊,它比别的字都重要。司令员你想,我既是新四军,又是排长,官名叫陈二雷,小名叫顺溜!"

陈大雷点了点头,再次转移话头道:"二雷,文化方面,继续努力。另外,我还要给你下别的任务。"

"是。"

"从明天开始,你要组织新兵训练。"

顺溜大惊,疑惑地追问道:"让我带兵?不能啊司令员!你跟我早说好的,我不能带兵,我没那本事。"

陈大雷厉声说道:"你有!干部干部,先干一步!一切都是从摸索中学习,我说你行那就一定行。"

第十八章　神枪手排

顺溜不知道自己到底行不行，不过当看到站在自己面前的这群新兵时，他却忽然想起了当初自己新入伍时那稚嫩的样子。

"……别盯我枪尖，你俩要始终盯着我眼睛，就是盯着鬼子的眼睛！鬼子眼睛朝哪儿看，刺刀就会朝哪儿捅。对！慢慢转圈，寻找战机，下手要狠，两人注意配合。进攻啊，朝我攻！杀！"操场上，顺溜眼中闪着凶狠的光芒，身上全无护具地向对面两名全副武装的新兵命令道。

听到他的命令，新兵犹豫了一下，忽然一起向顺溜冲了过来，见对方冲上来，顺溜愤怒地举起手中的木枪朝其中一人刺去，木枪灵活地躲过对方刺刀的撞击，猛地刺中那兵上胸。对方登时惨叫一声，一头摔倒在地。

顺溜厉声喝道："起来，快起来，接着来！"

那兵狼狈地爬起来，疼得几乎掉泪，可是顺溜却没有丝毫同情之意，再次端枪喝道："注意站立位置，千万别让阳光刺进你眼里，对！脚下一定要站稳当，动作要快，要狠！攻我啊！"

他冰冷的态度，让两名战士心中泛起一丝恨意，再次端枪大喝着冲上来："杀！杀！杀……"

面对对方充满恨意的攻击，顺溜后退了几步，随后连防带攻，几下子又把两人刺翻在地。

"起来！接着来！鬼子狠着呐，你俩要比鬼子更狠！比我更狠！"看着两人痛苦地在地上趴着，顺溜粗暴地大喊道……

"冲击之前，仔细看好地形。把每一道土坎，每一片草丛，每一块石头都记在心里。为啥？因为它能救你的命！救了你的命，你才能要敌人的命。东边有日军机枪，西边也是伪军阵地。两边的火力在谷地上形成交叉火力网。还有，鬼子的山炮就在那片高坡后面，如果看见炮口冒烟，七八秒钟后炮弹就会落地。这只是第一拨炮火，接着会有第二拨。山炮从装弹、瞄准到发射，大概二十秒。要是你没给炸死，这二十秒就是你最好的跃进时间。为啥，前一拨炮弹炸起的尘土掩护了你，敌人机枪手一时也看不清目标了。明白不？"看着面前一个个年轻的面孔，顺溜大声询问道。

众新兵异口同声地回答道："明白了！"

见众人答的痛快，顺溜却斥责道："屁！明白了才叫见鬼。三营长教我动作时，当时我也觉得明白了，后来全不管用。为啥？没实战！你们不从枪弹底下钻它几回，没个死里逃生的经历，我说啥你们都不会明白！现在，看好我的动作。"

说罢，顺溜扑通一下卧倒，随后熟练地匍匐前进。身后，众人纷纷模仿顺溜的动作，笨拙地匍匐前进着。

回头怒视了一眼这些新兵，顺溜不断地呵斥道："身体尽量放低！你呆瓜啊你，子弹贴你头皮呢……手榴弹怎么鼓到胸前来了？胸前不能有任何物品，那会害死你……双脚两边叉开，用力蹬进。枪口千万不能戳进土，要不会炸膛！眼睛始终盯着前面，

第十八章　神枪手排

寻找火力空子……遇到障碍物不能抬起身体，翻滚一下避开……真是一群窝囊废，上战场不死才怪！"

麦场边上，陈大雷和三营长凝神站立在一旁，观看着顺溜的训练。眼见此景，三营长惊讶地说道："乖乖，这小子比我教他还狠，下手真凶！"

陈大雷微笑着保证道："瞧吧，一个英雄能带出一窝英雄！"

可惜，新兵们显然不这样认为，眼前这个凶神恶煞般的排长，众人对他恐惧得要死，也害怕得要死，唯一能让大家多少放下这种情绪的，也只有在专门进行的射击课程中。

仗着和文书亲密的关系，顺溜将他请来为众人讲解如何打得准的问题，虽然对于让文书教大家射击，陈大雷多少感到有点不以为然，但是，当听过一堂课之后，他却破天荒地同意了顺溜的请求。

每当忙完了一天的训练，新兵们都会在傍晚时分被集中在一座小院内。

小院内，在众人的中间，架着一块儿黑板，板上画着各种角度的弹道、山坡，以及山脊的示意图。文书站在黑板前侃侃而谈，众战士则盘腿坐地，全神贯注地倾听着文书介绍顺溜的射击经验。顺溜也坐在其中，凝神倾听着他与文书总结出来的经验和技巧，在他们身后，甚至连三营长也加入其中，听得津津有味。

"……敌人上山时，瞄他的头。敌人下山时，瞄他的脚。为什么呢？因为上山时，目标朝高处移动，而子弹出膛后，飞向敌人要有一段时间。你瞄的虽然是头，但子弹击中目标时，目标已经向上移动了一尺，因此你正好击中敌人的胸膛。下山时瞄他的脚，这又为什么呢？因为下山时，目标是朝下面冲，其移动速度要比上山快得多。因此，你虽然瞄的是脚，但子弹击中目标时，目标已经朝下移动了几尺，所以你正好击中鬼子胸膛。"

听到文书的介绍，顺溜在旁边不时赞叹道："是啊，一点儿没错……太对了……就这样打！"

队伍后面，三营长也低声惊奇道："妈的，这小子握枪都不会，讲起射击来倒是一套一套的！"

前面，文书继续说着："目标水平移动，也就是鬼子横向移动，从一边跑向另一边时，怎么打呢？听好，在一百米距离下，你瞄敌人运行方向的前一个身位，子弹就会正好击中目标，就好像敌人主动撞到你的子弹上！如果你死瞄敌人本身，等子弹到达位置时，就会跟敌人擦肩而过，你瞄得再准也永远打不着目标。再有，如何判断射击距离呢？一百米左右好判断，大家对这个距离也最熟悉。超过一百米就不好判断了，得凭经验。而且晴天容易误近，阴天容易误远。这话怎么说呢？因为，晴天阳光明亮，景物清晰，一百五十米容易看成一百米。阴天没太阳，景物昏暗，一百米也容易看成一百五十米。同志们，我说这些，都是我从陈二雷射击经验中总结出来的，是我俩的共同贡献！对不对呀二雷？"

文书仿佛钻进了顺溜的心里一般，将所有顺溜想说的话，一股脑地拿了出来，当听到文书的询问，顺溜立刻大叫一声："对！太对了！"

文书得意地点了点头，继续说道："我认为，陈二雷一颗子弹，顶你们三四颗。这意味着什么？意味着在战斗中，陈二雷一杆枪顶你们三四杆枪！同志们呐，如果我们大家都掌握了陈二雷的射击经验，都成为陈二雷了，又意味着什么呢？意味着我们一个营顶别人三四个营，意味着我们一个六分区，顶它三四个一分区啊！

第十八章 神枪手排

鬼子何愁不灭……"

正当众人兴高采烈地交流着心得，并且跃跃欲试地希望得到机会尝试时，突然，外面传来急促的一长两短的紧急集合哨音。

听到哨声，三营长立刻大声对众人喊道："所有人听着，带齐全部装备、物品，清理所有驻地痕迹，五分钟后集合，半小时后出发！"

突如其来的变故，让新兵们顿时紧张起来，一个新兵连忙小声向顺溜问道："排长，这是干嘛，是不是要打仗？"

看着对方紧张的样子，顺溜老练地说道："不像。我看像转移驻地。"

良好的军事素养在这个关键时刻显示出来，顺溜凶巴巴地高强度训练的作用此刻终于体现出成果，虽然通知下达得仓促，但是三排仍然是众多连队之中第一个完成准备任务的部队之一。

看着已经列着整齐队形站在自己面前的三排，陈大雷微笑着点了点头，随后大喊道："目标驻马庄，出发！"

听到陈大雷的命令，一直紧挨着他站着的顺溜身子一震，惊讶地反问道："驻马庄？"

陈大雷点了点头道："是啊，驻马庄，我们今后两个月的驻地。"

顺溜颤声地问道："驻马庄东面，是不是有个牛湾镇？"

陈大雷回忆了一下，点点头道："有个小镇子，距离四十几里地。哎，你怎么知道的？"

顺溜惊喜地说道："我姐家在那附近，离牛湾不远！"

陈大雷笑了，意味深长地说道："哦，想家了？二雷啊，你竟然也开始想家了！"

顺溜确实想家了，如果他还算有家的话。自从父亲离开后，顺溜就觉得自己仿佛是漂泊的树叶一般，始终找不到自己可以依附的所在，一直到加入部队后，这种漂泊不定的感觉总算找到了依靠。可是，当听到"驻马庄"几个字时，一直隐藏在心中的对亲人的眷恋，忽然不可抑制地澎湃而出，作为他唯一还在世上的亲人，那个从小代替娘将他拉扯大的姐姐，此刻不就住在离驻马庄不远的牛湾镇上吗？

虽然极力压制心中的思念，可是越压抑却越强烈地想姐姐，姐姐的影子一直在眼前萦绕着陪他走完全程。

来到新驻地，在安排完战士后，顺溜兴冲冲地向马厩走去。

马厩中，陈大雷亲切地抚摸着赤狐，回首却发现，顺溜不知何时衣冠整齐地站在他面前："哟，今天很精神嘛，新军装新鞋都穿上了。"

听到司令员的赞扬，顺溜嘿嘿憨笑了两声，请求道："嘿嘿司令员，我想请一天假，到牛湾镇，看望姐和姐夫。我们好多年没见了。"

陈大雷想了一下点头同意道："行，准了。牛湾镇那一片属于我军活动区，日伪军一般不来。但是也不能大意，快去快回。你再跟三营长报告一声。"

见得到批准，顺溜惊喜地大声回答道："是。"可却仍然一动不动地站在那里憨笑着。

回头奇怪地看了顺溜一眼，陈大雷反问道："怎么还不走，抓紧时间啊。"

顺溜支吾地看了看陈大雷，又看了看他身边的赤狐马，开口央求道："哎，哎，就走，就走，那个，司令员，我、我想借赤狐……就一天。我跟它一块儿去看姐。"

陈大雷顿时哈哈大笑起来，"噢！你想骑在我这匹大马上，炫耀自个儿啊！你想让你姐看了高兴？"

顺溜万分紧张地点了点头，颤声说道："嗳！我姐要是看到了，肯定高兴死了。司令员啊，成不？"

陈大雷故作为难地迟疑了一会儿，才慢慢说道："这马我一般不借。今天就破个例吧，借你骑一天！"

顺溜没想到陈大雷答应得如此痛快，惊喜万分地说道："当真？司令员……"

陈大雷点了点头，正色地说道："二雷，我告诉你，骑它要小心。我这伙计傲着呢，除我以外，从来不拿正眼瞅人。为啥？瞧不起你呗！"

顺溜连声点头，手却早已经摸向缰绳。

陈大雷继续说道："待会儿你就知道了。我这伙计上路时，昂头咔嚓一个大喷鼻，四个铁蹄呱呱呱呱，乖乖，那神气，那境界，比个少将都威风！"

顺溜头如捣蒜般不断应承着："是是是，就是！这马种好。神着呢！"

陈大雷奇怪地反问道："种好？什么意思？"

顺溜连忙解释道："司令员你看嘛，日本鬼子都是矮矬子，对不？可是日本的马呀、狗啊不一样，它们个个都好大个儿，壮得很！为啥呢？日本鬼子——种孬！日本畜生——种好！"

陈大雷一脸愕然，哭笑不得地说道："哎呀，我跟鬼子交手多年，这方面倒一点儿没在意，而你一眼就看出'种'的问题了！难怪翰林说你，虽然倔头倔脑，猛不丁精辟起来吓人一跳！进步了二雷，你不但会观察问题，还会分析问题了！照这样进步下去，就越来越像我陈大雷了。"

顺溜得意地笑了笑说道："那，司令员，我牵赤狐走喽？"

陈大雷慷慨地一挥手说道："嗯，不过记得，只一天假啊！日落前必须返回。不准犯纪律哦！"他的话音刚落，顺溜已经骑着赤狐窜出马厩，消失在庄口了。

肆意奔驰在美丽的田野上。马蹄在小河里溅起银闪闪的浪花，从未有过的轻松此刻如同微风一般吹袭着顺溜。

纵马奔上一座高坡，顺溜忽然勒住骏马，环顾四周无人，他随手从包裹里取出一只带洞的钢盔。原本破旧的钢盔早已经被擦拭一新，在钢盔前面则被工整地贴上了三个大字——新四军。后面还有两个小字——排长！

顺溜戴上钢盔，喜笑颜开，昂首朝天空大喊一声："爹啊，娘啊，看见不？儿是新四军，儿当上排长了！"随后双腿一夹，赤狐昂首长嘶，迅猛向前奔去。

陈旧的井台上，一名年轻俊俏的妇人手脚麻利地搓洗着手上的衣服，正在她忙碌着从井里舀水时，一阵阵急促的马蹄声忽然从身后传来。虽然马蹄声一阵急似一阵，妇人却并不在意，仍然继续着手中的活计。

可就在她刚刚放下水桶时，身后忽然传来一声响鼻，妇人受惊，忙回首看去，却发现自己身后不知何时多了一个身着军装，骑大马的英武军人！

"姐！"见到妇人，军人激动地喊了一声，赶紧下马，快步跑上前来。

听到喊声，妇人一脸惊讶，继之喜得要发疯！失声叫道："天呐，顺溜！真是你啊？你、你怎么成这模样了！"

顺溜激动地一把抱住姐姐，颤声说道："姐，我想死你了！"

顺溜姐伏在顺溜胸前，两手狠狠抓住他的肩，又哭又笑地说道："顺溜，你来了？你怎么才来啊！呀，你比姐高一个头了你！"

顺溜含泪点头，关切地询问道："姐，你都好吗？"

姐目光充满柔情地上下打量了顺溜好半天，才放心地说道："姐好，姐好……姐啥都好，就是惦记你！来，走，快回家里去，你姐夫还不知道你回来了呢。"说罢拉起顺溜急匆匆向家里走去。

还没进院，顺溜姐就笑着喊道："保国快出来，看谁来了！"听到喊声，一个身材粗壮的大汉三步并作两步从院里奔出，当看到一身戎装的顺溜后，登时惊愕地站在那里了。

"姐夫！"见到来人，顺溜亲昵地喊道。

听到喊声，保国疯了般冲上前，一把将顺溜抱起，喜得上下颠着他叫着："兄弟！顺溜！哎呀，真是你啊？哈哈哈，你啥时来的，你姐可想死你了啊！我们都想你啊！"

顺溜笑着说道："乖乖，姐夫劲儿真大！这膀子比咱三营长劲儿都大。"

见两人抱在一起，姐立刻嗔怪着说道："放下！割肉去！"

保国嘿嘿讪笑了两声，放下顺溜，连忙招呼道："顺溜，进屋吧，我割肉去。"

姐领着顺溜进到院子里，边走边说道："你姐夫敦厚，帮人开个肉铺，杀猪卖肉。他别的都好，就是憨！"

顺溜关切地问道："家里日子过得怎样？"

姐满意地点头道："凑合，过几日，你姐夫还想在院里给我打口井呢。"

忙碌中，姐姐放下手头的活计匆忙准备起饭菜，顺溜则趁这个难得的机会，歪在家里的炕上，舒坦地伸展着身子。

"你个小孩崽子，一走好几个月，也不说给家里打封信来，是不是把姐早扔到脑后去啦？"在厨房中忙碌的姐姐偷空嗔怪道。

"哪有啊，我天天惦记着你，早想回来呢，可是部队任务太忙，姐，我当排长了。"

"是嘛！排长可是不小的官啊，能管着十几号人吧？唉，这要是让爹娘知道了……"姐姐说到这里，鼻子一酸，赶忙将身子背了过去。

"那是当然了，我们排上，好几个年纪比我还大的，现在都听我管。"顺溜自豪地说道。

"行了，当排长了不起了是不是，当排长你也是我弟，快点起来收拾收拾，要吃饭了。"嗔怪地看了顺溜一眼，姐姐催促道。

麻利地起身，三步并作两步跑进灶房，看到桌子上丰盛的菜肴，顺溜伸手舀起碗汤，贪婪地喝起来。

一脸幸福地看着顺溜的吃相，姐小声询问道："慢点。味道怎样？"

一口气喝完甜美的肉汤，顺溜喘了口气道："好！姐啊，喝上这汤，一下子想起爹打的麂子，你炖的肉汤了。"

姐满意地笑道："部队上伙食怎样，有面吃吗？晚上睡觉冷不冷？病了谁给看？"

"姐你放心。部队上啥都有，样样不缺！"

"兄弟，你比以前更壮实了。"

见两人聊得热闹，一直站在一旁的姐夫忍不住插嘴道："顺溜，你打过仗没？"

第十八章　神枪手排

顺溜扑哧一笑，得意地说道："打仗？我早就老资格了！"

姐夫立刻兴奋地询问道："打过？你在哪儿打？"

顺溜自豪地说道："最近的一次战斗，就在三道湾，离这一百来里地吧……"

听到顺溜的话，姐大吃一惊，不敢相信地说道："天呐，你也在那？！上个集日我听人说，三道湾那儿的枪声跟炒豆子似的，响了两天两夜。鬼子把大卡车、机关炮全调来了。顺溜，你真在那儿？"

顺溜微笑着点头道："姐说对了，我在那顶了两天两夜没下火线。到后来，我一个人打好几支枪呢，狙击枪、机枪、三八大盖，我都打……"

姐惊恐万状地再次上下打量了顺溜几眼，关切地问道："你伤着没？"

顺溜笑着摇头道："放心吧姐！子弹没我跑得快……"

那边姐夫再次插嘴道："你打死鬼子没？"

顺溜调皮地转头问道："姐夫你猜！"

姐夫紧张地猜测道："你肯定打死过鬼子，少说有三四个吧？"

顺溜自豪地说道："当兵到现在，我已经打死过七十多个鬼子了，伪军不算！"

姐夫惊骇万分，不敢相信地重复道："七、七十多个？！"

姐激动着颤声说道："顺溜，你、你打的鬼子，比爹打的狼都多啊！"

得到姐姐的夸奖，顺溜感到比什么都高兴，大口吃着充满了家味的菜肴，顺溜满意地笑着。

温馨的时刻让时间走得飞快，转眼间，窗外的日头已经渐西了，看着树林里拉得老长的影子，顺溜依依不舍地站起身来，对姐姐说道："姐，我走了。"

听到他的话，姐期待地问道："顺溜，能住几天不？"

顺溜可惜地摇了摇头道："不能，我今天必须赶回去。部队上有纪律。"

姐怅然地说道："再过几天，就是五月初八，爹娘的忌日。姐好想和你一块儿给爹娘烧炷香。"

顺溜一怔，随后说道："姐，替我烧吧，我在部队上磕头了。"

听到顺溜的话，姐为难地一笑，随后抬头看了看屋外挽留道："太阳快下山了，你赶得回去吗？要不住一宿吧，陪姐说说话。"

顺溜微笑着点头道："我不有赤狐嘛，几十里路，它一阵风似的就到了。"说着，起身向外走去。

门外，保国早已经把马准备妥当，见顺溜出来，立刻憨笑着牵马走了过来，顺溜抬头看去，赫然发现马鞍上竟然扛着半扇猪肉。

见此情景，顺溜惊讶地问道："保国，你这是干什么？"

保国自豪地说道："没啥东西给你，把肉带部队去，叫弟兄们吃！"

顺溜不安地说道："那怎么行，这得多少钱啊，家里日子不宽裕。"

姐在一旁连忙插嘴道："听你姐夫的！咱家开着肉铺呢。"

看了看一脸期待的姐夫，又看了看身边笑着的姐姐，顺溜摸了摸脑袋，一纵身跳上马，带着马头转了一圈后，说道："姐，姐夫，我替新四军谢谢你们俩了。"说完，纵马向前奔去。

目送着顺溜的身影逐渐消失在道路的尽头，一直挂着微笑的姐姐忽然悲声痛哭起来。听到哭声，一旁站着的保国连忙关切地

第十八章 神枪手排

问道:"咋了,这不是好事吗,顺溜都当排长了,你哭啥嘛?"

努力点头止住了眼泪,姐这才说道:"我娘死的早,顺溜打生下来就没喝过一口人奶,都是我爹四下寻着母兽,猎得兽奶才好容易把他养大的,本来寻思着,等他年纪大了找个媳妇,好生过日子,谁想到,这日本鬼子又来了,顺溜啊,命怎么这么不好呢?"

见老婆一脸悲伤,保国却无言可劝,只能在旁边不断安慰道:"别多想,别多想,以后,咱只要有富余,就多买两头猪,给新四军送去顺便能看看他,反正路又不远。"

看着身边丈夫憨厚的样子,顺溜姐忍住了悲伤,恋恋不舍地与他一同返回到屋里。

顺溜没觉得自己命苦,此刻他只觉得自己非常幸福,骑着司令的马,驮着半扇猪肉,顺溜兴高采烈地一路奔回驻地。

"老班长,看我给你带什么来了?"刚走到炊事班门口,他就迫不及待地大喊道。

听到喊声,炊事班长出门朝马鞍上一看,立刻惊喜地说道:"肉哇!哎哟哟,整半扇生猪哇。二雷,哪来的这么多肉?"

顺溜得意地说道:"我不是才回家探亲了吗?这肉,是我家保国犒劳新四军的!"

炊事班长脸笑成了一朵花,为难地说道:"二雷啊,你可叫我为难呐。要是送二斤枣什么的,我敢收!送整半扇猪,这就过了,过了,太过了!我不敢收哇……"

顺溜笑着说道:"老班长你装什么洋蒜,弟兄们好久没吃肉了,炖上,全炖上,叫弟兄们吃个够!"

炊事班班长闻言,正色地说道:"二雷,当真不?这肉真是给咱们部队的?"

顺溜自豪地一挥手道："当然！我敢唬你？我说吃，你就放开吃呗！"

炊事班长喜得冲屋里叫道："来啊，把肉扛进去。添口大锅，赶紧烧水。"

晚霞中，大锅咕噜噜冒着的香气吸引了周遭仍在训练的战士们，众人三三两两地凑到炊事班门口，一脸馋相地四下张望着什么，甚至连三营长都好奇地凑过来看个究竟。

见三营长过来，炊事班班长立刻报告道："营长，顺溜带回来了半扇猪肉，说是他家保国犒劳咱们的，让我给炖上了。"

"哦，顺溜回来了？他在哪？我还正要找他呢。"听到炊事班班长的话，三营长立刻追问道。

"我在这呢，三营长，有事吗？"还没等炊事班班长答话，顺溜立刻不知道从哪里冒了出来，兴高采烈地问道。

"还说我有没有事，我倒要问问你呢，你的那个神枪手排也该动一动了吧。不拉出去练练，能算是真正的战士吗？"看着一脸兴奋的顺溜，三营长立刻开口说道。

"练，怎么练？"顺溜不明白地问道。

"我不管你怎么练，但是，必须保证两条要求，第一，不能有人员伤亡，第二，三天内至少给我带回来十条枪。怎么样，能做到吗？"听到顺溜的询问，三营长反问道。

"这，俺能。"顺溜迟疑了一下，立刻开口道。

"哦，有你这句话就行，好了，告诉他们，开饭了。"听到顺溜的保证，三营长微笑着，大声说道。

身边，众多战士早等得望眼欲穿，听到三营长的话，立刻轰然间散去，向各自的营房跑去，准备起餐具来。

第十八章 神枪手排

门口只有顺溜仍然站在那里,苦苦思索着,在站立了良久后,才心事重重地向自己的营房走去。

麦场上,战士们齐堆蹲地,人人端个碗儿欢喜地吃着肉,一脸的喜气洋洋,可就在大家吃得高兴时,顺溜忽然不声不响地出现在众人面前。

看着自己的部下齐刷刷地看向自己,顺溜咳嗽了一声,迟疑着说道:"嗯……都……我家保国送的肉好吃吗?"

一句话就把大家的情绪点燃了,战士们纷纷起身,大呼小叫道:"好吃,排长。"

见大家高兴,顺溜心下稍安,继续说道:"好吃就好,下个集市,我让我家保国还给大家送肉吃。不过,话说回来,这肉可不白吃,刚刚营长给咱们下了命令,让我们别光在家里混吃喝,也出去锻炼锻炼,还告诉我们,至少要三天拿回十条枪,大家说,这事怎么办啊?"

听到顺溜的话,所有人都一下子沉默下来,互相间看了看之后,再次把目光转到顺溜身上。

见大家再次看向自己,顺溜立刻说道:"我寻思,咱们该会的都会了,不出去让人家笑话,就答应了。所以,现在大家都听好了,各班的班长,你们首先跟我出去,我们要按照毛主席的教导,在田间地头展开麻雀战,搅得鬼子不能安生。"

听到顺溜安排,众人一一允诺,随后再次兴高采烈地大吃起来。看到大家没提出什么反对意见,顺溜放心了不少,趁着大家忙碌的时候,自己偷偷钻进屋子,准备起作战的装备。

夕阳西下,碉楼上。一名日军扛着枪在碉楼顶上转悠着,目光漫无目的地四下巡视着,可是,宁静的空地上传来一声枪响。

随后他整个人忽然身体一震，无声无息地倒地死去。

　　碉楼里，枪声惊醒了其余的鬼子，歪把子机枪拼命地叫唤起来，密集的子弹带着哨声向四下射去。可惜，此刻，在远处的山坡上，顺溜等人已经迅速完成袭击，悄然离开，只留下机枪徒然地在那里空响着。

　　同一时间，另外一条道路上，一辆三轮摩托车孤单地行驶在道路上，可是忽然响过一声枪声后，驾驶摩托车的日军身体一歪，连人带车翻倒在一旁。坐在身边的同伴在挣扎着爬起来准备寻找袭击者时，再一次的枪声，彻底将他送进死亡的深渊。

　　道路旁边的高粱地里，两名全身被高粱秆子包裹的战士很快从掩蔽地点窜出来，在利索地拽走日军的武器后，两人再次闪身消失在高粱地中。

第十九章　噩　耗

伪军司令部内，吴大疤拉笔直站立，手抓着电话"嗨，嗨"不止，话筒那边隐约传来松井的声音："……后天上午十点以前，你必须赶到淮阴城来，参加本次战斗的总结！"

松井挂断了电话。吴大疤拉立刻瘫倒在椅子上，长吁短叹起来。

副官小心上前，低声询问道："司令，皇军怪罪我们了吗？"

吴大疤拉冷冷地说道："松井让我去参加战斗总结会议，知道吗？每次战斗总结会，他都要枪毙一两个作战不力的皇协军，上次被毙的是连云港的何子魁。这次，恐怕该轮到我了。"

副官恐惧地说道："司令，咱们不去。千万别去！"

吴大疤拉苦笑着说道："不去？不去死得更惨！相反，去了倒可能有一线生机。"

副官紧张地问道："司令，您不能死，您死了，咱们弟兄也就都完了。司令啊，我能为您做点什么不？"

吴大疤拉苦思许久，眼睛发亮了。正声对副官道："我正需要办件事呢。你立刻到河西店、南各庄、宋家洼子这几个地方跑一趟，穿便衣去，仔细观察动静，打探消息。我一直怀疑，那几个地方有新四军暗巢,有抗日分子暗中勾通六分区,就是不确定是哪一个!你去后,设法查明情况,明天日落前回来向我报告。兄弟啊,给你说心里话吧,如果我能带点什么去见松井,或许能逢凶化吉。"

副官点头,连忙说道:"明白了。我去。我在河西店有个相好,那儿我熟!"说罢,安排人准备着向南各庄前去。

驻马庄口,三营长陪陈大雷漫步前行,缓声询问道:"司令员,这次去军区开会,得几天时间?"

陈大雷心中计算了一下,回答道:"最多三天就回来。你把训练抓紧,部队刚换了驻地,一时半会儿有些松懈、忙乱。比如我夜里查哨,就发现换岗的兵竟然找不着哨位了。那么,一旦来了情况,战士会不会找不着排长?排长会不会找不着连长?"

听到陈大雷的命令,三营长点了点头,随后说道:"嗯,这个问题我也看到了,回头我就整顿。不过司令员,你这次去军区开会,要小心些啊,前段时间老宋从淮阴带回来的消息说,日军宣称已经把你击毙了,我觉得这里头肯定有猫腻,您还是小心点好。"

陈大雷不由得大笑道:"哈哈,那是松井那老小子做梦吧?把我击毙,我哪天倒要去淮阴城溜达一圈,让他看看我陈大雷的样子,三营长,你放心吧,这里是咱们的地盘,可不是小鬼子说来就能来的。"说完,接过三营长手中的缰绳,纵身上马,带着卫兵驰骋而去。

目送着陈大雷的身影消失,三营长多少有点不放心,站在庄口思索了好一阵,才满怀心事地走回庄中。

夕阳下,陈大雷骑着赤狐,带着两个卫士,警惕地向南各庄

第十九章 虚 耗

奔去。三人来到庄外一片丛林边的土地庙旁。陈大雷下马后，低声命令卫士道："你俩在这等候。大概半个小时左右，我就回来。"

卫士应声，接过马缰，隐入丛林。陈大雷窥着四周没人，一头钻进破败的土地庙。

幽暗的光线下，陈大雷掀开一堆草堆，顺着地道口下去，神不知鬼不觉地进入到南各庄中。

很快的，在厢房内，相同的叩击声再次传来。焦急地等待在屋内的吴妮，急忙过去拉开小柜，掀起地面木板。陈大雷立刻从地道口钻出来。吴妮拍去他身上的尘土同时笑着说道："来了，你可真准时！"

陈大雷兴奋地说道："都准备好了吧？走，立刻跟我动身，转移到军区驻地去……"

吴妮犹豫了一下，随后说道："大雷啊，正想跟你商量这事呢，我能不能迟两天再转移？"

陈大雷愕然反问道："不是定好今天吗？"

吴妮连忙解释道："姐妹们还有三十多双军鞋没做好，两天之后就全齐了。我带上它们一块儿走。"

陈大雷不悦地说道："哎呀，不就几十双鞋嘛，搁下，以后再来取吧。跟我走。"

吴妮嗔怪道："别以后啦，我就延迟两天！再说，说不定南京的药品也能到，我带上东西一起去军区不是更好吗？部队太缺乏物资了。"

陈大雷犹豫着说出自己的担心："吴妮啊，你待这时间太长了，我担心你快暴露了。"

吴妮微笑着摇头道："这你放心，绝对不会，我有数！来，喝碗粥！"

一口喝光碗里的粥，陈大雷大步走出房间。满眼不舍地目送着他离开，吴妮轻叹了口气回到屋里。

昏暗的庄外小道上，副官此刻穿得像个老农，牵头毛驴慢步走来。一边走，一边四下张望着……

忽然间，他低头看向路边垃圾堆，很快从其中扯出一条长长的、剪剩的布料。副官盯着它陷入沉思，恰在这时，远处丛林传出一声激昂的马嘶。

副官大惊，急忙躲在暗处，朝那里看去。片刻后，陈大雷与卫士骑马从丛林里飞驰而出，转瞬消失在暮色里。

见到那如标志一般的赤狐马，副官惊骇万分，颤声说道："天爷，那是赤狐马，是赤狐马啊！"边说着，边匆匆跨上身后的毛驴，飞也似的向据点跑去。

一路小跑赶回到据点，副官喜滋滋地冲进司令部，向正在焦虑不安的吴大疤拉报告道："司令，司令，我回来了。司令啊，您真料事如神，南各庄就是新四军暗巢，您看……这不是从我们仓库劫走的布匹吗？叫南各庄的人做军装了！"

吴大疤拉接过那条碎布料，仔细看了看，颔首道："不错，是我们仓库的东西。"

副官得意地再次说道："还有更重要的情报……我亲眼看见了陈大雷！"

吴大疤拉惊讶地瞪大眼睛道："不可能！陈大雷在厚岗被松井联队击毙了，石原将军还为此发了通报。"

副官急了，连忙表白道："真是陈大雷，我亲眼看见的，他从丛林出来，带着两个卫士，骑马朝南面走了！"

第十九章　噩　耗

吴大疤拉怀疑地盯着副官质问道："你怎么那么肯定他是陈大雷？"

副官急着说道："我虽然没见过本人，但我见过陈大雷那匹赤狐马啊，那马比松井太君的坐骑还威风呢！"

吴大疤拉呆定了片刻，渐渐微笑起来："哈哈哈，好好好，妙啊！松井跟陈大雷血战了三天三夜，说是把他击毙了。可是陈大雷竟然安然无恙，松井岂不是在虚报战果吗？副官，看来我们这次回去，也是个有惊无险啊，这次，你可是立了大功。"

听到吴大疤拉的赞扬，副官顿时一副轻飘飘的感觉，仿佛浑身骨头都轻了三两。

逐渐收拢起笑容，吴大疤拉的脸上再次露出一副狠辣："迟也是一刀，早也是一刀，既然松井有心找我麻烦，那我先让他吃不下饭。副官，备马，我们去淮阴。"说着，大步走出房间。

夕阳残照中，石原与松井此刻正在淮阴城关上踱步。长长的城关上，早已经被武装成一处堡垒，放眼望去，处处皆是沙包掩体和纵横排列的机枪。

走在石原的身边，松井沉声说道："……将军，我想把周边据点的兵力分批撤回来，集中到淮阴、盐城等地做坚固防守。第一批，先撤南村、张屯井等部，把据点交给皇协军守卫。"

石原奇怪地反问道："为什么？"

松井连忙回答道："我们兵力不足，军械给养也跟不上。还有，近来新四军频繁出击，其目的就是想把我军拖在外围孤立据点上，各个歼灭。虽然现在没有进行大的军事行动，可是我们部队每日的日均伤亡人数都在百人以上，敌人实在是太可恶了，不敢正面交手，只会使用下三滥的手段，单独出去巡逻的士兵，常常会遭到他们的狙击。"

　　石原沉吟了片刻，说道："从策略上讲，撤回来是正确的，但是从大局出发，撤回来不妥。那些据点一旦交给吴他们那些人，等于交给国民党和新四军。再者，前沿部队一旦开始撤退，就可能一退再退。无论对敌还是对己，影响都太大。松井啊，我们只能在一种情况下撤退，即撤退是为了更好地进攻。如果单纯撤退，等待我们的只能是失败。至于兵力和军械，我会想办法补充给你。我一定会让你拥有比过去更强大的力量。"

　　听到石原的保证，松井微笑着点头道："嗨！"

　　满意地对松井点了点头，石原转头朝城外望去，忽然笑着问道："你看，那个骑马的人是不是吴雄飞？"

　　松井望去，立刻看见吴大疤拉正骑着马缓缓地向城门走来，立刻怒道："正是他！"

　　石原奇怪地问道："他刚刚吃了败仗，这种时候怎么还敢进城呢？"

　　松井立刻解释道："我命令他来的。"

　　石原意味深长地看了松井一眼，随后说道："哦……听说他在三道湾战斗中负了伤，表现还不错嘛。"

　　松井随口解释道："不过是支那人的小把戏，轻伤装成重伤，以便向我们邀宠！将军，我确信这家伙通敌。我准备在战斗总结会上，当众把他正法。"

　　石原微笑了一下，平静地说道："这种家伙，你愿意怎么办就怎么办吧？只希望你砍他头之前听听他说些什么。杀人容易，了解一个人，不容易。不要因为他是头支那猪就不屑于了解他了。"

　　松井似有所悟，慢慢点头道："嗨。"

第十九章 霉 耗

城下，吴大疤拉并没有看到站在城墙上暗中观察他的松井二人，但是在刚刚进入城门的时候，他顿时觉察到一种不祥，四周一片杀气，所有的日军都对他怒目而视。

眼见这一幕，副官颤声地说道："司令，有点不妙啊。看，他们想要吞了咱。"

吴大疤拉压抑着恐惧安慰道："不要慌，照直走。是福不是祸，是祸躲不过，跟鬼子玩就得豁出命来。记着，遇事别说话，有我呢……"

他的话音刚落，一个日军士官领着两个士兵迎面走来，厉声喊道："站住！"

吴大疤拉站住，奇怪地问道："太君？有何贵干？"

士官没理会吴大疤拉的询问，厉声命令道："缴他们的枪。"

见身边的日军扑来缴械，副官惊恐万分地求饶道："太君，太君，我们都是忠心耿耿的啊，我们没犯事啊……"

可还没等他把话说完，士官一巴掌扇去，将副官打了个趔趄。吴大疤拉不由得叹息一声道："兄弟，我叫你别说话嘛。"说着，在日军的押送下，昂然走进日军司令部。

司令部内，大堂上，众多日、伪军官围案而坐，被缴了械的吴大疤拉强作平静地坐在末尾，等待着可能降临到自己头上的不幸。

环顾了一眼四周的众人，松井忽然开口怒道："国共联合战役时，你部本应该侧击敌军，但你却被挡在三道湾几天几夜过不去。此外，你还夸大敌情，说陈大雷就在三道湾。吴雄飞，你屡屡惧敌避战，贻误战机。"

吴大疤拉失声惊异道:"联队长,陈大雷要是不在三道湾,能在哪儿呢?"

松井怒道:"陈大雷在厚冈,他被我的部队击毙了!"

吴大疤拉闻言顶撞道:"不!联队长,陈大雷还活着,昨天晚上,我的部下外出侦察时,亲眼看见他了!"

松井惊怒,霍然起身道:"胡说,陈大雷死了!"

吴大疤拉鼓起勇气,迎着松井可以杀人的目光说道:"松井太君,你看见他的尸体了吗?太君啊,职下做梦都盼望陈大雷被您击毙了,实在是太期望太期望了!但陈大雷确实没有死,他还好端端地活着。"

此话一出,在座的众多日、伪军官脸色骤变,惊异地交头接耳起来。

此时,松井背后的屏风里,一直暗中聆听的石原闻声也是一惊,手中的毛笔一颤,竟然在宣纸上留下一道长长的墨迹。

大堂上,见众人被消息所震慑,吴大疤拉激动地继续说道:"松井太君,您可以杀我,但我吴雄飞出于对大日本的忠诚,我就是掉脑袋也要说出真情实话!而您,也不要因为陈大雷没有被太君击毙,为了掩盖实情就要杀我灭口!"

吴大疤拉的信口雌黄,让松井惊怒道:"你、你胡说八道!陈大雷死了,我们的狙击手击毙了他!"

吴大疤拉苦笑着反问道:"那么,他的尸体在哪?请太君砍下我的脑袋,把我的狗头扔到陈大雷的狗头边上吧!"

松井愤怒之极,可竟一时无言以对,只能杵在那里愤怒地盯着吴大疤拉,仿佛要把他一口吃掉。

迎着松井可以杀人的目光,吴大疤拉颤声说道:"太君,陈

第十九章 霾　耗

大雷没有死，千真万确没有死。而且……而且我知道他的藏身之处。"

此言一出，在座的日本军官纷纷转头惊愕地看着他，几个伪军司令更是毫不掩饰地露出一脸敬佩之色。

眼见会议无法继续下去，松井缓慢地坐回到自己的座位上，犹豫了片刻，沉声说道："散会。吴留下。"

听到命令，众日、伪军官连忙起身离去。

眼见众人离开，松井冷冷地盯着仍然坐在那里的吴大疤拉，忽然开口道："押下去，关起来！"

听到命令，门口站立的卫兵如狼似虎地扑过来把吴大疤拉拽了出去。

看着眼前空无一人的会议室，松井沉默片刻，走到屏风后，表情沮丧地说道："将军，吴雄飞说，陈大雷还活着。对此，我有点儿怀疑。"

石原冷冷地说道："我也听到了，但我不怀疑他的话。"

听到石原的话，松井毫不掩饰地露出一脸愕然的表情。

石原长叹一声道："我刚才忽然想起来，你们撤出厚冈战场的时候，山上的新四军虽然所剩无几了，但并没有崩溃，他们死到临头也没有放弃战斗，这足以证明陈大雷就在他们身边！本来，这并没有什么大不了的。可问题在于，是你亲口向我报告说毙了陈大雷，而我已经把这事作为第一联队的战功通报华东各部了，已经不能更改了！松井呀，你知道这意味着什么吗？这意味着你虚报战功，意味着我向华东四十六万部队官兵说了假话！松井呀，我在通报里是这么说的——在国共双方试图进行联合战役时，杰出的华东第一联队在联队长松井的指挥下，抓住战机，痛歼了新四军江淮军区所部千余人，并且击毙我军宿敌——新四军第六分区司令员陈大雷！我知道我的话有些夸张战果，但是在太平洋战场形势压迫下，我们迫切需要一场胜利鼓舞华东官兵！松井啊，陈大雷没死，这件事……唉，你真可耻！我，我真可悲！"

松井惭愧地说道："将军，都是我的错，我该怎么办……我已经不配担当此重任，请您撤我的职吧！"

石原怒吼道："哪有指挥员在战场上辞职的?！松井，你听着，现在只有一个办法能挽回你我的尊严。我命令你想尽一切办法，不惜一切代价，立刻击毙陈大雷！至于怎么击毙他，或许那个吴雄飞能帮助你！他不是知道陈大雷的藏身之处吗？现在你立刻去把吴叫来。"

吴大疤拉正垂头丧气地待在牢房内。他知道自己生死迫在眉睫，唯一可以依靠的就是陈大雷，只要皇军相信了他的话，那么自己的小命才会保住，想到这里，吴大疤拉破天荒地祷告起来，企求满天的神佛保佑陈大雷能长命百岁。

"哗啦！"正在吴大疤拉胡思乱想的时候，牢房忽然开了。一名日军士官入内，冷冷地瞪了他一会儿，忽然敬礼说道："吴司令，请跟我来！"

看到对方恭敬的态度，吴大疤拉心中暗自松了口气，跟随士官走出牢房。对方把吴大疤拉带到一间屋内，大堂案上有一席酒饭。

士官回身恭敬地说道："联队长命令说，你还没有吃饭。他让你先吃饭，在此休息等候。联队长随后会见你。"

听到士官的话，吴大疤拉终于放下忐忑的心情微笑起来，看着满桌的饭菜，狼吞虎咽地大口吃起来，正当他边吃边筹划着一会儿要如何应付松井的询问时，一阵熟悉的脚步声忽然从走廊传

第十九章　噩 耗

来，听到这脚步声，吴大疤拉一愣,迅速放下筷子提前起身立正。

门外，松井走到吴大疤拉面前，沉声问道："吴雄飞，你确实知道陈大雷的藏身位置吗？"

吴大疤拉犹豫了一下，正声道："报告太君，准确地说，职下并不知道陈大雷的位置，但知道他妻子的位置。当时，陈大雷正离开他的妻子，骑马而去……"

松井顿时大怒，生气地大喊道："吴，你又在欺骗！在会上，你说你知道陈大雷的藏身处！"

吴大疤拉立刻胆怯地老实说道："联队长啊，当时我非这么说不可，要不然，您立刻就会砍了我。联队长，我怕死呵，我真的好怕死啊！……"

松井哭笑不得地看了他一眼，随口骂道："猪！猪！"

吴大疤拉连连点头道："是是，支那猪！联队长，我们只要抓住陈大雷的妻子，就能知道陈大雷的位置，而且可以诱出陈大雷，一举击毙。"

松井愤怒地瞪着吴大疤拉，继之无奈地问道："那好。陈大雷妻子在什么位置？"

吴大疤拉犹豫了一下，用手指着自己的脑袋说道："在这里……"

松井厉声质问道："说出来！"

吴大疤拉恳切地请求道："太君，我现在真的不能说。说了，您可能就不需要我了。还是让我带你们去吧，我保证生擒她，交给您！"

听着对方狡猾的回答，松井愤怒地瞪着吴大疤拉，表情无奈地点了点头，随后转身离去。

335 /

对于吴大疤拉这样的人，松井终于体会到了滚刀肉的真谛，显然吴大疤拉就是这样的人，数次对他动起杀心，却总不能如愿。

虽然松井很想一刀杀掉对方，可是，当想起那如鲠在喉的陈大雷时，他终于克制住自己的想法，转身走进石原的房间。

"哈哈，狡猾，真是狡猾！说实在的，我倒有点喜欢他了。"屋内，听完松井汇报的石原，不禁大笑起来。

听到石原的话，松井恨声说道："将军，我隐约觉得，吴早就知道陈大雷妻子的位置，但他就是隐瞒不报。现在他要掉脑袋了，才用情报来救命。"

石原颔首道："嗯，这能理解——他怕陈大雷嘛。"

松井奇怪地反问道："他就不怕我们?!"

石原微笑着回转身来说道："当然也怕。他两头都怕。松井，这种家伙在皇协军里遍地都是。松井啊，让吴多活几天，等消灭陈大雷后再杀死他。"

松井无奈地点了点头道："只好这样了。"

忽然石原想起什么来，再次询问道："看见山本了吗？"

松井回答道："我刚刚见过他，但是还没有把这件事情告诉山本。"

石原渐渐止住微笑，严肃地说道："应该告诉他，应该用失败来杀一杀这家伙的傲气！"

听到石原的话，松井若有所思地点了点头，刚准备叫传令兵，可是，想了想之后，却亲自向门外走去。

指挥部外的卡车上，垂着篷布的车厢内显得阴冷黑暗。可山本却在自己的"家"里四仰八叉地躺着，呼呼大睡。在车厢板上零散地摆放着各种物品，那本破旧的歌妓画报却须臾不离地被抓

第十九章 噩耗

在手中，昏暗的光线下，那歌妓的样子清晰可辨，竟与吴妮的样子有九分的相似。

就在山本惬意地享受着这难得的闲暇时，车外突然响起一声怒吼："山本，下车！"

听到喊声，山本睁开眼，跳下车，笔直地站在松井面前，恭敬地敬了个礼。

见山本下车，松井怒喝道："你确实击毙了陈大雷吗？"

山本奇怪地看了松井一眼，点头道："是。当时他身佩大刀，正向我军冲击。我亲眼看见子弹击中了他。"

松井冷冷地注视着山本，随后说道："有可靠情报证明，陈大雷还活着！"

山本惊讶地说道："活着？难道……难道我打空了？难道那人不是陈大雷……"

松井盛怒道："山本，你怎么也会虚报战功呢？你让我丢尽了脸！"

山本愤怒地沉默下来，之后切齿道："联队长，这件事是我的耻辱！我必须挽回。"

松井看了对方一眼，长叹了一声道："山本君，准备一下吧。一会儿我们有行动。我会再给你一次机会，这一次，你必须击毙陈大雷！"

看着松井严肃的表情，山本重重地点了点头，严肃地保证道："请联队长放心，我一定会将陈大雷的人头带回来的。"说完，一头钻进车内，迅速收拾好自己的行装，命令司机开车向城门驶去。

淮阴城外，吴大疤拉军装严整地出现在已经集合好的伪军面前，朝伪军们大声训着话。在他身边不远处，坂田则带着一小队日军严密监视着他的行动。

  在坂田面前，吴大疤拉愈发展示出自己的威严，朝队伍厉声喝道："一看就知道，你们是最优秀的皇协军部队！你们斗志昂扬，摩拳擦掌，你们一个个早就按捺不住建功立业的心思了！啊，你们不必朝皇军看，他们是来配合我们作战的……是不是啊，坂田君？"

  说完，吴大疤拉恭敬地向坂田媚笑着，虽然坂田对他的话似懂非懂，但是在松井的严令下，他却冷冷地点下头附和着。

  吴大疤拉得意地继续说道："今天，我亲自组成突击队，奇袭南各庄。那是新四军的暗巢，陈大雷的老婆就藏在那里……"

  原本勉强列队整齐的伪军，一听说陈大雷的名字，又立刻显露出惊慌的神色，甚至有人胆怯地交头接耳地议论起来。

  见众伪军怯懦的样子，吴大疤拉大声训斥道："怕什么？又不是陈大雷，是他老婆，一个娘儿们嘛！我已经向松井立下军令状了，抓不住那个娘儿们，砍我的头！我为什么敢立这个军令状呢，因为我保证大军一到，那娘儿们手到擒来。接着，你们就等着领赏吧。听令，出发！"

  众伪军连忙昂起头齐声回答道："遵命。"

  满意地看了一眼众伪军，吴大疤拉随后献媚地向坂田看了一眼，在得到对方的允许后，才匆忙跑到队伍前，率队向前走去。

  前方，吊桥轰轰放下，吴大疤拉率领众伪军走过吊桥，朝南各庄迅速前进。坂田和众多日军在后面跟随着。

  可就在众人刚刚走过吊桥时，突然，一辆卡车飞快地从后面驰来，"吱"的一声刹住，山本噌地一下跳下车出现在众人面前。

第十九章 噩 耗

见山本出现，坂田惊讶地问道："山本，你来干什么？"

山本提着狙击枪在对方眼前晃了一下说道："我和你们一块儿去。"

坂田连忙回答道："松井联队长有命令，你参加的是第二步行动，今天你可以不必去。"

山本固执地说道："全部行动我都要参加。厚冈战场上，我没能击毙陈大雷，那是我的耻辱。我必须在最短的时间内雪清前耻，亲手击毙他。"

坂田无奈地点了点头："随便你，但卡车不能开去。引擎声会惊动村民。"

山本同意道："这我知道，我步行。你们走你们的，我走我的。"说完，提着狙击枪独自大步奔向小径。

在吴大疤拉的带领下，清晨时分，众伪军偷偷摸进南各庄。看到眼前宁静的村庄，坂田一挥手，众日军立刻进入庄外的埋伏阵地。

眼前，庄内静悄悄的，所有人都沉睡在黎明前的宁静之中，只有偶尔的鸡鸣狗吠之声零星地传入耳内。

迅速地围拢住村庄，众伪军持枪弯腰蹲伏在四周，如临大敌般监视着。

吴大疤拉身边，副官在谨慎地四下张望了一圈后，突然指着前面不远处的那座土地庙，低声说道："就是那！"

听到副官的报告，吴大疤拉一笑，随后问道："糊涂！那是个破土地庙，是新四军接头的地方。陈大雷的老婆并不住庙里。她住哪你知道吗？"

副官连忙摇了摇头。

见副官不知道，吴大疤拉手一伸，准确地指向远处一座小院说道："在那个院子里！"

副官大惊，敬佩地说道："司令，原来你对这的情况早就知道啊！"

吴大疤拉狡黠地笑道："兄弟，我知道的永远比别人以为我知道的多得多！要不，我能活到今天吗？"说罢，他转身朝伪军示意。看到他的命令，众伪军立刻分两路将小院包围。

在日军的监视下，伪军的行动出奇地神速而谨慎，一直到彻底包围了小院，院内的人都没有察觉到敌人的到来。

在吴大疤拉的示意下，一名伪军正准备踹门，院子里忽然响起一阵响动，听到响声，伪军连忙缩回身子，小心地探头看了一眼，立刻发现，一名孕妇迟缓地从屋子里走了出来。

那个孕妇走进院子，正欲打开鸡棚子，却突然看见几个伪军鬼鬼祟祟地行动，顿时心下大骇。她左右望望，犹豫片刻后，毅然冲向吴妮所在的小院。

情况的紧急已经让人顾不了那么多了，孕妇快速地推门入院，急促地敲着房门。

听到敲门声，吴妮开门惊问道："妹子，出什么事了？"

孕妇急忙说道："吴姐，伪军进庄了，我亲眼看见的，离这院不远，肯定是来抓你的。你快躲一躲！"

吴妮沉吟了片刻道："现在出不去了吧？"

孕妇慌忙回头看了看，随后说道："出不去了！"

吴妮点了点头道："那赶紧下地道，厢房里就有。"说罢，快步走到屋角，推开地柜，掀起一块板子，一个一尺见方的孔洞赫然出现在两人面前。

第十九章 噩耗

吴妮自己先下去,再双手伸向孕妇道:"妹子,快进来!"

孕妇挺着肚子,表情为难地说道:"我、我怀着孩子呢……"

就在两人犹豫间,门外忽然传来伪军的脚步声,继之是沉重的砸门声。

听到声音,吴妮大急,连忙催促道:"快进来,试一试啊。"

孕妇竭力想进入地道,可是狭窄的地道口却紧紧地卡在她的肚子处,怎么也进不去。在徒劳地尝试了一番后,她颤声说道:"别管我了,吴姐你快走吧。"

吴妮不安地说道:"妹子,他们会抓你啊!"

没理会吴妮的警告,孕妇强行把她一把按进地道,继之盖上板子,再推上地柜。

就在她刚刚做完这一切时,门口"哗啦"一声,房门已然被踹开,吴大疤拉领着众伪军冲进来了。见此情景,孕妇立刻紧张地缩着身子,胆怯地看向周围的伪军。

吴大疤拉一眼看见孕妇,神色一滞,随后说道:"陈太太,总算找到您了!嘿嘿嘿,听说你姓吴,知道不?我也姓吴哇。我叫吴雄飞!对于陈司令嘛,兄弟我佩服得紧,但今天这事,我是不得不为……哎哟,陈太太连孩子都怀上了,恭喜恭喜哇!"

孕妇大惊失色,连忙颤声解释道:"我、我不是陈太太……"

听到她的辩白,吴大疤拉不屑地讥讽道:"不是陈太太你怎么在她屋里,狡辩,带走。"

听到命令,众伪军立刻冲上去,七手八脚地正准备抓着她离开,身边的副官却小声对吴大疤拉说道:"司令,她好像还真不是陈大雷的老婆。"

"你怎么知道?"吴大疤拉冷冷地看了他一眼,质问道。

"前段时间,咱们征壮丁,她男人出过几次工,看,看着不像陈大雷啊。"胆怯地笑了笑,副官立刻解释道。

"妈的,不是陈大雷的老婆,你他妈的在这屋里干什么呢,说,陈大雷的老婆在什么地方?"一把推开孕妇,吴大疤拉暴躁地质问道。

"我,我不知道谁是陈大雷,我也不知道谁是他老婆,你们放过我吧。"孕妇坐在地上,哀求道。

"嘿,还嘴硬,副官,去,叫兄弟们把村子里的人都给我集合喽,我就不信了,我一个一个地捋,还捋不出一个小娘儿们来。"吴大疤拉嚣张地向身后命令道。

一阵鸡飞狗跳,村子里的群众在伪军的吆喝押解下,纷纷被集中在村头的麦场上,看着包围在周围的伪军,不明所以的众人只能胆怯地拥挤在一起。

"想必大家都认识我了吧,苏北护国军第三纵队司令吴雄飞。乡里乡亲的住了好几年了,我自认为没什么对不起大家的地方,可是今天呢,我受皇军所托,来咱们村抓陈大雷的老婆,可没想到,各位乡亲显然不想给我吴雄飞这个面子,说什么也不肯把人交出来。既然这样,大家也别怪我不讲情面,来人啊,把男的分到一边,把大姑娘小媳妇给我集中在一起,我们挨个的搜身,挨个的审。"看着前面挤成一群的村民,吴大疤拉淫笑着命令道。

伪军得到命令,立刻扑向人群,连拉带扯地将人群强行分成两拨,可就在副官等人准备动手时,吴大疤拉却忽然一摆手,制止了他们的行动。

"新四军有什么好,值得你们这么护着他们,虽然我吴雄飞顶着个汉奸的骂名,可是我也知道,该护着家小妻儿这个老礼儿,

第十九章 霊 耗

可是现在你们看看,你们连你们的老婆孩子都护不住,却要担着藏匿的罪名掩护陈大雷的老婆,怎么?他到时候能把他的媳妇赔给你们吗?我现在数到三,谁要是供出陈大雷的妻子在哪,谁就可以领回自己家的老婆孩子,要是谁都不说……嘿嘿,这些娘儿们我全带走,交给皇军应差,皇军对于审问女人可有一套,真到那时候,你们想说都来不及了。"看着被分成两拨的村民,吴大疤拉得意地笑着说道。

"吴司令,我们真不知道谁是陈大雷的老婆啊,你就算把我们逼死我们也找不出她来啊。"听到吴大疤拉的威胁,村民哭喊着哀求道。

"别跟我在这里装无辜,我早得到消息了,说她就藏在你们村,老实告诉你们,皇军势必要抓她,否则就砍了我的脑袋,我死了,你们谁也好不了,临死我也要拿你们当垫背的。到时候大家一块儿在路上也好有个照应!"脸色骤然一变,吴大疤拉凶恶地威胁道。

哀号声四起,可还没等吴大疤拉数完,人群后面就忽然响起一声:"别数了,你不是就要找吴妮吗?我知道。"

听到喊声,吴大疤拉眼前一亮,连忙走了过去,人群后面,吴妮大步走上前来。

"说,谁是陈大雷的老婆?"吴大疤拉连忙追问道。

"我就是。"吴妮坦然地承认道。

"你,你怎么证明你是?"吴大疤拉将信将疑地反问道。

"证明?这就是证明!"窥着吴大疤拉不留神,吴妮一把抓在对方脸上,顿时五道鲜红的血印清晰地出现在吴大疤拉的脸蛋上。

"唉呦,小娘儿们,你……"被抓了个正着的吴大疤拉一时恼怒，抬手就要打。

吴妮却头一仰，得意地说道："你敢，你打了我怎么和你的主子交差，小心陈大雷也不会放过你。"

举过头顶的手顿时僵直在半空，看了看吴妮坚毅的表情，吴大疤拉神色一变，微笑着说道："看来，您还真是陈太太啊。也好，既然这样，就劳您大驾和我们走一遭吧。"

"吴姐！"听到吴大疤拉的话，一旁的孕妇立刻哭喊道，她的哭喊顿时坚定了吴大疤拉的信心。

"带走！"吴大疤拉摆手向手下命令道，随后得意地带着脸上的伤痕向前走去。

押着吴妮快速走出村子，吴大疤拉得意洋洋地走到前面，对迎面而来的坂田说道："坂田君，看见了吧，陈大雷的老婆，手到擒来！"

坂田看了吴妮一眼，满意地说道："很好。"

吴大疤拉嘿嘿一笑，随后请示道："可以撤军了吧？"

坂田点了点头，立刻命令道："返回吧。"说着，不经意的向不远处的高粱地挥了挥手。

高粱地里，山本卧伏其中，看到坂田却朝他一挥手，他随即起立提着狙击枪从后面赶来，可当他看到被押解在人群中的吴妮时，脸上立刻显露出一副惊讶的神情，眼前的女子竟然与画报上的歌妓如此相似。

看到吴妮，山本失态地在嘴里念叨着："美由子！美由子……"同时，亦步亦趋地跟在队伍后面，蹒跚地向前走着。

第二十章 营 救

伪军从庄北刚刚出庄，庄东面就驰来一辆马车，车上，老宋焦急地挥着鞭子，吆喝着驾车驶进庄子。

可是刚刚进入庄内，他便奇怪地看见几个妇女悲伤地聚集在庄口哀哀痛泣。见此情景，老宋大喊道："哎，是刘家媳妇吧，庄里出什么事了？"

听到询问，孕妇颤声痛哭道："宋叔哇，吴姐被抓走了。"

老宋闻言大惊，连忙追问道："吴妮被俘了？什么时候？"

孕妇回答道："就在半个时辰前。吴大疤拉领鬼子抓走了她……"

老宋呆定，长叹了口气道："坏了，坏了！我要早来一会儿就好了！"

孕妇惊讶地说："宋叔，您干嘛来了？"

老宋艰难地说道："我就是来接她的啊！"

孕妇连忙提醒道："宋叔，二鬼子他们还没走多远，要不要通知分区，派人营救一下吴姐呢？"

听到孕妇的建议，老宋默默地点了点头，随后说道："看来也只有这样了,你告诉大家,把支援分区的东西都藏好,我现在立刻去通知部队。"说罢,跳上车用力一鞭子抽在马身上,马匹吃痛,奋蹄向前冲去。

飞奔的马车迅速到达附近的军分区,呼哧带喘的老宋,连跑带颠地冲到电话机旁,将这个消息汇报给了军区的大司令。

军区司令部里,大司令表情沉重地放下电话,叹了口气看向身边的政委,见到大司令神色低沉的模样,政委立刻询问道:"出事了?"

大司令愤怒地说道:"政委,吴妮不是早就该回军区了吗?为什么不早让她转移!"

政委微怔,随后解释道:"是吴妮自己不愿意。她跟陈大雷说,还差三十几双军鞋没完成,要迟两天转移……"

大司令摇头道:"唉,就为几十双军鞋呀!耽误事……今天上午,吴大疤拉带人把吴妮抓走了。"

政委愕然,沉默片刻,生气地说道:"也怪我!那天,我要是立刻命令她回来就好了……"

大司令严肃地说道:"接吴妮的老宋说了,他亲眼看见伪军们把吴妮抓进双洼据点。唉,吴妮落在伪军手里总比在松井手里好。政委啊,我们要设法在伪军把吴妮押到淮阴城之前,救出她来!"

政委沉吟了片刻,补充道:"吴大疤拉突然抓捕吴妮,肯定是早有准备。这后面,鬼子会不会有什么图谋?"

大司令肯定地说道:"肯定是有,但我们如果下手快,还有希望。"

政委颔首,随后建议道:"司令员,我担心……不,我建议,营救行动不要让陈大雷参加。他夫妻俩感情太深了。陈大雷如果

第二十章 营 救

知道妻子落难,说不定会感情用事,这反而不利于营救。"

大司令点头表示同意,随后安排道:"考虑的对!这样吧,正好趁开会的机会,你暂时留陈大雷几天。我亲自到六分区去一趟,直接组织救援。"

政委随后转身出去,向几个分区司令所在的会议室内走去。

"大雷?等等,你先别走!有些事要跟你说一下。"来到会议室门口,几名分区司令正要离去,政委慌忙叫住陈大雷。

听到政委的话,陈大雷奇怪地看了看身边其他的分区司令一眼,询问道:"政委,今天什么天啊?怎么忽然想起找我聊天了?难不成,大司令看我是军区老末,想给我吃点小灶?"

政委闻言,微笑着说:"行了,厚冈那一战,你小子已经得了不少的好处了,怎么现在还是个吃不饱的熊样?"

陈大雷嘿嘿一笑道:"嘿嘿,政委,可不能这么说,那厚冈一战可是我拿小命换回来的,理所应当啊……政委,到底什么事?"

政委听到他的询问,原本的笑容逐渐散去,严肃地说道:"几个月前我就跟你下过命令,吴妮在南各庄待得太久了,处境危险,让你把她转移到军区来。你为什么总是拖延?"

陈大雷奇怪道:"我不报告过了吗?是吴妮拖着,说她还有军鞋什么的没完成!再说这两天她不就该来了嘛!怎么啦政委,出什么事了?"

政委沉默片刻,沉声说道:"昨天清晨,吴妮同志被捕了!关押在双洼据点。"

陈大雷大惊失色,失声问道:"什么?被捕了?是吴大疤拉干的吧?妈的!我立刻返回军区,带部队拿下双洼据点。那地儿我熟悉,伪军一堆草包。政委放心,我保证不会有大伤亡……"说完,冲向门口，拉马缰就要离开。

见陈大雷要走，政委厉声呵斥道："站住。你以为事情就这么简单？后面就不会有其他图谋？告诉你，淮阴日军也参加了这次行动！"

陈大雷一怔，顿时冷静下来，喃喃地说道："说得对，鬼子肯定有其他图谋哇……"

见陈大雷冷静下来，政委再次说道："我和司令员商量过了，已经决定营救吴妮。但是，之所以让你留在军区，就是不想让你参加这次行动，怕你会感情用事！"

陈大雷闻言大急，连忙摇头说："不行！没我在，他们完成不了这个任务！"

政委嗔怪道："大司令刚刚已经动身赶去六分区了，他将直接指挥这次营救！陈大雷，难道大司令不如你这个小司令？"

陈大雷心中一热，激动地说道："什么，大司令亲自去了？唉……"

政委连忙安慰道："大雷啊，休息两天吧——你也好久没休息了，安心在军区等候消息。对了，大司令的住房空着，正好让给你住，你待遇上提拔一大截呢！走，我领你去。"说着，亲切地挽着陈大雷，半拖半拽，拉进院子。

这边，政委刚刚好言安顿下陈大雷，那边大司令早已经领着几个卫士飞马驰向六分区驻地。并不遥远的路程，转瞬即到，当几人进入庄内时，原本平静的六分区，立刻因传来的消息而躁动起来。

司令部内，大司令一边在桌前喝着茶，一边向身边的三营长安排道："三营长，我直接说情况，再说任务。昨天清晨，陈大

第二十章 营 救

雷的妻子吴妮在南各庄被俘了,现在关押在吴大疤拉的双洼据点。我到分区来,就是组织力量营救她。为避免陈大雷同志感情用事,才把他留到军区去,不准他参加这个任务。明白了?"

三营长惊骇地点了点头道:"明白。"

大司令继续说道:"淮阴城传来情报,松井已经下令,明天正午时分,日军要在汤山镇当众处决吴妮以及其他十一个被俘的新四军。日军还命令,周围五十里内的村镇百姓,都必须去观斩!"

三营长闻言惊怒道:"妈的!小鬼子还真猖狂。"

大司令尖锐地看他一眼,随后询问道:"你除了骂鬼子以外,没别的想法吗?"

三营长立刻紧张地思考起来,很快喃喃说道:"有点不对劲啊……汤山镇离我们不到十里地啊!鬼子干嘛在我们眼皮子底下杀我们的同志?他就不怕我们杀进刑场,打他个天翻地覆吗?!"

见三营长琢磨出头绪,大司令满意地说道:"不错,说到点子上了!表面上,松井想用我军的人头震慑百姓。实际是,他们之所以这样大张旗鼓,就是想引诱我们去营救,汤山镇上肯定有日军埋伏,而且是重兵埋伏!特别是,吴妮同志是陈大雷的妻子,陈大雷非救不可。日军想借此消灭你们六分区,特别是击毙陈大雷。你们陈司令名气大得很呢,他是松井联队的头号天敌,松井想要他的脑袋快想疯了!"

三营长点头,连忙询问道:"明白了。大司令,我们的任务是?"

大司令沉声安排道:"我判断,我们唯一的选择是在半道突然发起奇袭,消灭日军押送队伍,救出吴妮和其他同志……松井不是想在我们眼皮子底下杀人吗,我们就在松井眼皮子底下营救。你看,日军前往汤山必经洪山口,日军走到这里时还没进游击区呢,他们不会料到我们在他们的地盘上行动！"

在据点内的一辆破卡车上，刮尽胡子的山本刚刚在他的"家"里换上新军装，束上新皮带，将自己打扮得焕然一新。

在他身边，胡乱堆放的饼干、丝巾、香水等物，被他一股脑装进背囊。在临下车前他再一次打量了自己的周身后，抓起那本老画报，恋恋不舍地抚摸着画报上美由子半裸的身体，口中喃喃地说道："美由子，我来了……"

整理好军装的褶皱，山本揣着画报，跳下车，庄严地、一瘸一拐地朝伪军据点走去。突然出现的面貌一新的山本，让所有伪军都顿感惊讶，虽然心存疑虑，可是当看到他走过来的时候，众人都畏惧地避让到一边。

山本傲然地看着周围的伪军，大步走到牢房，冷冷地命令守卫的伪军道："打开房门。"

听到命令，两个伪军惊惧地对视了一眼，其中一人壮胆敬礼道："报告太君，我们司令说了，没有松井太君的命令，任何人不准进去。请太君离开这里……"

还没等对方说完，山本"啪"的一个耳光打过去，怒喝道："开门！"

被打的伪军又气又怕，连忙颤声答应道："好好。太君等着，我取钥匙去！"说着，匆忙跑出牢房，向吴大疤拉的房间跑去。

吴大疤拉的房间此刻已经被占据，看着正在里面呼呼大睡的坂田，吴大疤拉只能歪坐在外面的藤椅上打瞌睡。

挨打的伪军匆匆奔来，小声呼唤吴大疤拉道："司令，司令！……"

吴大疤拉张开眼睛不耐烦地询问道："什么事？"

第二十章 营 救

见司令醒来，伪军立刻气愤地报告道："那个瘸子太君打扮得跟新郎官似的，要见女犯。"

听到报告，吴大疤拉残留的一点点瞌睡立刻被驱逐干净，手忙脚乱地站起身来，匆忙向牢房赶去。

快步走进牢房，看到山本仍然站在门口等待着，吴大疤拉立刻走到他面前，赔笑问道："嘿嘿太君，松井太君下过严令，任何人不准靠近这个女人，谁违令了砍谁的头哇！请问太君，您为啥要见这个女人啊？"

山本示意了一下手中的背囊说道："我想送她点礼物！"

吴大疤拉再次赔笑道："那就更奇怪了，这女犯都死到临头了，太君还送她什么礼物嘛。能不能让我知道原因……"

山本一言不发地从怀里掏出那本画报，扔给吴大疤拉。

吴大疤拉赶紧接过，当看到画报上豁然出现的大幅美由子的妖媚照片时，吴大疤拉立刻惊呆——当看到那与吴妮相貌惊人相似的美由子时，吴大疤拉瞬间明白了山本的意思，讷讷地点头："哦……哦……哦！"

山本冷然瞥了吴大疤拉一眼，厉声问道："可以开门了吧？"

吴大疤拉犹豫片刻，命令道："开门！"

见司令开口，伪军连忙打开门，门刚一打开，山本立刻迫不及待地提着背囊入内。

牢房外，吴大疤拉双手颤抖地翻阅着那本古老破旧的画报，当看到里面各式各样的美由子艺照、艳照、生活照时……吴大疤拉终于明白了，颤声低语道："疯子，疯子！这瘸子是个疯子，变态！"

旁边看得津津有味的伪军也低声附和道："就是，就是！司令啊，听说连淮阴城里日本人都说这山本是疯子，不敢惹他啊……"

351 /

毫不在意门外几人对自己的议论，山本小心地走进牢房，静静地、满怀深情地看着缩在草堆上的吴妮，随后深深一鞠躬，用生硬的汉语安慰道："你不必害怕，我只是想看看你，好好看看你，真的。我、我有好多年没看过你了……"

吴妮惊恐地呵斥道："你看什么？我有什么好看的，你出去！"

山本微笑着打开背囊，拿出一件件礼物，亲切地说道："我想看你梳头，看你说话，看你吃东西……哦，随便看你什么都行。"

吴妮怒声斥责道："滚出去！立刻滚出去。畜生，禽兽，你们想杀就杀，就是别待在我旁边！"

山本陶醉地看着吴妮发火，深情地说道："呀，你发火的样子，也跟美由子一模一样！"

吴妮愕然一愣，反问道："什么美由子，我姓吴，我是吴妮！"

山本微笑着解释道："一样的，无论你叫什么，都一样。"

吴妮彻底被眼前这个鬼子吓怕了，不断地咒骂道："出去，滚出去！"

满意地站起身来，山本再鞠一躬，温柔地说道："好。我先走了，你安静安静，真的不要怕我。哦，我会让吴送你需要的东西来。你可以洗洗脸，换件干净衣裳，再喷点香水——这可是樱花味道的。不过，今天晚上我还会来看你，你要陪我喝酒，陪我……晚上再告诉你！"

吴妮惊恐地大喊道："你滚，快滚！"

用自己自认为最礼貌的方式和吴妮告别后，山本惬意地走出院门，沉浸在内心的某种恋想中，不由得对身边正在看画报的吴大疤拉解释道："她叫美由子，是九州最出名的歌妓，我爱她整整爱了三十年呢！"

第二十章 营　救

吴大疤拉惊讶地反问道："三十年？！请问太君。美由子有多大岁数了？"

山本陶醉地说道："我爱她的时候，她才三十五岁，正是风华绝代啊！我们家乡，哦不，整个九州的男人都爱她如痴如狂……"

吴大疤拉竭力忍住笑意道："请问太君，那时您多大岁数？"

山本回忆着说道："那时我八岁，是个孤儿……现在我三十八岁了。哦，三十年来，我对她的爱丝毫没变。"

吴大疤拉终于忍不住笑了一下，随后赞扬道："这、这真是海枯石烂，地老天荒啊。"

山本怒道："你笑什么？"

吴大疤拉赶紧忍笑回答道："请问太君，美由子知道您爱她么？"

山本伤感地摇了摇头道："她不知道。她已经死了二十多年了。"

吴大疤拉有些难言地说道："说实话，我实在不理解，那时您只是个孩子，怎么会爱上三十多岁的老女人呢，而且还爱了三十年。"

山本愤怒地看了他一眼，咒骂道："这个，你们这帮笨蛋当然不会理解！"

吴大疤拉连忙点头，随后提醒道："太君啊，这个女犯虽然相貌像美由子，但她并不是美由子啊。她是新四军，是陈大雷太太！请问山本君，你想把她怎么办？"

山本微笑着说道："我要跟她睡觉。哦不，我要陪她睡觉！就在今天晚上。刚才我已经告诉她了，现在也通知你一声。"

吴大疤拉大为惊骇，不敢相信地说道："你要跟她睡觉？！她、她不是美由子啊！"

山本微笑着摇了摇头道:"这并不重要,我认为她是她就是。"

吴大疤拉紧张地犹豫着颤声道:"我看这样吧,山本君,如果你想睡女人,我立刻从村里给你找几个花姑娘来。我保证,她们比这个女新四军更年轻、更漂亮……"

不料,山本大怒,大声呵斥道:"住口!什么花姑娘?不准你污辱她!"

吴大疤拉先惊讶,继之哭笑不得地说道:"什么?我污辱她?!太君,是您要强奸这个女新四军啊……"

山本"啪"的一个巴掌扇到吴大疤拉脸上,大骂道:"混账!"

吴大疤拉赶紧改口,苦涩地说道:"不是强奸,是……陪她睡觉。她是你的美由子嘛!可是,山本太君,我预先知会您一声,那个女人是陈大雷的妻子,性情刚烈无比。否则,她也不会挺身而出拿自己的性命换一个村儿的人的性命!请您听清楚,如果你逼奸不成,把人家逼死了,明天拿什么引诱陈大雷上钩?!"

山本一怔,掉头而去,大声喊道:"不,她不会死的,我爱她。我会好好对待美由子的……"

身后,吴大疤拉望着山本的背影,连声叨咕着:"妈的,这瘸子真是疯子,变态,禽兽!看来,这家伙是个死心眼儿。"

想到可能出现的后果,吴大疤拉不敢停留,转身向司令部跑去。

走进房间,吴大疤拉赶紧抓起电话向松井报告道:"报告太君,职下担心的是,如果山本太君非要跟吴妮睡觉,依吴妮的性情她肯定不从。支那女人寻死的办法多得很,撞墙啊、上吊啊、嚼舌自尽啊,简直防不胜防!万一吴妮死了,明天的计划就落空了。职下斗胆,请太君慎重考虑。"

电话那边,松井沉默了一会儿,高声说道:"这样吧,如果

第二十章 营 救

山本晚上真的来了，就叫他听我的电话，我会亲自给他下命令的。"

吴大疤拉喜悦地点头鞠躬道："谢谢太君！"

听到吴大疤拉的话，松井冷冷地问道："吴，为什么谢我？那女人是陈大雷的女人，又不是你吴雄飞的女人。你替她可惜什么?!"

吴大疤拉顿时语塞，正当他寻找着借口时，听筒里却传出一声清脆的"咔哒"声，随后电话被挂断了。

放下手中的电话，吴大疤拉一阵心悸，不断用手擦拭着额头上的冷汗，再次转身匆忙向牢房走去。

牢房门再度被打开，吴大疤拉走入牢房，静静地凝视着吴妮，立刻发现，吴妮确实与美由子惊人的相似，眼见于此，吴大疤拉长叹了口气，说道："唉，陈太太，我想告诉你一件事，那个日本瘸子想要强奸你，但已经被我拒绝了。所以，你不必担心他了。"

吴妮微怔，奇怪地问道："你……干嘛跟我说这个？"

吴大疤拉再叹一声，说道："也许你不相信，其实我对陈大雷很是敬佩的。他是条好汉啊，他杀鬼子杀得最多，整个松井联队都怕他呀。我确实敬佩他！还有，我早就知道你暗藏在南各庄。你组织妇救会，帮助新四军收集军装军鞋，还有粮草药品什么的，这些我都知道，但我一直不愿意抓你。因为我不想得罪陈大雷啊……"

吴妮愤怒地质问道："既然这样，昨天为什么带鬼子来抓我？"

吴大疤拉连忙解释道："我被日本人逼到绝路上了，松井想杀我。我没办法了，只好用你来救命。"

吴妮明白过来，恨声说道："陈大雷饶不了你！"

吴大疤拉微笑着点了点头道："这个我也知道，为了防止他杀我，我只有尽力帮助日本人先杀掉陈大雷！"

吴妮愤怒地大骂道："你、你这个狗汉奸！畜生！禽兽……"

吴大疤拉微一鞠躬，补充道："还有龟孙子、卖国贼、狗娘养的吴大疤拉，这些都是我！陈太太，在下告辞了。"说完，平静地走出牢房。

看着身后的卫兵谨慎地锁好牢门，吴大疤拉亲自守在牢房外，不时担心地朝远处看看。等待了良久后，山本的身影再次一瘸一拐地出现了。

前方，山本捧着一束野茶花迟缓地走过来，当看到一直站在门口的吴大疤拉时，他立刻奇怪地问道："吴，你在这干什么？"

吴大疤拉沉声说道："松井队长命令我亲自看守这个女犯。"

山本似乎明白了什么，立刻正声道："那么，你亲自给我开门吧！"

吴大疤拉迟疑着问道："太君，你真的想跟陈大雷的女人睡觉吗？"

山本厉声呵斥道："开门！"

吴大疤拉犹豫着向司令部门口看了一眼，立刻，一直被安排在司令部门口的副官匆匆奔来，大声报告道："报告司令，松井太君来电话，让山本太君接电话。"

见副官机灵，吴大疤拉微笑着点点头，转头问道："山本太君，您听见了，松井联队长请您接电话。"

山本气呼呼地看看两人，无奈，转身向司令部走去。

"我是山本。"拿起电话，山本简短地说道。

电话那边，听到山本的声音，松井立刻说道："山本，吴雄飞报告说，你想要那个女人？"

第二十章 营 救

山本正声说道:"是。我要跟我的美由子睡觉。"

听到山本的回答,松井叹息道:"山本君,那女人名叫吴妮,她是陈大雷的妻子,不是美由子,这一点你明白吗?你没病吧?"

山本执拗地解释道:"报告联队长,我一点儿没糊涂!我知道她是新四军,但她模样跟美由子太像了,只要换上和服,她俩简直一模一样。所以,她就是我的美由子!"

松井微微一笑,继续说道:"你这么说我也就放心了。你想用她代替美由子,满足一下你几十年的渴望?"

山本窘迫地回答道:"报告联队长……你吃的罐头牛肉,不也是代用品吗?"

松井哈哈大笑起来,赞扬道:"说得好!不过,山本君,今天晚上你不准动她。明天再把她交给你,请你耐心等候一天,等消灭了陈大雷,她完全归你,你爱把她怎样就怎样!"

听到松井的话,山本立刻怒喝道:"为什么?我等了三十年,就是为了这一天。"

松井反问道:"既然等了三十年,多等一天有何不可?山本啊,那女人是个烈性子,万一你把她逼死了,我们拿什么做诱饵。听着,今晚她不能出任何意外。明天她就是你的,这是命令!"

电话这边沉默了片刻,传来不情愿的回答声:"嗨!"

听到山本的回答,松井满意地说道:"我还是希望你立刻开车回到淮阴,跟我参加明天的行动。"

山本立刻拒绝道:"不。我要待在双注据点,我要守在这女人身边。绝对不能让陈大雷把他劫走。"

宽大的宿舍里,此刻,烟雾缭绕,满地烟头,坐在床上的陈大雷丝毫没有睡意,只是一味地狠吸着手中的香烟。

终于，再也按捺不住心中焦急的他重重地将烟头摔在地上，上前用力地敲打着已经上锁的房门，暴躁地怒喊道："开门，快开门！关我禁闭呐？我是陈大雷！快开门！"

听到他的喊声，一名干部赔笑着打开门锁走进房间说道："陈司令，多睡会儿嘛。"

陈大雷生气地质问道："好你个杨参谋，敢关我禁闭！"

干部窘笑道："我怎么敢？你一宵没睡，为了不让人打搅，只好把门关上。政委命令，让你安心休息啊，任何人不准打搅。"

陈大雷讥讽道："打搅，这种时候谁会来打搅我？所有人都躲我远远的呢，我是个灾星啊我！"说完迈步就要出门。

干部见状赶紧拦阻道："嘿嘿，陈司令，政委说了，让你在屋里歇着。"

陈大雷一把推开他，怒斥道："陈司令就要出去溜达，你说行不行吧？"

干部赔笑着说道："当然行，当然行，陈司令想干嘛都行！这么着，我陪陈司令出去转转……"

陈大雷不高兴的一摆手道："你走开，我不要你陪！"

干部正色地说道："那可不行。我非陪你不可！"

见对方一副严肃的表情，陈大雷无奈，只能任由他陪伴着自己走出院子。

两人来到院外，陈大雷偷偷瞄了一眼马桩，却吃惊地发现赤狐不见了。顿时再次怒斥道："杨参谋，我的马呢？"

杨参谋连忙解释道："赤狐牵到骑兵连去了。陈司令您放心，他们会好好照料它的……"

第二十章 营 救

陈大雷立刻要求道:"我那赤狐傲着呢!除我,任谁都摆弄不了它。赶紧叫人把它牵来吧,我要遛马去。"

干部微笑了一下,声音却异常坚定地说道:"陈司令啊,您就别动任何歪心思了,安心在军区休息吧。我们绝对不会让你靠近赤狐的!"

被戳破心思的陈大雷又气又急,躁动地说道:"你们要憋死我啊?这种时候,我待得住吗?政委在哪?我找政委去……"

干部赔笑道:"政委下部队了,两天后回来。陈司令啊,求求你了,安心休息吧。"

陈大雷暴躁的喊声毫无遮拦地从院中传来,听到喊声,躲藏起来的政委立刻从窗户内向外望去。

看到眼前这一幕,身边的人不由得说道:"政委,陈大雷快憋死了,真的快憋死了,无论如何找个什么事让他发泄发泄。要不然他就要动手打人了。"

政委叹息了一声道:"哎,快开饭了吧?给他送一坛酒去,让他大醉一场,最好是烂醉如泥。唉,我知道这是个烂主意,但实在想不出什么好主意了。烂主意总比没主意好啊,是不是?"说罢,无奈地坐回到座位上去。

开饭的命令,确实暂时阻断了陈大雷欲逃走的想法,当院子里响起一阵阵哨音时,杨参谋立刻陪着陈大雷走进屋子,炫耀地指着当中一只大罐道:"看见了吧,开小灶——肚包鸡!陈司令,您慢慢吃,我到外面吃去。"

陈大雷嗔怪道:"干嘛你?一块儿吃!"

杨参谋笑着拒绝道:"不敢。我怕跟你吃饭,万一你喝醉喽一拳打过来,我可受不了。"

359

目送着对方离开。陈大雷独自落座，看着一桌酒菜悲伤地感叹着："都不理我了，连肚包鸡都留不住人家……"

正在他暗自悲伤时，炊事班班长围着布裙走到身边，搓着手笑道："陈司令，您还认得我么？"

见到来人，陈大雷喜道："老崔嘛，我忘了自个姓啥都忘不了你！我们回回来军区开会都是你给准备团圆餐。今天这桌又是你备下的吧？"

老崔笑道："是。不过肚包鸡我可是头回做它，也不知像不像个样子？"

陈大雷大叫道："像样，简直太像样了！来来，咱俩喝酒！"

炊事班班长笑着说道："正巧了。报告陈司令，政委叫我来陪你喝两盅。嘿嘿，司令员要是嫌我不够资格，那就换个干部来陪你？"

陈大雷喜道："不换，就你！老崔啊，我已经被政委撤职了，软禁着呢！所以，我叫你老崔，你叫我大雷，这儿只有酒肉弟兄，没司令！"

炊事班班长大喜，连忙问道："大雷，那咱就上酒了？"说完，抱过酒坛子，拍开泥盖头，哗哗倒出两碗酒。两人端碗嘻嘻哈哈地豪饮起来。

或许是吴妮的事情让陈大雷愁肠百转，原本酒量甚宏的他，在喝了两碗之后，顿感天旋地转，在勉强支撑了几下后，终于无奈地醉倒了。

看到一头睡倒在桌上的陈大雷，老崔暗暗叹了口气，扶起对方走进大司令的屋子，小心地将他安抚到床上。

见陈大雷醉倒，跟随着老崔一同进来的政委伤感地说道："你

第二十章 营 救

任务完成得不错,让他好好睡吧,最好睡到明天午后再醒来。那时候,我们已经把吴妮同志救回来了。他一醒来就给他个大喜临头!"

老崔担心地反问道:"政委,万一没把吴姐救回来呢?"

政委瞪他一眼,没有回答,转而吩咐道:"今晚,你守在这屋里,好好照顾大雷。"

"大司令,不知道你们能不能把吴妮同志安全救出来。"回头看了看睡梦中的陈大雷,政委担忧地自言自语道。

麦场上,此刻已经集聚了一片精干的新四军战士,领队的则是三营长本人。

看着眼前整齐排列的队伍,大司令逐一巡视了每个战士后沉声向三营长问道:"地形?"

三营长正声回答道:"昨天夜里都熟悉过了。"

"第二梯队在哪?"

"已经出动了。"

"如果日军开来三辆卡车,我们的人会在哪一辆上?"

"中间一辆。"

"如果两辆卡车呢?"

"前面一辆!"

见三营长答得流利,大司令颔首赞许地看了他一眼,忽然转身来到顺溜身边问道:"陈二雷,你的任务是什么?"

顺溜大声回答道:"我独自埋伏,尽量靠近敌人,专打吴姐旁边的鬼子。保护好吴姐的安全!"

大司令点了点头,命令道:"好,出发吧。我在军分区等你们的消息。"

晨起的太阳，有气无力地挂在天边，挥洒出的阳光似乎连浓雾都无法穿透，照在人身上却让人感到一丝寒冷。

据点内，吴大疤拉虎视眈眈地注视着四周，众伪军更是如临大敌般，罕有地流露出高度认真的表情。

牢房门口，被押送出来的吴妮，缓缓地走出院门，来到据点外面。那里，坂田早已领兵在远处警戒着。

看着吴妮出现，山本提着狙击枪走来，沉声对坂田说道："坂田，我先走了。"

听到他的话，坂田犹豫了片刻问道："山本，你会在什么位置？"

山本沉声回答道："现在我不知道。但我会在你们看不见的地方，而我时刻可以看见你们。"说完，独自提枪离去。

目送着山本离开，坂田朝吴大疤拉挥手示意了一下。看到手势，吴大疤拉立刻对伪军队伍下令道："开拔。"

听到命令，众伪军前后簇拥着吴妮，走向山道。

淮阴城门口，停放着两辆卡车，大批日军荷枪实弹地卫戍在周围。

卡车旁边，松井注视着十一名新四军战士被逐一押上前面的卡车后，才率领着日军登上后一辆卡车。

"报告联队长，坂田中队长已经出动了。村下大队也已经在汤山镇的民房里埋伏好了。村下报告说，到目前为止，那里没有任何情况。"身边一名军官小声向松井报告道。

"陈大雷会来的。我们出发吧。"听到他的报告，松井满意地点了点头，随后向身边的驾驶员下达了开车的命令。

第二十一章　对决，牺牲

山坡草木中，一片草叶轻微地晃动了一下，在缝隙中，渐渐探出一支狙击枪管。枪身后面，身披伪装的顺溜透过瞄准镜仔细地观察着山道四周的情况，伴随着他枪口的移动，山间小道上，一个陌生的身影突然出现在他的眼前，对方一瘸一拐地向前走着，而手中，则拿着和他极其相似的武器——鬼子的狙击手！

顺溜毫不迟疑地将枪口瞄向对方，可就在他压住扳机的手指准备扣下的时候，却又慢慢地迟缓地松开了手指。

"不能打啊，枪一响，行动就暴露了。"

顺溜犹豫着扭头向周围望去，此刻在他身边不远处，三营长正领着战士们进入伏击阵地。

"营长，营长，敌人有个狙击手！"顺溜低声询问道，但是三营长却什么也没听见，眼看着三营长藏入草丛中，顺溜不敢大声再叫。当他再次透过瞄准镜看向山道时，却发现山本早就消失得无影无踪了！

山巅草木深处，山本隐蔽地匍匐前进，之前那种毛骨悚然的感觉此刻已经消失，虽然不知道为什么会有这种感觉，但是山本仍然依照着自己的本能迅速地进入了有利的位置。

趴在草丛中,他举枪透过瞄准镜朝各处观察,远处山道上驰来的卡车首先映入他的眼帘,仔细地观察了一下道路两边,他再次把枪口掉转向山坡,突然,镜中出现了一棵小树,以及小树上那明显歪着的一根刚刚折断的树枝。他大吃一惊。

"有埋伏!"山本脑海中迅速闪过一丝念头,本想起身去通知部队,在刚刚动了一下之后,却又缩回身子,再次潜伏下来。

作为一个狙击手,首先要做的是该区分出什么才是最重要的任务,可是,现在山本觉得,自己最重要的任务并不是通知部队撤出包围圈,而是亲手杀掉陈大雷。仔细地观察了一下四周,凭经验他已经能够确定新四军在山坡上布下了埋伏,这是一个绝妙的好机会,一个可以不用寻找,而只需等待就可以杀掉陈大雷的好机会,想到这里,山本稳定住激动的情绪,迅速地将自己隐藏起来。

放弃了寻找新四军的念头,山本小心地将枪口对准了即将行驶过来的卡车,在略微一瞄准后,扣动了扳机。

卡车仍在前进着,松井坐在驾驶室内思考着一会儿可能遭遇到的情况。就在他筹划着在心中部署战斗时,突然间,面前的车厢盖上冒出一股青烟,紧接着整个车身为之一颤,随后车子发出一声难听的响声后,戛然而止。

松井大惊,忙向身后大喝道:"有情况!快下车!"同时第一时间跳下了卡车。

在卡车被子弹击中的同时,埋伏在山坡上的顺溜也听到了那一声沉闷的枪声,他迅速掉转枪口,透过瞄准镜瞄向声音响起处,搜寻目标。但是,枪声响起的地方,却根本没有敌人的踪影。

道路上,得到山本提醒的松井已经跳下车,不断朝部队命令道:

第二十一章 对决，牺牲

"新四军有埋伏。全体下车，准备战斗！"

听到他的命令，众日军纷纷下车，提枪冲向路旁的隐蔽处。

迅速地巡视了一眼周围的环境，松井愤怒地叫道："陈大雷真狡猾，他们不会去汤山劫营了，要在这里动手。你赶紧发报，叫汤山的村下大队赶来助战！"

半山腰上，三营长在听到枪声后，通过望远镜发现了敌人的情况，果断地大声下令道："注意，前车载运我们的同志，鬼子在后车。打！"

听到他的命令，埋伏在左右的众战士立刻朝山道上的日军猛烈射击起来。

枪声如同爆豆一样，瞬间密集起来，原本宁静的山谷，顿时被激烈的枪声所充斥，新四军骤然猛烈的攻击，打得松井措手不及，虽然事先得到了山本的通知，但是突如其来的攻击，仍然让日军遭到了巨大的损失。

此刻，山顶上，山本独自埋伏在山巅，虽然战斗已然开始，但是他始终一枪不发，仍然缓慢但却仔细地用枪口一遍遍在山腰处的火力点上寻找着新四军的指挥官。

每一处冒着火光的地点，都被再三巡查了一遍，很快的，他就看见了山坡上指挥战斗的三营长。

眼见着三营长正迅速地向身边的战士下达着命令，山本连忙瞄向对方，可是就在他即将开枪的刹那，一阵山风吹来了，枪前的几根枝叶挡住了射界。山本只得向前爬出几步，爬到阳光下，再次举枪瞄准三营长。

山巅上忽然闪过的一星白光，吸引了顺溜的注意，那熟悉的亮光立刻让他明白，那是太阳照在瞄准镜上的闪光。情急下，顺溜顾不上仔细瞄准，立刻朝那个位置一枪射去！

就在山本正要向三营长射击的瞬间，手上忽然传来一阵震动，一串火星一下子窜入他的怀里，随后消失不见，山本本能地低头看去，立刻发现，原本光滑的枪身上，赫然多出一个弹孔，看到此景，他立刻知道自己暴露了，随即一翻身消失不见。

利落地上完子弹，顺溜死死瞄准那个位置，但是眼前除了晃动的树枝外，什么也没有。对方离开了，再也没有出现。

看到这一幕，顺溜愤怒地咒骂道："肯定没死，妈的躲哪去了？"

想到之前的一幕，顺溜再次举枪搜索起来，可就在他寻找敌人的时候，眼角的余光忽然发现另一条山道上，有伪军押着吴妮走来。

押送着吴妮的吴大疤拉此刻也听到了山间骤然响起的枪声，慌忙对身后叫道："新四军有埋伏，快隐蔽！"

听到他的命令，本已经紧张到极点的伪军们，纷纷奔向路边的草丛，妥当地将自己隐藏起来。

看着手下们隐蔽妥当，藏在大树后的吴大疤拉立刻对副官说道："坂田呢？快向太君报告！"

听到吴大疤拉的命令，副官指着山坡处的坂田道："他们已经打上了。"

吴大疤拉听到报告，心中稍微安稳下来，立刻转头看向自己负责押送的吴妮，却发现，对方此刻竟然一动不动地站在原地，看着狼狈躲藏的伪军开心地微笑着。

见此情景，吴大疤拉急忙指着她道："别让她跑了，快去把她抓过来。"

听到命令，副官不敢动，只能稍探出身大喊道："喂，你过来！"

第二十一章 对决，牺牲

吴妮笑看着路边的副官不断地召唤着她，却站在那里一动不动，气得吴大疤拉一把推向副官，厉令道："你过去，把她拉过来！"

副官为难地左右看了看，转而推了旁边的伪军一把，命令道："快快，司令命令你们上去，把她抓过来！快去啊！"

无法推卸的几个伪军无奈之下，只能小心地奔向吴妮。不料他们刚刚接近她身边，几颗子弹立刻呼啸着射来，准确地击毙几人。

看到一头摔倒在地的伪军，吴妮高兴地大笑道："你们来呀，我又不会跑。"

听到她的嘲笑，副官颤声说道："司令，新四军的神枪手盯着她呢！"

吴大疤拉不放心地四下瞅了两眼，愤声威胁道："小娘儿们，你听着，我们的枪口统统盯着你呢，你要是敢动一步，我立刻毙了你！"吴妮白了一眼声厉内荏的吴大疤拉，索性转头看向正在交火的战场。

山腰上，顺溜的枪口紧紧盯着趴在山道草丛中的伪军，一枪枪缓缓射出，任何胆敢靠近吴妮的敌人，都被他毫不留情地击毙了。

顺溜虽然妥帖地保护着吴妮，但是在射击的间隙仍旧提防着周围的山野草丛，警惕敌人狙击手的突然出现。

山坡上，三营长终于发现在另处山道上的吴妮，兴奋大喊道："吴妮在西面山道上，被俘的同志在东面山道卡车上。一连长，你负责消灭东面的鬼子。二排长，你跟我解救吴妮。听令，急促射击两分钟之后，全体冲击！"

命令下达后，各处纷纷传来战士们的回应。原本密集的火力，瞬间变得更加密集起来。

新四军密集的火力，显然超出了松井等人的预料，在猛烈的射击下，日军迅速被压迫在山道两边，只能零星地还击两枪。

蹲伏在草丛里的松井看看停在路上的卡车，沉声问道："俘虏呢。"

一名军官立刻报告道："他们还在车上，都绑着，逃不掉的。"

听到回答，松井厉声下令道："把他们全部消灭！"

军官惊讶地反问道："联队长，我们不去汤山了？不用他们诱敌了？"

松井愤怒地咒骂道："笨蛋，我们已经与敌人遭遇了，这种时候留他们还有什么用？"

听到松井的回答，军官立刻大叫一声："河口，把机枪给我。"身边，一个士兵立刻停止射击，把机枪交给了他。军官接过机枪，端枪就朝卡车上开火射击。子弹哗哗击穿车身上的帆布，打得车身一颤一抖。

松井怒声道："打太高了，他们肯定趴在车板上。你走近了打！"

军官在松井的催促下，端着机枪接近车身，正要朝卡车中部射击时，一颗子弹飞来，正中他的额头。

看到敌人的机枪哑下来，三营长兴奋地站起身来，大喊一声："全体冲锋。"

在他的命令鼓舞下，连长和排长们率领战士分头朝两边的敌人同时冲去，一时间，整个山腰上一片喧嚣。

"二雷，你掩护吴妮！听见没有，掩护吴妮！"一面向敌人冲击着，三营长一边大喊道。

"我早听见了！"身边不远处，顺溜的声音随后传来。

三营长循声望去，立刻发现脚下草丛里隐藏的顺溜，笑着说道："干得好。听着，我带人冲下去了，你隐蔽在这，掩护！"

第二十一章 对决，牺牲

脚下，顺溜急声提醒道："营长，别直腰站着，鬼子来了个狙击手，专打指挥员！"

营长一惊，追问道："狙击手，他在哪？千万别叫他伤了吴姐！"

顺溜摇头道："我不知道他的位置。他在找我，我在找他。谁也找不着谁！我刚才打过他一枪，大概没死。不，我估计他肯定没死。"

三营长立刻命令道："找到他，消灭他！"

顺溜答应道："是。营长你快行动，别停止在原地，也别老下命令，那家伙会认出你来的！"

三营长点了点头，率领众人迅速朝山下冲去，不料刚刚冲出几步远，他的身体忽然猛的一颤，随后整个人一头摔倒在地。鲜血一下子从三营长背后渗出，瞬间染红他的军装。

草丛中，顺溜连忙低声呼唤道："营长，营长！"

感受着伤口一阵阵的疼痛，三营长虚弱地对顺溜说道："二雷，你别出来，我被那个狙击手瞄上了。"

顺溜痛声说道："营长，你伤太重了！"

三营长颤声安慰道："别管我，找到那个狙击手！"

眼看着三营长痛苦的样子，顺溜忍耐着将自己深深卧入草丛，慢慢朝右边山巅望去。可是，四周除了一片绿色，什么也没有。

前面，连长率领众战士已经冲进山道，充分的准备和优势的兵力与火力立刻将日军打得抬不起头来。

眼见敌人逼近，士官惊慌地向松井报告道："联队长，敌人太多，火力太猛，漫山遍野都是！"

松井卧在水沟里，恨恨地看着冲下山来的新四军，咬牙切齿地下令:"撤退!"

听到命令,士官如蒙大赦,立刻朝日军大喊道:"联队长命令撤退。山口,机枪掩护。"

唯一的一挺机枪再次响起,不断地朝冲下山的新四军猛烈射击。身边众日军在机枪的掩护下一边还击,一边冲向卡车。

松井第一时间跳进驾驶室,连忙命令道:"开车!开车!"

"俘虏呢?"士官追问道。

"不管他们了!"松井暴躁地说道。

士官闻言立刻踩下油门,卡车轰轰起动,在追射不止的子弹中飞速驰离。几个未来得及上车的日军,在徒劳地奔跑了几步后,逐一被击倒在路上。

疯狂冲过道路的汽车,很快在坂田所在的位置停了下来,车内,松井伸出脑袋朝他们大叫一声:"坂田,上车,撤退!"

坂田犹豫片刻,恨恨地打空枪中子弹,赶紧爬进卡车……

独自留在战场的伪军成了被打击的重点对象,众新四军在排长率领下冲向西面山道,猛烈的子弹打得吴大疤拉手下的伪军死伤惨重。

还击中,副官一眼看到卡车飞快驰离,连忙惊呼道:"司令,松井跑了,我们快撤吧。"

吴大疤拉左看右看,忽然发现吴妮不见了。怒声质问道:"那娘儿们呢?"

副官四下张望了一眼,奇怪地说道:"刚才还在边上啊,离我们就几步……逃哪儿去了?"

吴大疤拉生气地斥责道:"不是让你们盯着她吗?"

副官颤声说道:"我是盯着她的,可敌人子弹打得太凶,才

第二十一章 对决,牺牲

一晃眼,就不见那娘儿们人影了。司令,再不撤退就来不及了。我们可万万不能当陈大雷的俘虏啊!"

副官的话令吴大疤拉心中一寒,他大喊一声:"撤退!"随后连滚带爬地翻出土沟,率先朝林中逃命。见长官逃跑,其余众伪军忙不迭地丢盔弃甲,惊慌逃窜。

看到敌人逃跑,冲近的排长朝战士们大喊道:"不要追敌人,赶紧寻找吴妮!"

听到命令,战士们四处分散,不断召唤着:"吴大姐,吴大姐!"

喊声中,不远处站起一个身影,正是负伤的吴妮,见到战士们冲来,她立刻抬着血流不止的胳膊,颤声说道:"我在这!"

埋伏在山巅草丛中的山本第一时间听见了卡车的声音,瞥了一眼驰远的卡车,他冷冷地哼了一声,继续卧在原处不动,用瞄准镜继续搜索着新四军的狙击手。

可是放眼望去,除了那密密的草丛、石窝、沟坎……却一丝敌人的踪迹也没发现。

见无法找到敌人,山本再度瞄向倒地的三营长,扣动了扳机。

草丛中,伴随着一声枪响,三营长痛苦地呻吟一声,鲜血立刻从左腿流出。

几步之外,顺溜循着枪声向前望去,可是,除了晃动的草丛外,却仍然没有发现敌人的踪迹,显然,敌人在开枪的同时,已经转移了。

看着倒在地上的三营长,草丛中的顺溜痛苦地呼唤道:"营长……"

三营长立刻颤声制止道:"你别动,千万别动。二雷,那家伙打我,是为逼你暴露目标。"

顺溜哽咽着点了点头道："我知道。"

三营长继续鼓励道："你别管我呵，就当没我这人……你专心找那个敌人，一定要消灭他……当心啊，那家伙也在找你呢。就看你俩谁先发现谁。"

草丛中，顺溜低低"嗳"了声，继续寻找藏在远处山巅中的山本。但始终找不到对方。

仍然没有出现——山本的瞄准镜中闪过的仍是一片片草丛、山石，就是没有那该死的狙击手。焦躁中，山本转过枪口，再次瞄向奄奄一息的三营长。

"砰！"躺在地上的三营长再次呻吟一下，鲜血从他右腿上流了出来。

见此情景，顺溜哽咽着呼喊道："营长！"

三营长呻吟着嘱咐道："别动……别管我，继续找那小子。他肯定在那片山顶上……二雷，你别乱了心思，专心寻找目标！"

草丛中，顺溜心乱如麻，有心不顾一切地冲出去，可是又知道这样根本就是送死，只能颤声答应一声，继续寻找起敌人来，可是混乱的思绪让他根本分不清楚前面山头上哪里是树，哪里是草，沾着泪水的双眼看到的只是模糊的一片。

犹豫中，枪声再次响起，又一颗子弹飞来击中三营长的手臂。三营长痛得一抖，终于忍耐不住叫出声来。

"营长……营长呵……"顺溜身子一颤，放下枪就想拉营长一把，可是，当看到营长严厉的眼神后，终于忍耐着又趴了下来。

"二雷，发现目标了吗？"

"还没有……"

三营长声音虚弱地说道："二雷啊，你准备好，你千万不要

第二十一章 对决，牺牲

乱了心思。待会儿，我会给你一个机会，让你发现他！"

草丛中，顺溜惊愕地看着三营长，问道："营长，你想干什么？"

三营长怒声呵斥道："你别看我，专心寻找目标！"三营长喘息片刻后，他慢慢支起上半身，继之竟然站直身体，挣扎着朝远处山巅怒骂道："狗日的，我们绝饶不了你！"

这声怒骂几乎是惊天动地，声音在山间重复回荡起来，伴随着悠扬的回声，枪声再次响起。一颗子弹飞来，准确地击中三营长的胸口。巨大的力道带着他朝后翻倒。

那充满怒气的呼喊，几乎在瞬间清空了顺溜烦躁的心思，枪声响起的刹那，顺溜终于发现山巅上闪出一道火光——那位置就是他的瞄准镜无数次扫过的地方！眼见着枪火闪过，顺溜迅速准确地朝那个位置扣下扳机。

草丛中，山本几乎在同时发现了顺溜的枪口闪光，可就在看到那闪光时，他也知道晚了，下一秒钟，一颗灼热的子弹已经飞来，滚烫的感觉瞬间贯穿了他的脖子。喷涌的鲜血带着哨声溅在狙击枪上，山本的意识开始逐渐变得模糊起来……

对方的闪光终于消失了，来不及确认对方是否死亡的顺溜迅速跃出草丛，扑向三营长，关切地大叫道："营长！营长！"

听到顺溜的呼唤，三营长艰难地睁开眼，喃喃地问道："打掉了吗？"

顺溜哽咽地说道："打掉了！我打断了他的脖子，他死了！"

三营长微笑了一下，鼓励道："干得好。"随后，整个人顿时失去力道，倒在顺溜的怀里。

顺溜不敢相信地晃了晃三营长的身体，他双手慌乱地、竭力地想掩住多处弹创流出来的鲜血，颤声呼唤道："营长，营长，你坚持一会儿……营长！营长啊！营长！"

　　无奈无论如何呼喊，三营长的双眼却仍然紧紧闭着，见此情景，顺溜一把扶起三营长背在背上，跌跌撞撞地向山下跑去，边跑边气喘吁吁地念叨着："营长，坚持住，你一定能活下去！我们还等着听你讲怎么打鬼子，怎么拼刺刀呢，你还要看我怎么打司令员手里的日本女人……卫生员！卫生员！他妈的卫生员你死哪儿去了？"

　　营长的身体不断地随着顺溜的跑动一起一伏。忽然顺溜趔趄了一下，营长立刻从他肩膀上无力地滑下去了。见状，顺溜赶紧心疼地抱起营长，再次背起他，解下皮带，把自己和营长的腰捆在了一起，连滚带爬地跑下山去。

　　眼见顺溜过来，众人立刻围拢上来。见众人过来，顺溜立刻焦急地问道："卫生员呢？！卫生员呢！"

　　"快！把营长放下！"听到顺溜的呼喊，卫生员快步走过来喊道。

　　在大家的帮助下，顺溜小心地把营长放在地上。卫生员连忙走过来，仔细地检查了一遍后，叹息地摇了摇头："营长已经牺牲了。"

　　顺溜不相信地看了看安详地躺在那里的营长一眼，冲上去揪住卫生员："不可能！刚才他还和我说话了呢，对了，你快给他打强心针啊！就是上次给我打过的那种！上次你不是把我救活了吗，快给三营长打！"

　　卫生员伤心地说道："强心针是给分区领导配的……"

　　顺溜大喊着打断了对方的话："营长就是领导，他将来肯定能当司令！你快给他打针，快救他啊！"

第二十一章 对决，牺牲

卫生员摇头道："你听我说，强心针全分区只有两支，而且上次全给你打完了。"

顺溜嘶哑地喊道："我不信，我不信，你骗我！"说着，扑上去按住卫生员，胡乱地在他身上搜索起来，可惜，一直到将整个药箱都翻了个遍，连一只针管样的东西都没有找到。

顺溜生气地扔掉手中的药片和纱布，一把将卫生员提了起来质问道："说，你把强心针藏哪儿去了？不说我就毙了你。"

卫生员伤感地摇了摇头继续说道："二雷，营长已经牺牲了……你摸摸他胸口，看还有心跳吗？"

顺溜一怔，回望着僵硬的三营长，趴在他身上颤抖着伸出手放在胸膛上摸索了一阵，终于，顺溜蹲在地上放声大哭起来。

三营长牺牲了，虽然妄想着卫生员会用什么神奇的手段将三营长挽救回来，可是，当现实真的出现在眼前，并且残酷地击碎了他的妄想后，顺溜终于无奈地接受了这个事实。

三营长真的牺牲了，虽然对牺牲顺溜曾经无数次设想过，他设想过自己牺牲，设想过三营长牺牲，甚至设想过陈大雷……在他的设想里，每一次牺牲都伴随着惊天动地的呐喊和慷慨赴死的悲壮，甚至还有口号和战友们的送行。

可是，三营长却并没有如他所设想的那样，英勇地惊天动地地赴死，而是在这荒僻的小山沟里，倒在了一颗渺小的子弹之下。

完全不该是这样嘛，和设想的根本不同啊。顺溜泪眼婆婆地摇晃着三营长，嘴里不断地念叨着，哀求着。

可是三营长不会再起来了，他不会再教导大家怎么拼刺刀，不会再教导大家怎么冲锋，不会在晨起呼喊，在深夜为众人盖被了。

在众人的拉扯下，顺溜神色木然地站了起来。看着他悲伤的样子，众人没有过多地劝慰，而是收拾起心情，忙碌着打扫起战场来。

山道上，敌人遗留下的卡车布满了密密麻麻的弹洞，众人担心地围拢上去，立刻兴奋地大喊道："快来啊，他们还活着。"

听到喊声，大家纷纷凑上来，从车里小心翼翼地将十一个被俘的同志搀扶下来，经历了刚才密集的扫射，他们中有人或肩腿中弹，或体力耗尽，但都奇迹般的活着。

看到在众人的搀扶下，蹒跚着走过来的同志，连长笑呵呵地望着他们道："好好，人都在，这就好。"

而在不远处的西面山道上，排长和战士们也簇拥着吴妮走来。吴妮虽然负伤了，却满面笑容地问道："你们陈司令呢。"

听到询问，战士立刻回答道："报告吴大姐，司令员被召到军区开会去了。"

吴妮嗔怪道："开会？开什么会？他连我的死活都不管？真没心肝！"

战士赶紧解释道："不是啊大姐，是大司令把他扣在那里的，不让他参加这次行动。"

吴妮奇怪地问道："为啥？"

排长笑着说道："嘿嘿嘿，大司令怕司令员感情用事……嘿嘿，大姐，大司令亲自到分区来了，是他组织的这次营救行动。"

吴妮大喜，连忙追问道："大司令在哪？"

排长立刻回答道："在分区等你呢。"

吴妮颤声着催促道："快快，领我去！"说着，在战士们的搀扶下快步向前跑去。

没人注意到，此刻草丛中，满头是血，僵直不动的山本，忽

第二十一章 对决，牺牲

然微微动弹了一下，随后，缓慢地张开眼睛。

他挣扎着抬起头，伏到狙击枪后，几次用力地睁却没能睁开被血糊住的眼睛。于是，他用手指扒开了自己被血糊住的眼皮，再透过瞄准镜向外望去——

瞄准镜中，笑容满面的吴妮，在战士们的簇拥下朝马车走去。

眼见吴妮就要上车，山本颤抖地吼了一声："不准走……美由子！"随后，他扣动了扳机。

"砰！"枪声突兀地响起，随后一遍遍在山谷中回荡。枪声中，吴妮被战士们簇拥着的身体高高飞起，随后就重重摔落在地上。

眼见自己准确命中目标，山本松了口气，身子一歪，终于彻底死去了……

榻上，陈大雷呼呼酣睡着，酒精的作用，让他暂时忘却了烦恼和苦闷，全身心地放松休息着。

一夜的时间很快过去，当陈大雷再次醒来时，却发现大司令不知何时出现在自己床边，正狠狠地吸着烟。

陈大雷大窘，赶紧爬起身道："大司令，你回来了？"

大司令点了点头："醒了？"

陈大雷窘笑道："嘿嘿，醒了。让老崔灌的，醉得不像样！大司令，情况怎么样？"

大司令沉默不语，而是狠狠地吸了一口手中的香烟，看到大司令迥异的表情，陈大雷弥散在脸上的笑容渐渐消失，沉声说道："给我支烟。"

听到他的话，大司令扔过烟盒。陈大雷抓起，胡乱地点燃一支烟，深深吸了一口，慢慢吐出了大团烟雾，随后平静地说道："我革命二十多年了,什么事没经受过?说吧大司令,我受得住。"

他的话仿佛坚定了大司令的决心,在重重地掐灭烟头后,大司令悲痛地说道:"营救行动是成功的。吴妮同志和被俘的同志们全部救出来了。但是,在撤离战场的时候,部队大意了。一个没死的鬼子在山上开了一枪,打死了吴妮同志……"

陈大雷身子剧烈一振,虽然他曾经设想过这样或那样的结果,但是当听到这个消息后,却仍然痛苦得难以忍受。

拍了拍陈大雷的肩膀,安慰了他一下,大司令接着说道:"还有一个事……三营长牺牲了。"

陈大雷再也忍不住悲痛,失声大叫道:"三营长?他怎么会死?绝对不会!枪林弹雨都过来了,什么凶险都没伤着他!他可是一直好端端的啊,他比我都命大!"

大司令声音低沉地解释道:"三营长是被日军一个狙击手打死的,是个老资格的鬼子。那个狙击手,后来也被陈二雷打掉了。大雷啊,情况就是这些,我全告诉你了。你要挺住啊!"

陈大雷眼睛热辣辣的如同抹了辣椒一般,虽然极力忍耐,但是眼泪仍然不争气地哗哗掉落,看着面前同样哀伤的大司令,陈大雷要求道:"大司令,把赤狐还给我吧。我要回分区去!"

大司令难过地说道:"大雷,歇两天再走吧。"

陈大雷摇了摇头,安慰道:"你别担心我,我挺得住。大司令,三营长是我的左膀右臂啊,我俩在一起十五六年了!他不在了,要是我也不在家,分区军心会乱的。所以,我必须立刻返回分区。"

大司令默默地点了点头道:"说得对。你应该回去。"

得到同意,陈大雷丝毫不作停留,迅速跳下床,朝门外走去。边走边对大司令颤声说道:"对不住啊大司令,看我,把你屋搅得狗窝似的,一团乱啊!"

看着失态的陈大雷,大司令苦笑着说道:"回去吧。到家后立刻给我来个电话,报告一声……"还没等他的话说完,那边陈大雷已经奔出院子,跳上早已经等得不耐烦的赤狐身上,绝尘而去。

虽然是晴空白日,但此刻整个六分区却一片死寂。站岗的哨兵呆呆地持枪立定,来往的战士神情悲哀。文书则蹲在庄口处,不断垂头抹泪。

忽然,道上渐响的马蹄声隐约传来,听到声响,文书跳起身朝声音处奔去,狂叫道:"司令员,司令员!"

前方,陈大雷骑着赤狐飞驰来到近前。文书奔上去一把紧紧抓住马缰,颤声说道:"司令员,你回来了,总算回来了!"

陈大雷满面寒霜,严厉地说道:"你哭什么?别哭!三营长和吴妮,他们在哪儿?"

文书呜咽着指着庄内道:"司令部院子里……在等你。"听到文书的回答,陈大雷一把甩开缰绳,大步走向司令部。

两具尸体并排停放在院中,分区全体干部几乎全集中在这儿,悲伤地守在旁边,等候着陈大雷。

当陈大雷走进院时,众人的目光立刻集中到他身上,不安地看着他。

轻轻地摆手制止了准备走上前来搀扶自己的战友们,陈大雷走到妻子身边,吴妮此刻恬静地躺在那里,看起来更像是熟睡了一般,轻轻地拉住她的手,陈大雷脑海中顿时回忆起那些聚少离多的日子。可吴妮那冰凉的肌肤却如同拍打堤坝的海水般不断地提醒着他,所有这一切已经成为记忆。

强忍着泪水,陈大雷轻轻走到三营长面前,看着原本鲜活的战友，此刻却僵硬地躺在自己面前，一直忍耐着的泪水，终于流淌下来。

"伙计，你怎么就走了哇！"眼前瞬间变得模糊，陈大雷紧握着三营长的手，悲切地说道。虽然吴妮是他的妻子，可是，对于陈大雷来说，与三营长相处的时间却比妻子多得多。一直以来，两人焦不离孟，孟不离焦，共同出生入死，可是眼前……

悲伤终于如同决堤的洪水一样汹涌蔓延开来，彻底将陈大雷淹没，为了掩盖住自己的这份悲哀，他几乎是用所有的毅力压抑住心中的痛楚，霍然转身向旁边的人问道："棺材呢？"

连长上前，颤声报告道："报告司令员，所有东西都准备好了，就在院后头搁着。"

陈大雷粗声叹了口气命令道："全体集合，给他们下葬。"

听到命令，院中的人迅速地抬起二人向集合地走去，转瞬间，空空的院子中只剩下陈大雷一人。

看着众人离开，陈大雷胡乱擦了一把脸，整了整自己零乱的衣服，闭目冷静了片刻，正准备离去时，却忽然听见某处传来低低的呜咽声。

他疑惑地朝呜咽声走去，却发现顺溜站在门板后面哭泣着。

"二雷，干嘛窝在这儿？"见是顺溜，陈大雷奇怪地询问道。

顺溜哭着说道："司令员，我没脸见人了，我对不起分区，对不起司令员，我犯下大错了……我还不如战死了呢！"

陈大雷苦笑着拍了拍他的肩膀道："有这么严重？"

顺溜哽咽地重复道："都是我的错，我的错啊！"

陈大雷奇怪地问道："到底怎么回事？"

顺溜悲声哭诉道："当时，我一枪打过去，明明看见……我

第二十一章 对决,牺牲

亲眼看见我把那个狙击手脖子打断了,他肯定是死了。但我万没想到,后来他又活过来了……我只顾了救三营长,没顾上去验尸。所以,那狗日的才打了吴姐一枪。"

陈大雷呆呆地看着顺溜,一直拍着他肩膀的手,僵硬地停在了半空。

顺溜惭愧地哭喊道:"司令员,你骂我吧,打我吧,关我禁闭吧,我犯下大错了!"

看着顺溜悲伤后悔的样子,陈大雷长叹了一声说道:"二雷别哭,抬起头看着我。"

顺溜抬起头泪眼汪汪地望着陈大雷。陈大雷正视着他,动情地说道:"二雷啊,你当兵大半年了吧,算是个老资格了。唉,好男儿都是从血泊里长大的。这事你要吸取教训,永远铭记!"

顺溜哭泣着点头道:"是。"

陈大雷继续说道:"还有,你这身本事是谁教出来的?"

顺溜大声回答道:"营长,是三营长啊!除了射击之外,拼刺、隐蔽、构筑工事、匍匐前进、侦察搜索、行军打仗……多啦,全是营长教会我的!司令员,三营长临死之前,还在教导我:'二雷别乱了心思,你只当没我,专心寻找目标。'"

陈大雷激动地说道:"好!说得多好啊!二雷啊,这话你要永远刻在心里,咱当兵的,任何时候都别乱了心思,两眼要死死盯着自个儿的敌人!为啥?因为,你不盯敌人,敌人却老盯着你!好枪手盯哪打哪,关键在谁先盯上谁。你先盯上敌人,胜利就占上一多半。"

顺溜大声地回答道:"知道了!"

看着顺溜坚毅的表情,陈大雷正声说道:"还有,将来你要把三营长教你的本事教给所有的新兵蛋子，把你的教训也传给他们，引以为戒！"

丧礼过后，陈大雷仿佛变成了分区的一个伤口，走到哪痛到哪。过去，战士们见到他会纷纷围拢上前，可是现在，所有人见到陈大雷都会不自觉地将目光转移到别处，同情这种东西仿佛在他周身罩了一个大口袋，在让别人同情的同时，也将其他的一并隔绝在外。陈大雷本以为这样的情况还要持续很长时间，可是在突然接到大司令的电话后，所有的一切都因这电话而改变了。

"根据可靠情报，日军华东驻屯军司令石原，最近要离开淮阴城，返回南京，顺便视察江淮各部。石原的具体行动路线我们还不清楚，但我们判断，他肯定会经过我军活动区。军区决定，由一分区、六分区分别派出伏击小组，在石原可能经过的路上设伏，争取击毙这个敌酋，给华东日军一次重击！这次行动，要高度保密，绝不能有任何疏忽……"大司令在电话中说得简单而肯定，听到他的话，陈大雷的心情立刻变得激动起来。

"是……是！我明白……我坚决完成任务。"一边说着，陈大雷一边朝身边的侦察排长急急地比划了一下，对方会意，立刻从皮包里掏出地图，铺展到桌上。

放下电话，陈大雷兴奋地说道："大喜事，石原要出动了，大司令命令我们敲掉他！"

侦察排长顿时喜叫道："伏击石原，他是日本将军啊！太好了。抗战以来，咱们还没打过这么大的官呢！"

陈大雷点了点头，兴奋地说道："是啊，是啊，翰林，叫三营长来！"

文书从内屋探出头，不安地提醒道："司令员，你忘了，三

第二十一章 对决，牺牲

营长不在了。"

陈大雷一怔，神色一苦，顿时沉默下来，侦察排长赶紧说道："司令员，三营长不在了，我在！"

陈大雷不相信地问道："打伏击你比得了三营长吗？"

侦察排长连忙表白道："是。说实在的，论外出打伏击，连大司令手下的侦察连长也不如我。"

陈大雷立刻提醒道："你先别高兴。任务虽然明确了，但敌情还是不明确。首先，石原具体行动路线不明，我们只知道他肯定会穿过我军活动区，但不知道他走哪条道。第二个，石原具体行动时间不明，只知道他这两天就会出淮阴城，不知道具体行动日期。"

两人正说着，桌上的电话又响了起来。陈大雷抓过电话，里面立刻传来一分区刘司令的声音。

听到是老刘，陈大雷立刻爽朗地大笑道："老刘哇……怎么，你也接到大司令的电话啦……我说老刘，我有个建议，伏击石原的事，我看单独由我六分区承担算了！首先，我们靠敌占区近，滋泡尿都能滋到鬼子炕头上。第二，我们比你们更熟悉地形啊，方圆百里所有的沟沟坎坎，我闭着眼都摸得着。第三，攻城你们比较有经验，打伏击我们比较有经验！不是我跟你争功，我是不想让你白忙活！"

听到陈大雷的自吹自擂，刘强立刻还口道："你部下打伏击有什么经验？啊？以前，是谁打伏击打到自家司令头上的？那是哪个分区的丑事？你当司令的忘得倒快！我就知道你想独吞功劳，身边有地图没有？快拿出来！"

陈大雷笑着听完刘强的揶揄，连忙回答道："地图就在面前摆着,你说吧……什么?以小沙河为界,河东归你河西归我?不行!你把战场都划到你那边去了,我们还伏击个鬼!我的意见是,以牛庄为界,牛庄以北归你,牛庄以南归我!"

刘强随着陈大雷的安排用手顺着地图画了一圈之后,立刻气得大喊道:"大雷你知道不知道?牛庄已经是我三团二营的驻地了,我在自己驻地里伏击谁?不跟你废话了!你看地图,看见厚冈了吗?对对,就是上次我救你小命的地方!厚冈南十里左右是一条东西走向的山道,看见了吧?叫东山道。咱俩以东山道为界,山道以北,归我。以南归你。"

陈大雷看着地图,冲着电话说道:"好吧,我让你一步,就以东山道为界。你要是打掉了石原,来个电话,我请你喝酒,为你庆功!不过老刘哇,丑话说在前面,你可不能越界打伏击哦,那两家会乱了套的,对不?搞不好还会造成误伤,对不?好,好……一言为定,就这么定了!"

和刘强商定完了划分区域,陈大雷立刻分析道:"听着,我判断,石原一旦出动,肯定乘坐装甲车,有摩托车护卫。所以,他们只能沿公路行进。最大可能是定淮路或者盐淮路。我们可以派三个伏击小组,定淮路边上放两个,盐淮路边上放一个。这样,就能形成一个伏击网,我想,每个伏击小组只能是一个人,单兵伏击为好,人多了反而容易暴露。石原狡猾啊,他身边的卫队警惕性会非常高。"

侦察排长不无担心地说道:"是。还有,打伏击的人,必须提前进入伏击位置。埋伏好等着,就算要等个几天几夜也得等!"

陈大雷颔首道:"至于打伏击的人选,你什么意见?"

侦察排长大声说道:"我算一个,一连三班长算一个,再有……"

陈大雷看出了对方的意思,立刻补充道:"怎么不说了?全分区当中,最适合执行这次任务的就是陈二雷啊!"

侦察排长叹息一声道:"唉,这我知道。但他在洪山口伏击时犯下大错,我有点担心。"

陈大雷沉默下来,在点燃一根烟后,终于决定道:"还是派他去,我相信他!咱们谁不犯错?错误是个弹簧,能把好男儿弹得更高!"

第二十二章　机　会

淮阴城下，日军排列着整齐的队伍站在门口等待着石原的最后检阅。

在松井的伴随下，石原走出巨大的城门，在欣慰地看了一眼周围军容严整的日军后，他沉声说道："松井君，我要走了。目前的国际形势对我们十分不利。但在东亚战场上，我们还是占据优势。我现在最担心的是华东部队的士气。战争打了多年，部队的惰性已经出来了，有些士兵甚至有厌战情绪。"

松井恭敬地点头道："请将军放心。我的联队必定一如既往，绝不会有任何问题。"

石原欣慰地看了他一眼说道："这就好，你的联队久经考验，淮阴城的防备也十分坚固，但我们必须做好长期作战的准备。一次两次的失败并不可怕，可怕的是我们失去了战斗的意志，告诉部队，只要再坚持一两年，一两年内，国际形势会彻底改变，最终胜利属于大日本帝国，属于所有将士，属于杰出的松井联队！拜托了！"

松井听到石原的嘱托，深深鞠躬，颤声说道："嗨！"

第二十二章 机 会

意味深长地拍了拍松井的肩膀,石原望了望淮阴城和城下的部队,随后迅速转身,大步走上早已经等候一旁的装甲车。

见石原登车,负责卫戍的坂田立刻朝卫队大声命令道:"摩托车随将军行进。骑兵跟我开道!"

装甲车与摩托车同时轰鸣起来。坂田跳上马,策马奔驰。五个骑兵跟随他冲向远方的公路。

透过车窗看着仍然矗立在门口的松井,石原无奈地长叹了口气,松井联队接连不断地失败,让他已经无法容忍自己继续留在这里,长期在亚洲战场的生活让石原始终无法原谅松井这么优秀的联队竟然会屡次败在装备低劣的支那军人手中。

石原不知道自己临别时对松井的嘱托能起到多大的作用,对于他自己来说,日本所期待的胜利此刻也已经变得异常模糊。

临走之前,总部发来的电报已经明示,美国人刚刚在几天前向广岛和长崎扔下了两枚原子弹,巨大的破坏力和杀伤力都是现阶段日本所不能承受的。

而将期望寄托在与美国人一决胜负的军部,却始终无法将大部队从支那抽身,大量兵力牵制在支那境内,让军部现在已经无兵可用。

"报告将军,前面的公路被山洪冲断了。"坂田的话音忽然打断了石原的沉思。

听到报告,石原迅速看了一眼手中的地图,沉吟道:"盐淮路被洪水冲断了?我们可以掉头走定淮路。它距此也不远。"

听到此话,一个军官立刻从摩托车上跳下,急声向石原报告道:"报告将军,定淮公路不安全。其中有一段必须穿越游击区,那里常有新四军出没。建议将军不要走定淮公路,还是先返回淮阴城，然后坐飞机回南京吧。"

石原微笑着说道："是么？可我倒很想看看那里的地形地貌、庄稼和村镇。如果可能，我甚至想到新四军驻地去看看呢，看看他们的伙食、驻地、装备和训练。看看他们都是些什么样的人！告诉你吧，早在对华战争还没开始的时候，我就以商务专员的身份去过支那内地七个省区，一百多个城镇。现在好久不去了，真有些挂念啊。"

听到石原的话，军官顿时愕然地站在那里。坂田则钦佩地说道："将军，您真了不起！"

石原矜持地询问道："坂田君，你的意见如何？你看我是退回淮阴，还是继续前进？"

坂田正声回答道："报告将军，所谓游击区，只是牛湾镇附近几十里的地面，最多只有几个民兵打打冷枪，那里的敌情完全被夸大了。如果将军想走定淮公路，我敢以我的脑袋保证将军的安全！"

石原满意地点了点头说道："好，我相信你的判断，拐到定淮路上去吧。"

军官再次劝阻道："将军，就算只有民兵活动，那也不可大意。请将军慎重考虑。"

坂田嗔怪道："如果木川君不放心，我先率骑兵前去探路。之后回来向将军报告情况，那时请将军再做决定。"

石原沉吟了片刻同意道："好。给你一个小时，快去快回。"

得到命令的坂田朝五个骑兵喝道："跟我来。"随后率先越过小河，朝远处奔驰而去。

东方发亮，第一束阳光就落在顺溜隐蔽的草丛上。经过一夜细雨的滋润，地面上的野草全部发出嫩芽，幼嫩的枝叶挂着晶亮

第二十二章 机 会

的露珠，绒绒的煞是好看。

草叶与露珠的遮蔽，竟然把顺溜彻底地掩盖起来！伪装下，顺溜呼吸均匀地趴在那里，时刻不离身的狙击步枪则被牢牢地抓在手中。

远方一声鸡鸣声忽然响起！一直酣睡的顺溜顿时被惊醒，他睁开眼，稍微动弹了一下有点发硬的身体，感叹道："唉，又是一宿。"

抬头望向公路，此刻田野和山丘上都被一层薄雾所笼罩，静谧无声。耳畔除了雏鸟如同梦呓般的低鸣外，就只有一阵阵清脆悦耳的水流声。

不远处的小院里，保国正在取水，他光着筋肉结实的膀子，将提上来的水朝井台一搁，随后一头扎进水里折腾起来……

看到这一幕，顺溜不禁嘿嘿笑了起来——侦察排长安排的伏击阵地竟然无巧不巧的离姐姐家如此之近，第一天晚上进入狙击阵地的时候顺溜竟然没有发现，现在看来，如果任务完成之后，他还可以抽空去姐姐家串个门。

潜伏已经三天了，可是，敌人还没有出现，这多少让顺溜一直紧绷着的神经有些懈怠，就在他准备再次掉转枪口看看姐姐家的小院时，忽然，一丝警觉没来由地从心底泛起。

感受到这丝警觉的顺溜，顿时紧张起来，重新掉转枪口，瞄向公路。

透过草丛的缝隙，顺溜清楚地看见远处公路拐角驰来几匹东洋马，立刻兴奋得眼睛发亮，三天的时间没有白等，这几个鬼子肯定是尖兵，负责探路，石原过会儿肯定会来！想到这里，顺溜轻轻调整身体，手指咔地打开了枪机保险。

前方，坂田驱马来到草冈下。几个骑兵立刻凑上前来。

"报告队长，周围数里没有发现敌情。"

"队长，公路两侧都很安全。"

坂田闻言点头，下马道："留一人在这守候，其他人跟我来，到冈上看看。"说完将缰绳交给留守的士兵，大步朝草冈上走来。

草丛中，顺溜清楚地看见坂田越来越近。他屏息静气将自己彻底融入到草丛之中。

前面，坂田越来越近了，一直走到草冈高处，甚是大意地站在顺溜身边，掏出望远镜朝四周观察。

感受着身旁有节奏的震动，顺溜用眼角向旁边瞄去，立刻看到一柄玉把指挥刀就吊在自己头上，微微晃动着。

这鬼子带玉把指挥刀呢，这家伙是王族啊！看到这特殊的标志，顺溜心中不由得一阵激动，手中的步枪握得更紧了。

身旁，坂田放下望远镜，向旁边的军士命令道："去个人向将军报告，这里一切安全，请将军开进吧！"得到命令，军士应声而去，迅速奔下草冈。

坂田用肉眼再次看向远方，四周仍一如之前般平静。可就在他转身时，却忽然看见冈下一座院子，坂田犹豫了一下，再次举起望远镜。

镜头中，一个年轻女子的美丽面容闪现出来。她垂着长长的头发，正在檐下梳头。每当她掠开长发，便露出雪白的脖子。

看着眼前这美丽到极致的景色，坂田的呼吸声渐渐粗重，他一把丢开望远镜，大步朝那座孤院冲去。

草丛剧烈颤动了几下，顺溜立刻寻着震动看去，却发现鬼子竟然掉头向山下的姐姐家跑去。

第二十二章 机 会

"姐，快跑！快跑啊姐！姐！姐！"顺溜几乎是用所有的毅力才忍耐着没有喊出声来，因为激动，此刻他潜伏在草丛中的身体不断地颤抖起来。

前方，公路的拐角处仍无动静，敌人的将军并没有如他设想般出现，思索了片刻，顺溜慢慢掉转了枪口，瞄向冈下的姐姐家。瞄准镜中，之前的鬼子身影一闪，大脚踹开院门，进入姐姐家，随后身影消失不见。

一阵阵若有若无的喊声，稍后顺着风声传来："啊……畜生，你们要干什么？放开我，畜生！放开我！"

听到那撕心裂肺的喊声，顺溜的身体不可抑制地颤动着，他迅速用瞄准镜寻找着目标，可是，除了那破碎的水缸，凌乱的院子，姐姐的身影却踪迹不见。

百米外的姐姐家，此刻正发生着令人心碎的惨剧。

堂屋内，姐姐被如陷入发情期的野兽一般的坂田按在饭桌上，身体怪异地弯成了一张痛苦的弓。身后，坂田像一头发情的骡子，猛烈地、疯狂地摧残着姐姐！其余几个鬼子则站在四旁加油着，呐喊着。

案上，被蹂躏的姐姐拼命挣扎，声声嘶喊："畜生！保国，你在哪？顺溜，快来啊！顺溜在哪？快来杀鬼子……"可是，任凭她如何挣扎却始终无法逃脱坂田的魔掌。

山冈上，姐姐那凄惨的嘶喊声随风清晰地传来，隐蔽在草丛中的顺溜，终于按捺不住愤怒的心情，霍然站起身来。

可是就在他要跳起身冲向山下时，远方公路拐角处忽然出现的两辆开道摩托车，却制止了他的行动。

那是专门为装甲车开道的卫戍车队，看到逐渐逼近的摩托车，顺溜全身颤抖着，慢慢卧回到原处，再度将自己埋入草丛，有些机械地准备好武器，静静地瞄向公路拐角。

瞄准镜中，在摩托车的引导下，装甲车缓慢地拐过弯道，警惕地朝草冈方向驰来。

"来了，鬼子将军石原来了！狗日的，你开快点啊，快点过来啊！"看着装甲车慢吞吞地向前行驶着，顺溜在心中不断焦急地催促着。

可是，他越催促，装甲车却越来越慢，最后竟然停在了道路中间。

姐姐那凄厉的嘶喊声又传到冈上了："顺溜你在哪?！顺溜快来啊！"

顺溜只觉得自己原本稳定的枪口不可抑制地跳动起来，不单单是枪口，他只觉得自己整个人都随着激动的心脏不断地跳动，跳动，全身如同被放在火上烧烤一般，滚烫无比。此刻，自己最亲最爱的姐姐，正在鬼子的魔掌下遭受凌辱，可是他却眼睁睁地看着这一切发生，而不能相救，心中的疼痛让顺溜全身的肌肉都不由得僵硬在一起。

"哪怕是天崩地裂，你也必须像石头那样埋在草里，静静等候石原进入射程！"临行前，陈大雷的命令再次在耳边响起，声音一遍遍撞击着顺溜的脑海，让他在狂躁的边缘，保持着仅有的一丝冷静。

咬着牙，喘着粗气，抑制着自己冲下山的冲动，顺溜努力地稳定着自己的心绪，稳定着自己的枪口，稳定着瞄准镜内不断跳跃的十字线。

"顺溜，你在哪？快来杀畜生！保国快来啊！"姐姐凄厉的

第二十二章 机 会

喊声再度传来，顺溜只觉得自己有足够的理由放弃这次行动。

"二雷啊，革命军人，不管是天崩地裂，不管是生死存亡，都得服从命令！"陈大雷的交代，让顺溜不由得想起那因为自己的失误而无辜牺牲的吴妮，原本已经弓起来的身躯，再次缓慢地放松下来。

"顺溜，你在哪？快来杀畜生！保国快来啊！"可是姐姐怎么办？含辛茹苦将自己拉扯大的姐姐，在心中已经替代了娘的位置，顺溜自诩枪法好，可是好枪法却连姐姐都保护不了。

"执行命令，说起来简单，但你执行多了以后，就会发现很难很难，有时甚至很痛苦。"可是，别人的姐姐呢，石原是鬼子的司令，他的任何一个命令都可能导致成千上万人失去亲人，如果放过他，顺溜不知道自己还能不能原谅自己。

脑海中，两种声音交替回响着。顺溜的瞄准镜也不断剧烈抖动着，压抑着的喉咙里传来阵阵悲戚的哽咽！眼前，三营长的身影忽然闪现，为了完成任务，三营长甘愿让自己暴露在敌人的枪口下，任由敌人一枪枪将自己摧残而死，他这么做的目的只有一个，就是为自己提供那可以毙敌的机会。

可是，顺溜却知道，自己根本没有把握住这个机会，那该死的敌人仍然夺走了嫂子的生命，一想到这点，顺溜就觉得内心的烈火仿佛要把自己烤焦了一般。

眼前的这个机会不能再因自己而放弃了，否则，灾难不知道将会降临到谁的头上。想到这里，顺溜咬牙迫使自己稳定下来，凝视着前方一动不动的装甲车。

终于，姐姐的声音沉静了，镜头中的装甲车却仍然停在原处。顺溜犹豫了一下，迅速掉转枪口，瞄向姐姐家，可是此刻，那里却一片沉寂，没有任何动静。

顺溜挎着狙击枪，神情呆滞地走进了山庄，正在井台取水的文书第一个望见顺溜，立刻喜悦地奔来询问道："二雷你回来啦？妈的，你可回来了，司令员都快急死了！闷屋里跟营长下了大半天棋，一声不出……哎，你到底干嘛去了，到底执行什么任务去了啊？"

顺溜木然地不言不语，继续朝前走着，丝毫没理会搭讪的文书。

文书不解，再次追上来亲切地问道："累不？饿不？要不要我替你擦枪……说话呀！"可仍然没有得到顺溜的回应。

看着顺溜迟缓地向前走着，心中疑惑的文书快步跑进村子。

马棚内，陈大雷正在喂马。文书匆匆跑进来报告道："司令员，二雷回来了！"

陈大雷一惊，连忙追问道："回来了？人在哪儿？为什么不来见我？"

文书立刻说道："他刚刚进庄，那样子——唉，累得快不行了，我刚才跟他说话，他好像没听见，不搭理我。司令员，你派二雷执行的什么任务啊？现在可以告诉我了不？"

陈大雷简短地说道："伏击，打石原。"

文书大惊，喃喃地说道："天爷！石原啊，日军司令啊！"

在文书的伴随下，陈大雷快步进入排房，却见空荡荡的排房里顺溜独自抱着枪，失神地坐在角落里发呆。

陈大雷快步走到身边，大声道："二雷！"

顺溜惊醒过来，呆呆地望了陈大雷一眼再次低下头去。

看到顺溜反常的样子，陈大雷急忙追问道："情况怎么样？石原来没来？"

第二十二章　机　会

顺溜沙哑地点头道:"来了,打掉了!"

陈大雷一愣,惊喜地追问道:"二雷,你真的打掉他了吗?二雷,这事必须千真万确!你看清没有?到底打掉没有?还有,就算你打掉了一个鬼子,那鬼子是不是石原将军?"

顺溜沙哑地说道:"是他……我打掉了。"说罢,头一歪,整个人摇晃了几下,忽然昏迷过去。

陈大雷厉声喊道:"解开他衣裳,看受伤没有?"

文书立刻上前一把撕开顺溜的衣襟,上下检查了一遍后,放心地说道:"唔,好像没大伤。不过,给他准备的干粮,他一口都没吃啊。"

陈大雷看看满满一袋干粮,明白过来,长叹一声,感动地望着昏迷的顺溜说道:"他已经累到极点了,先让他好好睡一觉。还有,叫炊事班找只鸡来,炖汤!"

文书点了点头,一搭手,扶起顺溜,可虽然两人使尽百般力气,却始终无法拿走被顺溜紧紧握着的步枪。

看着顺溜青筋暴露的大手,陈大雷无奈地放弃了努力,转而对文书说道:"唉,先扶他去休息吧。"

文书动情地点了点头道:"三天两夜啊,一口干粮不吃,还来回跑了这么远的路。真亏他——怎么坚持下来的?"

陈大雷长叹道:"打伏击的时候,人趴着一动不动,不会感到饿。但只要一站起来,就会立刻软掉了。二雷能坚持到现在,真不得了!意志真坚强!"

听到陈大雷的话,文书不禁担心地说道:"不过……司令员啊,二雷究竟打掉石原没有?我对这事还是有点……担心。你说,要是真打掉了石原,那他还不高兴得疯喽?可你看二雷刚才那样子,不肯多说一句话,也没有半点高兴劲,反倒有点失魂落魄的,这像打掉石原的样子吗?!当然啦,也许他真的打掉了一两个鬼子,但并不一定是石原,说不定认错了目标。"

陈大雷沉吟了片刻,说道:"你担心的对,这事必须慎重,一点儿不能马虎……我看这样吧,消息暂时不要扩散,更不要向军区报喜,等二雷睡醒后,好好跟他谈谈,问明白详细情况。还有,你赶紧叫人通知老宋——就说我说的,请他立刻进一趟淮阴城,看看日军的动静,也想法探听一下情况。总之,先得搞清石原活着还是死了。"

文书点头道:"好。要是真死了,城里的鬼子肯定会乱成一锅粥,瞒都瞒不住!哎,要不要跟一分区通个话,问一问刘司令那边的情况?他们不是也派人伏击了吗?"

陈大雷正声说道:"不用问,老刘肯定没得手!要是他打掉了石原,早就嘻嘻哈哈地给我打电话了。"

原本令人震惊的消息就这样被压制下来,陈大雷自问,对于顺溜能否击毙石原,他心中确实也没什么把握。

军区内,仍然一如平常般训练着,直到大司令的一个电话,陈大雷心中的疑惑才彻底被解开。

"陈大雷,你们打掉了石原,为什么不报告?!"电话那边,大司令半生气半兴奋地质问道。

听到大司令的质问,陈大雷大为惊喜,不敢相信地说道:"真打掉啦?嘿嘿,大司令,我正在核实呐,我已经叫老宋进淮阴城摸情况了。"

大司令立刻回答道:"不用摸了,石原早死了!昨天傍晚,人都火化掉了。军区的侦察员就在淮阴城里,亲眼看见火葬场面。

第二十二章 机 会

哦,鬼子还吹熄灯号呐,石原没上床,上天了!"

得到大司令的肯定,陈大雷哈哈大笑道:"真的呀!哈哈哈!"

大司令嗔怪道:"那还有假,我刚给刘强挂过电话了,他告诉我,他们派出了四个伏击小组,都没撞上石原,一枪没放都给撤回来了。我想,肯定是你们打掉的石原!现在,把详细情况说我听听。"

陈大雷连声笑道:"对对,是我们,当然是我们!报告大司令,执行任务的战士名叫陈二雷,我早跟你说过这人……对对!报告大司令,我亲自选的伏击地点,侦察排长亲自定的射击位置。二雷同志了不起啊,他一个人在草冈埋伏了三天两夜……三天两夜啊,一口干粮没吃,……不吃不喝,全心全意等候战机,硬是把石原等来了……一枪毙命!大司令,我们这个同志真是英勇啊,顽强啊,而且具有超乎寻常的意志力。完成任务后,他单独一人安全返回,一点儿意外没出。我问他情况,他只说一句,'打掉了!'听听大司令,谦虚啊,谨慎啊,不骄不躁啊,这就是我们的陈二雷!大司令,我们要为陈二雷同志请功……什么?不光要给二雷记功,还要给我们六分区记功……哈哈哈,好好,好啊!"

在与大司令寒暄了两句后,陈大雷放下电话,兴奋得满面红光,对早不知何时赶来的侦察排长说道:"确定了!石原死透了!昨晚上烧掉的!大司令说,这次战果太重要了,不但要给二雷记大功,还要给我们六分区记功呐,而且还要通报全军区,上报延安!"

侦察排长喜得把桌子一拍,跳了起来,手舞足蹈地大喊道:"好!好!好!哈哈哈!"

陈大雷忽然想起了什么似的,补充道:"晚上开庆功会,你赶紧准备一下。总得有个大标语、大红花什么的!还有,告诉炊事班,晚上加个餐吧!告诉炊事班班长,要没肉,割他的肾!"

听到陈大雷的吩咐,排长欢笑而出,正在这时电话铃再次响起。

抓起话筒,一分区刘强的声音立刻从里面传来:"大雷啊,祝贺你们击毙石原,真诚地祝贺……谁跟你客气!归根到底,你打的我打的还不一样嘛?都是新四军的战果,所有功劳都属于党!对不对?不过,跟你说句实话吧,你们这功劳,是从我们手上抢去的。告诉你,石原几乎撞到我们枪口上了,因为发大水,就差几十米!妈的,狗日的突然掉头回去了,拐到定淮路上去了!大雷啊,你的运气怎么就这么好?从小黄庄到联合战役,再到伏击石原?你运气好得有点不像话嘛!"

陈大雷哈哈大笑着说道:"哎呀老刘,这话酸了!你还不知道我吗?我打仗从来不靠运气,是运气追着我,我躲都躲不开!嘿嘿,老刘哇,别以为我不知道,你把你的人派到我的伏击区里来了吧?你想跟我抢石原吧?哈哈哈……哎,你接到军区通报没有……什么通报?嘉奖六分区的通报呗!现在不是有电话了吗,通报的事快得很!老刘哇,记着哦,军区通报下来后,你立刻传达到你分区的每一个战士那里——亲自啊!"

第二十三章 投　降

"咚咚咚"急促的敲门声忽然响起。

听到敲门声，陈大雷立刻在屋里大喊道："敲什么？进来就是喽。我从来不锁门。"

话音未落，连长大步奔入，急声喊道："司令员，二雷不见了，带走了那支狙击枪。我估计，开小差了！"

正穿衣的陈大雷大惊，继之迅速冷静下来，平静地继续穿着衣服，嗔怪道："瞎说什么呐？陈二雷开小差？打死我都不信，六分区就是他的家！找找去，说不定闷在哪个旮旯角落里。这两天他是有点不正常，有心事不肯说。"

连长沉声说道："驻地的旮旮旯旯全找遍了，没见他人。估计已经跑远了。"

陈大雷疑惑地说道："二雷临走前，跟谁打过招呼没有？"

连长气道："要有，我还会说他开小差么？"

陈大雷点点头命令道："暂时不要传出去，先派几个骑兵，到远处找找。要特别注意山野、草丛、高粱地，二雷隐蔽的本事强得很。"

目送着连长领命离去，陈大雷走到桌前，拿起电话，犹豫了片刻又放下来，朝门外喊道："翰林。"

文书应声入内，询问道："司令员？"

陈大雷低声说道："二雷不见了，失踪了！"

文书大惊，不敢相信地问道："什么？失踪了？！"

陈大雷摆手示意道："冷静点，不要咋咋呼呼的！你去二雷的住处，查查他的物品，看有没有留下什么字条？他不是已经会写字了吗？应该会留点什么话吧。"

文书自信地说道："肯定有！我了解他，二雷绝不会不打招呼就跑的。抛开纪律不说，这人相当重义气。要有事，瞒谁都不会瞒我。"

陈大雷喝令道："快去吧！"听到命令，文书匆匆奔向营房。

营房内，战士们此刻正围在一起小声议论着：

"夜里没听到一点儿动静，排长就把背包打好了。"

"打好了背包，又没带走，肯定出事了！"

"是不是开小差了？营长急得直发火呢！"

听到战士们的议论，走进屋里的文书劈头盖脸地呵斥道："瞎猜什么呢？自由主义！陈二雷是个好同志，英雄！英雄怎么会开小差呢？他执行绝密任务去了嘛，打石原那两天，连我都不知道他的下落，何况你们！好了，别瞎议论了，都出去吧。该干吗还干吗去。"

被文书呵斥了一顿，战士们立刻噤声，匆忙跑出营房。看着大家离开，文书关上房门，打开顺溜的背包，匆匆寻找起来。

满以为包裹中会有线索的文书，在仔细寻找了一遍后却什么也没发现。失望之余，他匆匆走回司令部向陈大雷报告道："司

第二十三章 投 降

令员,二雷的物品全检查过了,没有留下什么字条。"

陈大雷沉思片刻,望着地图,突然想起了什么,再次说道:"翰林,过来,看见吧——牛湾镇,距此四十多里。陈二雷有个姐,就住在牛湾镇附近,具体位置不清楚。二雷如果去姐家,这时候差不多到了。你立刻骑上赤狐,到牛湾镇打听情况!听着,无论发现了什么,午前必须返回。"

文书点了点头,再次奔出会议室,骑上赤狐向牛湾镇奔去。在即将到达牛湾镇的路上,他却看见好几个老乡正从田间小道上奔向山冈下的一座小院里。

文书赶紧下马,上前拦住一个老乡奇怪地问道:"大爷,出什么事了吗?"

那位大爷示意着前面的小院,颤声说道:"惨呐,惨呐!唉!"

文书愕然地抬头看了看,连忙匆匆奔向那座小院。

此刻,在顺溜的姐家院前已经聚集了许多人,看着院中凄惨的景象,众人都禁不住流下眼泪。文书走上前,不声不响地挤进院门,朝里望去,顿时被所见的一切惊呆了!

院墙上挂着干涸的血迹。院当中摊着一块油布,两个老人正在把碎成几块儿的保国的尸体拼凑到一块儿。

其中一人一边颤抖着挪动着保国僵硬的身体,一边颤声说道:"对齐喽,一点儿都不能少啊……要不,对不住保国!"

另一个人则叹息地说道:"唉,村头井里,保国婆娘刚刚被捞上来,这是怎么弄的,原本挺好的一家子……"

见到如此凄惨的景象,文书痛苦得几乎要晕倒。不忍再目睹这一切,文书哽咽着牵着马走过冈下,忽然看见前面有个闪亮的东西,他低头拾起,却发现是一枚弹壳。

401 /

文书朝四处张望，立刻发现草丛中还有一个。当他再次拾起时又发现了第三枚弹壳……在弹壳指引下，文书一步步走上草冈，来到当初顺溜伏击的地方。

扭曲的草丛上还残留着顺溜离开时的痕迹，顺着伏击阵地向下望去，几百米外的定淮公路，以及冈下顺溜姐姐家的那座小院，一下子尽收眼底，看到眼前这一切，文书心中的疑惑顿时完全解开。

想到那凄惨的一幕，想到顺溜所受到的委屈和那隐忍的痛苦，文书哽咽着倒在草丛中，号啕大哭起来。

一切都明了了，当看到摊在桌上的几枚弹壳时，听着文书哽咽的报告，陈大雷只能用香烟来压抑着自己内心的苦楚。

"干嘛把伏击位置定在那?!"摔掉手上的烟头，陈大雷愤怒地向侦察排长质问道。

排长痛苦地啜嚅道："那儿最有利……远离居民地，扼守要害，视野也很开阔。我们是深夜摸上草冈的，没有月亮，伸手不见五指。只有等天亮后，才能看清一切，但那时已经晚了。顺溜已经进入阵地，无法转移了。"

陈大雷再次沉默下来，浓重的烟雾不断从口鼻中喷出："从他爹娘到他，个个贞烈！如今他姐叫畜生强奸了，这种事让他如何说得出口……哦，明白了，二雷不是开小差，他是为姐姐报仇去了，肯定是这样！他知道，要是把情况都说出来，我们不会让他擅自行动，所以，他一声不吭，他早就拿定主意了。顺溜要为姐报仇，就只能进入淮阴城！他这一去，不管他能不能找到并击毙那个鬼子，自己都必然倒在无数敌人的枪弹下。他不可能生还！"

寂静的夜，在皎洁的月光照耀下，院子里的阴影被拉得老长老长。听到陈大雷的话，几人心中顿时也蒙上了一层阴影。

第二十三章 投 降

正当文书犹豫着要游说陈大雷救救顺溜的时候，桌上的电话机突然铃声大作。听到铃声，陈大雷快步冲过去，一把抓起话筒道："我是陈大雷！"

电话那边政委严肃的声音随之传来："大雷啊，我是政委，你仔细听着，通报一个喜讯，大喜讯！昨天中午，日本天皇在东京发布了《终战诏书》，宣布日本无条件投降！并命令所有日军部队包括在华日军都放下武器，无条件投降！"

陈大雷神色一怔惊声问道："真的？鬼子投降了！"

话筒里响起政委喜悦的笑声："千真万确，大雷啊，抗日战争结束了，我们胜利了！中央军委和新四军军部命令我们，对于已经放下武器投降的日军，停止作战行动，准备接受他们的投降。同时，各部队要保持高度警惕，防止意外事件发生。"

慌乱中，陈大雷喜悦地冲着话筒猛点了几下头，随后放下话筒，冲出屋外。

片刻后，激烈的紧急集合哨骤然响起，随后陈大雷发出震撼天穹的喊声："同志们，鬼子投降了！抗战结束了！我们胜利了！！"

喊声让众人纷纷从营房中跑出来，激动地颤声问道："司令员，你刚才嚷什么？"

陈大雷欢笑着回答道："伙计们，政委亲自通报的——鬼子投降了，无条件投降。抗日战争结束了，我们胜利了！"

听到他的回答，众人激动万分，互相拥抱，哽咽地说道："妈的，早知道这一天会来！八年多啊，我们牺牲了多少战友啊。好哇，总算胜利了，胜利了！"

山庄各处，听到这令人激动的消息的战士们搂抱着、挥动着、跳跃着，发疯般欢叫着："鬼子投降喽，鬼子投降喽，我们胜利啦！"巨大的喊声顿时让原本宁静的山庄沸腾起来。

看着眼前这些激动不已的战士们，陈大雷的眼睛湿润了，没有经历过战火的人，没有死里逃生过的人，很难体会大家现在的心情。那不是骤然来临的幸福感，而是经过长期艰苦的斗争后，最终取得胜利的无限欣慰的感觉。

喜讯仿佛长了翅膀一般，瞬间席卷了整个根据地，所有人都在为这令人振奋的消息欢笑着，雀跃着。

欢笑过后是紧张的来临，在司令部内，各连的连长们已经被召集起来围坐在四周，聆听着陈大雷的命令。

"一营加强警戒，原地待命。二营做好准备，命令一到，立刻出发，接受南桥、吕镇两个据点的敌人投降，如敢顽抗，坚决消灭！他们是伪军，收拾他们是中国人自家的事。三营的任务是，拿下双洼，那是吴大疤拉的司令部，伪军的主要军械和粮食都屯在那。同样，你们先做好准备，命令一到就出发。"

听到命令，一名连长立刻追问道："淮阴归谁？我们跟松井打了五六年，淮阴城总该归我们吧？"

陈大雷摇了摇头沉声道："军区正在跟国民党三战区联系，据理力争。但大司令估计，国民党不会把淮阴交给我们。根据情报，国民党军已经从大后方向江淮开进——下山抢桃子可是他们最拿手的本事了！"

陈大雷的话立刻激起连长们的一片斥骂声：

"妈的，我们打仗的时候，他们窝着不动，现在长足了膘，下山了！"

"联合作战时，五十五师打瞌睡晒太阳，这笔账，早晚要跟

第二十三章 投 降

他们算！"

陈大雷点了点头道："那当然。现在，我们要做的是沉着冷静，按照命令行动。好，做准备去吧。"

目送着连长们出门后，一直坐在旁边的文书上前收拾着桌上的杯子，同时感叹道："不知二雷怎样了，他还能回来不？"

听到文书的话，站在旁边的陈大雷顿时身子一怔，脑海中也不禁浮现出一个可怕的念头。

日军的投降意味着作战中止，上级的命令很明确，对放下武器停止抵抗的日军，不得采取作战行动，只能进行受降。就是说，顺溜在这时候绝不能枪杀任何一个鬼子——哪怕这鬼子曾经犯下滔天大罪，哪怕这鬼子曾经杀了你爹，强奸了你姐啊！任何破坏停战协定的事情都会导致极为严重的后果，尤其在现在这个敏感时期，顺溜如果莽撞行动，很可能会被国民党部队所利用，成为一个绝妙的把柄。

想到这里，陈大雷仿佛剧痛钻心，他眺望窗外，恨声咒骂了一句，随后抓过电话，冲着话筒喊道："军区吗？我是陈大雷，请政委讲话。"

少顷，政委接过电话问道："大雷吗？是我，什么事？"

陈大雷沉声说道："报告政委，我要向军区检讨。有个事，我犹豫了一整天，也隐瞒了一整天，现在，必须向军区报告——陈二雷失踪了。"

军区司令部内，听到报告的政委笑容渐渐凝固，惊讶地问道："陈二雷？就是打掉石原的陈二雷吗？"

陈大雷肯定道："是他。"

政委厉声质问道："怎么回事？你不是说他完成任务后安全

返回了吗？你不是说他谦虚谨慎、不骄不躁吗？军区刚刚给他记了大功啊！正准备开庆功会呢。"

难堪地沉默了一会儿，陈大雷继续说道："陈二雷是安全返回了，但他返回之后，就开始沉默，整天不说话。他深夜持枪出走后，我派人到处寻找，没找到。又派人赶到牛湾镇，找到他姐姐家，这才了解到真实情况。政委啊，二雷伏击石原时，鬼子正在屋里强奸他的姐姐……后来他姐夫保国冲进去后，跟鬼子拼命，二雷他、他为了完成任务，卧在冈上一动不动，直到把石原击毙。那院子就在草冈下面，传来的声音应该都能听见，二雷不能去救姐姐，他得盯着公路，他得打掉石原啊。"

电话那边，政委的声音久久没有传来，在几声哽咽声传来后，政委颤声说道："接着说，我在听。"

陈大雷悲切地说道："我们了解到情况后，判断陈二雷失踪不是开小差，而是去为他姐姐报仇去了。他带走了狙击枪和十二枚手榴弹。政委呵，二雷肯定是往淮阴城里去了，他这一去，无论能不能成功，自己都不可能生还。这事我瞒了一天没报告，是心存侥幸。我先是希望能找到二雷，但没找到，他隐蔽行动的本领强得很！后是想，反正他已经走得无影无踪了，大不了算是个'擅自行动'，如果回来了，我关他禁闭，处分他。如果回不来，我开追悼会，悼念他！但现在不一样了，日军已经投降了，作战行动中止了。我必须向军区报告，我检讨。"

电话那边，政委含泪安慰道："大雷，你不必检讨。你现在要做的是赶紧善后！第一，陈二雷是个英雄，无论他此去发生了什么事，这一点，天塌地陷不会变！第二，军区党委命令你，必

第二十三章 投 降

须找到陈二雷,把他追回来!大雷啊,这件事远比你想象的更严重。你不知道现在形势多敏感,抗日战争虽然胜利了,但我们面临的情况却更加复杂,敌、伪、顽都心怀鬼胎,国民党一只眼盯着胜利果实,一只眼盯着新四军和八路军!现在,我无法跟你讲更多的情况,只告诉你一句——必须追回陈二雷,不能让他犯错误。重复一句,必须追他回来!有情况随时向我报告。"

政委的命令声,引来一直在旁边忙碌着的大司令,看见双眼通红的政委,大司令惊愕地问道:"伙计,怎么了,出什么事了?"

政委迅速恢复平静,放下电话说道:"陈二雷失踪了。持枪追杀祸害他姐的鬼子去了!"

大司令一怔,迅即厉声命令道:"追回来!命令陈大雷追他回来!"

政委叹息着说道:"刚才我已经下命令了,司令员,华东日军已经宣布放下武器,原地投降。我担心,陈二雷的擅自行动,会引发连锁反应,给国民党顽固派造成可乘之机。"

大司令沉默片刻,说道:"目前我们能做的,只能是封锁消息,追他回来。"

政委严肃地反问道:"如果追不回来呢?如果他已经向日军开枪了呢?如果日军以此为借口拒绝向我军缴械呢?还有,如果国民党抓住此事,指责新四军违反停战协定,不准我军接受日伪投降呢?!"

大司令沉默片刻犹豫着说道:"那该怎么办呢?"

政委在一旁提醒道:"我们一方面得防止这种局面出现,另一方面,我们也得考虑出现这种局面后的解决措施啊!"

大司令点了点头:"现在最好的办法是赶紧追回陈二雷,告诉陈大雷,一定要想尽一切办法追他回来!"

在六分区驻地,陈大雷匆匆朝庄口走去,对一直等在旁边的连长命令道:"马上追二雷回来!马上!一定要把他找回来!"

连长摇头为难地说道:"司令,难啊,他要想隐藏起来,拿算子都算不出来。"

陈大雷沉声命令道:"再难也要找到他!二雷肯定朝淮阴城方向去了。军区党委严令我们必须把他追回来,绝不能让他犯错误!这事,不光是挽救陈二雷的性命,还涉及新四军的党性原则。"

连长连忙要求道:"那我派部队去吧,我带队,轻装出动,肯定能追他回来。"

陈大雷摇头拒绝道:"日本刚刚投降,敌、伪、顽各方面都非常敏感,不能动用部队!我已经安排文书和侦察排长去淮阴找他了。"说完,甩下身边的连长,大步向站在庄口等候的文书两人走去。

来到两人面前,陈大雷直截了当地说道:"淮阴城距此二百八十多里。二雷失踪只有一天,撑死了也就跑出一百八十里。考虑到他持枪行动,不能暴露身份,只能昼伏夜行,所以再打个对折,他跑出去了约九十里。你俩骑马追赶,应该能在他进入淮阴城之前撵上他。你们一文一武,是全分区最精干的人。侦察排长你,能把千里之外的耗子从洞里揪出来。翰林你,舌头能犁地,开口能把通条说下泪来。凭你侦察排长的机敏,我相信一定能找着二雷。凭你翰林的口才,我相信一定能将利弊给顺溜分析清楚,说服他回来。我给你们四天时间,一定要把二雷给我带回来!"

听到陈大雷的命令,两人庄严敬礼,随后跃身上马,急驰而去。

同一时间,五十五师的营地内也是一片欢腾,士兵们扛着大箱小包内外奔忙着，正在进行开拨前的准备。

"奶奶的！总算要出山沟啦，苦日子熬到头啦！"

"哎，那坛坛罐罐你还要它干嘛？真贱惯了。"

"就是！城里头，天天睡玻璃房，吃洋白面！哈哈哈……！"

"嘿嘿……不打仗了，该回老家了，过太平日子了！"

听着士兵们幸福的絮叨，李欢在参谋长陪伴下微笑地走过营地，感叹着说道："我们在这山沟里卧薪尝胆，苦熬了八年呐！如今，终于能跳出苦海，展翅高飞了。参谋长，你估计下一步我们会去哪儿？"

参谋长自信地说道："不是上海就是南京！我们五十五师原本就是京城卫戍，连营房都应该在总统府边上。师座啊，恕我直言，哪支部队第一个进入南京中山门，哪支部队就能大放异彩！如果师座能得到这个机会，那就太好了，肯定会高升的！"

李欢叹息道："可是长官部老不来命令啊，都等了两天了……哦，参谋长，新四军方面，有什么动静？"

参谋长沉声道："我想，他们也在等命令，蠢蠢欲动！日军投降之后，他们就是我们的心腹大患。"

李欢点了点头叹息道："真希望能就此和平下去。"

两人正谈论间，一辆吉普车急速从公路上开来，停在营门前。车上一名参谋探出身子大喊道："我是长官部派来的，李师长在哪？"

参谋长兴奋地喊道："看，师座，命令到了！"说完，赶紧将对方迎进师部。

走进师部，参谋陆续打开携带的几只皮箱，箱子里立刻出现满满一箱国民政府旗帜和厚厚一摞委任状。

参谋拿起其中的一份文件，呈给李欢道："师座，这是绝密文件，请您阅后即毁。"

"念。"李欢随手递给身边的参谋长，命令道。

参谋长恭敬地接过文件，正声念道："陆军第三战区五十五师师长李欢如面，兹此命令：甲，你部接令后即刻出发，于二十五日日落前进入淮阴城区，接受该地日军各部投降，并令其原地待命，等候处理。乙，淮阴地区原皇协军各部，全部收缴武器，改编待命。丙，统帅部已经下令，新四军各部原地待命，不得越界行动。你部须密切注意江淮一带新四军动向，严禁其违抗命令，擅自行动。丁，在执行命令过程中如与新四军发生冲突，可采取断然措施……第三战区司令长官，顾祝同！"

念完手中的文件，参谋长看了看身边的李欢，担心地说道："断然措施？什么叫断然措施啊？事来了，我们如没有'断然'，长官肯定怪罪。我们'断然'了，把事闹大了，长官又会怪罪。"

李欢踱步沉思了一会儿，沉声说道："时间非常紧迫，部队必须立刻出动才能在二十五日赶到淮阴。参谋长，把所有车辆集中到一个营，全部美式装备也集中到该营。此外，让该营全部换穿新军装，佩钢盔，轻机枪配备到班长，重机枪配备到排。我率领该营先行出发，你率大部队随后跟进。"

参谋长担心地说道："是。师座，但是您带一个营太少了吧？"

李欢矜持地说道："此次行动已非作战，而是大展军威，震慑敌伪，光复山河。"

淮阴城军营内，听到无条件投降的命令，日军官兵们此刻已经趋于疯狂，有的喝酒唱歌，有的抱头哭泣，有的悲愤大骂，有的傻笑不止，有的正用刺刀挑着鸡往火里烤：

第二十三章 投 降

"失败了,投降了!军部无能,把我们丢下不管了!"

"广岛全没了,连一只蟑螂都没活下来。我的家就在广岛啊,呜呜!"

"美国人已经占领了东京,东条将军自杀了!"

"苏联人出兵东北,远东军也垮了!"

悲哀声中,坂田抱着一只骨灰盒走来,盒上闪烁的两颗星显示着这是石原的骨灰,抱着骨灰盒的坂田昂然从官兵中间走过,径直进入司令部,向松井询问道:"报告,石原将军的骨灰……"

松井回身,冷冷地注视着坂田问道:"坂田君,知道将军为什么要委托你执行遗嘱吗?"

坂田一怔,喃喃地说道:"不知道。"

松井怒声咒骂道:"笨蛋!你犯下了这么大的罪过,原本应该切腹!但将军却不想让你死,所以他才命令你把他的骨灰带回家乡。战争结束了,将军却死于战争结束前三天!唉,这就是战争……坂田,将军的骨灰交给你了。从现在起,你必须用自己的生命保护它,直到完成将军的心愿。"

坂田深受感动,折腰颤声答应道:"嗨!"随后恭谨地离开了办公室。

目送着坂田离开司令部,松井颓然步至案旁,将目光转向屋角那悬挂着的联队军旗下的一只骨灰盒,盒侧上,隐约可见"南太郎"三字。隐忍着内心的悲痛,松井拿出手帕轻轻地拂拭着上面的灰尘,可此时,案上的那只电话忽然响起……

听到吵闹的电话铃声,松井霍然抽起案上的指挥刀,用力斩断了电话线。

"司令，淮阴城的电话断了……司令啊，我们的对外联系全部中断了！到底出了什么事啊？我觉得……大祸临头了！"双注据点内，骤然断掉的电话，让副官感到异常恐惧，放下电话，他立刻求助般向吴大疤拉说道。

吴大疤拉竭力抑制住内心的恐惧，嗔怪地说道："怕什么？有我呢！传命，加强警戒，关闭营房，拉起吊桥，所有人全部上碉楼，准备迎敌。"

副官低声问道："司令，谁会来攻击我们，游击队还是新四军？他们要反攻了吗？"

吴大疤拉沉声说道："都可能，什么都可能！说不定，日本人要对我们下手了。"

正当两人胡乱猜测时，一名手下忽然仓皇地跑进来大喊道："司令，报告司令，报告司令，大事不好了，我奉命去淮阴城，可刚到城下就发现不对劲，淮阴各个城门全部关闭，任何人禁止通行。从城里溜出来的人说，日本投降了，皇军在城里乱成一片，又哭又笑的。"

听到部下的报告，吴大疤拉大惊道："投降了？！真的？"

部下点头道："看见的人说——千真万确！司令啊，既然日军投降了，那我们也投降吧，要是投降晚喽，新四军打上来，我们岂不成了日本人的替死鬼？"

吴大疤拉紧张地思索着，突然变色，拔出枪直逼对方的脑袋，怒声喝道："放屁！你个狗日的，皇军绝不会投降！说，是不是松井派你来的？是不是？！哼，我一眼就瞧出来了，松井派你来，让你用刚才的话试探我，好骗我放下武器，走出碉楼。然后，把我们弟兄全收拾了！快说实话，不然我毙了你！"

第二十三章 投 降

部下被吓得半死，惊叫道："司令，在下发誓，绝不是松井派我来的，我连淮阴城都进不去啊……司令啊，您太多疑了。"

吴大疤拉再次犹豫起来，就在这时，远方忽然传来隐隐的锣鼓声响。吴大疤拉一怔，匆匆奔上碉楼。

"胜利喽，抗战胜利喽，小鬼子投降啦！"一阵阵喊声无可阻挡地从远处传来，听到喊声，吴大疤拉赶紧取出望远镜，朝远方望去，立刻发现在远处的小镇上，无数百姓涌出家门，正在敲锣打鼓放鞭炮，欢呼胜利。

镇上的伪军哨所，在热闹的气氛中忽然被群众包围。一个小伙子瞪着仍然不明所以的伪军，顿时怒喊道："狗娘养的，汉奸！卖国贼！日本人的狗崽子！"

老百姓的情绪瞬间被点燃，提着锄头棍棒等物，潮水般朝哨所冲去。

所有挤上碉楼的伪军都目睹了眼前这一幕，禁不住双腿发抖，不断埋怨："我们是伪军呵，是汉奸呵，往后，我们怎么活啊？"

他的话立刻引起了其他人的共鸣：

"鬼子投降了，人家可以回日本，我们怎么办？"

"咱们也叫鬼子欺压了七八年啊，咱们也有一肚子苦水啊！现如今，人家欢庆胜利，咱们里外不是人了，连畜生都不如哇！"

"早知今日，当初何必给鬼子当奴才，还不如死迷了算！"

眼见此景，吴大疤拉却回首微笑道："慌什么？有我呢，天塌下来，我顶着！这些年来，我们与虎狼为伍，脑袋挂在裤腰带上，天天走在刀刃上，我们容易吗？！我们没死在鬼子手里，岂能死在胜利后大喜的日子里？不会！为啥不会？因为有我在！听令，全体集合，准备出发！"说罢，率领众伪军大步走下碉楼。

在吴大疤拉的率领下，整顿一新的伪军，迈着急匆匆的步伐向公路迎去。很快，前方一列车队就在急行军中映入众人眼帘。

吴大疤拉看到飞驰而来的车队，迅速向身后一摆手，随后整理了一下自己不甚合体的军装，一路小跑奔向车队最前端的吉普车。

吉普车内，李欢探首责问道："怎么不走了？"

那军官快步近前报告："报告师座，双洼据点到了，伪军全部列队，不知道想干什么？"

李欢一怔，赶紧下车，转过一个弯后，他看见，在一片空旷地间，众伪军整齐列队，队伍前面放着一丛丛的枪架。

看见李欢，吴大疤拉迅速奔来，近前咔地敬礼道："报告长官，吴雄飞率华东皇协军第一纵队全体官兵反正，并交付双洼、南桥等八处据点及全部武器装备，等候长官指令。"

李欢微笑着点头道："哦，你就是吴雄飞啊，辛苦了。"

吴大疤拉顿时失声哽咽道："长官，在下等候长官光临，等了足足八年啊。在下等得好苦好苦哇！"说罢，解开军装，撕开内衣，小心翼翼地取出一张纸片，恭敬地置于李欢面前说道："报告师座，这是民国二十八年，重庆军统局授予我的委任状，任命我为江淮抗日救国军挺进纵队少将司令，率部潜伏于敌后，执行秘密使命，报效党国。"

李欢凝视着对方挂着一脸忠诚的面孔，淡声说道："哦。"

吴大疤拉微怔，更加恭敬地说道："报告师座，属下有三个团，六个营，两千四百多官兵，所辖地面五个县，九十多个乡镇。师座完全用得着属下。"

李欢鄙夷地说道："属下？吴雄飞啊，你是伪军，我是国军。

'属下'二字，似乎不妥。"

吴雄飞惊骇，颤声哀求道："报告师座，我……我通晓日语，熟悉淮阴城区日军的所有情况。我认识小队长以上的所有日军军官，无论他们躲到哪，我都能认出来！我还知道日军仓库的位置、据点的位置、炮兵的位置、装甲车的位置。师座，这些情报，来之不易，您、您用得着啊！"

李欢微笑着起身说道："吴雄飞，我说你不是我的属下，是有原因的。"说着打开皮包，拿出一份委任状，正声命令道，"吴雄飞，你现在已经是国民政府第三战区暂编第二师少将师长了，这是顾长官给你的委任状！"

吴雄飞大喜，颤抖着接过委任状，哽咽着发誓道："师座呵，雄飞，噢不，属下誓为党国效忠。无论师座有何指示，属下宁肯粉身碎骨，无所不从！"

满意地对吴大疤拉点了点头，李欢继续说道："吴师长，你现在的任务是，第一，立刻把国民政府的旗帜插到所属各个据点上，明确宣布，你们是三战区暂编第二师的部队，你们的驻地与辖区，全部都是国军的驻地与辖区，不准新四军进入！第二，你部所有官兵，各守其职，不准外出，原地待命。第三，即日起，你跟随我行动，协助我完成受降任务。"

吴大疤拉闻言大喜，激动地敬礼道："遵命！"

坐在插着国民政府旗帜的吉普车上，吴大疤拉威风凛凛地驰入日军营地。

得意地看着众日军惊骇的样子，吴大疤拉笑眯眯地招呼道："哎呀，那不是坂田君嘛，你膀子上的伤好了没有？哈哈哈。"

看着吴大疤拉丑恶的嘴脸，坂田一把抓过指挥刀。少顷，又慢慢松开，仇恨地瞪着远去的吴大疤拉。

车子迅速驶入司令部，走下车子的吴大疤拉百感交集地看了看眼前这个数次让自己差点丢了性命的建筑一眼后，昂然走入其中。

办公室内，对于吴大疤拉的到来虽感到意外，但是当看到对方出示的那份任命书后，松井仍然欣然接受了眼前的事实。

看了看自己的老主人松井，吴大疤拉正声说道："松井联队长，国民政府的命令我已传达完毕，总而言之一句话，今天十八时之前，淮阴城里的日军必须正式投降，交出城防及全部武器装备！"

松井沉默片刻回答道："吴君，请你转告李师长，我部愿意投降，但有一个要求。我部有五十多个伤员，如果再不救治，很快会死亡。我部投降之后，希望立刻把他们送往南湾码头，从那里上船前往连云港，之后先行归国，我保证，他们绝不会携带武器，只会带一样东西，阵亡者的骨灰盒。此外，我率部留在城里，等候贵军处置。"

吴大疤拉沉默了片刻说道："松井君，您应该明白，命令上是——无条件投降！这件事我做不了主。"

松井冷冷地说道："我知道你做不了主。我只是希望你把这个要求转达给李师长，并且告诉他，我们原本可以早早打开城门，让新四军接收淮阴城，但我们没有那么做。"说罢脸上闪过一丝愤怒。

老主人的余威让吴大疤拉心下一颤，在点了点头后，他再次步出司令部，跳上车向城外驶去。

公路上，等待着消息的李欢，表情不悦地注视着远方的淮阴城——那里仍飘扬着日军的旗帜。

身边,回来的吴大疤拉低声解释道:"师座,属下想,鬼子早晚会归国的。要是扣住那些伤兵,让他们一天天发烂,最后在其他鬼子的眼皮子底下死在城里,那可能激出事来。属下想,不妨暂时答应他们,先让他们开城投降。之后,再请示长官部,请长官部做主。"

李欢沉思片刻点头同意道:"就这么办!你再进城去,告诉松井,出于人道主义,我们答应他们的请求。两小时之内,必须降下城头旗帜,开城投降!"

得到应允的吴大疤拉再次步入淮阴城内,少顷,一直悬挂在城头上的日本国旗,终于被青天白日旗所取代。

看着眼前的这一幕,李欢微笑着向司机一招手,车队迅速向前方的城门驶去。

第二十四章　复　仇

玉米地里，顺溜身披伪装，饥饿地大口啃食着未成熟的玉米棒子，一边啃着，一边探头警惕地朝远处的淮阴城张望着。在窥到四周无人后，顺溜迅速退回隐蔽处，慢慢的从后背扯出狙击枪，随后又将身上背负的手榴弹一个个旋下尾端的保险罩。

准备完这一切的顺溜再次探头看向淮阴城，却忽然发现，城上飘荡的竟不是鬼子的膏药旗，而是青天白日旗。

眼见此景，顺溜从玉米地里窜出身来，追上一个刚刚路过的老汉奇怪地问道："大爷，大爷，出什么事啦，这旗怎么换了？"

听到顺溜的询问，老汉笑着说道："鬼子投降了，淮阴光复了。"

顺溜失声惊叫道："什么？鬼子投降了？"

老汉嗔怪道："你这人真是，这么大的事情竟然不知道？看，告示都贴出来了。城里头都是咱们的队伍。"

顺溜朝城门望去，果然，许多百姓正翘首观看墙上贴的告示。顺溜犹豫片刻，扒掉身上的伪装，朝那儿走去。

城门处，挤满了观看告示的人们。墙上贴着好几份告示，有国民政府的，有三战区顾长官的，有新四军陈毅司令员给根据地

第二十四章 复 仇

所有部队和游击队下达的命令。

顺溜看不懂,低声央求身旁人:"大爷,上头讲些啥?"

那位大爷用烟杆指点告示,笑道:"这嘛,是蒋委员长宣布抗战胜利的告示。这嘛,是顾长官命令江淮各地的日军缴械投降的告示。这嘛,是新四军陈毅司令员的命令,嘿嘿嘿。"

顺溜追问道:"什么命令?"

大爷热心地解释道:"命令当地的鬼子向新四军投降。还命令,所有新四军对缴械投降的日本鬼子,不再采取军事行动,接受他们的投降,让他们等候处理。"

顺溜大惊,反问道:"不让打鬼子了?"

大爷奇怪地看了他一眼,说道:"鬼子都跪下投降了,还咋打呐?不但不让打了,还得人道主义,保护人家安全!"

顺溜呆定,继之喃喃自语道:"不让打了……不让打了?"茫然地退出人群,在恨恨地望了一眼空中飘扬的国民党青天白日旗后,他仿佛下定决心般,步伐坚决地走入巨大的城门。

此刻在城内的阅兵台上,正举行着受降仪式。广场上搭起了观礼台,青天白日旗庄严地插在中间。李欢胸佩闪亮的勋标,戴着白手套,威风凛然地居中而立。

广场四周,全副武装的军人荷枪实弹地在四周戒备着。

很快,在众人的注视下,日军指挥官依序列队走入广场,打头的是一脸憔悴的松井。

见日军进场,李欢随手向身边的吴大疤拉示意了一下。后者立刻上前,大声喊道:"遵照蒋总裁及顾长官的命令,淮阴日军向国民政府代表李欢将军缴械投降!立正!受降仪式,现在开始。"

听到号令,松井正步上前,向李欢庄严地敬了个礼,沉声报告道:"报告将军,驻淮日军第一联队全体官兵,奉命向贵军缴出全部武器,无条件投降。"

李欢一脸威严地回答道:"本将军代表国民政府,接受你们的投降!"

松井微一鞠躬,随后解下腰间指挥刀,抬手扔向铺在一旁的大油布上。

台下,看到这一幕,围观的百姓们纷纷鼓起掌来。热烈的掌声中,似乎没人注意到,在头顶的钟楼上,一只黝黑的枪管徐徐地探出,枪管后面,顺溜充满坚毅的目光俯视着整个广场。

瞄准镜中,日军指挥官的面孔一个个出现,可是,坂田却始终没有出现。

焦急中,广场外面,一阵阵卡车的引擎声忽然传来,听到声响。顺溜立刻掉转枪口,通过瞄准镜向声音传来的方向望去。

镜像中,驰来的两辆大卡车迅速停在梧桐树下,日军抬来几个担架,依次放进车厢。随后,走来一小队日军伤员,他们动作艰难地登上车。每人胸前都挎着一只方方正正用白布包裹的骨灰盒,最后一个登车的是坂田,他脖子上挎着一只黄绸包裹。

看到忽然出现的坂田,顺溜迅速用十字线死死压在坂田的脸上!就在他即将扣动扳机的瞬间,坂田伸手拽下了车顶的帆布,哗地遮住车尾,整个人彻底隐藏起来。见到眼前这一幕,顺溜立刻跳起身,提着枪不顾一切地朝下狂奔。

钟楼上哐哐的脚步声引起附近哨兵的注意,他们纷纷望向钟楼,立刻看见了顺溜的身影。

"共军!新四军!"

"快抓住他,别叫他跑了!"

第二十四章 复 仇

"注意,他手持武器,朝南面巷子跑了。"

一时间喊声四起,叫喊声中,守卫在广场四周的国军,纷纷举枪向顺溜的方向追去。

骤然的混乱,让松井惊异地朝钟楼方向望去。长期的战场生涯让他敏锐地察觉到某种危险。

看着蜂拥而去的国军士兵,松井抬头向身边的李欢建议道:"将军,你们进城才三天,而我们在淮阴驻扎六年多了。我们熟悉城里的每一条小巷,每一间民房。如果将军准许,可以让我的部下来执行这个任务,我们可以迅速抓住他!再把他交给你们……当然,一切都在将军的指挥下行动。"

听到他的建议,李欢冷笑着说道:"不必费心了,区区小事,我们能处理。"

松井沉声说道:"那好。将军,请恕我直言,那个新四军很可能是第六分区的,他们对我联队怀有深仇大恨!如果,只是老百姓扔一扔石块,我并不会在意。但现在,我部官兵的安全已经受到致命威胁……此外,我还想重复一下国民政府的命令,你们的命令中说得很清楚,对于放下武器的日军官兵,由你们保护我们的安全。请将军记着这一点。"

李欢冷冷地讽刺道:"这你就放心吧!如果你们在我手里出了意外,那我军的尊严也会受到影响。松井,告诉你的部下,只要他们老老实实待在营地内,我完全可以负责他们的安全!"

松井表情不变地微微一鞠躬道:"那就拜托了!"说着,转身离开。

目睹着松井离开,李欢沉思片刻,急声喊道:"吴雄飞,你在淮阴城也待过很久。你对这城的熟悉程度,应该不比日军差吧?"

吴大疤拉犹豫了一下回答道："我还行！"

李欢厉声命令道："你带领部队，仔细搜索城中每一个角落，一定要抓住那个新四军，而且，要把所有潜藏的新四军全部找出来！"

听到命令，吴大疤拉严肃地点了点头，随后带领着自己的部下向国军跑去的方向冲去。

看着吴大疤拉前去增援，李欢的心却并没有因此而放下，在沉思了片刻后，他随即向身边的警卫们招了招手，亲自带人追了上去。

小巷中，顺溜拼命奔跑着，突然，前后呼啦啦冲出大批国军士兵，将把他紧紧包围在中间。

"站住！"喊声中，武器哗啦啦上膛的声音在四周响起，黑洞洞的枪口齐齐地指向顺溜。

看到周围包围着自己的国军，顺枪持枪立定，一只手慢慢伸向衣襟，猛地扯开了军装，登时露出密密麻麻绑满胸前的手榴弹。

傲然地看着周围众人，顺溜扯出绑在一起的导火索，大声对众人喊道："都别过来，否则我就跟你们同归于尽。"

见此情景，周围军人大惊，不禁恐惧地后退几步，颤抖说道："这人是疯子，疯子！"

伴随着众人的后退，顺溜一步步向前进逼，眼看就要转入另一条小巷时，不远处忽然传来李欢的厉喝："站住！都别动！"

顺溜转过身望去，李欢立刻认出他来，连忙干笑着走上来道："哦，是你啊……这位兄弟，别激动，千万别激动啊！有话好好说，先把导火索松开些。"

顺溜没有理会李欢的劝阻，仍然死死拉着导火索。

第二十四章 复 仇

李欢笑了笑,接着说道:"咱们见过面的,你还记得吧?嘿嘿嘿……小兄弟,你到淮阴城来干吗?"

顺溜沉声回答道:"执行任务!"

李欢追问道:"执行什么任务?"

顺溜顿时沉默下来,见对方不答,李欢接着说道:"兄弟,你既然来了,你们陈大雷司令也该来了吧?他人在哪儿?当初,我跟他早有约定,拿下淮阴城后,一块儿到城楼上喝酒!嘿嘿,告诉陈司令,我把肚包鸡都炖好了,在司令部等着他!胜利了嘛,有朋自远方来,不亦乐乎,小兄弟,快把陈司令请出来吧。"

听到李欢的话,顺溜戒备地拽着导火索向后退了退。

见此情景,李欢大声命令道:"都退了,让这位兄弟走!"

众国军听到命令纷纷让开巷口,顺溜慢慢进入小巷,突然撒腿狂奔而去。

眼见对方离开,李欢厉声命令道:"跟上他,注意隐蔽,不要叫他发现。一定要找到他们的老巢!找到陈大雷!"

几名国军得令追随而去,李欢却陷入沉思,喃喃自语道:"陈大雷来干什么?新四军为何潜入淮阴城?"

奔出巷口的顺溜,猛然停定。他看见了街道上日军伤兵遗弃的破担架、血绷带,看见淡淡的车轮印儿延伸向远处的城门……顺溜注视着路面的痕迹,思考起来。

就在这时,吴大疤拉领着自己的部下涌近了,喝令声阵阵传来:"仔细搜,每间屋子都得搜到!"

顺溜正欲闪躲,旁边突然伸出一只大手紧紧抓住他,将他一把扯进旁边的空屋中去。屋子里,窥着他进来,另外一人猛地扑来,两人一个抱着他身体，一个缴了他的枪。

看清来人，顺溜没有反抗，却冷声问道："翰林，你们要干吗？当心炸了，我身上可全是手榴弹！"

听到他的话，抓着顺溜的侦察排长和文书大惊，赶紧解开顺溜的军装，立刻惊骇地看见紧紧缚于胸前的大排手榴弹。

文书按定顺溜两手，嗔怪道："二雷，你真不要命了！"

顺溜冷笑一声道："怕啥，不就几个铁疙瘩嘛。"

侦察排长小心地、一颗颗解下手榴弹，丢进旁边的木桶里。这才长松一口气，后怕不止地说道："二雷啊，这要是炸开……唉，你干吗要这么疯呵！对不住，我得捆住你的手。"

顺溜平静地回答道："捆呗。"

文书赶紧解释道："先捆一捆。待会儿你思想通了，就给你放开。"

顺溜沉默地看着侦察排长抓过一条绳索，几下就把自己的双手捆住了。

看到危险解除，文书正了正嗓音，苦口婆心地劝说道："二雷，抗日战争已经胜利了，毛主席、朱总司令亲自下达命令，对已经放下武器缴械投降的鬼子，中止作战行动，接受人家的投降，不能再打了。顺溜，这是原则性问题，是革命大局，是胜利者的风度！风度你不懂，我打个比方。你看那屋角有个蟑螂，它已经快死了。这时你会再踩它一脚不？不会！你只会把它一脚踢开，踢回老家去！顺溜啊，我们不仅要在战场打败鬼子，我们还要在精神上打败鬼子！司令员说过，真正的军人看两条，一是作战勇敢，二是坚决执行命令！有些命令，执行起来很难很难，心里头刀割似的痛。但咱们是革命军人，命令的'命'，就是咱军人的命！命令的'令'，

第二十四章 复 仇

就是咱军人的行动号令！拿掉'命令'这两个字，天下就没军人了。没军人，也就没什么天下了！

"八年抗战中，鬼子烧了咱多少村镇？祸害了多少父老乡亲？我们六分区牺牲了多少战友？天底下，哪个中国人能忘了这笔血债？千秋万代都不会忘！但是，不能把这些看成是个人仇恨，要那么看，那就看小了！他是什么？是军国主义的罪恶啊！是人性深处的病根啊！他不光祸害了中国，也祸害了日本，他是全人类的大悲大痛哇！顺溜啊，对于战争贩子，将来肯定要审判，要定罪。善有善报，恶有恶报，天日昭昭，为恶难逃！现在，对于已经放下武器的鬼子，我们不打他，是人道主义。我们审判他，还是人道主义！人之道，就是天之道。我们新四军，就是天之骄子！你顺溜，就是我们新四军的英雄！英雄做事，光明磊落！英雄做人，肝胆相照！顺溜啊，真正的大英雄，都是从重重痛苦当中磨砺出来的啊。"

听到文书的长篇大论，木然地看着两人的顺溜，神色忽然变得激动起来："翰林啊，鬼子杀了我们那么多人，现在他打败了，把枪一扔，说不打了，投降了，要回家了！连那个畜生也要上船回家！妈的，他凭什么不打？凭什么回家？翰林啊，鬼子可以回家，可我的家在哪？我姐在哪？保国在哪？"

文书没想到不擅言辞的顺溜竟然会说出如此话语，愣了好一阵，才支吾道："战争结束了，战争不是我们个人的事，我们个人决定不了战争的命运。"

冷冷地看着坐在面前、不敢面对自己的文书，顺溜低声说道："战争确实不是一个人的事，但是却是大伙每一个人的事，我们是军人，他们就不是军人吗？当初他们凭什么无缘无故地到我们国家来，好啊，杀人放火一通，一句投降就了事了？没那么简单，作为军人，他们可以投降，作为军人，我可以不接受他们的投降。"

看着顺溜坚毅的表情，文书震惊了，他从来没想到，自己一直觉得简单淳朴的顺溜，竟然会有如此深刻的性格。凝视着对方几乎要喷火的双眼，文书迟疑了一下，苦涩地说道："顺溜，你想没想过，如果你这么做，会给司令员，会给六分区，会给整个新四军带来多大的困扰吗？你杀了鬼子简单，可是鬼子会怎么想，国民党会怎么想？破坏和平协定的罪名不是你、我或司令，甚至新四军可以承担的。我无意让你放弃仇恨，我只希望你能把你的仇恨隐忍一下，从我们的大局考虑考虑。"

如同哀求的劝阻，似乎让顺溜从仇恨中清醒了一下，看着眼前朝夕相处的战友，顺溜淡淡地说道："我家里算上我死去的爹娘，还有姐姐姐夫，再加我，一共五口人，除了我爹娘外，我姐姐姐夫都是死在鬼子手里。翰林，你说过，抗战这么多年，中国人在日本鬼子手下，死了几千万。几千万是多少我不知道，我只知道，要是轮到个人家里，每个家庭都能轮上一口人死在鬼子手里。我不懂什么大道理，我也不懂和平协定，我只想问你一句翰林，你只要问心无愧地回答我这句话，我就放弃报仇，老实地跟你走。"

顺溜的话，让侦察排长和文书同时转过头来。看着一脸平静的他，两人既期待又恐惧地等待着他的提问。

"翰林，你告诉我，啥叫不共戴天之仇？"带着些许期盼和无助地看向文书和侦察排长，顺溜轻声问道。

文书肚子里准备的成千上万的词汇，在这一句询问中顷刻间消散不见，此刻他终于明白了语言的苍白无力，面对顺溜的询问，他甚至无法给出一个可以称之为答案的回答。

第二十四章 复 仇

看了看身边的侦察排长,又看了看身边的顺溜,文书无力的一屁股坐在地上,对在一旁默默地咀嚼着话中滋味的侦察排长说道:"排长,解开他的绳子。"

听到文书的话,排长一愣,反问道:"你,你要干啥?"

文书无力地一笑,反问道:"那你想怎么办?"

看着顺溜那坚毅的表情,又看了看文书无奈的笑容,侦察排长似乎明白了什么,慢步走到顺溜身边,小心地解开了缚着顺溜的绳索。

轻轻地抖了抖发酸的手腕,顺溜抓起身边的步枪,霍然站起身来,平静地对文书说道:"翰林,你告诉司令去——你们的战争结束了,我的战争没结束!"说完,转身推门离开。

听着顺溜的脚步声逐渐远去,侦察排长走到文书身边,一把将他拉起来:"你准备怎么跟司令员说?"看了看文书,侦察排长询问道。

"我不知道,不过我看我是只能当个文书了。"文书讪笑着,推开门走出屋子。

司令部内,烟雾腾腾,遍地烟头。陈大雷踩着烟头踱步,口里还狠狠地吸着一支烟。不断燃烧的香烟,仿佛昭示着他内心的焦虑和矛盾。

在他旁边,文书与侦察排长伫立不动,之前的情况,他们已经毫无隐瞒地向陈大雷作了报告。

思索了良久,陈大雷嗓音沙哑地说道:"电话,叫军区电话。"

听到命令,文书快步走到桌前抓过案上电话,摇动起来,随后递给身边的陈大雷。

接过电话,犹豫了再三,陈大雷沉声报告道:"报告政委,

427

陈二雷仍在逃,他目前的处境非常危险,淮阴城里所有的国民党军都在抓他。但是他,肯定不会回头,他肯定会违反命令,继续自己的复仇行动,直到击毙那个鬼子!"

电话那边,政委犹豫地问道:"为什么你能肯定?"

陈二雷迟疑片刻,大声说道:"因为,陈二雷带给我一句话:你们的战争结束了,我的战争没结束!"

"你们的战争结束了,我的战争没结束!"惊骇地重复着顺溜的话,政委沉默着放下电话,看向身边的大司令,两人都震惊于这一决绝的宣言。

终于,政委打破沉默说道:"情况很清楚了,陈二雷抗拒命令,擅自行动,孤注一掷。他现在满腹都是复仇的烈火,谁都拦不住他了。司令员,如果不迅速采取强硬措施,事态就难以控制了。"

大司令微怔,反问道:"伙计,你说的强硬措施是什么意思?"

政委犹豫片刻,毅然说道:"第一,派部队追捕。第二,如果陈二雷继续抗命,准许对他执行战场纪律!"

大司令愕然地看着身边一脸严肃的政委,大声说道:"我不同意!政委呵,陈二雷是我们的英雄!他参加过小黄庄战斗、三道湾战斗,只身血战到最后,一个人就打死过几十个鬼子,他还击毙了日军司令石原。一个战士立下这么大的战功,天底下能有几人?如果对他执行战场纪律,会给部队造成什么影响?不!我不同意!"

政委沉声反驳道:"纪律适用于任何人,包括英雄和懦夫,包括你这个司令员和我这个政委!战场纪律是纪律的一部分,否则不成战场。司令员,我早就说过,陈二雷是个英雄,这一点天塌地陷不会变。但是现在,陈二雷已经走到悬崖上了,只要他枪一响，立刻就是英雄的反面。我们即使为了挽救他，也必须采取强硬措施啊！司令员啊，请你冷静想一想，如果陈二雷打死了放下武器的日军，其他日军会有什么反应？国民党军会不会幸灾乐祸？会不会借题发挥扩大事态？还有，我们下一步如何发展胜利局面？军区部队如何再向江淮其他日伪军受降？"

电话声不合时宜地传来，打断了两人的争论，大司令抓起电话，怒声道："我是司令员！"

听到他的声音，对方立刻报告道："报告大司令，我是五分区陈志，今天上午，我分区三团占领刘家湾各据点的时候，发现炮楼上全部挂满了国民党的旗帜，伪军说他们不是伪军了，是三战区暂编二师的部队。他们不肯对我们缴械，不让我们进入营地。"

大司令沉声回答道："知道了，待命。"

听到大司令的命令，陈志并没有放下电话，而是继续说道："这事并不是孤立发生的，前些时候，四分区所属的民兵，为了占领城外的一个日军仓库，开枪误伤了两个日军。涟水日军第七联队以此为由，说他们的安全得不到保障，命令该联队所有日军不准向新四军缴械，只准向国民党军投降。"

大司令勃然大怒，喝道："越来越放肆了！命令四分区，坚决拿下涟水，如果日军再顽抗，就以抗拒投降论罪，坚决消灭他！"

听到大司令的命令，政委沉声说道："司令员，如果不采取措施，这种情况可能越来越多。抗战硝烟还没有散尽，另一场战争已经逼面而来了，陈二雷的行动，很可能会激化这种矛盾，如果他打死日军投降指挥官的事情被别有居心的国民党宣传出去，那么，我们面对的将不仅仅是国民党的阻挠，而是整个战场上日军与伪军的抵抗。"

眼前的情况似乎真的到了一触即发的边缘,听到政委的话,大司令终于放下情感,沉默起来。

一阵烟雾蓦然在坂田胸前腾起,灰白色的烟尘遮蔽了瞄准镜中的一切,看到准确命中了目标,顺溜默默地放下步枪,淡淡地说道:"这一枪是为了我姐。"

坂田没有死,那完美的一枪,准确地射中他胸前的黄绸包裹,因超过射程而失去力道的子弹,在打穿骨灰盒后仅仅轻微撞击了一下他的胸口,就无力地落下了。

胸前的骨灰盒却在子弹的撞击下迸然开裂,灰白色的石原骨灰,在众人心目中神圣的石原将军的骨灰,哗哗掉落,无可阻止地落入混浊的水中。

坂田呆呆地看着挂在胸前的扁扁的黄绸片子,以及那水面上一抹肮脏的白色,愤恨地发出野兽般的惨嚎!

汽船上唯一剩下的那面代表着投降的白旗,在惨叫中挣扎了一下,再次疲惫地搭落下旗襟。

甲板上,此刻死一般寂静。日军伤兵们吊着断臂残腿站成一排,冷冷地注视坂田。

坂田跪在甲板前方,面如死灰。他慢慢地拔出自己的武士短剑,用那片黄绸细细揩拭着。

看到这一幕,日军伤兵伫立在他身后,无人上前阻拦。

"将军纵横战场多年都没战死,可现在,几天不到,将军就被杀死过两次了。"

"都是这家伙的罪过!他就是死,也赎不了罪!"

"犹豫什么,犯下这么大的罪过,还不自尽?!"

第二十四章 复 仇

咒骂声中，坂田羞愧地长吼一声，把那柄武士短剑深深切入腹中，搅动着，肚肠白花花倾泻而出。

内脏和鲜血的喷涌逐渐变成从身体向外流淌，疼痛让坂田终于无法维持那看似威武的姿态，失去力道的他颓然倒在甲板上，身体不断颤抖着痉挛着，目光呆滞地注视着岸边那已经变得异常渺小的水塔。

陈大雷终于赶到了，他骑着赤狐冲进港区，直冲码头。身后的战士们也在同时迅速跳下马来，举枪瞄向水塔。

"砰！"一丝并不耀眼的闪光忽然从水塔狭小的窗口闪过，转瞬间就被四周明亮的子弹轨迹所湮没。

陈大雷可以断定，那绝对是顺溜的一枪，看到枪焰闪过，陈大雷犹豫了。他知道随后的命令对于顺溜意味着什么，人都说，士兵是为了荣誉而战，可是在命令下达后，顺溜的荣誉将注定被抹杀，历史不会记载他为战争所作的贡献，他只会记载，在某年某月某日，新四军某部出色地完成了任务。

原本一切都不该这样的，顺溜不过是个普通的猎户家的孩子，不过是一个枪打得准的孩子。如果没有这场战争的话，他该是在山上奔跑玩耍，或者是在私塾里背诵课文，或者可能报然地等待着媳妇的过门……

陈大雷不仇恨战争，不仇恨死亡，甚至不仇恨日军，他只仇恨鬼子们所做的一切。

"全体瞄准水塔，射击！"虽然拼命忍耐，可是眼中的热泪仍然不争气地流淌出来，前面的水塔在泪水的折射下光怪陆离，嘶喊声中，陈大雷似乎觉得自己的声音很陌生，陌生到他完全无法理解的程度。

431

"嗒嗒，嗒嗒！"单薄的火力加入到了对水塔的射击中，闪闪发光的火力网继续包裹着摇摇欲坠的水塔。无数子弹击打着、吞噬着、雕琢着它……

所有的仇恨仿佛都被那一枪带走了，水塔上，放下步枪的顺溜感到异常的平静，紧贴在水塔上的身体可以清晰地感受到子弹所带来的震动，头顶不断跳跃的子弹迸溅出一溜溜的火花，看起来完全没有可怖的威力，更带着一种异样的美。

生命力随着伤口不断流淌的鲜血而不断流逝着，整个身体不可抑制地虚弱下去，眼前的景色也逐渐幻化成一片明亮的白光。

光芒中，顺溜仿佛看到了班长、小武、三营长，看到扛着猪肉的保国，羞涩地望着自己的荷花，威武庄严的陈大雷……

顺顺溜溜的眼来，顺顺溜溜手。

顺顺溜溜的日子，顺顺溜溜走。

熟悉的歌谣在耳边响起，歌谣声中，姐姐稚嫩的胳膊不断地摇动着虎皮袋，袋子里，熟睡中的顺溜甜甜地笑了起来……

终于，在密集的火力的射击下，一根塔柱折断了。继之，塔身也随之开裂，塔身在掉落下来的同时继续经受着子弹，在空中崩碎！水塔残骸掉了下来，顺溜的身体也随之一同落下……

[全书完]